너를 만나다!

너를 만나다 2

초판 1쇄 찍은 날 ㅣ 2014년 04월 15일
초판 2쇄 펴낸 날 ㅣ 2014년 04월 28일

지은이 ㅣ 박지영
펴낸이 ㅣ 서경석

편 집 장 ㅣ 권태완
편집책임 ㅣ 장미연
편   집 ㅣ 손수화
디 자 인 ㅣ 신현아

펴낸곳 ㅣ 도서출판 청어람
등록번호 ㅣ 제387-1999-000006호
등록일자 ㅣ 1999. 5. 31
어람번호 ㅣ 제11-0006호

주소 ㅣ 경기도 부천시 원미구 부일로 483번길 40 서경B/D 3F (우) 420-822
전화 ㅣ 032-656-4452 팩스 ㅣ 032-656-4453
http://www.chungeoram.com
E-mail ㅣ chungeorambook@daum.net

ISBN 979-11-5681-969-1 04810
ISBN 979-11-5681-967-7 (SET)

너를

만나다

2

박지영 장편 소설

도서출판 청람

◆◆◆ Contents

※ 본문 중 [ ]는 일본어로 진행되는 대사입니다.

15화_ 평행선

한가한 날이면 난 곧잘 소속사 사무실 내 방에 틀어박혀, 소파에 길게 누워 창밖의 하늘을 보는 것이 습관이었다. 그러나 오늘의 나는 창가에 앉아 내다보이는 밖의 거리를 본다. 사람들이 걷는 길을 본다. 얼마 전 그와 함께 걷던 길과 닮은 길을 내다본다.

사람들의 틈에 있던 나, 그들 곁에 있던 그. 그들 곁 너머 내 가까이 있던 그.

나는 걷고, 그는 나를 따라왔다. 렌즈 뒤에 숨어 있었지만 그는 나를 보며 웃기도 했다. 그리고 나를 위해 옷을 벗고, 나의 손을 잡았다. 아직도 그와 맞잡았던 손에 그의 온기가 남아 있는 듯 따스했다.

난 거리에서 시선을 돌려 손을 가만히 내려다봤다. 그의 따스한 손이 내 손을 감쌌었다. 그 두근거리는 설렘이 잊히지 않는다.

비가 그칠 때까지 준수와 나는 그렇게 그 붉은 처마 밑에서 멈춘 듯 숨죽이고 있었다. 두근거리는 심장 소리가 그에게 들릴까 봐 수줍었던 순간이었다. 마치 첫 연애를 시작하는 기분이랄까? 낯선 남자와 연애를 막 시작해 처음으로 손을 잡은 기분. 묘한 설렘.

그리고 게릴라성 소나기는 어느 순간, 처음부터 없었던 것처럼 돌연 뚝 끊겼다. 비가 남긴 흔적이라곤 길을 적신 물기와 간간이 고여 있는 작은 웅덩이뿐이었다.

준수는 비가 그치자마자, 내 손을 슬며시 놓더니 먼저 앞서 갔다.

"가죠."

이렇게 낮게 말하기만 했다. 차갑지도 따뜻하지도 않은 조용한 어조였다.

"……촬영은?"

나는 그의 등을 우두커니 바라봤다. 아쉬워하는 손을 가만히 모으고, 그를 뒤따랐다.

"충분히 찍었어요."

돌아보지 않는 등. 그는 더 이상 말하고 싶지 않다는 듯 입을 굳게 다물었다. 메마르진 않았지만, 깊은 상념에 빠진 듯 눈길이 깊었다. 빠르게 걷진 않았지만 그렇다고 나를 기다리지도 않았다. 나와 보폭을 맞추긴 했지만 나란히 걷진 않았다.

앞만 보는 그의 눈치를 곁눈질로 슬그머니 살피다 나도 바닥으로 시선을 돌렸다. 그의 아우터만 손에 움켜쥐고서. 건네야 되는데 건네지도 못하고.

흠뻑 젖은 그의 반팔 티셔츠가 눈에 들어왔다. 그의 젖은 머리카락이, 그의 젖은 팔이, 그의 젖은 등이.

가슴골에 서늘한 바람이 들었다. 울컥, 감정이 치밀어 올랐다.

부르고 싶었다.

준수야, 같이 가.

하지만 꺼내지 못했다. 그는 아무런 말도 안 했고, 날 보지도 않았기에.

주차타워에 도착했을 때서야 준수가 나를 뒤돌아봤다. 그리고 내가 조몰락거리는 자신의 아우터를 그제야 본 양 다가와 낚아채다시피 가져갔다. 내 손의 가벼움을 위한 것인지 공연히 아우터에게 화를 내는 건지 분간되지 않았다.

준수는 오전처럼 보조석 문을 활짝 열어젖혀 놓고서 운전석으로 말없이 올라탔다. 그는 뒷좌석에 집어 던지다시피 아우터를 놓고는 내가 보조석에 타고 안전벨트를 맬 때까지 잠자코 기다렸다.

침묵 속에서 목적지로 차는 이동했다.

무겁진 않았지만, 침잠한 분위기였다. 그는 깊은 상념에서 헤어

나오지 못하는 듯 내겐 시선조차 주지 않았다. 그늘진 그의 눈동자와 그의 몸에서 풍기는 가라앉은 분위기에 난 위축되어 차창 밖만 응시했다.

도대체 모르겠다.

너의 생각.

네가 무엇을 생각하는지.

알고 싶다.

소속사에 도착하고서 나를 내려놓고 그는 일말의 망설임 없이 그 자리에서 떠났다.

내게 수고했다는 의례적인 인사조차 하지 않았다. 나를 버려두듯 떠나 버렸다.

버림받은 기분으로 들어온 것은 맞는데, 오묘한 설렘이 사그라지지 않음도 확실했다.

며칠이 지난 지금까지도 손의 온기가 남아 있는 듯 착각이 일어나는 것을 보면, 나의 심장은 아직도 설레고 있었다.

"지이야, 나 CF 계약 건 있어서 나간다."

문만 벌컥 열고 정현이 말했다.

창밖의 거리에서 시선을 떼고 난 고개를 끄덕였다.

"왜 그래?"

그녀가 침울한 나를 눈치채고, 방 안으로 들어섰다.

"무슨 일 있어?"

난 고개만 흔들었다. 그녀가 내게 다가왔다.

"왜?"

"……그냥 복잡해서."

"너 준수랑 단독 촬영한 다음부터 내내 왜 그래? 둘이 무슨 일 있었어? 얘기 좀 해봤어?"

난 그녀의 질문에 고개를 흔들었다.

"더 불편해진 거야?"

"아니. 그냥 그렇지 뭐."

걱정스러워하는 그녀의 표정에 애써 태연한 척 웃었다.

"괜찮은 거야, 너?"

"어서 가. 바쁘다며."

그녀의 팔을 슬며시 밀면서 억지로 환하게 웃었다. 알았다면서 정현이 문으로 향했다. 그러다 뒤돌아보며,

"너 오늘 화보 촬영 있지? 어디서 한대?"

라고 물었다.

"수목원이라던데?"

"그래? 우빈 오빠는?"

나가야 된다면서 정현은 나랑 우빈까지 챙겼다.

"새벽에 도착했는데 바로 방송국. 오전에 케이블 인터뷰 있대."

"우빈 오빠 정말 바쁘구나. 간다. 밤에 봐."

"어."

후다닥 나가는 정현을 멀거니 보다 문이 닫히자마자 난 다시 거리로 고개를 돌렸다.

이상하다. 정말 준수를 이해할 수가 없다.

그는 매몰찰 정도로 차가웠다. 내가 감히 입을 벙긋 못할 정도로 냉정했다. 그러다 어제의 준수는 갑자기 오래전 준수로 돌아왔다.

어제 우린 분명 서로를 의식했다. 거리를 두고 서로를 봤을 때 그의 눈동자에는 그리움이 있었다. 애틋함이 있었다. 난 분명 그것을 봤고 느꼈다.

그러나 나를 놓고 갈 때의 그는 다시 깊은 암울함을 담고 있었다. 무엇이 그를 괴롭히는 건지, 무엇이 그를 헤매게 하는 건지 모르겠다.

오래전 준수는 솔직했었는데, 내게 감정을 솔직히 토로했었는데……. 무엇이 그를 잡아두고 있는 건지 모르겠다.

그의 생각이, 그의 머릿속이 너무 궁금하다. 무엇보다도 그의 감정이…….

❀ ✱ ❀

정오가 가까워지는 시각이라 한낮의 햇살은 화사했다. 수목원에 도착하여 주차장에서 내리니, 가을의 무르익은 신선한 바람이 기분 좋게 불어왔다. 하늘은 구름 한 점 없이 깨끗했다. 부러 커다란 밀대로 구름을 깨끗이 걷어놓은 양 하늘은 온전한 푸름만 담고 있었다. 맑은 하늘을 올려다보며 나는 문득 오래전 옥상에서 내다봤던 하늘을 떠올렸다. 그때의 하늘도 이렇듯 맑았던 기억이 난다. 그리워지는 하늘빛이다. 아련한 하늘빛이다.

주차장에는 미리 도착한 촬영팀이 촬영 체크를 하느라 분주했다. 그들 사이에 준수가 보이지 않았다. 슬슬 걸어 그들에게 다가가며 연신 둘러보며 준수를 찾았다.

소속사에서부터 잔뜩 긴장하고 왔는데 막상 그의 모습이 보이지 않자 허탈하면서 서운했다. 그의 모습을 남모르게 찾으며 허 작가에게 다가갔다.

"자기야, 왔어?"

허 작가가 반가워하며 내게 손을 들었다.

"안 들어가시고 여기들 계시네요."

주차장에 있는 이유를 물었다. 원래는 출구를 통과해 광장으로 오라고 전달받았었다.

"얘 때문에."

그녀가 입에 물고 있는 담배를 가리켰다.

"아……."

수목원인 탓에 출구를 통과하면 금연이라 골초인 그녀를 포함해 몇몇의 흡연가인 스텝들이 견디기 힘들었던 모양이다.

"……야마다 작가님은 안 계시네요?"

결국 그를 찾지 못해 은근슬쩍 넘어가는 투로 물었다.

"스텝들 간식 사러 갔어. 다들 배고프다고 성화여서."

"점심 안 하셨어요?"

"아침만 간단히 샌드위치로 때우고 말았어, 시간이 부족해서. 원래 지정했던 체크 장소를 변경하느라고."

"아, 변경하셨어요?"

"오늘 하늘빛 봐. 너무 맑고 좋잖아. 와서 다시 체크하니까 오늘 하늘빛 받아서 더 좋아 보이는 곳이 몇 군데 있더라고. 자긴 걱정 마. 내가 근사하게 찍어줄게."

담배를 바닥에 툭 내던지고 발로 비벼 끄면서 허 작가가 너스레를 떨었다.

"선생님!"

그런 그녀에게 보조스텝이 버럭 소리쳤다.

"……알았어."

허 작가가 화들짝 놀라더니 잔뜩 귀찮은 기색으로 허리를 굽혀 뭉개지다 만 담배꽁초를 집었다. 보조스텝이 신경질적으로 걸어와 들고 온 종이컵을 내밀었다. 종이컵이 재떨이인지 담배꽁초가 수북이 쌓여 있었다. 허 작가가 보조스텝의 앙칼진 눈초리를 회피하며 담배꽁초를 종이컵에 넣었다.

"바쁘셨겠네요, 다시 와서 이 넓은 곳 일일이 체크하시느라."

"뭐, 일인걸. 자긴 밥 먹었어?"

허 작가의 호탕한 말에 난 가볍게 웃으며 고개를 주억거렸다.

"우빈 씨 올 동안 좀 쉬고 있어. 우리 촬영 들어가기 시작할 때 안으로 들어갈 거야. 자기 스타일은 내추럴하게 갈 거니까 이따 준비하면 돼."

"네."

그녀가 주차장 끄트머리에 있는 벤치를 가리켰다. 간단하게 대답하고, 난 슬슬 벤치로 걸어갔다.

우빈은 중국행 일정이 예정보다 늦어진 탓에 오늘 새벽에서야 한국에 도착했다. 그리고 한국에 도착하자마자 케이블 방송 인터뷰가 있어 방송국에 간 상태였다. 모든 스튜디오 스텝과 스타일리스트 등 정해진 화보 촬영 날짜를 옮길 수는 없던 탓에 우빈은 촬영 강행군을 하겠다고 중국에서 통보해 왔었다.

그래서 예정되었던 오전 촬영 시각이 정오 이후로 변경되기만 했다. 덕분에 우빈은 부랴부랴 방송국에서 출발해 오는 중이었다.

벤치에 앉아 멀뚱거리고 있는 내게 인우가 다가왔다.

"지이 씨 오랜만이에요."

"네. 고마워요."

인우가 건네는 캔커피를 받아 들며 인사했다.

"그땐 잘 들어가셨어요?"

"네."

"아유. 우빈 씨가 와서 데려간 줄도 모르고 얼마나 걱정했는데요."

"네?"

넘기는 투로 인우가 중얼댔다. 난 알아듣지 못하고 눈썹을 치켜 떴다. 우빈 씨가 데려간 줄도 몰랐다니? 룸에서 자고 있는 날 데려가는 걸 못 봤나?

"우린 처음엔 안 보이시기에 야마다 작가님이 가시는 길에 모셔다 드렸나 하다가, 한참 있다 딱 보니 지이 씨 짐이 그대로 있는 거예요. 그래서 얼마나 놀랐게요. 나중에 우빈 씨가 와서 챙겨가서 그제야 안심했다니까요."

"……무슨……."

그의 빠른 속도의 말이 이해되지 않아 되물으려는데 보조어시스트가,

"인우 형! 이거 확인해 줘요!"

하고 훼방놓듯 소리쳤다. 인우가 '어!' 하고 대답하고서 내게 턱짓하더니, 황급히 뛰어갔다.

내가 지금 무슨 말을 들은 거지?

인우의 말을 곰곰이 되짚으려는 찰나 주차장으로 들어서는 준수의 자동차가 시야에 잡혔다.

왔다, 준수.

일순간 복잡하게 떠오르려던 생각이 까맣게 잊혀졌다. 눈으로

그의 자동차만 좇았다. 멈춰 있던 심장이 두근두근하고 수줍게 뛰기 시작했다.

주차된 그의 차에서 준수가 여유롭게 운전석에서 내리더니 트렁크로 이동했다. 보조석과 뒷좌석에서 스텝 두 명이 이어서 내렸다. 그가 트렁크에서 싣고 있던 간식거리를 꺼내 다가온 스텝들에게 넘겼다. 다른 스텝들도 우르르 몰려가 간식거리를 챙겨 들고, 입구 근처에 위치한 피크닉 테이블로 이동했다.

준수도 그들 틈에서 쇼핑 봉지를 하나 챙겨 들고 테이블로 향했다. 그는 나를 아직 발견하지 못했다. 그의 여유로운 몸짓을 난 세세하게 주시했다. 그가 오늘은 굉장히 편해 보였다. 표정이 좋았다.

촬영팀들과 있으면 그런 건지, 내가 곁에 없는 탓인지, 오늘 기분이 좋은 건지 모르겠다. 어쨌거나 오늘의 표정이 한결 편안해 보여 다행이었다.

피자며 햄버거 등을 펼쳐 놓으며 신난 스텝들 때문에 주변이 소란스러워졌다. 그들에게 음료수를 건네는 준수의 입가에 부드러운 미소가 번졌다. 사뭇 기분이 좋은 듯 가벼운 미소도 간간이 지었다. 며칠 전 명동에서 나를 보며 렌즈 너머로 웃었던 것처럼.

그러나 그땐 렌즈로 얼굴이 가려져 잘 보이지 않았었다. 그런데 오늘은 그의 웃는 얼굴이 한눈에 다 들어왔다. 그의 특유의 고개를 기울이며 입술을 벌리는 기분 좋은 웃음. 그의 습관적인 몸짓.

준수가 웃는다. 내겐 아니지만, 그래도 웃는다.

저들 틈에서 준수는 저렇게 웃기도 하는구나. 나를 위한 미소는 아니었지만 그럼에도 웃고 있는 그를 보니 좋았다.

왜 그런지 조금은 서운하고, 조금은 좋았다. 그의 웃는 모습이. 오래전 정현이랑 나란히 벤치에 앉아 그를 훔쳐보던 때가 떠올랐다. 아스라한 추억이.

"자기야! 이리 와!"

허 작가가 내게 손짓을 했다. 그제야 준수의 시선이 돌려졌다. 그가 나를 봤다. 그의 눈과 내 눈이 먼 거리에서 마주쳤다. 두근거리던 심장이 부르르 떨리며 가슴골에 오묘한 전율이 흘렀다.

난 고개를 흔들었다. 코디인 윤희가 내게 다가오려고 해서 괜찮다고 손사래를 쳤다.

그때 준수가 허 작가에게 뭐라 하더니 음료수 같은 걸 하나 들고, 내 쪽으로 걸음을 옮겼다.

그가 다가왔다.

가볍고 여유로운 발걸음으로.

거리가 가까워짐에 따라 심장의 두근거림의 강도가 강해졌다.

가까워지면서 그의 표정이 보였다.

역시 차갑지 않았다.

부드럽게 웃고 있진 않았지만 편안했다. 나를 편히 보고 있었다. 어쩌면 눈가에 미소도 슬쩍 담고 있을지도 모른다고 난 기대했다.

점점 다가오는 그를 기다렸다. 설렘을 실은 바람이 머릿결을 만지작거리듯 건드렸다.

가까워졌다. 이제 몇 발자국만 더 오면 우린 마주 본다.

곧 우린 마주 본다.

조금만 더.

이제, 곧.

그때였다. 주차장으로 검은색 밴이 미끄러져 들어왔다.

다가오던 준수의 발이 우뚝 멈췄다.

그의 시선이 내게서 밴으로 옮겨졌다. 우빈의 밴이다.

주차된 차에서 우빈이 시원스럽게 내렸다. 바닥을 내딛으며 그는 주변을 휘둘러봤다. 나를 찾는 듯했다. 곧 우빈이 나를 찾았다. 그리고 우빈의 시선이 나와 몇 발자국 떨어진 곳에 우뚝 서 있는 준수에게 잠시 머물렀다.

우빈이 빠르고 자신 있는 걸음으로 성큼성큼 나를 향해 걸어왔다. 나만을 보며 걸어왔다. 그 순간 10년 전 그날처럼 준수가 움직였다.

슬로모션처럼 내게 등을 돌리고 왔던 길을 되돌아갔다.

우빈은 내게로 점점 가까워지고, 준수는 점점 내게서 멀어졌다.

준수와의 나의 거리는 마치 닿지 않는 평행선처럼 빈 공간을 유지한다. 언제나. 금방 닿을 줄 알았던 거리가 다시 멀어졌다. 또 멀어졌다. 오래전 그와 나 사이엔 공간이 없었는데……

준수가 내게 왜 오고 있었는지…… 왜 오다 되돌아가는지…… 서운하고 궁금해서 가슴이 저렸다.

준수와의 나의 닿지 않는 거리 때문에 두근거리던 심장이 저릿저릿 아려왔다.

거리가 좁혀지는 우빈에게 준수가 짧게 턱짓했다. 우빈도 준수에게 가볍게 손만 들어줬다.

"지이야."

가까이 온 우빈이 별안간 뛰듯이 다가와 내 어깨를 와락 끌어안았다.

"오빠."

내가 깜짝 놀라자,

"너무 보고 싶었다."

하며 우빈이 환하게 웃었다.

사람들의 시선이 있음에도 거리낌 없이 스킨십을 하는 우빈의 행동이 곤혹스러웠다. 얼마 전까지만 해도 우빈은 나를 배려하느라 사람들 앞에서 애정 표현을 하지 않았었다. 그런 그가 요즘은 사람들의 시선은 아랑곳하지 않는 사람처럼 굴었다.

슬며시 우빈의 어깨를 밀어내며 한 걸음 뒤로 물러났다. 우빈은 다정히 내려다보며 손을 들어 내 머리카락을 쓰다듬었다.

그의 어깨 너머 굳어 있는 준수의 등이 보였다.

그 등이 한없이 멀게 느껴졌다.

심장이 뜨끔거렸다.

기분 좋게 웃던 준수의 웃음이 완전히 소멸됐다. 촬영 내내 그는 다시 시크준수로 돌아와 있었다. 단 한 번도 웃지 않았고, 허 작가와 의견을 나눌 때를 제외하곤 입을 열지도 않았다.

스타일리스트와의 준비를 끝낸 나와 우빈 앞에 섰을 때도,

"이쪽에서 저쪽 방향으로 자연스럽게 이동하면 됩니다. 보폭이 크지 않게요."

수목원의 보행도를 보여주며 사무적으로 설명했을 뿐이었다.

"네."

그의 눈치만 살피며 난 간신히 대답했다.

"자연스럽게 하세요. 두 분 평소처럼 하시면 되겠네요."

그가 무미건조하게 말을 끝내고 멀어졌다. '두 분 평소처럼'이라는 말에 뼈가 있는 듯했다.

"평소처럼 하면 되겠네. 그치?"

우빈이 내 손을 서슴없이 잡더니 그의 말을 새기듯 반복하며 환하게 웃었다. 난 움찔했다. 난 은근슬쩍 우빈의 손에서 내 손을 빼내었다. 준수가 잡았던 손인데……. 그 앞에서 우빈과 손잡은 모습을 보이고 싶지 않았다. 뒤에서 카메라 세팅을 하는 준수의 시선이 의식되었다.

촬영의 콘셉트는 간단했다. 수목원을 데이트하는 연인들의 설정이었다. 그러나 널따란 코스를 거닐며 이어지는 촬영이라 상당히 분주했다. 정해진 장소를 체크하고 빛을 체크하고 찍고를 반복하며 촬영하는 동안 난 내내 준수만 신경 쓰였다.

우빈과 나란히 있으면서 일하는 그를 틈틈이 훔쳐봤다.

촬영에 집중하는 그는 진지했다. 일절 나는 신경 쓰지 않는 듯했다. 날카롭고 진중한 눈으로 나를 보고, 우빈을 보고 확인하면서 허 작가와 의논하며 진행했다.

그러면서도 단 한 번도 웃지 않았다. 중간 휴식 타임에도 그는 전혀 웃지 않았다. 찍어놓은 사진을 모니터하며 일에만 열중했다. 촬영할 때를 제외하곤 내게 단 한 차례 시선을 주지도 않았다.

내내 그가 혹시라도 다시 웃는지 살피느라 힘겨웠다. 내색도 못하고 그의 눈치를 보고, 우빈의 눈치를 보면서 그러고 있는 나를 느끼며 내내 괴로웠다. 렌즈 뒤의 굳게 다물어진 그의 입술의 서늘함 때문에 내내 숨이 막혔다.

복잡한 심경에 허덕이며 가까스로 촬영을 마쳤을 때서야 호흡하는 기분이었다.

모든 촬영이 끝나고 장비들을 모두 챙겨 주차장에서 인사할 때도 그는 나와 우빈에게 사무적으로 '수고하셨습니다' 라는 말만 했을 뿐이다. 그 순간조차도 내게 눈길을 주지 않았다.

"저녁에 성현 선배 VIP 시사회 있는 거 알아?"

밴으로 이동하며 우빈이 말했다. 난 자신의 자동차에 올라타는 준수를 넘기듯 보면서 우빈의 말을 들었다.

"……아? 오늘이야?"

"응. 오늘이래. 나도 좀 전에 오면서 전달받았어."

"가야겠네? 오빠는 진짜 정신없다. 중국에서 오자마자 방송국에, 화보에, 시사회까지."

나 같으면 숨 막혀서 도망쳤을 거란 생각이 들 정도로 살인적인 우빈의 스케줄에 진저리가 쳐졌다.

"시사회야 의리상 가야 하니까. 갈 거지?"

"가야겠지? 대선배인데."

나의 말에 우빈이 빙그레 웃었다.

"같이 갈까? 지금 서둘러 가야 준비하고 바로 갈 수 있을 것 같은데."

우빈이 자신의 밴을 가리켰다. 시간적으로 촉박했다. VIP 시사회이기에 분명히 포토타임도 있을 것이다. 옷을 고르고 준비하려면 빠듯했다. 난 고개를 주억거리며 그의 밴으로 갔다. 우빈이 밴의 문을 열어주며 손으로 내 등을 감쌌다.

그때 우빈과 내 곁으로 준수의 자동차가 거리를 두고 스치듯 지나갔다.

밴에 오르기 전 시야에서 멀어지는 그의 자동차를 곁눈질로 일별했다.

냉한 전율이 심장을 얼렸다.

❋   ❋   ❋

VIP 시사회가 열리는 극장 앞에는 이미 많은 팬과 기자들이 와서 대기 중이었고, 포토존에 서서 포토타임을 갖는 많은 연예인을 찍느라 바빴다. 우빈과 함께 밴에서 내려, 포토존으로 가는 동안 여느 때와 마찬가지로 나는 그의 곁에 있었다. 계단이 나오면 습관처럼 그는 손을 내밀고 나는 잡았다.

영화는 화려한 임팩트가 가득한 다이나믹한 액션물이었다. 코믹 요소도 가미되어 기분 좋게 깔깔거리며 웃을 수 있는 영화였다.

그런데 난 웃을 수가 없었다.

왜 그런지 재미가 하나도 없었다.

가까이 다가오던 편안했던 준수의 얼굴과 우빈의 밴이 도착했을 때 움찔하던 그의 어깨가 뇌리에서 떠나지 않았다. 그는 분명 우빈의 차를 보고 약하게 움찔했다.

그는 내게 무슨 말을 하려고 다가온 걸까?

표정이 너무 평온해서, 어쩌면 '지이야' 하고 가볍게 웃어줄 거라 기대했었다.

기대하며, 긴장하며 기다렸었다.

결국 난 그가 왜 다가오려고 했는지 알지 못했다.

이럴 줄 알았으면 기다리지 말고 나도 일어나 다가가 볼걸.

다가가 볼걸 그랬다. 이렇듯 아쉬울 줄 알았다면.

영화가 중반부에 들어섰다.

관객들이 한바탕 까르르거리며 웃었다. 아주 재미난 장면인 모양이다. 스크린에 초점 없이 시선만 두다 불현듯 그동안 내가 간과했던 사실을 깨달았다.

나는 지금 우빈의 여자다.

이 영화관의 관객들도, 밖의 사람들도, 더 멀리 있는 사람들도 모두 그렇게 알고 있다. 나의 존재를 아는 모든 사람들이 그렇게 알고 있다.

나는 아까도 우빈의 여자였다. 화보 촬영의 콘셉트도 당연히 우빈의 여자였다. 그의 연인이었다.

준수 앞에서도 난, 우빈의 여자였다.

나의 감정이 아닌 탓에 나는 지금까지도 준수를 만나면서 인지를 못했었다. 준수에게 있어 나는 우빈의 여자라는 걸.

이제야 그걸 깨달았다.

그 순간 뜨거운 눈물이 눈시울을 적시며 뺨을 적셨다.

어쩌면, 어쩌면…… 이것 때문인지도 모른다.

어쩌면 너의 싸늘함은 나로 인한 것인지도 모른다.

한 번 쏟아진 눈물은 멈추지 않았다. 곁의 우빈이 알까 봐 입술을 악다물고 눈물만 뚝뚝 흘리다, 끝내 가빠지는 감정을 주체하지 못하고 흐느꼈다.

옆의 우빈이 소스라치게 놀라 나의 어깨를 잡았다.

그의 손바닥에서 전해지는 온기를 느끼며 난 더 몸을 떨며 울었다.

어쩌면…… 어쩌면…… 내가 너한테 상처를 주고 있었는지도 모른다.

정현의 말이 맞았다. 나는 나만의 생각에 빠져 그저 준수를 찾았다는 것에 혼자 들떠 있었다. 지금 현재 준수가 무슨 생각을 하는지, 어떤 것을 보는지, 그의 속내가 어떤지는 생각지도 않았다.

우빈의 여자라는 자리에 있는 주제에.

주변 관객들의 시선이 하나둘 흘끔거리기 시작하자 우빈은 황급히 나를 일으켜 밖으로 빠져나오게 했다. 그의 손에 이끌려 밖으로 나온 나는 주차장에서 대기 중인 밴에 올라 하염없이 울었다.

우빈이 곁에서 무슨 일이냐며 당혹스러워하며 달랬지만 한 번 터진 울음은 멈출 수가 없었다.

지난 10년 동안 이렇게 크게, 많이 울어본 적이 없었다. 준수를 그렇게 보내고 난 후부터는 난 이렇게 울지 않았었다.

3년을 그늘 속에서 침잠하며 보냈으며, 3년은 자조적으로 보낸 듯했다. 그리고 나머지 시간은 그냥 살아가는 느낌, 사니까 사는 느낌이었다. 그런 탓에 울어도 약하게 흐느끼거나 눈시울을 적시는 정도였다.

그런데 서러웠다.

통곡 소리가 나올 정도로 서러웠다.

가슴을 주먹으로 움켜쥐고 울었다. 입을 벌리고 눈물, 콧물 흘리며 소리 내어 오열했다.

아팠다. 너무 아팠다.

내가 미워서. 내가 너무 미워서.

달래도 내가 울음을 멈추지 못하자 안타깝게 보던 우빈은 밖으로 나갔다. 그는 밴에 등을 기댄 채 내가 울음을 그치길 기다렸다. 당황한 우빈의 매니저가 사온 생수병만 들고서 내가 진정이 될 때까지 기다렸다.

내가 미워 울다 불현듯 깨달았다.

난 그가 좋다.

그가 준수라서 좋은 것이 아니라 그냥 그가 좋다.

그가 준수이든, 야마다 쥰스이든 관계없이 좋다.

만약 10년 전 준수를 만나지 못했고 지금 야마다 쥰스이를 만났다면, 나는 아마도 야마다 쥰스이가 좋았을 것이다.

준수라서가 아니라 그저 그라서 좋았을 것이다.

난 그가 정말 좋다.

그가 좋다. 정말 좋다.

영화가 끝났는지 지하주차장으로 사람들이 하나둘 나오기 시작하자, 밖에서 대기 중이던 우빈의 매니저가 다급히 밴에 올랐다. 우빈도 따라 올랐다.

사무친 회환의 울음을 토해내던 심장이 어느 정도 굳어진 상태라 난 넋 놓고 밖만 봤다. 곁에 앉은 우빈이 물을 건넸지만 난 고개만 약하게 흔들었다.

깊고 깊은 늪 속처럼 침잠한 가운데 차가 이동했다. 침묵 속의 이동이었다.

소속사 주차장에 멈추자마자, 우빈은 내게 데려다 준다면서 차에서 내리길 요구했다.

난 얌전히 그가 시키는 대로 했다. 주차장에 세워진 우빈의 차에 올라타 그대로 나의 집으로 이동하는 그를 보지도 않고, 다시 넋 놓고 차창 밖만 응시했다.

마음이 지치고 고됐다. 아무것도 할 수 없었다.

아파트 지하주차장에 도착했을 때도 내가 초점 없는 눈으로 허공만 보고 있자, 우빈은 내가 입을 열 때까지 말없이 기다렸다. 바닥에 깔린 가라앉은 공기가 그와 나의 눈치만 살폈다.

"……오빠."

먼 곳을 응시하며, 그를 보지 않고 입을 열었다.

"응."

그도 조용히 대답했다.

"할 말이 있어."

차분하게, 조용하게 말했다.

"지이야……."

"……지금 해야 될 것 같아."

"아니야. 하지 마."

나의 중얼거림에 우빈이 돌연 급하게 내뱉었다. 난 고개를 그에게 돌렸다.

"부탁이야. 하지 마."

우빈의 애절한 눈동자가 나를 봤다. 내 입을 통해 나올 말을 예상한 듯 그의 눈동자가 불안하게 떨렸다.

"……오빠."

"조금만…… 조금만 나중에 들을게. 지금은, 오늘은 하지 마."

그가 나를 향한 시선을 거뒀다. 핸들의 어느 부분으로 시선을 고정시켰다.

"네가 무슨 말을 할지 모르겠는데. 좋은 말이든, 나쁜 말이든 오늘은 안 듣고 싶다."

그의 입술이 더 이상 말하고 싶지 않다는 듯 굳게 다물어졌다.

"……알았어."

나쁜 나라도 그에게 일말의 배려는 해야 된다는 생각이 들었다. 난 슬프게 고개를 주억거리고 보조석 문을 열었다.

"조심히 가."

그를 볼 자신이 없어서 그대로 차에서 내려 엘리베이터로 향했다.
등 뒤의 우빈은 굳은 채 멈춰 있었다. 그가 고개를 핸들에 묻었다.
그래도…… 내가 할 수 있는 건 없다.
난 이미 각성했으니까, 완전히.

✽　✽　✽

"그만 좀 깨작거려."
맞은편에 앉은 정현의 타박이 들렸다. 멍하니 스파게티를 찔러
대다 눈꺼풀을 들어 그녀를 슬프게 봤다.
"왜, 왜? 또 뭣 때문에?"
빵을 집어 입에 넣으며 정현이 미간을 찌푸렸다.
"……그냥."
"왜? 유지이, 너 솔직하잖아. 왜 갑자기 꿍해졌어?"
"자신이 없어서……."
"준수랑 촬영한 다음, 수목원 촬영. 그다음부터 너 완전 이상한
거 알아? 유지이답지 않아."
고개까지 설레설레 흔들어대는 정현을 나는 멍청하게 바라봤다.
"나다운 게 뭔데?"
"왜 그래, 진짜? 너 네 감정에 솔직하잖아. 근데 왜 이렇게 헤매?"
"……감정하곤 상관없는 것 같아."

씁쓸하게 뱉으며 포크를 내려놓았다. 짧은 숨을 내쉬며 물을 마셨다.

"뭐가?"

"내 상황이……."

"왜?"

나는 어쩌자고 우빈의 이름뿐인 여자의 자리를 받아들인 걸까? 그것이 우빈에게나 내게나 서로의 발목을 잡는 일임을 깨닫지도 못하고. 내가 결국 우빈을 선택하지 않는다면 우빈에게도, 내게도 치명적인 아픔으로 작용할 텐데, 난 왜 그걸 몰랐을까?

단순히 우빈의 마음을 거절할 수 없었다는 섣부른 배려가 결국은 이렇게 그와 나를 옭아매게 만들었다. 그리고 서로를 착잡한 미로 속에 갇히게 만들었다. 오도 가도 못하는 막다른 길에 내몰린 기분이다.

"……아니야. 나중에 정리되면 말해줄게."

내가 너무 한심하고 원망스러워서 구구절절 말할 수 없었다. 내가 입을 다물자 정현이도 재촉하지 않았다.

"네."

레스토랑에서 나와 소속사 사무실로 향하는 그녀의 차 안에서도 난 멀거니 차창 밖 거리만 지켜봤다. 정현이 울리는 전화를 사무적으로 받았다. '그래서? 그럼 지금 갈게요' 하면서 전화를 끊었다.

"너 내려주고 나 바로 가야겠다. 저번에 CF 계약한 게 항목이 잘못됐다고 확인해 달래."

그녀의 말에 난 기계적으로 고개만 끄덕거렸다.

"너 이쪽으로 들어가도 되지?"

소속사 건물 앞 도로에 차를 대며 정현이 물었다. 나나 우빈 같은 스타는 소속사 입구를 통해 안으로 들어가지 않았다. 재웅의 배려로 우리는 지하주차장을 통해 전용 엘리베이터로 이동해 왔다. 그렇기에 소속사 건물의 1층 입구로 들어가 본 적은 손가락으로 꼽을 만큼 적었다.

"어. 가."

건성으로 대답하고 차에서 내렸다.

"지이야."

정현이 나를 불렀다. 그녀를 초점 없는 눈으로 뒤돌아봤다.

"기운 좀 내."

그녀가 독려했으나 호응도 못하고 끄덕끄덕 대답하고, 1층 현관 입구로 걸음을 옮겼다. 자동문을 통과해 로비로 들어서니 어슬렁대던 보안직원이 다가왔다. 방문자가 나인 것을 확인한 그가 턱을 숙였다. 그에게 턱짓하고 무심히 엘리베이터를 향해 걸음을 옮겼다. 안내데스크의 여직원이 나를 보고 슬쩍 미소를 보내 나도 그녀에게 답례했다. 엘리베이터 옆 구석에서는 무수히 많은 택배 상자를 두 명의 보안직원이 살피고 있었다.

"이건 유지이 씨 거. 총무팀."

몇 개의 택배상자를 젊은 직원에게 넘기며, 체크하는 보안직원의 음성에 걸음을 우뚝 멈추고 그들을 봤다.

"안녕하세요. 점심 식사하셨어요?"

"아, 네. 이쪽으로 오셨어요?"

나를 발견한 그들의 표정에 화색이 올라왔다.

"네. 제 건가 봐요. 제 거면 제가 그냥 들고 갈게요."

"아…… 이게…… 검수를 해야 하는데……."

"왜요? 이런 것도 검수해요?"

의아함에 그에게 물었다.

"그게……."

직원이 말하기 고민스러운지 우물쭈물 거렸다. 난 차분히 그가 말하길 기다렸다.

"원래는 지정된 것만 했는데, 예전에…… 그러니까 지이 씨랑 우빈 씨랑 공식 열애 발표했을 때, 우빈 씨 앞으로 혈서 왔었잖아요. 여러 번. 그래서 그 뒤론 모든 우편물품을 무조건 검수하고 넘기는 것으로 지침이 바뀌었어요."

말해주는 직원의 말에는 나에 대한 배려가 있었다. 우빈 앞으로 온 혈서는 나에 대한 분노가 담겨진 것이었으므로.

"아…… 그렇구나. 그럼 지침대로 하셔야겠네요. 그럼 체크하고 보내주세요. 수고하세요."

그들에게 인사하고 엘리베이터로 향했다.

우빈은 그런 사람이다. 이렇게 죽자고 열렬하게 사랑받는 사람이다. 그런 사람을 나는 왜 사랑하지 못할까. 그런 사람을 나는 왜 마음에 넣지 못했을까.

그것이 어쩌면 준수를 먼저 사랑했기 때문일까. 아니면 이 남자가 내 남자가 아니기 때문일까.

나는 아마도 후자일 것이라 생각했다. 우빈은 처음부터 내 남자가 아니었던 것 같다. 그러기엔 그는 너무 완벽하고 난 너무 부족하니까.

엘리베이터를 타고 내 방, 우빈의 방, 대표이사실이 나란히 같이 있는 6층에 내렸다. 내 방으로 향하다 나는 발을 돌려 대표이사실로 갔다.

아무래도 정말 뇌가 휴식이 필요한 모양이라는 생각이 들었다.

어차피 오래전부터 당분간은 일을 하고 싶지 않다고 생각했었다. 특히 이번 화보 촬영으로 인해 더욱 진이 빠졌다. 남이 들으면 배부른 소리라고 생각하겠지만 지금 머리가 복잡한 나로선 절실했다.

생각난 김에 재웅이 재촉하기 전에 먼저 통보하러 가야겠다는 생각이 들었다.

"오빠!"

문을 벌컥 여는데 눈앞에 펼쳐진 믿을 수 없는 광경에 난 소스라치게 놀랐다.

소파에서 서로 보듬고 안은 채 키스하던 재웅과 혜영이 노크 없이 불쑥 등장한 나로 인해 정신없이 떨어져 옷매무새를 추스르며 난리를 피웠다.

당신들은 왜 매번 나한테 목격을 당하는가.

그들을 게슴츠레 주시하며 난 그들이 정신 차릴 때까지 차분히 기다려 줬다.

"야야…… 노크를 해야지!"

재웅이 버럭했다.

"오빠도 안 하잖아."

눈을 가늘게 뜨고 재웅을 쳐다봤다.

"야, 난…… 대표이사잖아."

"뭐, 그런 거 하라고 대표이사실을 준 건 아니잖아."

"너……."

나의 말에 재웅이 흘겼다. 뒤돌아서 서둘러 블라우스 단추를 채우던 혜영이 옷매무새를 다듬고선 나를 향해 붉어진 얼굴을 돌렸다.

"그새 이리되셨어? 진도 참 고속이다. 호텔로 가세요들. 연세도 있으신 분들이……."

"……왜 왔는데?"

문을 닫고 나오려던 찰나 재웅이 급히 물었다.

"나, 이번 화보 외에 연말까지 일 안 한다고."

내가 문을 닫자마자 재웅의 '지이야! 그럼 안 되지!' 하는 외침이 들렸지만, 난 무시하고 내 방으로 걸어갔다.

다들 봄이구나.

정현이도 봄이 왔고, 재웅 오빠도, 혜영 언니도 다시 봄을 찾은 것이 분명했다.

나만 왜 이렇게 겨울을 닮은 가을인 거야.

괜히 억울하다.

16화_ 통증

　창밖으로 교복 입은 여학생 두 명이서 나란히 보폭을 맞추며 지나간다. 단발머리 친구 하나가 무슨 말을 했는지 긴 생머리의 여학생이 까르르 거린다. 그녀의 웃는 모습이 참 예쁘다. 그때 뒤에서 한 남학생이 달려온다. 그러더니 긴 생머리 여학생 앞에 선다. 여학생에게 뭐라 말을 하더니 남학생이 불쑥 손을 들어 여학생의 윗머리를 쓱쓱 헝클어뜨린다.

　움찔, 지켜보던 내 심장이 따끔한다. 여학생의 머리카락을 헝클어뜨린 남학생은 즐거워하며 앞서 걸어가고, 여학생은 짜증 내며 머리카락을 손질한다. 아마도 남학생은 여학생을 좋아하는 모양이다. 여학생은 아직 남학생의 마음을 모르는 듯하다.

　오래전 준수가 내 머리카락을 헝클이던 때가 생각났다, 아스라이 그리운 순간이.

따끔했던 심장이 쓸쓸하다 말한다.

나는 준수의 나에 대한 마음이 어떤지는 모른다.

냉정했다가 불쑥 그윽했다가 다시 냉정해지는, 갈피 잡을 수 없는 그의 감정을 파악조차 못하겠다. 그가 나에게 감정이 남았는지, 차갑게 식었는지 전혀 간파할 수가 없다.

그가 이미 내게 완전히 식었더라도 할 수 없다. 이미 너무 오랜 시간이 흘렀고, 우린 이미 너무 오래 보지 않았었다. 그래서 지금의 그가 내게 마음이 전혀 동하지 않는다 해도 할 수 없다. 그의 감정이 어떻든 중요치 않다.

나는 결정했으니까.

그래도 내가 무턱대고 준수에게 달려갈 수 없는 것은 아직은 내가 당당히 혼자라 외칠 수 있는 입장이 아니기 때문이었다.

난 당장 직면한 문제부터 해결해야 된다. 그래야 네게 가서 매달려 보기라도 할 수 있다. 설사 네가 나를 거부하고 외면한다 해도 다시 매달리고 매달릴 것이다.

그래도 안 된다면…… 어쩔 수 없겠지.

어쩔 수 없는 일이겠지…….

우빈은 스케줄이 바빠 소속사에 들어오는 때가 적었던 탓에 힘겨웠던 주차장의 밤이 지난 후 며칠 동안 마주치지 않았다. 그는 어쩌면 예감하고 있는지도 모른다.

그는 단 한 번도 내게 '하지 마'라는 소리를 한 적이 없었다. 그런 그가 내게, 내가 하고 싶은 말이 있다고 하는데도 '하지 마'라고 하는 건, 내 말을 예상하고 있다는 것이었다.

그러므로 나는 그를 기다려야 한다. 그의 마음이 정리될 때까지 기다려야 한다.

그럼에도 시간이 지날수록 초조해졌다.

그가 나를 일부러 피하는 것은 아니겠지만, 그와의 마주침이 전혀 없자 불안해졌다.

그래도 내가 우빈에게 할 수 있는 최대한의 배려는 기다려 주는 것뿐이었다. 그래서 난 때가 오기를 기다리고 있었다.

"지이야, 뭐 해? 너 진짜 연말까지 일 안 할 거야?"

방문이 벌컥 열리며 정현이 들어섰다. 허무한 시선을 그녀에게 돌리니 그녀가 인상을 썼다.

"너, 그렇게 허구한 날 넋 나간 미친년처럼 있을 거면 차라리 일을 해."

"싫어."

딱 잘라 답하며, 난 창문 밖 거리로 눈길을 다시 돌렸다.

"너, 대체 왜 그러는 건데? 서준수 때문이지? 아직까지도 자기가 준수라고 인정을 안 해?"

"뭐…… 인정은 당연히 안 하는 거고……."

심드렁하게 대답하며 창가에서 떨어졌다.

이제 중요한 것은 그것이 아니므로.

"마셔."

정현이 테이크아웃 커피를 내밀었다. 무심히 받아 소파에 가서 앉았다.

"너, 수목원에서 우빈 오빠랑 무슨 일 있었어?"

"왜?"

"아니, 우빈 오빠도 사무실에 전혀 안 들어오고……. 네가 일 없어도 사무실에 죽치고 있는 거 아는 우빈 오빠가 너 보러 잠시도 안 들르니까 이상해서. 아무리 바빠도 너 보러 꼬박꼬박 오잖아, 원래."

정현이 의아하다는 듯 물었다.

날 보기 싫어서 안 오는 거야, 라고 대답하려다 무심히 커피만 홀짝거렸다.

"바쁘대."

대충 둘러대고 난 커피를 내려놓았다.

"참, 나 좋은 생각이 있는데."

정현이 내 옆에 털썩 앉으며 눈을 반짝거렸다.

"우리 태주랑 준수랑 만나게 하면 어떨까? 그럼 준수도 모른 척 못할 거 아냐? 좋은 생각이지?"

"언제부터 우리 태주야?"

초롱초롱한 정현의 얼굴을 시큰둥하게 응시했다.

"왜? 우리 준수는 괜찮고, 우리 태주는 안 되냐?"

나의 이죽거림에 정현의 눈이 가늘어지며 흘겼다.

"……아무래도 우리 준수는 남의 준수가 될 것 같다."

소파에 벌러덩 누워 등받이 쪽으로 몸을 돌리며 깊은 숨을 내쉬었다.

"왜?! 서준수 여자 있대?! 이런 개자식!"

정현이 버럭 성질을 내며 무턱대고 욕부터 뱉었다.

"그게 아니고…… 그렇게 될 것 같다고…… 나랑 안 되면 남의 준수인 거지."

눈꺼풀을 닫으며 난 허탈하게 중얼거렸다.

내가 우빈의 여자인 것처럼.

"너 왜 그래? 진짜 무슨 일이야?"

그제야 정현이 한껏 가라앉고, 한껏 암울한 나를 눈치챘다.

"정현아."

"응."

"……내가…… 잘못했어."

눈시울이 불끈 달궈졌다.

"뭘?"

"……그냥 다…… 다……."

참으려고 했지만 참을 수가 없었다.

너의 흠칫한 어깨가 아파서. 그게 뇌리에서 떠나지 않아서.

핸들에 고개를 파묻던 우빈의 모습이 아파서. 그것도 뇌리에서 떠나지 않아서.

입술을 깨물고 숨죽여 흐느끼는 나의 등을 정현이 가만히 쓰다듬었다. 달래듯 쓰다듬고 또 쓰다듬었다.

"지이야…… 너 혼자 그렇게 짊어지려고 하지 마."

위에서 다정한 정현이의 위로가 들렸다.

"네가 잘못한 거 없어…… 네가 뭘 잘못해……."

그녀의 다정한 손이 나의 머리카락에 얹어졌다. 내 머리카락을 부드럽게 쓸며 그녀가 깊게 한숨을 쉬었다.

"네 사랑이 복잡해서 그런 거지 네 잘못이 아니잖아. 둘이여야 하는데 셋이라서 복잡한 거잖아. 그러니까 넌 잘못 없어."

정현의 말은 틀리다. 셋을 만든 건 나다. 내가 셋을 만든 거다. 우빈의 마음을 배려한다는 얄팍한 감정으로 받아들이고, 준수를 바라보는 내가. 모두 내 잘못이다. 처음부터 삐거덕거리는 관계를 만든 건 나다. 내 탓이다.

"왜 자책해…… 네가."

난 억지로 흐느낌을 참으며 그녀의 말을 가만히 들었다.

"우리 지이, 이렇게 사랑이 힘들어서 어떡하니……."

그녀의 목소리도 젖었다.

뜨거운 커피가 식어갔다.

"허 작가님이 패션 컷 좀 부탁했는데 그건 거절할게. 그거 물어보려고 온 거야."

내가 진정이 되자 소파에서 일어나면서 정현이 차분히 말했다.

"······무슨?"

허 작가라는 말에 준수와 연관이 있는 사람이기에 솔깃해져서 눈을 돌렸다.

"허 작가가 이번에 패션지 몇 컷 촬영이 있대. 원래는 강다비였는데, 걔가 갑자기 해외 일정이 잡혀서 펑크래. 혹시 네가 대신 해 줄 수 있느냐고."

"강다비는 신인이고 난 노땅인데 괜찮대?"

강다비는 스물셋의 요즘 인기가 한창인 파릇파릇한 신인 여배우였다.

"네가 훨씬, 훨씬 더 예쁘잖아."

정현이 정색하고 강조했다.

변함없는 그녀의 나를 향한 자부심에 피식 웃음이 나왔다.

"허 작가님 스튜디오에서 촬영해?"

"아니, 여름에 폭우로 강남 일대 침수되었잖아. 그래서 지하인 허 작가 스튜디오도 피해 입었대. 그것 때문에 대공사 들어갔대. 그래서······."

정현이 말을 바로 못 잇고 우물거렸다.

"준수 스튜디오에서 찍어?"

"……어."

그녀가 내 눈치를 살폈다.

"언젠데?"

"네가 오케이만 하면 내일도 가능."

"할게."

난 다시 소파 안쪽으로 돌아누웠다.

"안 불편하겠어?"

"어. 일인데, 뭘."

퉁명스럽게 대답하며 눈을 다시 감았다. 그녀는 더 이상 묻지 않았다.

일이라는 게 핑계인지 나도 알고, 정현이도 알았다.

✳   ✳   ✳

오픈되어 있는 유리문을 넘는 한 걸음, 한 걸음이 공연히 뻣뻣했다. 마치 수줍은 소녀가 짝사랑하는 이웃집 오빠를 훔쳐보러 가듯 설레기도 하고 긴장되기도 했다.

어제까지의 나는 암울함의 늪에 빠져 허우적거리고 있었음에도 불구하고 막상 준수의 스튜디오에 들어서니, 씻은 듯이 암울은 사라지고 들뜬 설렘만 솟구쳤다. 준수가 어떠한 반응을 할지, 준수가 나를 어떻게 대할지 가늠도 못하면서.

수목원에서 준수가 굳어진 채로 먼저 가버린 후, 준수와의 첫 대면이었다. 그리고 내가 준수를 향한, 쥰스이를 향한 마음을 각성한 후 첫 대면이었다.

그렇기 때문에 더 설레는지도 모른다.

어쨌거나 나는 그를 본다는 사실만으로도 좋았다.

내 마음을 들킬까 봐 애써 들뜨는 표정을 감추며 유리문을 넘어섰다. 쥰스이의 작품 사진이 걸린 짧은 복도를 지나 스튜디오 안으로 들어서니 촬영 준비로 스텝들이 분주하게 다녔다.

그 틈에 준수는 없었다.

슬그머니 눈길을 높여 위층을 올려다보았지만 그곳에도 없었다.

"오셨어요? 선생님! 유지이 씨 도착했습니다!"

보조어시스트가 나와 혜영을 발견하고 환하게 웃으며 소리쳤다. 그녀의 소리에 드레스룸 문이 열렸다.

"자기, 왔어? 내가 너무 고마워서 어떡해?"

허 작가가 호들갑 떨면서 내게 다가와 손을 잡았다.

"뭘요. 한가했어요."

난 빙그레 웃으며 드레스룸을 힐끔 넘겨다봤다. 그러나 준수는 없었다.

그가 어디에 있는지 궁금했다. 내가 온 걸 아는지 궁금했다. 이쪽에 있나, 저쪽에 있나 나의 눈이 바쁘게 헤매며 그의 모습을 찾았다.

"지이야, 이리로 들어와."

스타일리스트 소민이 드레스룸 안에서 손짓했다. 난 건성으로 '네' 하고만 대답하고 여전히 문가에 등을 기댄 채 움직이지 않았다.

"오랜만이네요."

"어머, 혜영 씨네. 복귀했어? 반갑다."

나이가 많은 소민이 혜영과 인사하며 반색했다. 혜영도 그녀에게 '오랜만이에요, 언니' 하고 즐거워했다. 둘의 대화를 들으며 난 스튜디오를 끊임없이 훑었다.

아무리 살펴도 준수의 모습이 보이지 않는다.

스튜디오만 오픈해 놓고 자리를 비운 건가?

그의 그림자조차 찾을 수 없어 실망하고 고개를 돌리려던 찰나, 그가 뚫린 벽의 통로에서 나왔다. 슬그머니 돌려진 그의 무심한 눈과 내 시선이 부딪쳤다.

분명 눈이 마주쳤음에도 그는 내게 턱짓조차 하지 않고 무시하듯 걸음을 세트장으로 옮겼다.

나쁜 놈.

울컥해서 그를 흘기는데 그는 스텝들에게 뭔가를 지시하고만 있었다. 나에겐 눈을 돌리지 않았다. 처음 봤던 그날처럼 다시 그에게서 냉랭한 기류가 흘렀다.

또 그는 얼었다.

내게 또 시리도록 차가워졌다. 예상했던 바이지만 서운한 것은 어쩔 수 없었다.

침울해져서 눈꺼풀을 내리는데, 소민이 '지이야, 준비하자' 라고 말했다.

"네."

힘없이 대답하고 난 드레스룸 문을 닫으며 안으로 들어갔다.

스타일 준비를 끝내고 세트장으로 가니 준수는 허 작가 옆에 서서 바지 주머니에 손을 꽂아놓고 느긋하게 있었다.

"야마다 쥰스이 작가님은 안 찍으시나 봐요?"

심드렁한 척 그에게 자연스럽게 말을 시켰다.

"네."

준수는 나를 바라보지도 않고 앞만 보며 차갑고 짧게 대꾸했다. 그러더니 더 이상 말하고 싶지 않다는 듯 입을 다물었다.

"그럼 구경만 하실 거예요?"

"곧 들어갈 겁니다."

내가 왜 보냐? 라는 투였다. 여전히 앞만 봤다.

수목원에서의 마지막 냉랭한 기류가 그대로 연결이 된 듯했다.

섭섭해지고 기죽어 입술을 삐죽거리며 세트장으로 올라갔다. 콘셉트 설명은 드레스룸에서 준비하면서 들었기 때문에 촬영은 순조롭게 진행되었다.

허 작가의 오버하는 '자기, 너무 예쁘다' 소리만 스튜디오 안에 울려 퍼졌다.

"그렇지. 오늘 컨디션 최고인데? 이제 옷 갈아입고."

허 작가가 칭찬을 아끼지 않았다. 칭찬은 고래도 춤추게 한다는데 나는 내내 준수만 신경 쓰느라 진짜로 웃진 못했다.

준수는 촬영이 시작된 지 얼마 안 되어 아까 나왔던 뚫린 통로로 들어가 버렸다. 이제나저제나 나오길 기다렸지만 그는 나오지 않았다. 내가 밖에서 촬영 중인 것조차 감감한 모양이라고 난 속으로 투덜거렸다.

세 번째 옷을 갈아입고 마지막 촬영을 할 때서야 준수가 통로를 통해 나타났다.

그는 아까와 마찬가지로 무미건조한 시선으로 다가와 지켜봤다. 그와의 거리가 멀지 않음에도 먼 것처럼 아득했다. 그의 메마른 표정 탓이었다.

"이제 마지막 컷만 찍고 끝내자."

허 작가가 응원을 다졌다. 그녀가 이어 렌즈를 들여다보려는 찰나, 인우가 허 작가에게 다가갔다. 자그마한 인우의 말소리가 들리진 않았다.

"아! 좋은 생각인데?"

인우와의 간단한 대화를 끝나고, 그녀가 반색하며 내게 입을 열었다.

"자기야, 얼굴하고 머리카락에 물 좀 뿌려도 되나?"

"네?"

내가 멀뚱히 보자 허 작가가 손가락을 튕기는 손짓을 했다. 폭탄 맞은 것 같은 풍성하고 긴 파마 가발을 쓰고 있는 내 머리카락에 물방울을 방울지게 넣을 모양이었다. 무슨 뜻인지 알아듣고 난 고개를 끄덕였다.

"막내야, 욕실에서 물 좀 떠와."

"네!"

대답을 한 보조스텝이 휙 몸을 돌려 욕실로 후다닥 걸음을 옮겼다.

그때였다. 급하게 움직인 스텝의 발끝에 라이트스탠드 조명에 연결된 줄이 걸렸다. 그 순간 라이트스탠드 조명이 쓰러지면서 바닥에 쭈그리고 앉아 있는 내 머리 위로 기울어졌다.

"어어……."

"어맛!"

순간의 공포로 눈을 질끈 감았다. 놀란 사람들의 외침이 들렸지만, 나에겐 아무런 일도 일어나지 않았다. 그런데,

"야마다 작가님!"

"쥰스이!"

경악의 비명 소리로 주위가 소란스러워졌다.

눈을 번쩍 떴다.

그 순간 내 앞을 가로막고 있는 준수의 다리가 보였다. 고개를

위로 휙 올렸다. 그가 나와 아슬아슬하게 닿을 듯 몸을 기울이고 있었다.

준수가 허공에서 나를 감싸, 나를 향해 떨어진 라이트스탠드 조명을 몸으로 막고 있었다. 그의 뒤통수 너머로 쓰러진 조명박스가 덮쳤고, 튀어나온 스트로보 조명이 그의 뒷덜미를 찍어 누르고 있었다.

놀라 동공이 커진 준수의 눈동자가 흔들리며 나를 내려다봤다. 일그러진 그의 눈동자가 내게 괜찮느냐고 물었다. 조명이 자신을 짓누르고 있는데도 눈은 나의 안위를 걱정했다.

경악한 난 숨도 제대로 못 쉬고 꼴딱거리면서 그를 올려다만 봤다. 그의 시선과 나의 시선이 격렬하게 부딪쳤다. 뜨거운 숨을 내뱉는 그의 가슴팍만 들썩거렸다.

그의 목덜미 너머에서 시뻘건 피가 타고 내려와 기울어진 턱을 적셨다.

스텝들이 달려왔다. 혼비백산한 스텝들이 소리를 지르고, 순간의 실수로 사고를 만들게 된 보조스텝은 놀라 그 자리에 털썩 주저앉았다. 일순간 스튜디오 안이 아수라장이 되었다.

스텝들이 나를 보호하기 위해 몸으로 조명을 막은 준수를 감쌌다.

그의 아래서 숨어 있듯 쭈그려 있던 나는 얕은 숨만 몰아쉬었다. 스텝들이 부랴부랴 커다란 라이트스탠드 조명을 일으키려 하자, 깨진 전구 유리 조각 몇 개가 그의 뒷덜미와 어깨를 넘어와 바닥으로 툭툭 떨어졌다. 공중으로 낙하한 유리 조각들이 맨발인 내 발 주변에 흩뿌려졌다.

"그만."

입을 굳게 다물고 있던 준수가 단호하게 내뱉었다. 스텝들이 움찔했다.

"유지이 씨부터."

감정 없는 눈빛으로 준수가 낮게 말했다. 그의 시선은 내게 꽂혀 있지 않았다. 격렬하게 나와 시선을 부딪쳤던 준수는 금방 시선을 허공으로 돌렸다. 나의 떨리는 눈길을 회피하며.

"지이 씨, 괜찮아요?"

인우가 준수의 아래로 무릎을 굽히고 앉았다. 내 바로 앞에 쭈그려 앉은 인우가 손으로 내 팔을 잡고 끌다시피 잡아당기려고 했다.

"바닥!"

준수가 미간을 찌푸리며 짧고 강하게 일갈했다. 세심하지 못한 인우에게 화를 내듯.

인우가 화들짝 놀라 그제야 내 발 주변에 떨어진 유리 조각들을 발견했다. 인우가 스텝에게 휴지를 달라고 말한 후, 조심스럽게 유리 조각들을 치웠다. 그리고 다른 어시스트가 나의 몸을 잡았다. 그의 아래서 웅크리고 있던 나는 그들의 손에 이끌려 좁은 공간에서 벗어났다.

"괜찮아, 지이야?"

혜영이 다급하게 내게 달려왔다. 일어나야 하는데 몸이 바들바들 떨렸다. 몸에 힘이 들어가지 않았다.

정신이 나간 난 얼빠져서 고개만 끄덕였다.

상황 파악이 제대로 되지 않았다.

나는 아무렇지도 않은데 왜 다 나한테 괜찮냐 하는 거야.

흐릿한 시선을 준수에게 돌렸다.

그는 나를 쳐다보지 않았다. 그는 단단한 가슴팍을 오르락내리락 거리며 낮은 숨만 쉬고 있었다. 아픈 내색도 하지 않았다. 미간만 잔뜩 찌푸린 채 굳은 것처럼 그렇게 있었다.

내가 혜영의 손에 이끌려 그 공간에서 완전히 벗어날 때까지 준수는 꼼짝하지 않았다. 내가 사고 현장에서 멀어지자, 스텝들이 기다렸다는 듯 그의 몸에 엎어진 라이트스탠드 조명을 일으켜 세웠다.

후드득 하고 그의 목덜미 위에서 깨진 유리 조각들이 바닥으로 낙하했다.

"어떡해…… 전구와 연결되는 뾰족한 게 작가님 목을 찔렀어요."

여자 스텝 하나가 울상이 되어 바들거렸다.

충돌로 인하여 스트로보 조명 전구가 깨지고, 전구와 연결되는 송곳 같은 부위가 준수의 목덜미에 꽂힌 것이었다.

그녀의 말에 난 휙 준수에게 다시 시선을 돌렸다. 준수는 움찔조차 하지 않았다.

스텝들이 조심하며 그에게서 조명을 떼어냈다. 굵은 송곳처럼 뾰족한 조명 연결 부위가 그의 목에서 빠져나왔다. 그 순간 찢어진 공간에 공기가 주입되며 순식간에 구멍 나듯 생긴 틈으로 체내의 혈액이 폭발하듯 흘렀다. 붉은 피가 주르륵 흘러내리며, 그의 목덜미를 타고 흘렀다. 그의 목이, 그의 턱이 붉게 젖었다.

새하얀 바닥으로 그의 붉은 피가 방울져 떨어져 충돌하면서 터지듯 퍼졌다.

붉은 피의 흐름에 정신이 아득해졌다.

"전구 유리 파편도 많이 박혔네……."

황급히 허 작가가 다가가 확인했다.

"괜찮아요."

울상을 짓는 스텝에게 준수가 되레 침착하게 말했다. 그는 일말의 흔들림도 없었다. 아프지 않은 사람처럼.

조명이 완전히 등에서 벗어나자 그가 그제야 허리를 폈다.

"작가님, 목에 피가 너무……."

주르륵 흘러내리는 피를 보며 스텝이 파리해져서 중얼거렸다.

"심줄을 건드린 건 아니겠지? 피가 너무 많이 난다. 수건 좀 가져와!"

허 작가가 다급하게 소리쳤다. 스텝 하나가 후다닥 욕실로 달려갔다.

"괜찮아요. 걱정 말아요."

낮은 숨을 몰아쉬며 준수가 몸을 완전히 일으켰다. 그러자 바닥으로 낙하하던 피가 일순간 그의 목덜미를 타고 흘러 그의 하얀 셔츠를 급속도로 적시기 시작했다. 달려온 스텝이 가져온 수건을 받아 허 작가가 목에 대주려고 했지만 찢어진 상처 부위 옆에 박힌 유리 때문에 움찔했다.

"안 되겠다. 지혈부터 해야 되는 거 아냐?! 지혈제도 없지?"

"선생님."

스텝 하나가 부랴부랴 주머니에서 손수건을 꺼내 내밀었다. 허 작가가 손수건을 피가 주르륵 흘리고 있는 그의 찢어진 상처 부위에 조심스럽게 얹었다.

"병원! 인우야! 차부터 대기시켜, 빨리!"

허 작가가 허우적거리듯 손을 휘휘 저으며 명령했다. 준수가 손을 위로 올려 직접 손수건을 눌러 잡았다.

"걱정하지 말아요, 정말 괜찮으니까."

준수가 연신 낮은 숨을 고르며 아무렇지도 않은 양 놀란 스텝을 진정시켰다.

"저는 잠깐."

그러고는 목에 댄 손수건을 짚은 채, 세트장에서 내려왔다. 그가 세트장에 걸치듯 앉아 있는 나를 힐끔 보더니, 성큼성큼 큰 걸음으로 통로 쪽으로 이동했다.

"쥰스이, 차 대기시켜 놓을 테니까 현관 쪽으로 나와!"

그에게 허 작가가 크게 말했다.

준수는 슬며시 손만 들어주고 통로 속으로 들어갔다.

그때까지 혼이 나가 넋을 놓고 있던 나는 그제야 정신이 번쩍 들었다. 쭈그려 앉아 있던 몸을 벌떡 일으켰다.

"지이야."

혜영이 왜 그러냐는 듯 나를 따라 일어났다.

"언니…… 잠깐만……. 나…… 준…… 야마다 작가님 좀…….."

입술이 파르르 떨렸다. 떨리는 다리를 움직여 그가 사라져 간 통로로 뛰다시피 걸어갔다.

통로 안에는 두 개의 문이 있었다. 통로 바로 옆의 문이 살며시 열려 있었다.

"준수…… 준수야."

파들파들 떨면서 문을 젖혔다.

안은 침실이었다. 문 바로 옆, 오른편에 커다란 킹사이즈 침대가 놓여 있고, 마주 보이는 벽 쪽엔 붙박이 책장과 테이블, 의자가 있었다. 이 방에서 노트북 작업을 하던 중이었는지 노트북이 화면보호기 상태로 켜진 채 테이블 위에 있었다. 준수가 테이블 위에서 휴대폰을 집다 말고 움찔하며 날 뒤돌아봤다.

"준수야."

난 다급히 안으로 들어가 그의 팔을 잡았다.

"준수야…… 어떡해……."

눈물이 왈칵 쏟아졌다. 붉게 물든 그의 셔츠와 그의 턱과 그의 목이 시야에 들어왔다. 그가 한 손으로 잡고 있는 손수건은 이미 시뻘겋게 물들어 있었다.

"어떡해……."

"괜찮아요."

준수가 내 시선을 외면하며 침착하게 말했다.

"피가 많이 나잖아……."

쏟아지는 눈물을 주체하지 못하고 흐느끼면서 그를 올려다봤다. 그의 목을 보기 위해 뒤꿈치를 들었다. 다친 그를 보는 게 아파서 견딜 수가 없었다. 너무 무서웠다.

"나 때문에…… 나 때문에……."

"사고였어요. 유지이 씨 때문 아니에요."

나의 말에 준수가 무표정한 얼굴로 나를 내려다보며 빠르게 말했다. 그는 아픈 기색도 없었다. 그의 가슴팍만 크게 들썩거렸다.

"……준수야……."

"괜찮으니까, 가세요."

그가 매달리는 나를 피하며 문으로 향해 걸음을 옮겼다.

"계속 피가 나잖아……."

난 울면서 그를 쫓아가 매달리듯 그의 팔을 잡았다.

문으로 나서려다 말고 준수가 우뚝 걸음을 멈췄다. 그리고 눈물범벅이 된 내 얼굴로 시선을 돌렸다. 그의 팔을 잡은 내 손이 바들바들 떨렸다. 눈물이 멈추지 않고 하염없이 흘러내렸다. 숨을 헐떡거리며 계속 흐느꼈다. 그런 나를 그는 뚫어지게 내려다봤다.

그가 낮게 깊은 숨을 내쉬었다. 그러더니,

"괜찮아. 아프지 않아."

일그러진 눈으로 단호하게 말했다.

난 흠칫했다.

준수. 준수다.

"아프지 않으니까 그만해."

그가 준스이처럼이 아니라 준수처럼 내게 말했다. 지금까지 단한 번도 본인이 준수라고 인정하지 않던 그가 이런 상황에서 내게 준수라고 인정하는 말을 했다.

"준수야……"

놀란 나는 그의 이름만 중얼거렸다.

"내가 아픈 거 못 느끼는 거 알잖아. 그러니까 이럴 필요 없어."

그가 건조할 정도로 차분하게 말하며 나를 봤다. 그의 눈동자가 희미하게 일렁거렸다.

난 입만 벙긋거렸다. 말이 나오지 않았다.

"병원 가서 치료하면 그만이야. 그러니까 그만해."

냉정한 말을 끝내고 그가 문으로 돌아섰다.

"같이 가……"

난 그를 쫓았다.

그가 다시 걸으려다가 나를 뒤돌아봤다.

"여기 있어. 아니, 가."

차갑게 그가 뱉었다.

"싫어…… 같이 갈래. 빨리 가자. 빨리 가서…… 치료해야
지……."

그의 옆으로 다가서며 급하게 밖으로 나가려고 발걸음을 옮겼
다. 그런 나의 팔을 준수가 거칠게 잡았다.

"가."

"준수야."

애타게 그를 바라봤다.

"가, 그리고 앞으론 업무적인 일 외엔 오지 마."

"뭐?"

"보고 싶지 않으니까, 가."

가라는 소리만 매몰차게 반복하고 그가 문에서 나가려고 했다.
순간, 둔탁한 것이 머리를 강타한 듯한 충격이 왔다. 금방이라도
쓰러질 지경으로 눈앞이 거뭇거뭇하고 어지러웠다.

"……보고 싶지 않아?"

"그래."

가시 같은 대답이 심장에 꽂혔다. 날 보지 않고 시리도록 아픈
말을 그는 간단히 대답했다.

"……내…… 내가 보고 싶지 않다고?"

"그래."

얼이 나가 더듬거리며 되물어도, 그는 냉정했다.

"너…… 대체 나한테 왜 이러는 건데? 나한테 꼭 이렇게 해야겠어?!"

충격과 서러움이 복받쳐 울컥 소리치고 말았다. 나의 흐느끼는 소리침에 그의 신랄한 얼굴이 돌아왔다.

"그럼, 내가 어떻게 해주길 바랐나? 편하게 해주길 바라나?"

조소하듯 입술을 비뚤거리며 그가 비아냥거렸다. 그의 눈빛이 한기가 들 정도로 냉랭했다.

"……그럼 왜 왔어?"

심장이 아프다고 울었다. 보고 싶지 않다는 그 말이 미어지도록 아파서.

"나도 후회하는 중이야."

그가 잇새를 악다물 듯이 말을 이었다.

"안 그래도 내내 후회하고 있다고."

일말의 감정도 없이, 일말의 애정도 없이 그가 매정하게 말했다.

그는 나를 보는 것을 후회한다. 그 말이 거센 비바람처럼 나의 심장을 매섭게 후려쳤다.

"……그럼 오지 말지! 왜 왔어?! 그냥 오지 말지!"

찢어질 듯한 고통에, 쓰라린 아픔에 부들부들 떨며, 마음에도 없는 소리를 외쳤다. 서운하고, 억울해서. 이렇게 혼자, 나 혼자 애달파하는 게 억울해서.

"그럴걸 그랬다."

픽 조소하며 준수가 차갑게 내뱉었다.

"……안 올걸 그랬다고?"

"그래……."

나의 허탈한 중얼거림에 그는 딱딱하게 대답했다.

"……그럼 왜 왔어?"

미어진 심장을 억누르며 간신히 토해내듯 물었다.

"일이니까, 상관없으니까 왔는데…… 지금은 후회하고 있어. 괜히 온 것 같다."

냉혹하게 느껴질 정도로 차가운 말이었다. 차가운 눈동자였다. 그 눈동자가 흔들림 없이 나를 내려다보며 시리게 말했다.

"……일 때문에? 나랑 상관없으니까?"

"그래, 너와 상관없으니까."

그가 내게 다시 한 번 강조했다, 또박또박 차갑게.

"그러니까 앞으로 일로써 말곤 보지 말자."

그의 고개가 돌려졌다. 그리고 망설임 없이 방에서 나가 버렸다.

힘없는 고개가 아래로 뚝 떨어졌다.

잠시 소강상태였던 눈물이 다시 울컥 쏟아졌다. 흰자위를 통과해 올라온 눈물이 눈가를 적시고 주르륵 빠르게 볼을 타고 흘러내렸다. 그리고 부들부들 떠는 입술을 적셨다. 너무나도 짠 눈물이 떨리는 입술을 적시며 입안으로 들어와 혀를 자극했다.

짠 눈물을 먹은 심장이 통증을 호소했다.

그는 아프지 않다 했는데, 내 가슴은 아팠다.

아픈 통증을 견딜 수가 없었다. 아파서 견딜 수가 없었다.

그대로 무릎 굽혀 주저앉은 채 움찔거리는 심장을 움켜쥐고 꺽꺽거렸다.

아린 시간이 멈추지 않고 흘렀다.

감정이 가라앉은 후, 풀린 무릎을 일으키니 지끈 관자놀이까지 통증이 왔다. 바닥이 요동을 치듯 어지러웠다. 마른침을 꿀꺽 삼키고 그의 방에서 나왔다.

힘없이 어기적거리듯 밖으로 나오니 스텝들은 스튜디오를 정리하느라 분주했다.

"지이야!"

소파에 앉아 있던 혜영이 재빨리 내게 달려왔다.

"······야마다 작가님은?"

"병원 가셨지. 벌써 가신 지 좀 됐지. 너 어디 있었어?"

"······조금 어지러워서."

거짓말을 했다. 변명할 것도 마땅치 않았기에.

"너 괜찮아? 너도 병원 갈래?"

"야마다 작가님, 어느 병원 가셨어?"

병원 갈래라는 소리에 그를 뒤쫓아가야 한다는 생각이 그제야 들었다. 그렇게 나에게 매몰차게 한 그였지만, 그래도 그가 걱정되는 건 어쩔 수가 없었다.

"모르겠어. 연락해 볼까?"

혜영의 말에 난 급하게 고개를 주억거렸다.

"기다려. 인우 씨가 갔으니까 전화해 볼게."

혜영이 부랴부랴 가방에서 휴대폰을 꺼냈다. 그녀가 통화하는 걸 멍하니 듣는데 멀리 하얀 세트장 바닥에 번져 있는 붉은 자국이 시야에 들어왔다. 무거운 다리를 움직여 세트장 가까이로 걸어갔다. 통화하면서 혜영이 그런 나를 빤히 주시했다.

세트장 앞에 우뚝 발을 멈췄다.

흰 바닥은 공중에서 낙하하여 꽃처럼 퍼진 붉은 핏자국이 한곳에 집중해 있었다. 그가 서 있던 자리다. 이 아래, 내가 있었다.

그의 피를 물끄러미 응시했다.

아픈 것도 모르는 네가 다치면 내가 아무렇지도 않을 것이라 생각하는 건가.

네가 아픈 걸 못 느끼니까 내가 더 아픈 건데, 넌 그걸 모르는 건가.

아무리 네가 내게 차도, 아무리 네가 나한테 냉해도, 난 네가 안 온 것보단 낫다 생각했는데…… 넌 아닌가 봐.

넌 아닌가 봐.

"지이야, 야마다 작가님, 친구분이 있는 종합병원에 가셨대. 친구분 있어서 다들 내려 드리고 그냥 오는 길이래."

혜영이 내게 다가왔다.

"걱정 말래. 너무 걱정하지 마."

혜영의 다정한 손이 내 어깨에 얹어졌다.

"괜찮대?"

"자세히는 모르지만 야마다 작가님이 별로 안 아프다고 했대."

언니, 별로 안 아픈 게 아니라, 아픈 건데 모르는 거야. 그녀의 말을 정정하고 싶었지만 그냥 돌아섰다.

"이제 정리하고 가자. 응?"

혜영이 달래듯 등을 토닥거렸다. 난 맥없이 끄덕거리고 옷을 갈아입기 위해 드레스룸으로 느른히 걸음을 옮겼다.

그의 붉은 피에게서 멀어졌다.

차라리, 보호해 주지나 말지. 그럼 미련이라도 안 생기지.

차라리, 다치게 내버려 두지. 그럼 가슴이 아픈 것보단 덜할 거 아니야.

차라리, 내버려 두지.

차라리…….

17화_ 가심(假心)

투명한 글라스에 담긴 액체가 내리쬐는 붉은 조명에 물들어 선명한 붉은 기를 내뿜는다. 뇌리에 생생하게 박힌 너의 붉은 피를 연상시킨다. 글라스를 기울여 붉은 액체를 입안에 털어 넣는다. 음미하듯 혀를 휘둘러 목구멍에 넘긴다. 너의 피를 닮은 액체가 나의 몸 안으로 들어온다. 내 몸 안에 들어온 액체가 요동을 치며 날 자극한다.

"그래서? 그냥 왔어?"

정현이 조용히 물었다.

"응."

"병원에 한번 가보지 그랬어?"

"……또 가라고 할 텐데, 뭘."

쓸쓸하게 중얼거리며 자조적으로 피식 웃었다.

"……정말 준수 이상하다."

정현이 한숨을 푹 쉬었다.

"말을 그렇게 매몰차게 할 거면서 행동은 또 왜 그러니? 아닌가? 얼떨결에 보호해 주고 후회한 건가?"

"아, 그런 건가?"

무심결에 중얼거린 정현의 말에 멍하니 있다 탁 고개를 들었다.

"뭘, 내가 그냥 한 소리인데……."

"아니, 네 말이 맞는 것 같다."

인정하고 싶지 않지만 지금까지 든 생각 중에서 유일하게 설명이 되는 말이었다.

"그래, 그런 건가 보다. 무심결에 보호해 주고 나서 아차 싶은 거. 보호해 주고 싶지 않았는데 그냥 몸이 먼저 나간 거야."

"지이야."

"어, 맞아. 맞네. 그냥 얼떨결에 몸이 나간 거야. 옛날에도 그랬잖아. 식당에서도 그랬고, 김상권한테 친구 끌려갔을 때도 그렇고……. 혼자 다 나서서 하려 하지. 웃겨, 지가 무슨 슈퍼히어로야? 아무 때고 출동해."

실소하듯 피식거리며 혼잣말처럼 두서없이 중얼거렸다.

"아, 맞네. 슈퍼히어로. 어차피 아픈지도 모르잖아."

"지이야……."

"왜? 왜 자꾸 불러?!"

괜히 죄 없는 정현이에게 성질을 부렸다.

"일어나자. 그만 마셔."

"싫어. 마실 거야. 마실 때 마셔야지. 속이 이렇게 뒤집어지는데…… 이거라도 마셔야지."

그리고 다시 술을 쭉 들이켰다.

"지이야, 술로 해결되는 게 아니잖아."

"그러니까 마시지, 해결이 안 되니까. 해결이 되면 술을 마시나? 해결을 하지? 안 되니까, 미치겠으니까. 이거라도 마셔야 잠이 들잖아!"

버럭 일갈하고 숨을 씩씩거리며 입술을 아프게 깨물었다.

"한 4년 죽어 있었나? 나?"

쓴웃음을 픽 뱉으며 말을 이었다.

"그래도…… 희망은 있었어. 언젠간 돌아오겠지. 꼭 온다 했으니 오겠지."

눈시울이 뜨거워지는 것 같아 다시 술을 들이켜 식혔다.

"5년…… 그래, 5년까진 괜찮았어. 견딜 만했어. 그리고 6년……7년……."

정현이 안타까운 눈으로 날 바라봤다.

"……7년 이후부턴 못 견디겠더라. 너무 외로워서…… 진짜로 안 올 것 같아서…… 더 이상은 못할 것 같아서…… 자신 없어서…….

그러니 술밖에 더 있나? 그럴 땐? 내 속을 달래주는 건? 부글부글 끓어오르는 걸 참게 만드는 건 술밖에 없는데…… 어떡해……."

나의 중얼거림을 들으며 정현이도 술을 기울였다.

"우빈 오빠…… 받아들인 게 우빈 오빠 배려해서라는 건 어쩌면 핑계야. 그렇게라도 누군가한테 기대고 싶었어. 우빈 오빠의 따뜻한 품이 내 마음을 달래서…… 우빈 오빠 이용한 거지, 나. 못돼 처먹어서……."

피식 조소했다.

"정현아."

"응."

"나 사실은 외로웠어. 그리웠어. 못 견디게 보고 싶었어…… 죽을 정도로 보고 싶었어……."

결국은 눈시울을 적셨다.

"그런데…… 10년…… 10년 만에 나타나서…… 날 모른 척하더니…… 이젠 보고 싶지 않다잖아."

침을 꿀꺽 삼켰다.

"상관없다 하잖아……. 난 상관있는데…… 없다 하잖아."

목구멍이 타듯이 말라가 다시 술을 마셨다.

"그러니 이거라도 마셔야지. 해결되는 게 아니니까……. 나만 상관있는 거니까."

쓰윽 손바닥으로 눈물을 닦아버리고 다시 술을 따랐다.

밤이 깊어갔다. 술도 깊어갔다.

"나쁜 자식."

아프게 입술을 잘근잘근 씹어대며 테이블 위에 놓인 양주병이 준수인 양 노려봤다.

"이제 진짜 일어나자."

정현이 내 손을 잡고 술잔을 빼앗아가려고 했다.

"놔!"

그녀의 손을 거칠게 뿌리치며 글라스 안에 들어 있는 술을 쭉 한 번에 털어 넣었다.

"지이야!"

정현이 버럭 소리쳤다.

"나쁜 놈, 오지나 말지."

취기로 인해 머리가 어질어질 거렸다. 한껏 마시고 났더니 기분이 완전 바닥으로 추락했다. 침잠했던 것이 울컥거리는 분노로 바뀌었다.

"쳇, 상관없다고, 네가? 그래, 나도 개뿔. 상관없다."

"그래, 그래, 잘 생각했어. 이제 상관하지 마. 일어나, 어서. 우리 착한 지이, 이제 집에 가자."

정현이 나를 달래듯 머리카락을 쓰다듬었다.

"치워!"

그녀의 손을 성질내며 확 밀쳤다. 정현이 잡아먹을 듯이 날 노려봤다.

머리가 빙빙 돌았다. 정현이 안 따라줘서 내가 따르는데 글라스가 자꾸 움직였다. 움직이지 말라고 하는데도 자꾸 왔다 갔다 했다. 술을 따르는데 테이블에 툭 뿌리고 말았다. 그 모양새가 한심하고 웃겨 쿡쿡거렸다.

"얘가 자꾸 움직여."

손가락으로 글라스 잔을 가리키며 정현이를 봤다. 정현이 미간을 좁히며 고개를 마구 흔들었다. 죽겠다는 표정으로.

"걔도 이제 그만 집에 가란다. 일어나."

정현이 팔을 잡았다. 그녀의 손을 탁 때렸다.

"야!"

결국 정현이 못 참고 성깔을 부렸다.

다시 술을 쭉 들이켰다.

"서준수, 나쁜 놈."

양주병을 집었다. 정현이 빼앗아가려는 걸 흔들며 거부했다. 다시 쭉 들이켰다. 나의 빠른 속도에 정현이가 계속 잔소리를 해댔다.

탁.

글라스 잔이 테이블과 충돌하며 둔탁한 소리를 냈다. 참을 수 없는 분노가 스멀스멀 올라왔다.

"죽여 버리겠어."

난 결의에 찬 눈으로 허공을 노려봤다.

"지이야."

정현이 흠칫 놀라며 나를 봤다.

"죽여 버리겠어, 야마다 쥰스이 개자식!"

자리에서 벌떡 일어났다. 정현이 화들짝 놀라 나를 잡고는,

"야야…… 너 지금……. 정신 차려, 이년아!"

황당하다는 듯이 말했다.

"콜 불러. 내가 이 새끼 죽여 버리러 가게."

"야, 제발 정신 좀 챙겨, 이 미친년!"

"그럼 내가 잡지, 뭐. 지금 나가서 택시 잡는다!"

나의 협박에 정현이 거칠게 자신의 머리카락을 흐트러뜨리면서 성질을 부렸다.

"가서 뭐 하게? 지금 몇 시인지나 알아?! 새벽 1시가 넘었어, 이년아."

"콜 안 불러?! 나 나간다!"

내가 룸의 문으로 향해 비틀거리며 걸음을 옮기자 정현이 '알았어, 이년아!' 하고 짜증을 부렸다.

"아이…… 내가 전생에 무슨 죄를 져서…… 저년하고……. 아, 내가 그때 왜 말을 시킨 거야. 내가 미친년이지…….."

휴대폰을 꺼내며 정현이 오만상을 찌푸리며 구시렁거렸다. 그럼에도,

"아, 네, 여기가요……."

친절한 단골 콜에게 전화해 주는 그녀였다.

택시가 오피스텔 앞에 멈췄다.

취한 건 난데, 왜 택시가 비틀거리냐 투덜거리는 나를 정현은 끝끝내 쫓아와 한심하다는 듯 혀를 차댔다.

택시로 이동하면서 취기가 더 올랐는지 내릴 때쯤엔 바닥이 울렁울렁 올라왔다.

"너, 가."

"너 혼자 올라가게?"

"빨리 가."

뒤따라온 정현일 택시 안에 두고, 문을 쾅 닫고 오피스텔로 비틀거리며 걸어갔다. 도로가에 세워진 택시 안에서 나를 지켜보던 정현에게 손짓하고, 난 현관으로 들어갔다. 곧 그녀가 탄 택시는 도로가에서 떠났다.

엘리베이터에서 내려 옥상 계단으로 어기적거리며 올라갔다. 자꾸 발을 헛디뎌 앞으로 고꾸라질 것 같았다. 계단 난간을 잡으며 간신히 몸을 지탱시켰다. 휘적휘적한 걸음으로 옥외정원을 가로질러 유리문 앞에 섰다.

안은 깜깜했다. 초인종을 눌렀다. 바로 들려오는 소리도, 불이 켜지지도 않았다.

다시 초인종을 누르고 유리문을 주먹으로 두들겼다.

"야! 야마다 준스이!"

힐을 신고 있는 발로도 유리문을 쾅쾅 차댔다. 유리문이 아파야 하는데 내 발끝이 아팠다.

"야, 준스이! 이 나쁜 놈아! 문 열어!"

불이 켜졌다. 그림자가 복도를 지나 유리문 너머로 나타났다. 곧 목에 붕대를 댄 준수가 유리문 너머로 나타났다.

"안녕."

그에게 빈정대듯 피식 웃어주고 손을 올렸다. 유리문 너머에서 그가 미간을 찌푸리고 나를 봤다. 유리문이 열렸다.

난 비틀거리며 안으로 들어섰다.

"너……."

그가 내 팔을 잡으며 꾸짖듯 쳐다봤다.

"술을 왜 이렇게 마시고 다니는 거야?"

"상관하지 마세요, 야마다 준스이 씨."

삐딱하게 그를 올려다보다 휙 귀찮다는 듯이 팔을 휘젓고 안으로 들어갔다. 똑바로 가고는 있는 것 같은데 복도 벽에 팔을 부딪쳤다.

"아씨, 아파."

애먼 벽을 손바닥으로 탁 치고 힐을 또각거리며 들어가 휘 스튜디오를 둘러봤다.

"아! 목은? 다친 덴 괜찮나?"

걷다 말고 그를 돌아봤다.

"뭐…… 괜찮겠지…… 아프지도 않다는데…… 내가 무슨 상관이야, 상관하지 말라는데……."

대답은 듣지도 않고 다시 통로 쪽 방향으로 비틀대며 걸어갔다.

"나와, 데려다 줄게."

그가 쫓아와 내 팔을 다시 잡아당겼다.

"놔!"

격하게 소리치며 그의 손을 뿌리쳤다.

다 필요 없어. 어차피 상관없잖아.

난 그대로 뚫린 통로로 직진했다.

그리고 침실이었던 곳의 문을 벌컥 열고 안으로 들어갔다. 걸치고 있던 재킷을 벗어버리고, 핸드백도 던지듯 내려놓고 힐을 벗었다. 그리고 침대 위로 올라갔다. 그는 자고 있지 않았는지 침대 시트는 곱게 깔려 있었다.

"뭐 하는 거야?"

뒤따라 들어온 준수의 날카로운 목소리가 들렸다.

"졸려. 잘 거야."

시트를 젖히며 누우려고 하는데 그의 손이 강하게 내 팔을 잡았다.

"그만해. 나와."

"싫어. 놔."

이번엔 뿌리치려고 했지만 그의 손아귀 힘이 강해져 풀리지 않았다. 그의 미간이 좁혀지며 일그러졌다.

"아파."

나의 말에 그가 멈칫하더니 손아귀 힘이 풀렸다. 그 순간을 놓치지 않고 그의 손을 뿌리치고, 침대 위로 올라갔다.

"너 왜 이러는 건데?!"

결국 그가 화가 난 음성으로 내게 소리쳤다. 침대 위에 앉은 채 그의 팔을 잡았다. 그리고 그를 똑바로 올려다봤다.

"자자, 우리."

흔들림 없이 뱉어낸 내 말에 그의 눈썹이 신랄하게 꿈틀거렸다.

"뭐?"

"자자고."

그의 팔을 잡아당겼다. 그가 힘주어 버텼다.

"뭐 하는 거야? 일어나."

준수가 짧은 숨을 내뱉더니 잡히지 않은 오른손으로 내 왼팔을 잡았다.

"왜? 우리 성인이잖아, 이제. 우리가 자도 이제 아무도 말 안 할 나이잖아."

나의 말에 그의 몸이 다시 움찔했다.

"우리가 자도 아무도 신경 안 쓸걸? 어른이잖아. 어른도 한참

어른이지. 내가 내일모레면 서른인데. 내가 지금 열아홉이 아니라
스물아홉인데……."

자조적으로 픽 웃었다. 가슴 깊숙한 곳에 묻어뒀던 상처를 긁어
대는 내 말에 준수가 깊은 숨을 들이쉬었다. 그는 거친 호흡을 내
뱉으며 내 말을 잠자코 듣고만 있었다.

"그러니까 자자고."

그를 노려봤다. 그의 표정 하나하나 놓치지 않으려 눈에 힘을
주고 노려봤다.

"너 지금 나한테 이러고 싶어? 진짜로?"

준수의 얼굴이 분노하듯 일그러졌다.

"어, 이러고 싶어. 왜? 이러면 안 돼?"

"너…… 정말 나한테 이럴 거야?"

그의 입술이 파르르 떨렸다.

"뭐? 뭐? 내가 뭐?!"

나는 취기로 인해 그의 말이 무슨 뜻인지 이해도 못하고 지지
않고 앙칼지게 쏘아붙였다.

"가, 일어나."

그가 다시 내 팔을 잡았다.

"싫어!"

그의 손을 강하게 뿌리쳤다. 그리고 그를 죽일 듯이 노려봤다.

"자자니까, 우리. 왜, 겁나?"

피식 조소하며 말을 이었다.

"내가 책임져 달라 할까 봐?"

비뚤어진 나의 말에 그의 눈썹이 꿈틀했다.

"그럼 가면 되잖아. 그리고 돌아와서 상관없다 하면 되고."

"너 정말……."

돌연 그가 거칠게 내 양팔을 잡았다. 솟아오르는 감정을 자제하려는 듯 그의 몸이 부르르 떨렸다.

"그러니까 자자, 우리."

내가 뱉는 마음에도 없는 모난 말들이 되레 내 가슴을 후벼 팠다. 그는 감정이 격해지는지 숨을 크게 몰아쉬었지만, 난 멈추지 않았다.

"책임져 달라 안 할 테니까. 상관없는 사이끼리 쿨하게."

냉소적인 나의 말에 그의 가슴이 크게 들썩였다.

"쿨하게?"

그의 입술이 비뚤어졌다.

"그래, 쿨하게."

나도 차갑게 뱉었다.

그의 미간이 심하게 일그러졌다. 그의 어깨가 크게 들썩였다.

"후회하지 마."

그가 거칠게 말하곤 한 손으로 내 뒷덜미를 움켜쥐었다. 그의 격렬한 입술이 내 입술에 겹쳐지며 그의 몸이 나를 강하게 밀어붙였다. 그 힘에 난 힘없이 침대에 털썩 드러누웠다.

그는 멈추지 않았다. 조금도 주저하지 않았다. 그의 입술이, 혀가 격정적으로 나를 탐했다. 그의 거친 두 손이 위로 올라와 나의 브이넥 블라우스를 움켜쥐더니, 거침없이 잡아 내렸다. 나의 맨 어깨가 순식간에 드러났다. 내 입술을 탐하던 그의 뜨거운 입술이 내 턱 선을 지나 목덜미에 닿았다. 숨 막히는 뜨거움이 등줄기를 타고 목덜미로 올라왔다. 그의 손이 움직였다. 자신의 셔츠 단추를 몇 개 풀다 결국은 찢듯 잡아당겼다. 셔츠의 아랫단추가 힘없이 뜯겨졌다. 그가 셔츠를 확 벗어버렸다.

그의 들썩거리는 단단한 가슴이 밀착되었다.

난 손을 뻗어 그의 벗은 등을 안았다. 나의 손길을 느끼자 그의 숨이 후끈거릴 정도로 달아올랐다.

내 목덜미를 자극하던 그의 뜨거운 입술과 혀가, 나의 쇄골을 맴돌다 가슴골로 훑듯이 내려왔다. 소름 끼치는 자극에 난 뜨거운 숨을 거칠게 내뿜었다. 가슴골을 자극하던 그의 입술이 다시 내 입술로 돌아왔다.

그가 나를 애타게 찾았다. 못 견디겠다는 듯 거친 호흡을 내뱉으며 미친 듯이 키스를 퍼부었다. 나도 그의 입술을, 혀를 애타게 찾으며 그를 받아들였다.

격렬한 키스가 못 견디게 깊어졌다.

그때였다, 잠자고 있던 내 핸드백 안의 휴대폰이 울려댄 것이.

그의 몸이 멈칫했다. 그의 벗은 등을 부둥켜안던 나의 손도 멈칫했다.

마치 우리의 격정을 질책하듯 울리는 휴대폰의 벨소리가 뜨거운 열기로 가득한 공간을 뚫고 귀에 첨예하게 꽂혔다.

거친 숨을 몰아쉬며 그의 흔들리는 눈동자가 나를 내려다봤다. 나도 뜨거운 숨이 토해져 나오는 가슴을 들썩이며 그를 올려다봤다.

오랫동안 울리던 휴대폰 벨소리가 멈췄다. 그와 나의 시선이 허공에서 부딪쳤다. 한차례 거친 격정에서 벗어난 그의 눈동자가 보였다. 나의 흔들리는 눈동자가 점점 촉촉해졌다. 그의 흰자위도 불그스름해졌다.

숨만 내뱉으며 그와 나의 눈동자가 멈춘 듯 서로를 지그시 바라봤다. 그리고 그의 고개가 다시 천천히 숙여졌다.

조금 전의 거칠게 나의 입술을 덮쳤던 것이 거짓말처럼 조심스럽게 그의 부드러운 입술이 나의 윗입술을 살포시 포개었다. 소름이 끼치도록 애틋하게. 그의 한없이 부드러운 키스를 받으며 나의 눈가를 촉촉하게 했던 액체가 더 깊숙한 곳에서 올라왔다.

그의 부드러운 손이 내 뺨을 감쌌다. 속삭이듯이 그의 입술이, 혀가 나를 달랬다. 너무 달콤해서 온몸에 찌릿찌릿한 전율이 휘몰아쳤다.

그런데 멈췄던 휴대폰이 다시 울려댔다. 그의 등이 다시 움찔했다.

그의 입술이 떨어졌다. 그의 시선이 바닥에 떨어진 핸드백으로 갔다. 끈질긴 벨소리는 멈추지 않았다.

밀착되어 있던 그의 몸이 내게서 떨어졌다. 벗겨진 블라우스 윗부분을 추스르며 몸을 일으켰다. 그리고 침대 아래에 있는 핸드백을 집어 들었다.

휴대폰을 꺼내 발신자를 보니 우빈이었다. 전화를 받지 못하고 몸을 떨어뜨린 준수를 어쩔 줄 몰라 하며 올려다봤다. 그가 눈치챘다, 전화한 이가 누구인지.

그가 완전히 몸을 일으켜 침대에서 내려갔다.

"……오빠."

전화를 받았다. 상대방이 우빈인 것을 정확히 확인하자 그가 내게서 등을 돌렸다. 희미하게 남아 있는 그의 등 상흔이 시야에 들어왔다. 그의 입술이 훑고 지나갔던 가슴골 사이가 뜨끔거렸다.

〈너 괜찮아?〉

"어?"

〈이 시각에 전화가 와 있어서 놀랐어. 무슨 일이야?〉

휴대폰 너머서 걱정스러워하는 우빈의 음성이 들렸다.

"……내가 전화했었어?"

놀라 그에게 물었다. 준수가 바닥에 떨어져 있는 셔츠를 집어 입으려다 말고 하단이 뜯겨진 것을 발견하고 그대로 손으로 움켜쥐고 돌아섰다.

〈촬영이 늦어져서 좀 전에 들어왔거든. 씻고 나와 보니 부재중 전화가 와 있던데……. 전화 안 했어?〉

우빈의 말을 들으면서 셔츠를 손에 움켜쥐고 상체를 벗은 준수가 걸어오는 걸 봤다. 그는 날 보지 않았다. 바로 침대 옆을 지나쳐 밖으로 나가 버렸다.

"……아."

그제야 택시 안에서 핸드백을 엉덩이로 깔고 앉았던 기억이 났다. 마지막 통화가 그와의 통화였던 탓에 연결이 된 모양이었다. 스튜디오에 가기 직전 우빈과 짧은 통화를 했었다.

그는 드라마 촬영을 가는 중이라 했었고 나는 허 작가 패션 컷을 찍으러 간다고 전했다. 간단한 통화였다. 감정이 전해지지 않는 안부 인사 같은 통화였다.

"……자다가 잘못 눌려졌나 봐."

나는 둘러대며 변명했다.

〈자고 있었어?〉

"어."

〈그래? 그럼 어서 자.〉

우빈이 다정하게 말했다. 그러다 갑자기,

〈지이야.〉

나를 다시 불렀다.

"응."

내가 대답을 했음에도 우빈의 침묵이 이어졌다. 난 그의 말을 기다렸다.

〈……아니야, 잘 자.〉

망설이던 말을 하지 못하고 우빈은 그대로 전화를 끊었다. 깊은 밤이고, 깊은 밤의 전화인 탓에 우빈도 복잡한 심경으로 망설이는 것이 느껴졌다. 그도 마음이 불편하고 어려울 것이다.

휴대폰 너머의 우빈.

문밖으로 나가 버린 준수.

내가 지금 뭐 하는 걸까?

울컥, 감정이 복받쳐 왔다. 두 손으로 얼굴을 가렸다. 뜨거운 눈물이 흘러 손바닥을 적셨다.

한참 만에야 마음을 가다듬었다.

구겨진 옷매무새와 헝클어진 머리카락을 추스르고 침실에서 나왔다. 스튜디오는 텅 비어 있었다. 삭막할 정도로 적막감이 돌았다.

무거운 발걸음을 옮겨 스튜디오 밖으로 나가니, 그가 어두운 옥외정원 벽 앞에 서서 바지 주머니에 손을 넣고 어둑한 도시를 내다보고 있었다.

내가 유리문을 열고 나왔음에도 그는 뒤돌아보지 않았다. 그는 깊은 상념에 빠져 내가 나온 것을 눈치채지 못한 듯했다. 난 그 자리에 서서 낯익은 준수의 등을 멀거니 봤다.

한때는 너의 아픈 등이 아려서 속상했던 적이 있었다.

그리고 한때는 너의 널따란 등이 듬직해서 뿌듯한 적도 있었다.

지금은 너의 시린 등이 어렵다.

다가가 너의 등을 안고 싶음으로 허덕이는 나를 느낀다.

옥외정원의 줄지어진 키 작은 가로등의 모든 불은 눈을 뜨고 있었다. 나를 위한 배려인지 아니면 그저 켜놓은 것인지 아까 들어올 땐 꺼져 있던 가로등이 은은한 다홍의 빛을 밝히고 있었다.

키 작은 가로등들이 소리 없이 눈만 끔벅이며 옥상 벽에 등 돌리고 서 있는 그와 유리문 앞에 정지되어 있는 나를 숨죽이고 지켜봤다.

그에게 다가가야 하는데 용기가 나지 않았다. 주춤거리며 난 그자리에서 어물거렸다.

시선을 느꼈는지 준수의 고개가 뒤로 돌려졌다. 그가 나를 봤다. 어두운 곳에 있는 탓에 그의 표정이 보이지 않았다. 용기를 내어 발을 바닥에서 떼었다. 그와 나의 거리가 가까워졌다. 그는 그자리에서 꼼짝하지 않고 다가오는 나를 지켜봤다.

"준수야……."

다가가 떨리는 입술을 겨우 떼어 그를 불렀다.

가까이 마주 본 그의 눈동자는 암울했다. 그늘진 듯 암울한 그의 눈동자를 보자마자 난 흠칫했다.

"나와."

짧은 눈 마주침조차 허용하지 않고 그가 시선을 돌렸다. 그리고 내 곁을 지나쳐 입구를 향해 걸음을 옮겼다.

쭈뼛대고 있는 나를 기다릴 생각조차 없는 듯 그는 크게 걸어 옥상 문을 힘껏 열고 나가 버렸다. 쾅, 옥상 문이 신경질적으로 닫혔다. 그 소리로 내 심장이 울컥 놀랐다.

쏟아지는 한숨을 내쉬고, 느릿느릿 걸어 입구로 갔다. 닫힌 문을 열고 계단을 디뎌보니 준수는 엘리베이터 앞에서 등을 돌린 채 나를 기다리고 있었다. 힘겹게 다리를 휘청거리며 계단을 내려가 그 옆에 섰다. 내가 서자마자 기다렸다는 듯이 그가 바지 주머니에서 손을 빼고 버튼을 눌렀다.

무거운 침묵 속에서 엘리베이터가 열렸다.

"저기……."

엘리베이터가 지하주차장으로 내려가기 시작하자 난 붙어서 떼어지지 않던 입을 간신히 열었다.

"아무 말도 하지 마."

그가 시선을 앞에만 둔 채 나직하게 말했다. 그의 온몸이, 그의 낮은 음성이 내게 숨소리조차 내지 말라는 듯 한기를 내뿜었다.

"준수야……."

부르르 떨며 안타까운 시선을 그에게 올렸다.

"아무런 말도, 아무것도 하지 마."

그의 가라앉은 시선이 잠시 내려왔다. 난 움찔했다. 그리고 이내 그는 답답하다는 듯 낮은 숨을 한차례 토해내더니 다시 시선을 허공으로 돌렸다.

지하주차장으로 나온 그는 큰 걸음으로 차로 이동했다. 그러곤 오토키로 시동을 걸더니 여지없이 보조석 문을 활짝 열어놓고 빙 돌아 운전석에 올라탔다.

내가 우물쭈물하고 있는데도 그는 날 보지 않았다. 읽을 수 없는 표정으로 핸들에 긴 팔만 걸쳐 놓고 시선을 나와 반대 방향으로 돌려놓고 있었다. 나를 절대 보고 싶지 않다는 듯.

천천히 걸어 그의 차에 탔다.

그가 출발하려다 말고 죄지은 사람마냥 양손으로 핸드백 끈만 움켜쥔 채 얕은 숨을 몰아쉬는 나에게 고개를 돌렸다.

그의 커다란 손이 쓱 눈앞으로 다가왔다. 그의 손이 내 가슴팍을 지나 내 어깨 위로 올라왔다. 난 움찔했다. 그는 나의 움찔거림에는 눈썹조차 까딱이지 않고 안전벨트 끈을 잡아당겨 채웠다. 그러고 나서야 준수는 차를 출발시켰다.

갑갑한 침묵 속에서 차는 이동했다.

중간에 그가 뱉은 말은 '어디로?'가 전부였다. 난 대답도 못하고 내비게이션에 주소지를 찍었다.

다시 무거운 침묵 속에 빠진 자동차가 숨을 못 쉬겠다며 허덕거렸다.

차가 아파트 정문을 지나 현관 앞에 세워졌을 때도 그는 아무런 말도 하지 않았다. 굳은 듯 꼼짝하지 않는 나를 보지도 않고, 운전

석에서 먼저 내려 출발하기 전처럼 앞을 빙 돌아 보조석 문을 활
짝 열었다.

"나와."

그리고 가차 없이 차갑게 말했다.

"……할 얘기가 있어."

난 그제야 턱을 들었다.

말해야 한다, 우빈의 이야기를…….

지금 말해야 한다.

"하지 마."

그가 단호하게 날 봤다.

"준수야, 나는……."

부르르 떠는 나를 날카롭게 내려다보더니 그가 손을 뻗었다. 그
의 강한 손이 내 팔을 잡았다. 내리지 않으면 억지로 끌어 내리겠
다는 듯이.

나는 하는 수 없이 그의 차에서 내렸다.

"……준수야."

애타게 그를 봤다.

내 얘기 좀 들어달라고.

"하지 마."

하지만 그는 들을 생각이 없다는 듯 다시 냉랭하게 뱉고는 몸을
돌렸다.

"싫어!"

난 버럭 일갈했다. 그가 우뚝 걸음을 멈추고 나를 봤다.

"대체 왜 나한테 말도 못하게 하는데? 왜 자꾸 화를 내는 건데?!"

결국 나는 서운함에 따지듯 토해냈다. 그의 눈썹이 실룩거렸다. 그의 눈동자가 파르르 떨렸다.

"그럼 내가 어떻게 해야 할까?"

빈정거리듯 그의 입술이 비뚤어졌다. 그러더니 그가 불쑥 내 앞으로 다가왔다.

"너처럼 내가 태평하게 굴어야 하나?"

속에서 치밀어 오르는 분노를 누르듯 그의 가라앉은 저음이 나직하게 울렸다.

"태평? 내가 태평해 보여?"

"그래. 환장하게 만들고 있잖아!"

순간 준수가 못 참겠다는 듯 버럭 윽박질렀다. 그의 말에 난 깜짝 놀라 그를 올려다봤다. 그가 불쑥 손으로 내 뒷덜미를 움켜쥐더니 바로 눈앞으로 몸을 숙였다. 분노로 일그러진 그의 흔들리는 눈동자가 바로 내 눈앞에 다가왔다.

"왜 이렇게 미치게 만들어? 이렇게 제멋대로, 네 마음대로!"

분노로 일렁이는 그의 눈동자를 마주 보며, 숨이 막혀 난 아무런 대꾸도 못했다.

"나도 사람이야. 나도 감정이라는 게 있어."

그가 최대한의 자제를 하듯 바닥에 깔린 음성으로 말했다. 그의 몸이 부르르 떨렸다. 그가 나를 탁 놓고 몸을 돌렸다. 그리고 성큼 성큼 화난 걸음으로 차를 돌아 운전석에 올라탔다.

그리고 거침없이 그 자리에서 떠났다.

멀어지는 그의 차를 보며 난 절망스러워지는 기분을 맛봤다.

내가 싫은데 자꾸 제멋대로 온다는 거야? 그런 말이야? 무슨 뜻인지 모르겠어. 좀 알아듣게 말해줘.

다시 눈가가 젖었다. 그의 자동차가 시야에서 완전히 벗어났다.

가을이 완연히 무르익어 간다. 하늘을 가리며 노랗게 펼쳐졌던 은행나무의 앙상한 가지들이 볼품이 없어지고, 거리는 노란 융단이 깔린다. 사람들이 무심히 밟고 지나가는 노랑 은행나무 잎들이 구겨지고 아파한다. 간혹 보도블록을 지나치는 어린아이의 손길만이 노랑나무 잎을 어여삐 본다.

무심히 창문 밖의 보도블록을 보며 며칠을 보냈다. 나는 침잠의 늪에 빠져 허덕이고 있었다. 끈적거리고 깊숙한 그 늪은 발끝만 들여놓은 내 발을 아귀 세게 묶더니 내 무릎을 덮고 내 허리를 덮어 이제 가슴까지 올라왔다. 가슴이 옥죄듯 갑갑했다. 그러나 아무리 벗어나려고 해도 헤어나지지 않았다.

나의 늪은 불쑥불쑥 떠오르는 너의 손길 탓이다. 너의 애절한 눈빛 탓이다.

그날의 기억 중 불쑥불쑥 떠오르는 것은 격정적이었던 너의 손길과 키스보다, 불타오르던 너의 눈빛보다 내게 전한 너의 부드러운 애틋한 입술이었다. 그 애절함이 담긴 너의 눈빛과 키스가 잊히지 않는다.

그와 동시에 너의 마지막, 분노에 파르르 떨던 모습이 오버랩된다. 너는 어째서 내게 그렇게 화가 나 있을까. 쫓아가 묻고 싶다. 그럼에도 난 다가갈 수 없는 장벽이 가로막혀 있는 듯해 이렇게 헤맨다. 두려움에 소심해져 선뜻 용기가 나지 않는다.

너와 나 사이를 가로막고 있는 장벽이 무엇일까.

내가 어째서 너를 미치게 만들고, 환장하게 만드는 걸까.

내가 우빈의 여자라서? 그럼 나에게 희망이 있는 건가? 내가 제대로 설명만 해주면 달라지는 건가? 모르겠다. 도무지 모르겠다.

누군가 나 대신 네게 가 속 시원히 듣고 전달 좀 해줬으면 좋겠다.

우빈은 내게 말하지 말라 한다. 너는 내게 화를 낸다.

정말 벽에 가로막힌 기분이다. 나를 둘러싼 사방의 벽에 갇힌 기분이다. 도망칠 수도 없고 도망가서도 안 되는 공간에 갇힌 기분이다. 오래전 준수를 만나기 전 탑 속에 갇힌 라푼젤 같은 심정으로 되돌아간 느낌이다.

이번에도 준수가 구해줄까? 이번엔 구해주지 않을까? 준수야, 나 좀 구해주면 안 돼?

더 이상 우빈을 기다리지 않기로 했다.

우빈은 연일 살인적인 스케줄을 강행하고 있었다. 적당히 스케줄을 조정해도 될 것을 그는 마치 일에 미친 사람처럼, 일로써 모든 걸 떨쳐 버리려는 사람처럼 일에 매달리고 있었다.

그런 상태인 그에게 내 결단을 전달하는 것이 한없이 미안했지만 주춤대는 감정을 부여잡고 약속을 잡았다.

살인적인 스케줄임에도 그는 내 전화 한 통에 저녁 스케줄을 잡지 않았다.

그 소소한 작은 행동 하나도 아픔을 가중시켰다.

우빈이 살고 있는 오피스텔로 이동하면서 그와의 지난 시간이 찬찬히 떠올랐다.

내가 가장 힘들었던 시기에 곁을 지켜준 사람은 준수가 아니라 우빈이었다. 그는 언제나 나에게 먼저 달려왔고, 나를 가장 우선시했다. 내게만 향하는 그에게 난 안정감을 느꼈었다. 미안함과 편안함이 동시에 공존했다.

그러면서 난 어느새 점점 우빈에게 위축되어 갔다. 내 감정에 있어서 솔직했던 나는 시간이 갈수록 우빈에게는 솔직할 수 없어졌다. 돌이켜 보면 난 그가 시상식장에서 공개고백을 했을 때 이후론 그에게 화를 낸 적도, 목청을 높인 적도 없었다.

정현이에게 버럭 소리도 잘 지르고 퉁퉁거리기도 잘하는 내가,

준수에게까지 모난 소리를 하는 내가 우빈에게만은 그러지 못했다.

난 항상 우빈의 눈치를 봤었다. 그에게 미안해서. 그리고 어려워서.

그랬다. 난 우빈이 어려웠다. 감정 없는 내게 너무 한결같아서 어려웠다. 지난 5년 동안 내가 우빈에게 내 감정을 솔직하게 얘기하려 할 때마다 우빈은, '기다린다'고 말했다.

그는 한결같았다, '기다린다'라고. 내가 '안 된다' 해도, '기다린다'라고.

그리고 3년 전부터 술을 마시기 시작한 나를 그가 타박하면 난 '죄송합니다' 하고 애교 피우며 눈치를 봤었고 진짜 속은 보인 적이 없었다. 그렇듯 그는 가장 가까이서 나를 보호해 주는 사람이라 생각하면서도 가장 어려운 사람이었다.

어느 날부터는 그것이 익숙해진 탓인지 그에게 내 감정을 토로하는 것이 적어지고, 어느 날부터는 아예 안 하게 되었다. 그렇게 1년 넘게 보냈던 것 같다. 아무런 표현도, 아무런 말도 하지 않고 그저 자연스러운 관계만 유지한 것이. 습관처럼, 가족처럼.

그렇게 나는 점점 내 감정을 그에게 표현하는 방법을 잊어버리고 있었다.

그리고 오늘의 나는 잊었던 표현을 하러 간다.

나는 얼마 전 준수에 대한 내 마음을 각성했을 때 그때 다 털어놨어야 했다. 그를 배려한다고 그의 감정을 눈치 보며 그때 또 망설여서는 안 되었었다.

만약 내가 그때 망설이지 않았다면 준수와의 그 아픈 밤이 나아졌을까?

나는 마음에도 없는 소리로 비뚤게 그를 자극하고, 그럼에도 그와 함께 있고 싶음에 허덕였다. 이런 나로 인해 그가 화가 난 것이라면 내게 아직은 감정이 있는 것이라고, 아직은 희망이 있는 것이라고 기대하게 된다. 아직 늦지 않았다고. 하지만 그건 어디까지나 나의 희망일 뿐, 나의 간절한 소망일 뿐.

우빈에게 가는 길조차, 그를 버리러 가는 길조차 나는 준수에 대한 희망과 준수를 잃는 것에 대한 두려움만 생각한다. 이런 나를 우빈은 뭐가 좋다고……. 정말, 싫다. 유지이.

잔인한 말을 하러 온 나를 우빈은 평소처럼 반가이 맞이했다.

얼마 전 우리 아파트 주차장에서 '오늘은 하지 말라' 했던 그와의 만남 이후, 직접 마주 보는 것은 처음이었다. 난 어색하고 낯설기도 했는데, 우빈은 여전히 변함없는 다정한 모습이었다. 마치 아무 일도 없었다는 듯이.

"오빠, 바쁜데 미안해."

집에 들어서면서 난 난색하며 중얼거렸다.

그의 집은 몇 번 와보지 못했다. 워낙 우빈이 외부 스케줄로 바쁜 것도 있었고, 특별히 그의 집에 올 만한 일도 없었다. 우빈이 한가해졌을 때, 식사 초대를 해서 두어 번 와본 것이 전부였다. 생각해 보면 우빈은 나를 위해 잘 하지 못하는 요리까지 준비하며 내게 무던히도 애를 많이 썼는데…….

너 진짜 나쁘다, 유지이. 내 속이 다시 나를 욕했다.

그럼에도 난 더 나빠야 했기에 그 속을 외면했다. 입안이 썼다.

"덕분에 오빠 숨 좀 돌리자. 정말 며칠 동안 너무 힘들었다."

스스럼없이 내 어깨에 우빈이 손을 올렸다. 움찔했지만 티 내지 않으려고 애썼다. 이젠 그와의 가벼운 접촉도 부담스러운 것을 보면 나는 확실히 냉해진 상태였다.

"와인 한잔할래? 좋은 와인이 선물로 들어왔어."

그가 와인바로 이동하면서 부드럽게 말했다.

그 순간 그의 등이 쓸쓸해 보였다. 여느 때와 마찬가지로 다정해 보이던 우빈의 등이 슬퍼하고 있었다. 아마도 현관을 들어서는 나의 쓸쓸한 아우라를 느꼈을 것이다. 그는 눈치를 채고 있었다. 얼마 전 지하주차장에서처럼, 내가 무슨 말을 하려는지 눈치를 챈 것이 분명했다.

하지만 와인을 들고 돌아섰을 때는 다시 다정한 우빈이었다. 태연자약한 표정으로 내게 빙그레 웃었다.

그는 최우수연기상 수상자가 분명했다. 내게 부담을 주지 않으려 저렇게 연기를 하고 있음을 깨달았다.

"오빠, 프로젝트 화보 촬영 다 끝났다."

잔에 와인을 따라 건네며 우빈이 말했다.

"아, 오빠 다 끝났어?"

"응. 허경 작가랑 술집에서. 마지막 컨셉이 바였어. 재밌지? 좀 안 어울리는 것 같으면서도 괜찮은 느낌이었어."

"응. 왠지 말만 들어도 섹시할 것 같네."

우빈이 가볍게 쿡 웃어서 나도 따라 웃었다. 하지만 말이 연결되지는 않았다. 금세 다시 무거운 침묵이 흘렀다. 가벼운 듯 보였지만 그나 나나 가볍지 않았다.

"너도 다 끝났지? 어제 촬영 예정 아니었나?"

"변경됐어. 내일 제주도 촬영. 그럼 끝나."

"……제주도? 야마다 준스이 스튜디오였잖아?"

우빈이 흠칫하더니 조용히 물었다.

"그제 변경됐다고 통보받았어. 스케줄 확인하기에 괜찮다고 했지. 어차피 난 한가하니까."

준수를 찾아갔던 그 밤이 지나고 이틀이 지난 후, 스튜디오 측을 통해 스케줄과 제주도 촬영 가능 여부에 대한 질의가 왔다. 난 어차피 일이고 스튜디오에서 요구하는 것이고, 특별한 스케줄도 없었기에 최 대리를 통해 알았다 했을 뿐이었다. 그 밤 이후론 준수와는 그 어떤 연락도 지금까지 하지 않았다.

"그래?"

우빈이 눈을 내리깔더니 와인을 한 모금 마셨다. 그의 눈동자와 입술이 마른 듯 굳었다.

"······1박 2일이겠네?"

"어."

나의 대답에 그는 다시 깊은 상념에 빠졌다.

침묵을 깨고 싶지 않아 난 잠잠히 와인으로 입술을 축이며 눈치만 봤다. 타이밍을 찾을 수가 없었다. 그렇다고 이대로 또 그의 눈치만 봐서도, 위축돼서도 안 된다. 깊숙한 곳에 숨어 있는 숨을 살며시 내쉬고 입을 열려는 찰나, 우빈이 별안간 벌떡 일어났다. 그가 큰 걸음으로 방으로 들어갔다.

짧은 시간이 흐른 후 그가 방에서 나왔다.

우빈이 소파로 다가와 내 앞에 섰다. 그러더니 돌연 한쪽 무릎을 꿇고 앉았다. 난 화들짝 놀라 그를 마주 봤다.

"지이야."

그가 그윽하게 나를 불렀다.

난 그의 시선도, 그의 자세도 부담스러워 마른침만 꿀꺽 삼켰다.

"사실은 멋진 프러포즈를 어떻게 할까 내내 고심했었어."

진지한 눈빛으로 그가 말을 시작했다. 그의 입을 통해 나온 '프러포즈'라는 단어에 난 기겁했다.

"그런데 워낙 연예계 생활을 오래 하다 보니 웬만한 이벤트는 다 알고 있고, 똑같이 하기는 싫고······."

그는 피식 웃으며 다정히 말했지만, 긴장으로 내 어깨는 움츠러들었다. 그의 말을 멈춰야 하는데 멈출 수가 없었다. 들으면 안 됨을 아는데 입이 벌어지지 않았다.

"그래서 그냥 내 마음만 확실히 전달하기로 했어."

그가 바지 주머니에서 반지케이스를 꺼냈다. 그러더니 뚜껑을 열고 내게 내밀었다.

"사랑해, 지이야. 너를 내가 평생 지켜줄게."

한없이 지긋한 눈동자로 나를 보며 그가 말했다. 그의 목소리가 너무 달콤해서, 그의 말이 너무 부드러워서 난 두려웠다.

"나랑 결혼해 줘."

그 순간 머리가 지끈 아팠다.

"오빠."

그를 막으려 불렀지만 우빈은 무시하듯 피식 웃었다.

"이벤트 같은 거 없어서 미안해. 이벤트는 내가 함께 살면서 많이 해줄게."

그가 반지케이스에 꽂혀 있는 영롱한 빛을 내는 다이아몬드 반지를 꺼내 내 손을 잡았다. 반지가 가까이 다가와 약지손가락 끝에 닿았다. 그 순간 소름 끼치는 차가운 전율이 가슴골을 타고 흘렀다. 나도 모르게 반사적으로 손을 휙 뺐다. 나의 날카로운 반응에 우빈이 흠칫했다. 그가 나를 올려다봤다.

"미안해."

무심결에 한 빠른 반응이 더욱 미안해서 나는 부들부들 떨었다. 이제 실행해야 한다. 무섭다.

"지이야……."

그의 눈동자가 두려움으로 가득 찼다.

"미안해…… 오빠."

나는 다시 반복했다. 그래도 해야 한다. 위축되면 안 된다. 눈치 보지 말고 해야 한다.

"안 되겠어, 오빠. 오빠에게 갈 수 없을 것 같아."

아니, 나는 일말의 희망도 남겨선 안 된다. 그에게 잔인하게 하더라도 미련을 남겨둬선 안 된다. 그래야 그도 새 길을 갈 수 있다. 더 해야 한다.

"갈 수 없어."

말을 정정했다. 그가 아무리 아파 보여도, 내가 설사 준수에게 가지 못하더라도 그를 놔줘야 한다.

"지이야……."

"미안해…… 이제 안 가."

그의 시선을 피했다. 무거운 죄책감이 날 짓눌렀다.

우빈이 벌떡 몸을 일으키면서 등을 돌렸다. 그의 단단한 등이 화난 듯 굳어졌다. 무거운 침묵이 흘렀다. 나는 죄인이 되어 그의 침묵을 존중했다.

숨 막히는 침묵을 깨고 그가 입을 열었다.

"받아들일 수 없어."

"오빠……."

"······난 너 기다릴 거야. 지금이 안 되면, 1년, 1년이 모자라면 3년, 3년도 안 되면, 10년!"

우빈이 소리치며 몸을 획 돌렸다. 그의 얼굴이 애달프게 일그러졌다.

"널 절대 보낼 수 없어."

그의 눈동자가 세차게 흔들렸다.

"······미안해, 오빠. 갈 수 없어."

차마 그를 볼 수 없었다. 그의 눈을 피하고 재차 말했다. 나직하지만 강경하게. 심장이 벌렁거렸다. 일그러뜨린 눈동자가 쏟아질 것처럼 따가워졌다. 그럴수록 부릅뜨며 참았다. 낮은 숨만 쌕쌕거리며.

"절대 안 되는 거야?"

머리 위에서 감정을 억누르듯 숨 섞인 음성이 들렸다. 난 여릿하게 고개만 끄덕였다.

"그 녀석한테는 못 가."

짧은 침묵 후, 돌연 우빈이 냉정히 말했다.

소스라치게 놀라 획 그를 올려다봤다. 등줄기를 타고 오소소한 소름이 올라와 전신에 퍼졌다.

"뭐?"

"절대, 그 녀석한테는 보내지 않을 거야."

경악한 나를 우빈은 흔들림 없이 똑바로 주시했다. 낯설고, 무서웠다. 소름이 끼치도록 냉랭했다.

지난 6년, 아니, 10년 전부터 보아온 그의 눈동자가 아니었다. 여느 때의 다정하던 우빈이 소멸됐다. 난생처음 보는 듯한 낯선 남자가 내 앞에서 눈을 내리깔고, 날 차갑게 내려다보고 있었다.

"……알았어?"

"내가 모를 줄 알았어? 그 녀석이 나타난 다음부터 변한 널 보면서도, 내가 몰랐을 거라 생각했어?"

울분을 토하듯 그의 목소리가 바르르 떨렸다. 솟아오르는 분노를 간신히 억제하는 듯.

"……미, 미안해, 오빠."

할 말이 이것밖에 없었다.

"그래도 잠시만 흔들리고 말겠지, 했어."

잇새를 악다문 그의 목소리가 낮고 거칠었다.

"그래도 내게 돌아오겠지, 했어."

감정 억제가 힘든 듯 그가 간헐적으로 짧은 숨을 토해냈다. 대꾸할 수 없어 난 입을 다물고 말았다. 울컥, 눈물이 쏟아지려는 걸 입술을 악다물며 참았다.

"그런데…… 정말 넌 나는 안 보여?"

조소하듯 그의 입술이 비뚤게 일그러졌다.

"정말로 나는 죽어도 안 보여? 세월이 얼마인데? 난 왜 안 보는 건데?!"

별안간 우빈이 다가와 내 양팔을 거칠게 잡고 소파에서 일으켰다. 난 맥없이 일어나 위태롭게 섰다.

"난 대체 뭐가 부족한 건데? 왜 나는 안 돼? 나는 대체 왜 안 되는 거야?!"

그의 눈동자가 분노로 심하게 일렁거렸다.

"그게 아니라…… 오빠가 부족해서가 아니라……."

"말해, 나는 왜 아니고, 그 녀석인 거야?! 그 녀석이 뭐라고?!"

"오빠라서가 아니라…… 오빠라서 안 되는 게 아니라…… 그냥…… 준수라서…… 나한테 남자는 준수뿐이라서……."

결국은 눈물을 뚝뚝 흘리고 말았다.

"남자는 그 녀석뿐이라고?"

신랄하게 그의 입술이 비뚤어졌다.

"나는 남자로 안 보인다고?"

"오빠…… 미안해."

"내가 너를 지켜주고 싶어서 여태 참아온 거란 생각은 안 해? 너한테 남자로 안 보이려고 참아온 줄 알아?"

그의 거친 손이 내 뒷목을 잡았다.

"내가! 내가 남자로 안 보여?! 내가 남자로 보이게 해줘?!"

우빈이 갑자기 돌변했다.

나의 뒷목을 잡은 그의 손에 힘이 가해진 순간, 그의 거친 입술이 내 입술을 덮었다. 그의 갑작스러운 키스에 놀란 내가 뒤로 몸을 빼려고 했지만, 나의 뒷목을 잡은 그의 손아귀 힘이 더 강해졌다. 우빈이 거부하는 내 입술을 거칠게 훔쳤다. 그의 강한 혀가 내 입속으로 들어왔다. 그의 거친 키스가 나를 옴짝달싹 못하게 만들었다. 내가 거부하며 그의 혀를 피하고, 그의 입술을 떼려 하고, 그의 손에서 벗어나려 몸부림을 치자 우빈의 입술이 떨어졌다.

"……나는 안 돼?"

바로 눈앞에서 그가 토해내듯 말했다. 내가 자신의 키스를 끝끝내 거부하자, 절망한 듯 그의 눈썹이 안타깝게 일그러졌다.

"오빠……."

"얼마든지 널 가질 수 있었어. 내가 얼마든지 널 가질 수 있었다고. 그래도 널 사랑하니까 참았어."

나의 양어깨를 잡은 그의 손이 부들부들 떨렸다.

"그런데 너에게 난 남자가 아니라고?! 지금이라도 널 가질까? 억지로 가질까?!"

그가 나의 어깨를 마구 흔들었다. 난 그대로 눈물만 뚝뚝 흘리며 그의 분노를 받았다. 그러다 일순간 그가 내 어깨에서 손을 확 떼더니 뒤로 물러났다. 그리고 내게 등을 돌리고 부들부들 떨었다.

"나는 정말…… 내 스스로에게 실망할 만큼 노력했어. 지이야…… 너를 잡기 위해……."

그가 깊은 곳에서 우러나는 감정을 억누르듯 가까스로 말했다.

"미안해……."

"왜…… 나는 안 되는 거야? 왜 그 녀석은 되고…… 나는 안 되는 거야……?"

분노가 사그라진 자리엔 공허만 남았다. 허탈한 듯 중얼대는 그를 보면서 흐느꼈다.

"오빠…… 미안해……. 오빠라서 안 되는 게 아니라…… 내가 모자라서 그래."

고개를 숙였다. 더 이상 그의 아픈 등을 보기가 힘들었다.

"내가 못나서 그래. 내가 반쪽짜리라서…… 그래서 준수가 내 반쪽 같아서…… 나도 모자라고 준수도 모자라서…… 그래서…… 그래. 그래서 준수밖에 안 돼서 그래. 미안해."

우리가 처음부터 서로를 알아본 건, 우리가 부족하고 모자라서였다. 외로웠던 나와 세상과 단절하여 혼자였던 준수였기 때문이었다. 그래서 열아홉, 열여덟인 우리는 같이 있어야 안정감을 느꼈다. 너도 반쪽, 나도 반쪽만 가지고 살아온 탓에.

준수를 만나기 전의 나는 정말 아무것도 아닌 느낌이었다.

준수도 그랬다. 나를 만나기 전에는 사는 것처럼 살지 않았었다. 그랬던 우리가 만나 하루가 즐겁고, 재미있었고, 웃을 수 있었다.

그렇기에, 그런 시간을 보냈기에 우리는, 아니, 준수는 아니라도 나는 10년이 지난 지금까지도 내가 유일하게 환하게 웃었던 그 시간, 같이 있어 행복했던 그 시간, 오늘이 밝고 내일의 밝음이 기다려지던 그 시간을 잊지 못한다.

난 그 짧았던 유일한 평화가 너와 함께였기에 너를 잊지 못한다.

그렇기에 그 시간을 되찾고 싶다. 너를 되찾고 싶다.

"그 녀석이…… 그래서 네게 온대?"

허망함이 가득한 우빈의 시선이 돌려졌다. 난 힘없이 고개를 흔들었다.

"……내가 이제 매달려 보려고."

"넌 내가 다시 매달리고 싶어도 매달릴 수 없게…… 그런 말을 하는구나."

조소하듯 피식 웃더니 우빈이 거실 테이블에 놓인 와인을 들었다.

선 채로 그가 와인을 잔에 따랐다. 붉은 와인이 찰랑거리는 소리를 뿜으며 잔에 채워졌지만, 약하게 물방울이 일며 테이블 밖으로 공기를 타고 흩뿌려졌다. 붉은 안개가 뿌려지듯 새하얀 테이블에 붉은 기가 퍼졌다.

와인잔을 들고 한 모금 마신 그가 느릿느릿 걸어갔다. 아일랜드 식탁에 와인잔을 내려놓은 우빈의 입술에서 깊은 숨이 한 차례 토해졌다.

"난 인정하지 않을 거야."

"오빠."

그가 몸을 돌렸다. 시리도록 차가운 눈이 또렷하게 내게 꽂혔다.

"난 너를 절대 보낼 수 없어."

강경한 그의 눈빛과 그의 목소리가 섬뜩해 오싹한 소름이 돋았다.

"지난 세월 동안 내가 해온 것이 있기 때문에 더더욱 널 놓을 수 없어. 지금에 와서 놓을 순 없어."

등골에 싸한 전율이 끊임없이 퍼졌다.

"그리고 그 녀석에게는 더더욱 보낼 수 없어. 네가 집착이라고 해도 할 수 없어."

난 고개를 숙였다, 그의 눈을 피해서.

눈앞이 까마득했다. 그래도 물러날 수는 없다. 눈물이 말랐다. 감정도 말랐다.

"안 갈 거야."

나의 음성도 단호하게 나왔다.

"오빠한테 안 갈 거야. 결별 기사 내줘."

결국 잔인한 말을 내뱉었다. 내가 할 수 있는 최선은 이것이니까.

차가운 침묵이 흘렀다.

"내가 낼 수 없으니까 오빠가 내줘. 내 잘못으로. 오빠 마음이 가라앉을 때까지 기다릴 테니까 그때 내줘."

그에게서 등을 돌렸다. 목덜미가 서늘했고, 등이 서늘했다. 가슴이 저릿저릿했다.

"절대, 내지 않을 거야."

등 뒤에서 냉담한 우빈의 음성이 들렸다.

"절대, 용납할 수 없어."

그가 냉랭하게 강조했다.

"내가 내게 만들지 마."

차가운 대립을 마무리 짓는 말을 하고, 그를 두고 그의 집에서 나왔다. 그리고 그의 집 현관문에 등을 기대고 참았던 눈물을 흘렸다. 숨죽이고.

미안해, 오빠.

내가 이것밖에 안 돼서……

미안해.

18화_ 지금의 순간

냉혹한 밤이 지나갔다.

우빈에게 잔인한 말을 뱉은 후, 밤새 잠을 이룰 수가 없었다. 지나온 시간이 뇌리에 흘러가며 가슴이 아팠다. 그의 존재에 대한 아픔이었다. 그에 대한 미련이 아니라, 그의 애달픈 사랑에 대한 아쉬움이 아니라 우빈의 존재에 대한 아픔이었다.

그가 했던 말들이 지워지지 않았다. 우빈을 사랑하지 못함에 내가 그를 놓아줘야 함에 죄책감이 들었다. 사랑해 줬어야 할 사람이었는데 그러지 못함에 날 원망하기도 했다. 미안하고 미안해서.

난 아마 그를 잊지 못할 것이다. 아마도 그의 말과 그를 잊으려면 시간이 좀 오래 걸릴 것이다.

우빈을 떠올리면 가슴 한편이 아련하고 애잔함이 흐른다. 훗날 준수를 혹은 준수가 아닌 다른 사람을 사랑하더라도 우빈은 잊지 못할 것이다. 아마도 그건 사랑과는 다른 감정일 것이다. 그는 내게 있어서 그런 존재니까.

✳   ✳   ✳

갈증이 난다. 자꾸자꾸 병을 집어 안에 가득 담긴 생수를 벌컥벌컥 들이켜는데도 갈증이 난다. 전날 술을 진탕 마신 양 바싹 마른 갈증과 싸우고 있었다. 생수병의 바닥을 보고도 타는 갈증은 가라앉지 않는다.

손바닥이 축축이 젖어든다. 긴장감에서 오는 축축함이다. 애써 태연한 척 라디오에서 흘러나오는 노래도 흥얼거리고 차창 밖 도로를 지나가는 자동차의 숫자를 세어도 머릿속에 잠식한 긴장을 떨쳐 낼 수 없다.

긴장의 원인은 준수였다. 준수와의 대면이었다.

아파트 앞에서 내게 분노하며 일갈하고 그가 떠난 후의 대면이기 때문이었다.

[사랑의 시선]의 촬영을 위해 스튜디오에서 제안한 것은 제주도 촬영이었다. 1박 2일 일정이고, 첫 비행기로 제주도로 출발하고 익일 정오쯤 되돌아온다고 했다. 우빈과 함께하는 촬영도 끝이 났고, 우빈은 허 작가와의 단독촬영을 끝낸 상태였다. 그렇기에 이

번 촬영이 [사랑의 시선] 마지막 촬영이었다. 준수와 단독촬영.

공항 로비를 가로질러 걷다, 이미 도착해 대기 중인 스튜디오 측 스텝들을 발견했다. 혜영과 매니저와 함께 다가가는 내게 스텝들이 반가이 인사했다.

그들 틈에 준수가 있었다. 그의 널따란 등을 본 순간, 좀 전까지 밴에서 끊임없이 눌렀던 긴장감이 다시 치솟아올랐다. 나의 등장에 그가 몸을 서서히 돌렸다.

역시 건조한 눈이었다. 난 기가 죽어 그의 눈동자를 피하며 살짝 목례만 했다. 그리고 한참은 떨어진 자리를 골라 앉았다. 등 뒤에서 그의 시선이 느껴졌지만 쳐다볼 수가 없었다.

그를 환장하게 하고 미치게 하는 나에게 그가 또다시 어떤 눈길을 줄지 무서웠다. 서운하고, 서럽고, 무서웠다.

소란스러운 사람들의 소음도 듣고 싶지 않아 이어폰을 꺼내 귀를 막았다.

비행기 안에서도 마찬가지로 무거운 분위기였다. 준수는 입술을 굳게 닫고 포토지만 보고 있었고, 조금 떨어진 곳에 앉은 나는 그를 힐끔거리다 귀를 막은 음악만 들었다. 그는 내게 잠시도 시선을 주지 않았다. 심장이 춥다고 웅크렸다.

그리고 제주도에 도착했다.

깊은 숨을 쉬며 스텝들과 함께 펜션으로 이동할 렌트카를 기다리며 공항 게이트웨이에 서서 무심히 제주도의 하늘을 올려다봤다. 하늘은 맑았다. 이른 오전이라 그런지 더욱 깨끗했다. 가을이 막바지에 다다른 때라 한없이 쓸쓸해 보였다. 이어폰을 빼고 가방에 넣었다.

등 뒤로 나를 보는 준수의 시선이 느껴졌다. 다른 이의 시선이 아니라 분명 준수의 시선이었다. 난 그것을 의식할 수 있었다. 그러나 뒤돌아볼 자신이 없었다. 그가 미워하듯 날 보는 건 참을 수가 없을 것 같아서. 난 그가 좋으니까. 그에게 미움받는 건 아프니까.

그때 준수가 다가왔다.

그가 바지 주머니에 손을 꽂고는 내 곁에 서서 앞만 보며 입을 열었다.

"부탁이 있어."

그의 음성과 부탁이라는 말에 난 흠칫 놀랐다. 음성이 냉하지 않았다. 차분하고 조용했다. 난 턱을 휙 들었다. 그가 시선을 내렸다. 냉정한 표정은 아니었고 사뭇 진지하고 침착했다.

"지금 네가 무슨 생각을 하든, 내가 무슨 생각을 하든, 우리가 지난 10년 동안 어떻게 살았든, 어떻게 생각했든…… 그리고 지금 어떤 상황이든……."

그가 담담한 어투로 말을 시작했다.

"여기선 잊고 싶다."

짧은 숨을 내뱉더니 그가 말을 이었다. 난 숨죽이고 그의 말을 들었다.

"그래서…… 여기 있는 동안은 10년 전처럼 그냥 유지이와 서준수로 있고 싶어졌어."

그의 눈동자가 약하게 흔들렸다.

"그럴 수 있어?"

난 크게 숨을 들썩였다. 그리고 그의 흔들리는 눈동자를 피해 고개를 숙였다. 가슴이 울컥했다. 심장이 울컥했다. 내가 원하는 거다. 내가 진짜로 원했던 거다. 소름이 돋았다. 마치 내 마음을 그에게 들킨 양, 그가 알아준 양 기뻐서.

난 눈을 숙인 채 고개를 주억거렸다.

나의 대답에 그의 손바닥이 내 머리 위에 잠시 얹혔다 떨어졌다. 그리고 내 곁에서 물러났다.

뜨거워지는 심장을 애써 억누르며 난 심호흡을 열심히 하며 눈을 들었다. 준수는 스텝들에게 다가가서 뭔가를 얘기하기 시작했다. 그의 모습을 빤히 주시했다. 그는 나를 보지 않았다.

울컥거리는 심장이 계속 울렁거렸다.

얼마 후, 스텝들이 대여한 렌트카들이 도착했다. 맨 뒤로 고급스러운 붉은색 컨버터블 오픈카도 도착했다. 촬영을 위한 것이었다. 스텝들이 분주하게 차량에 짐을 실었다. 그들의 모습을 난 조금 멀찍이 떨어져 지켜봤다.

"지이야, 어서 타."

렌트카를 가리키며 혜영이 말했다. 그녀 곁으로 걸어가는데,

"유지이 씨와 같이 갈게요."

오픈카의 보조석 문을 열어놓고 운전석으로 여유롭게 돌아 올라타며, 준수가 감정 없이 말했다. 그 누구도 그의 말을 이상하게 듣지 않았다. 혜영이 그게 좋겠다며 내 등을 툭 치더니 먼저 렌트카에 올라탔다.

앞에 위치한 스텝들을 태운 렌트카들이 먼저 출발했다.

준수는 맨 뒤에 세워진 오픈카에서 나를 기다렸다. 멀뚱거리며 서 있다 쭈뼛거리며 열려진 보조석에 올라탔다.

"벨트."

긴장감으로 내가 두 손을 맞잡은 채 꼬무락거리고 있자 그가 가볍게 말했다. 내가 주춤하자 그의 빠른 손이 쓱 다가와 벨트를 채워줬다.

조용한 침묵 속에서 차가 출발했다.

오픈카 지붕이 열린 덕분에 제주도의 거친 바람과 향이 복합적으로 다가와 나를 덮쳤다.

상큼한 바다 냄새 속에 섞인 비릿함, 비릿함 속에 섞인 시원함, 어디선가 날아온 단 꽃향기, 시큼한 감귤 냄새. 그와 나의 코를 자극하는 향이 우리의 주변을 맴돌았다.

지나가는 차량들이 있어 백에서 선글라스를 꺼내 썼다. 머리카

락이 정신없이 휘날렸지만 신경 쓰지 않았다.

운전석에서 느긋하게 핸들을 잡고 운전에 집중하는 준수의 옆모습만 검은 선글라스 너머로 힐끔거리며 긴장감을 뚫고 올라오는 설렘을 애써 눌렀다.

그때 그가 손을 뻗어 얌전히 무릎에 얹어둔 내 손을 잡았다. 숨이 훅 멎었다. 등골이 오싹했다.

나의 손을 잡은 그의 손가락이 부드럽게 움직였다. 그리고 오래전처럼 깍지를 꼈다. 가슴 사이를 뜨거운 전율이 훑으며 내려와 배꼽을 지나고, 허벅지를 지나 발목까지 내려와 온몸을 휘감았다. 심장이 미친 듯이 뛰었다.

맞닿은 손바닥과 빈틈없이 엉킨 그와 나의 손가락을 보며, 두근거리는 심장을 느끼며, 나는 웃지도 못하고 넋을 놓았다.

그도 아무 말 없이 내 손을 부드럽게 잡은 채 앞만 보고 운전했다. 그의 조용히 다물어진 입술도 웃지 않았다. 우린 깍지 낀 손으로 서로의 온기를 느끼며, 이 시간의 아련함을 느끼고 있었다.

눈물이 왈칵 쏟아지려는 걸 가까스로 참으며 아랫입술을 살짝 물고 반대편으로 고개를 돌렸다. 조금이라도 긴장을 풀었다면 감격의 눈물을 흘렸을 것이다.

준수도 낮은 숨을 몰아쉬었다.

이동하는 동안 잔잔한 침묵이 흘렀다. 어느새 그와 깍지 낀 손의 어색함이 사라졌다. 어느새 그의 손바닥 온기가 익숙해졌다.

잔뜩 긴장하고 있던 어깨가 편안해졌다. 어느 순간 나도 모르게 입술 위로 미소가 떠올랐다. 어느 순간 그의 입가에도 부드러운 미소가 지어졌다. 그와 나는 옆의 서로를 의식하며 잔잔히 웃었다.

그렇게 우리의 시간이 조용히 시작되고 있었다.

마치 10년 전으로 시간이 되돌아간 듯⋯⋯.

펜션에 도착하니, 스텝들은 입구에서 분주하게 짐을 내리고 있었다. 큰 펜션동 근처에 준수가 차를 세웠다. 오픈카에서 내리는 그와 내게 혜영이 다가왔다.

"이 앞이 너무 좋아, 지이야. 바다가 한눈에 다 보여."

"응. 오면서 봤어. 역시 제주도는 언제 와도 좋아. 그치? 언니."

"어. 언니는 너무 오랜만에 와서 더 좋아."

혜영이 나를 보며 활짝 웃었다.

"야마다 작가님, 식사하시고 바로 촬영 들어가신다고 하셨죠?"

차에서 가방을 꺼내 메는 준수에게 혜영이 물었다.

"네, 그럴 거예요."

"그럼 저희는 방에서 짐 풀고 준비하고 올게요. 이 뒤에 식사가 이미 차려져 있던데⋯⋯."

"네. 그럼 이따 봐요."

준수가 가볍게 미소 짓더니 큰 펜션동으로 이동했다.

"어머, 야마다 작가님 웃네. 나 웃는 거 처음 보는 것 같아. 웃으니까 완전 매력적이다."

혜영이 깜짝 놀라며 중얼거렸다. 난 살포시 미소 지으며 시원스럽게 멀어지는 준수의 등을 응시했다. 아직도 그의 따스한 온기가 남아 있는 손바닥이 수줍게 나를 올려다봤다.

"네 방 완전 좋아. 전망도 좋고."

"내 방? 나만 따로야?"

"어. 스위트 VIP룸. 이 펜션에서 제일 좋은 방이래. 거기만 따로 있어."

"정말? 그럼 언니랑 같이 자면 되겠네."

"나는 현진 씨랑 잘 거야. 빨리 가자. 풀빌라야. 스튜디오 측에서 배려 많이 한 모양이더라. 방 엄청 비싸겠던데?"

신이 난 혜영이 내 팔을 잡으며 재촉했다. 어쩌면 준수의 배려일지도 모른다.

펜션동과 떨어진 곳에 위치한 고급스러운 단독 건축물이 보였다. 혜영이 카드키로 열고 안으로 먼저 들어갔다.

"너 편하라고 신경 많이 썼나 봐. 물론 네가 VIP는 맞지만. 이 옆에도 VIP 객실동이 있다던데 굳이 이렇게 따로 풀빌라를. 그리고 노천탕까지 있다. 하루만 묵기 아까워. 특히 너 혼자 묵기. 우빈 씨랑 왔으면 좋았을 텐데."

혜영이 농담조로 말하며 휘둘러봤다.

'우빈 씨랑'이라는 말에 흠칫하여 난 말없이 인테리어를 살폈다.

고급스러운 골드와 브라운으로 인테리어가 된 공간은 모던하면서도 고급스러웠다.

혜영이 고급스러운 소파를 지나 전면 유리창으로 걸어가 미닫이 유리문을 열었다. 그 앞으로 개인풀과 노천탕이 연결되어 있었다. 멀리 햇빛을 곧게 받아 눈부시게 일렁이는 바다가 보였다. 풀에 몸을 담그면 하늘과 바다를 모두 볼 수 있었다. 개인 정원도 딸려 있어 이 공간 하나면, 편하게 연인들끼리 속닥거릴 수 있겠다는 생각이 절로 들었다.

"전망 완전 끝내주지? 너무 좋지?"

나보다도 혜영이 더 들뜬 듯 신났다. 그녀가 와인바를 지나 뒤편에 위치한 침실로 이동했다. 그러면서도 연신 이것저것 살피며 구경했다.

"좋네."

그녀 옆에 서서 난 빙그레 웃었다.

"너 식사는 어차피 조금 하니까, 노천탕에서 잠시 몸 좀 담그고 있을래? 식사하고 촬영 진행하려면 한두 시간 걸릴 테니까. 수영복도 있어. 혹시 몰라서 내가 챙겨왔거든. 근데 뭐, 알몸으로 있어도 되겠다. 사방이 안전하게 막혀 있어서……."

"괜찮아, 언니. 아침에 샤워하고 나왔는걸."

"그럼 이따 밤에 할래?"

그녀의 말에 난 고개를 주억거리며 웃었다.

촬영은 가뿐히 시작했다. 평일 오전부터 시작된 촬영이라 제주도의 인파는 많지 않아 순조롭게 촬영을 할 수 있었다.

준비된 오픈카에서 콘셉트에 맞춰 몇 컷을 찍고, 예정대로 억새밭과 풍력발전기 아래서 촬영을 마친 후, 오후가 늦어지는 시각에 애월읍으로 이동했다. 분주하게 촬영하고, 분주하게 이동하고 있었지만 즐거웠다.

그의 눈이, 그의 렌즈가 나를 향하고, 나의 눈이, 나의 호흡이 그를 향하여 즐거웠다.

그가 나를 담고 있다는 사실만으로도 즐거웠다, 이 시간이.

준수도 마찬가지였다. 그는 그 어느 때보다도 편안해 보였다. 가끔 그 특유의, 머리를 기울이며 입을 벌리고 기분 좋은 미소를 지었다.

그의 미소를 보며 나도 저절로 웃음이 나왔다.

그리고 중간중간 그는 웃었다. 나를 보고, 나에게.

정말 10년 전으로 돌아간 듯 착각이 일었다.

늦은 오후, 애월읍에 도착해서 해수욕장으로 나갔다.

다채로운 빛을 내는 에메랄드빛의 바다를 품은 눈부시도록 깨끗한 새하얀 모래사장을 디뎠다. 바다 위에 둥둥 떠 있는 비양도는 짙은 초록빛을 내고 있었고, 섬과 바다를 품은 하늘은 구름 한

점 없이 말간 푸름을 머금고 있었다.

그림 같은 전경이었다. 간헐적으로 바다 냄새를 품은 바람이 불어와 뺨과 머리카락을 매만졌다.

이곳은 4년 전 우빈의 부탁으로 영화 촬영을 왔던 이후, 오랜만이었다.

오전부터 백화점 행사로 분주했던 날이었다. 행사가 끝나고 소속사로 돌아가는 길에 우빈의 전화를 받았었다. 우빈은 친분 있는 감독이 급작스럽게 특별출연을 요청했다면서 내게 일주일간 영화 촬영을 해줄 것을 부탁했었다.

우빈이 내게 무언가를 부탁한 것이 처음이었다. 뭐든지 도움만 주려 했지, 그는 소소한 부탁조차 한 적이 없었다. 그래서 쉬이 거절할 수 없었다. 소속사로 향하던 길을 틀어 집에 가서 부랴부랴 짐을 챙겨 정현과 함께 제주도로 왔었다.

그리고 제주도에서 일주일 머물렀다. 그사이 TV 화면을 통해 우빈의 첫 고백을 받았다. 그는 이벤트를 준비하려 나를 이곳에 보낸 건가? 라는 생각도 들었지만, 우빈의 공개고백은 옥죄이듯 부담스러웠다.

촬영이 끝나고 서울로 온 날, 난 우빈에게 강경히 '오빠, 그러지 마'라고 했었다. 예전의 난 그랬었는데……

어쩌다 이렇게 모든 것이 불투명하고, 모든 것이 두렵기만 할까.

또 다 잃고 혼자일까 봐 무서운 건가.

모래사장에 서서 푸른 수평선을 지켜보다, 나와의 간격을 두고 있는 준수에게 시선을 돌렸다. 그는 촬영 준비로 바빴다. 그를 넌지시 보며 울컥거리는 심장의 속삭임을 눌렀다.

난 널 잃은 후엔 세상에 모든 것을 잃은 것 같아 무서워졌었다.

세상이, 무서워졌었다.

나를 비난하던 세상과 단절하고, 숨듯이 웅크리고 지내며 점점 자신 없고, 점점 두려워졌었다.

아무리 손을 내밀어도 그 누구도 없었다. 끝도 없는 캄캄한 터널을 지나고 지났는데도, 또다시 더 칠흑 같은 암흑의 터널만 계속되는 기분이었다.

너를 잃고, 닿지 않는 너를 기다리며, 그렇게 나는 어둠의 터널을 걷는 기분이었다.

그러다 어느 날부터 터널을 걷는 내 가까이에 우빈이라는 그림자가 길잡이로 다가왔다. 두려움에 웅크린 나는 그 그림자가 반가웠다. 그러나 빛은 아니었다. 나는 빛을 보고 싶었다.

그리고 지금의 나는 암흑의 터널 밖의 빛을 드디어 만났다. 다가가 잡고 싶지만 위축된다. 그 빛 가까이 가지도 못하고 다시 갇힐까 봐.

난 변했다. 10년, 10년을 그렇게 살았다.

준수야, 나는 변했다. 네가 아는 유지이가 아닐지도 모른다. 네가 알지 못하는 내 10년은, 네가 아는 유지이를 잃었을지도 모른다. 그렇기에 네가 10년이 지난 지금의 내가 아닌, 10년 전의 나를 그리워하는지도 모르겠다. 그래서 우리는 이렇게 10년 전으로 되돌아가 그나마 작은 위안을 하는지도 모르겠다.

카메라 세팅을 하던 준수의 시선이 문득 내게로 향했다. 나의 시선을 느낀 모양이었다. 그런 그에게 그저 희미한 미소를 보냈다. 울컥한 감정을 억누르며.

나의 미소에 준수가 부드러운 미소로 화답했다. 웃으며 나는 다시 바다로 고개를 돌렸다.

준수야, 나는 이것만으로도 괜찮다. 이것만으로도 설레고 행복하다.

"지이 씨! 오늘 정말 최고다! 누가 꾸몄니? 왜 이렇게 예뻐."

스타일리스트 현진이 오버액션을 하며 크게 말했다. 허 작가 몫을 현진이 하고 있었다.

현진은 하얀 모래사장 위의 하얀 여신을 만든다고 하늘거리는 하얀 원피스를 코디했다. 하지만 원피스는 11월의 서늘한 바람을 버티기엔 턱없이 얇았다.

"잠시 쉬었다 하죠."

말간 하늘이 붉은 기류를 흩뿌리며 노을로 여울질 때쯤 준수가 말했다. 그가 카메라를 인우에게 넘기더니, 이동의자에 걸쳐져 있던 커다란 극세사 담요를 들고 내게 성큼성큼 다가왔다.

닭살이 오돌오돌 돋아 있는 내 어깨에 그가 담요를 둘러줬다.

"조금 쉬고 마지막 몇 컷만 하자."

다정히 그가 내려다봤다. 난 슬그머니 미소 지었다.

"지이야, 따뜻한 물 한잔 마실래?"

혜영이 빨대를 꽂은 물을 넘겼다. 따스한 액체가 입술을 통해 목구멍으로 넘어가 차갑게 식어 있던 몸을 녹였다. 몸은 차디찼지만 심장은 뜨거웠다. 그가 덮어준 담요의 온기가 따스하다 못해 뜨거웠다.

석양이 완전히 바닷가를 덮었다. 새하얗고 새파랗던 공간이 시뻘겋게 물들었다.

"마지막 갑니다."

준수가 렌즈에서 잠시 눈을 떼고 내게 말했다.

난 바닷가를 거닐다 뒤돌아보며 고개를 끄덕였다. 현진이 그에게 뭐라고 하는 입모양이 보였다. 준수가 거부하듯 웃으며 고개를 흔들었다. 현진이 연거푸 채근하듯 말하고, 옆의 인우도 동의하는 듯 덩달아 고개를 끄덕였다.

준수는 손까지 흔들며 안 된다고 했다. 나 혼자 동떨어져 있는 탓에 오가는 말이 들리지 않아 멀뚱거리고 있는데, 준수의 촬영 신호가 떨어졌다.

그때, 현진이 내게 크게 소리쳤다.

"지이 씨, 조금만 뒤로 가!"

"네?"

그녀의 외침에 준수가 렌즈에서 눈을 떼고 엄한 표정으로 현진을 봤다. 그가 입모양으로 안 된다고 했다. 그러자 주변의 있던 스텝들이 일제히 '왜', '해요' 외치는 소리가 희미하게 들렸다. 준수가 하는 수 없다는 듯 크게 숨을 내뱉더니 내게 뒤로 가라고 손짓하며 카메라를 들었다.

"뒤로?"

그의 손짓에 갸우뚱하는 내게 현진이랑 인우가 이구동성으로,

"뒤로! 좀 더 뒤!"

하고 외쳤다.

그제야 이해하고 난 뒤로 몇 발짝 이동했다. 현진의 손짓이 더 커졌다. 더, 더라는 듯.

그녀의 손짓을 보며 뒷걸음질을 몇 걸음 더 했다. 그 순간, 등 뒤에서 어마어마하게 차디찬 커다란 파도가 별안간 나를 머리부터 발끝까지 집어삼키듯 와락 덮쳤다.

"악!"

난 비명을 지르며 그대로 바닷물을 뒤집어쓰며, 밀려왔다 떠나는 파도의 힘에 중심을 잃고 털썩 주저앉았다.

"뭐야?!"

파도로 인해 홀딱 젖어 만신창이가 된 채 그들을 향해 버럭 일

갈했다. 스텝들이 일제히 까르르 웃어댔다. 조금 뒤 준수가 카메라를 인우에게 전달하더니 담요를 들고 다가왔다. 그도 웃고 있었다, 입을 크게 벌리고.

그런 준수를 난 죽일 듯이 노려봤다.

"뭐야? 이 꼴이!"

다가온 그가 웃으며 내게 손을 내밀었다. 그의 손바닥을 신경질을 내며 탁 쳐버렸다. 나한테 한 대 맞았음에도 그는 손을 거두지 않았다.

"너, 찍었지? 나 망가진 사진? 그치?"

그의 손을 잡고 일어나며 토라져서 성질을 부렸다.

"그래도 예뻐."

준수가 환하게 웃었다. 그의 웃음에 난 멈칫했다.

그의 미소에 솟아올랐던 짜증이 곧바로 사그라졌다. 그러면서도 그를 살며시 흘겼다. 그가 재빨리 담요를 내 몸에 둘러주었다. 그것도 잠시, 물밀 듯 몰려든 소름 끼치는 한기에 몸이 바들바들, 이가 달달 떨렸다. 준수가 긴 팔로 내 어깨를 감싸며 걸음을 옮겼다.

"이동합니다. 유지이 씨, 큰일 나겠어요."

"네! 수고하셨습니다!"

"지이 씨, 수고했어요!"

스텝들이 박수를 치면서 분주하게 정리를 시작했다. 준수는 혜

영이 건네는 커피를 대신 받아와 넘기며,

"먼저 갑니다."

어시스트한테 말하고서 가방을 들었다. 내 어깨를 감싼 그와 함께 차가 세워진 주차장으로 이동했다. 내가 바닷물에 홀딱 젖은 탓인지 스텝들은 그가 나의 어깨를 안고 이동하는데도 크게 동요하지 않았다. 다들 본인들의 업무에 바빴다.

준수는 주차장에 도착하자마자 나를 보조석에 먼저 태우고, 빙 돌아 운전석에 타서는 부랴부랴 시동을 걸고, 오픈카 지붕을 닫고 히터를 틀었다.

"난 분명히 안 된다고 했어."

내가 오들오들 떨면서 노려보자 준수가 변명했다.

"끝까지 안 된다 했어야지!"

"재밌을 것도 같고."

그가 쿡 웃었다.

"뭐?!"

기막혀 버럭 하는데, 그가 스텝에게 받아온 수건을 내 젖은 머리카락에 뒤집어씌우고 막 비벼댔다.

"아, 뭐야!"

나의 성질에 그가 웃었다. 그의 즐거운 웃음소리가 들렸다.

듣기 좋은 그의 웃음소리가 차 안을 가득 채웠다.

펜션에 도착해서야 핸드백을 혜영에게 맡긴 채 빈손으로 왔음을 깨달았다. 준수는 주차장에 주차하고서 시동을 켠 채 내게 기다리라 하고 밖으로 나갔다. 히터에서 나온 따뜻한 바람 덕분에 한기가 들었던 몸은 이미 녹아 있었다. 하지만 바닷물의 염분 때문에 몸이 끈적거리고 찝찝했다.

얼마 후, 준수는 펜션 매니저와 함께 주차장으로 걸어왔다. 매니저는 친절히 스위트 VIP룸의 객실 문을 열어주고,

"온천수가 금방 찰 테니 잠시 후 이용하시면 됩니다."

노천탕의 물까지 확인하더니 허리 굽혀 인사했다. 그러면서 '좋은 시간 되십시오' 하고 준수와 나를 나란히 보면서 말하고 돌아섰다.

순간 준수와 나는 동시에 서로에게 눈을 돌렸다. 그와 나의 눈이 마주쳤다. 쿡 웃음이 나왔다. 그도 나의 웃음을 따라 피식 웃었다.

"씻고 쉬고 있어."

준수가 다정히 내 정수리에 손을 얹었다 놓고서 밖으로 나갔다. 그가 닫고 나간 문을 보며 난 주체하지 못하고 떠오르는 미소를 흘렸다.

이 시간이 믿기지가 않는다. 정말 꿈 같은 시간이다. 정말 10년 전으로, 열아홉의 지이로, 열여덟의 준수로 돌아간 느낌이었다. 다만 우리가 그대로 훌쩍 커서 스물아홉이 되고, 스물여덟이 된

느낌.

우리가 만약 아무 일도 없이 평탄하게 있었다면, 지금쯤 이렇게 만나고 있었을까? 아니면 어떠한 또 다른 고난이 있었을까? 아마도 10년이라는 세월이 흘렀으니 그 시간 동안 무수히 많은 일이 생겼을 것이다.

우린 그대로 어른이 되었으면 어떠한 일이든 극복할 수 있었을까……

지금은 어른이 되었으니…… 어떠한 일이 닥쳐도 극복할 수 있을까…….

난, 이제 그러길 바란다. 그와 함께 어떠한 일이 생겨도 극복하길 바란다. 이제 함께하길 바란다. 그는 어떨까?

오늘의 준수라면…… 기대해 봐도 되려나? 나 조금은 기대해도 되나?

매니저의 말마따나 노천탕은 금방 채워졌다.

따스한 온천수에 몸을 담그고 있으니 완연히 한기에서 벗어난 몸이 노곤해졌다. 일정이 빡빡했던 탓도 있었다. 첫 비행기로 도착한 이후 쉬지 않고 어스름해진 지금까지 강행군을 했으니 지칠 만도 했다. 그래도 많은 스텝과 함께 온 것이라 빡빡한 일정은 어쩔 수 없음이었다.

그대로 물속에서 잠들 것처럼 몸이 한없이 나른해졌다. 하늘이 보이고 바다가 보이는 이곳에서 느긋하게 잠들고 싶었다. 그러나

탕 속에서 잠들 수는 없어 억지로 나와 침대 속으로 들어갔다.

깨어났을 때는 시각이 벌써 밤 10시가 넘어서고 있었다. 내가 피곤하여 깊게 잠든 것으로 생각했는지 아무도 깨우지 않은 모양이었다. 차디찬 늦가을 바닷물까지 뒤집어쓴 것에 대한 배려일 것이다.

객실에서 나와 밖으로 나가니 펜션동 뒤편에서 왁자지껄한 소리가 들렸다. 천천히 돌아 그곳으로 가니 스텝들은 야외정원에서 무르익은 분위기에 한창들 취해 있었다. 그들 틈에 준수가 앉아 있었다. 그들과 즐겁게 대화하고 있던 그가 가까이 다가오는 나를 발견했다.

"지이야, 일어났어? 피곤했지?"

혜영도 나를 발견하고 자기 옆에 앉으라는 시늉을 했다. 내게 웃어주는 준수를 보며 나도 슬쩍 웃어주고 혜영 옆에 앉았다.

"배고프지? 잠깐만……."

"괜찮아. 입맛 없어."

"그래도 먹어야지. 아침 겸 점심도 대충 때우기만 했으면서……."

혜영은 굳이 바비큐 되어 있는 고기며, 소시지며, 해물들을 가져와 내 앞에 내려놓았다.

"지이 씨, 한잔해요."

인우가 캔맥주를 흔들었다. 난 고개를 끄덕이며 그에게 맥주를 받았다. 준수의 시선이 느껴졌다. 그를 보진 않았다. 그의 시선을 의식하며 즐거이 있었다. 그러다 혜영과 인우와 대화하다 준수를 훔쳐봤다. 그가 나를 보진 않았다. 그래도 알 수 있었다, 그가 나의 시선을 의식하는 걸.

우린 그렇게 서로를 의식하며 입가에 퍼지는 잔잔한 웃음을 잃지 않으며 그 시간을 보냈다. 두근거리는 심장을 숨겨놓은 채.

어느 정도의 시간이 찬찬히 흘렀다.

시간이 늦은 새벽으로 고요하게 흘렀다. 왁자지껄하던 분위기가 조금씩 가라앉았다. 저마다 진솔한 대화들을 하며 분위기가 더 짙어졌다.

그때 휴대폰으로 톡이 왔다.

준수였다.

「좀 걸을래?」

슬쩍 곁눈질로 그를 봤다. 그가 사람들 틈에서 넘겨보듯 살며시 부드러운 미소를 보냈다.

「응.」

답을 하고 난 슬그머니 그들 틈에서 일어났다. 찬찬히 걸어 펜션 뒷마당으로 나갔다. 짧은 시간이 흐른 후, 준수도 그들 틈에서 벗어나 내 뒤를 따라왔다.

뒷마당과 연결된 바닷가로 걸음을 옮겼다. 멀리 보이는 카페엔 아직도 불이 켜져 있었다. 그곳에서 흘러나오는 잔잔한 음악이 고요한 침묵을 뚫고 은은하게 들려왔다.

My love
내 사랑
here I stand before you
내가 당신 앞에 있어요.
I am yours now From this moment on
나는 지금부터 당신 것이에요.

느리게 바닷가로 나와, 느리게 모래사장을 걸었다.

나와 떨어진 뒤편에서 준수도 나의 느린 걸음 속도에 맞춰 느리게 따라오고 있었다. 주위는 고요했다. 잔잔하게 속닥이듯 귀를 자극하는 파도 소리와 음악 소리만 들릴 뿐이었다. 서늘한 밤바다 공기가 폐를 맑게 자극했다.

보드라운 모래사장에 나의 발자국이 새겨졌다. 짧은 시간이 지나며 나의 발자국 위로 그의 발자국이 겹쳐졌다. 한참을 우린 그렇게 간격을 두고 걸었다.

내가 걷고, 그가 겹쳤다.

그저 그렇게 나는 걷고, 그는 따랐다.

그것만으로도 전부를 하는 것처럼, 그것만으로도 모든 감정을
전하는 것처럼 그렇게.

And when I look in your eyes
당신을 바라볼 때면
All of my life feels before me
내 전부를 느낄 수 있어요.
And I'm not running anymore
난 더 이상 달리지 않아요.
Cause I already know I'm home
이곳이 내 안식처라는 걸 알아요.
With every beat of my heart
심장이 뛰는 매 순간마다
I give you my love completely
온전히 당신을 사랑할 거예요.
My darling, this I promise you
내 사랑, 내가 약속할게요.

—Ronan Keating 「This I promise You」

한참을 걷다가 걸음을 멈췄다. 그리고 몸을 돌려 뒤따르고 있는 준수를 기다렸다. 그가 느리게 천천히 내게 다가왔다. 나는 미동하지 않고 그를 기다렸다. 내게 다가오는 그를 조용히 기다렸다. 그가 가까이 왔다. 조용히 가까이 다가왔다. 점점 가까이.

그리고 내 앞에 마주 보고 섰다.

나는 그의 얼굴을 보기 위해 고개를 들었다. 그는 나의 얼굴을 보기 위해 고개를 숙였다. 그의 지긋한 시선과 나의 아련한 시선이 마주쳤다. 서로의 시선을 놓지 못하고 바라봤다. 그의 한 손이 올라왔다. 나의 심장이 미세하게 떨렸다. 그의 따스한 손바닥이 나의 뺨에 부드럽게 닿았다. 그가 더욱 그윽하게 나를 봤다. 그의 눈동자에 내가 묻혔다. 이 순간이 영원인 것처럼 그대로 정지하고서, 그저 그의 눈동자에 묻힌 나의 눈동자를 바라봤다.

그의 고개가 숙여졌다.

그의 따스한 입술이 조심스럽게 내 입술에 포개졌다. 그의 입술이, 그의 혀가 다물어진 내 입술을 부드럽게 벌렸다. 그의 부드러운 혀가 나의 혀를 안 듯 달래듯 자극했다. 나의 고개가 뒤로 젖혀졌다.

그의 한 손이 내 허리를 끌어안았다. 그의 다른 손이 나의 머리카락 속에 파묻혔다. 난 손을 들어 그의 등을 안았다. 그의 몸이 약하게 떨렸다. 그의 부드러운 키스가 깊어졌다. 그의 숨결이 점점 뜨거워졌다.

그의 입술이 잠시 떨어졌다. 눈을 슬며시 떴다. 바로 내 눈앞에서 그의 눈이 보였다. 뜨거운 숨을 뱉으며 그의 애틋한 눈이 나를 내려다봤다. 그의 입술이 다시 숙여졌다. 그리고 애타게, 뜨겁게 나의 입술을, 혀를, 내 입안을 훑었다. 부드러웠던 키스가 격렬해졌다. 그의 가슴이 크게 들썩거렸다. 나의 숨도 거칠어졌다. 나의 허리를 안은, 나의 머리를 안은 그의 손의 힘이 강해졌다.

숨 막히는 뜨거운 키스를 나누며 숨죽이고 하얀 거품을 뱉어내는 조용한 파도 소리를 들으며, 그렇게 시간이 흘렀다. 그리고 어느 순간 그와 나는 누가 먼저랄 것도 없이 키스를 멈췄다. 그는 나를 한참 동안 품에 안았다. 강하게 팔로 내 등을 감싸 안은 그의 심장박동이 빠르게 두근거렸다. 그의 품에 안겨 난 얕은 숨을 고르며 눈을 감았다.

놓기 싫다는 듯 오랫동안 나를 안았던 그가 천천히 떨어졌다.

"……들어가자."

내게 조용히 말하더니 그가 손을 잡았다. 손을 잡고 왔던 길을 되돌아갔다. 얕은 숨만 고르며 걸었다. 앞서 걷는 그의 등이 어깨가 들썩거리며 움직였다. 애써 참는 듯 간헐적으로 들썩이는 그의 등을 보며, 그의 손을 보며 따라갔다.

"잘 자."

VIP 객실까지 바래다준 그는 안으로 들어서는 나를 보지 않고 낮게 말했다. 그리고 멈추지 않고 가려고 했다. 가려는 그의 팔을 급하게 잡았다. 그가 멈칫했다. 그는 움직이지 않고, 그대로 서 있었다. 그를 잡은 손을 놓지 않고 기다렸다.

그의 팔이 파르르 떨렸다. 나의 손끝이 파르르 떨렸다.

짧은 시간이 흘렀다.

멈춰 버린 것 같은 시간이 흘렀다. 여린 숨만 내뱉으며 시간이 느른히 흘렀다.

그러다 그가 몸을 휙 돌렸다. 그리고 나의 양 뺨을 두 손으로 감쌌다. 그의 격렬한 키스를 받으며 뒤로 주춤 물러났다. 우리 등 뒤로 문이 닫혔다.

아무런 말도 필요 없었다. 그도, 나도 망설임조차 없었다. 한 번 닿기 시작하자 멈추지 못했다. 그의 떨리는 손길이 내 옷을 벗기고 나의 수줍은 손길이 그의 옷을 벗겼다. 뜨거운 숨소리를 내뱉고 뜨거운 호흡을 공유하며 오래전 그날처럼 수줍어하면서, 조심스러워하면서, 서툴게 서로를 안았다.

그의 손길이 내게 닿고, 내 손길이 그를 어루만졌다. 지나온 시간을 달래듯 애타게 안으며, 애타게 보듬었다. 서글프게 안으며, 서글프게 보듬었다. 그러면서 격렬하게, 열렬하게 서로에게 전부를 줬다. 그의 입에서 토해내듯 내 이름이 나왔고, 나의 입에서 속삭이듯 그의 이름이 불러졌다.

그러면서 그의 눈가가 촉촉이 젖었고, 그러면서 나의 눈가가 뜨겁게 아렸다.

아픈 시간들을 뱉어내듯, 겹겹이 쌓인 그리움을 달래듯 서로를 보듬고 위로했다. 그렇게 그렇게 반쪽짜리 우리가 애달프게 하나로 연결되었다.

애달픔의 시간이 흐른 후,

그의 팔뚝에 머리를 베고 그의 벗은 가슴팍에 입술을 댄 채, 여린 숨을 쉬는 나를 그는 놓지 않고 안고만 있었다. 그의 부드러운 손길이 끊임없이 내 머리카락을 쓰다듬었고, 그의 부드러운 입술이 가끔 내 관자놀이에 닿았으며, 가끔 내 윗머리에 닿았다. 그의 손길과 입술을 느끼며 어느 순간 나는 편안히, 포근히 잠이 들었다.

그렇게 아침이 밝아왔다.

깨어났을 땐, 혼자였다.

순간 또 꿈을 꾼 건가, 하는 불안감이 엄습해 왔다. 그런데 몸에 한기가 들어 내가 맨몸임을 깨달았다. 시트로 몸을 가리고 일으키며 주위를 살피다가 침대 테이블 위에 놓인 메모지를 발견했다.

팔을 뻗어 메모지를 집었다.

—곤히 자고 있어서 못 깨웠어. 눈이 많아 내 방에 간다.

다정하게 쓰인 글이었다. 꿈이 아니었다. 그와 함께였다. 그의 손길이 진짜였다. 우리가 함께였다. 피식 웃음이 났다. 벅차올라

눈가가 아리고 가슴에 전율이 흘렀다.

그가 남긴 메모지를 조심스레 품에 안고 미세하게 떨리는 심장을 부여잡았다. 따스한 온기가 퍼졌다.

씻고 옷을 갈아입고 객실에서 나가니, 어제 새벽녘까지 어울렸음에도 부지런한 스텝들은 벌써 야외정원에서 식사 준비를 하느라 바빴다. 시각이 아홉 시가 되어가고 있었다. 스텝들은 전날의 과음으로 인해 속 쓰리다와 배고프다를 연발했다.

그럼에도 식사는 전복과 해물 그리고 흑돼지였다. 어제처럼 아침나절부터 또 바비큐를 하고 있었다.

"지이 씨, 굿모닝."

스텝들이 내게 인사했다. 준수가 보이지 않았다. 의자에 앉으며 슬쩍슬쩍 곁눈질로 그를 찾았다.

그때, 등에 따스한 온기가 전해졌다. 고개를 돌리니 준수가 슬그머니 내 등에 손을 대고 지나쳤다. 지나치는 그를 올려다봤다. 그가 다정한 미소를 지으며 나를 내려다보며 반대쪽으로 이동했다. 쑥스러운 미소가 저절로 나왔다.

"지이 씨, 이거 먹어요."

인우가 내 앞에 해물과 고기가 한가득 담긴 접시를 내밀었다.

"저 아침 안 먹어요."

나는 화들짝 놀라며 고개를 흔들었다.

"우리 지이, 아침은 우유."

혜영이 편의점에서 미리 사다 놓은 듯 250㎖짜리 우유팩을 건네며 웃었다.

"아, 역시 우유 빛깔 지이 씨."

인우가 오버하듯 크게 말하더니 호탕하게 허허거렸다.

"맛있게 드세요."

그들에게 인사하고 난 그 자리에서 나왔다. 뒷마당으로 향하는 나를 준수가 지켜봤다. 등 뒤에 그의 시선을 느끼며 난 자꾸 떠오르는 미소를 감추지 못했다.

뒷마당에는 원목으로 된 2인용 그네의자가 있었다. 그곳에 앉아 상쾌한 아침 공기를 맡으며 우유를 마셨다. 오늘따라 우유가 달콤하니 단맛이 강했다. 내 혀를 자극하는 달콤한 우유는 어제 마셨던 흰 우유와 같은 것임에도 다르게 느껴졌다. 어제와 비슷한 오늘이 분명한데, 나는 지금 모든 것이 다르게 느껴졌다. 오늘은 다르다. 어제와 다른 오늘이다. 행복한 오늘이다.

누군가 내 곁으로 걸어왔다.

준수.

그가 다가와 내 옆에 앉았다. 그의 긴 다리가 그네의자 밖으로 쭉 뻗어졌다. 오래전 놀이터 그네에 앉아 있던 폼과 비슷했다.

"먹어."

그가 손에 들고 온 꼬치를 내밀었다. 꼬치에는 커다란 구운 전복이 하나 끼워져 있었다.

"어?"

나는 황당하다는 듯 그를 봤다.

"어제도 거의 안 먹잖아."

그가 다정히 웃으며 말을 이었다.

"너 어차피 많이 안 먹는 거 아니까 하나만 가져왔어. 그래도 제일 큰 걸로."

씨익 웃는 그를 난 멀뚱멀뚱 주시했다.

"나 안 먹어. 너 먹어."

고개를 흔들며 거부했다.

"나 전복 안 좋아해."

엉뚱하게도 준수가 정색을 했다. 그런 그를 살며시 흘겼다.

"너는 안 좋아하는 전복을 왜 나 먹으라고 가져와?"

"보양식이라잖아. 그러니까 먹어."

그가 아예 전복을 내 입술 가까이 가져다 대었다.

"너무 커."

연거푸 고개를 흔들며 거부했지만 준수는 고집스럽게 들고 있었다. 내가 먹을 때까지 들고 있을 심산인 듯했다. 하는 수 없이 입을 벌려 코앞에 있던 전복을 입에 넣었다.

입안을 가득 채운 구운 전복을 씹으며 난,

"느므…… 크자나."

하고 투덜거렸다. 큰 전복 탓에 말도 제대로 하지 못했다. 내가 퉁퉁거리며 그를 올려다보자, 그의 입가에 미소가 떠올랐다.

그의 손가락이 다가왔다. 구운 전복의 잔재가 묻었는지 그의 엄지손가락이 쓰윽 내 입가를 닦았다. 그의 입술이 늘어지며 길게 웃었다. 웃는 그의 입술이 숙여져 내 입술에 짧은 입맞춤을 했다.

전복을 오물거리고 있던 탓에 내가 당황해서 움찔하자 그가 떨어지면서,

"전복 맛 나."

픽 웃으며 말했다.

난 째리며 툭 손으로 그를 쳤다. 그가 기분 좋게 웃었다. 그네 등받이에 팔을 길게 걸치고, 고개를 뒤로 젖히며 기분 좋게 소리내어 웃었다. 그의 웃는 모습을 흘기다 나도 따라 웃었다. 역시나 너무 큰 전복을 오물거리며.

상쾌한 공기가 즐거이 따라 웃으며 그와 내 주위에 머물렀다.

19화_ 정지된 시간 속에서

이대로 시간이 멈췄으면 좋겠다고 생각했다.

시간이 멈춘 것 같은 느낌이 아니라 정말로 시간이, 우리의 시간이 이대로 정지하면 좋겠다고. 이 시간이 너무 행복해서, 너무 설레고 좋아서.

내가 오물거리며 전복을 다 먹자 그가 나보고 우유를 마저 다마시라고 손짓했다.

"맛이 완전 이상해."

우유를 먹으면서 내가 인상을 쓰자 준수가 다시 웃었다. 준수의 즐거운 웃음소리가 공기를 타고 퍼졌다. 그가 근처 쓰레기통에 꼬치 막대와 우유팩을 던져 넣고서 내 손을 잡았다. 그의 따스한 손을 잡고 그의 발길을 따라 걸었다.

그와 함께 바닷가를 거닐었다. 어제 새벽처럼 어스름한 바닷가가 아닌 청명한 푸름을 띤 새하얀 거품을 일렁이는 환한 오전의 바다를 같이 걸었다. 얇은 구름이 내비치는 창창한 하늘 아래로 간헐적으로 선선한 바람이 불어와 뺨을 건드렸다.

내 손을 잡은 그가 손가락을 움직여 깍지를 꼈다. 깍지 낀 손이 흔들거리며 나란히 어깨를 맞대고 모래사장을 거닐었다.

대화하지 않아도 좋았다, 이 시간이.

그래서 나는 이대로 시간이 멈췄으면 좋겠다고 생각했다.

펜션에서 떨어져 멀리까지 걸었다. 어느새 펜션이 점처럼 보였다. 그러자 준수가 우뚝 걸음을 멈췄다. 그러더니 깍지 낀 손을 풀고 나를 안았다. 포근히 가슴에 안았다.

오전의 바닷바람은 상쾌한 해수의 향을 실어왔으며, 보드라운 모래사장을 두들기는 파도 소리는 잔잔한 속삭임 같았다. 산뜻한 바람결이 우리를 쓰다듬듯 스치고 지나갔다.

"……이렇게 계속 있었으면 좋겠다."

내 귀에 그가 속삭였다. 낮고 부드럽게 속삭였다. 그의 입술이 내 관자놀이에 닿았다. 내 관자놀이에 짧고 부드러운 입맞춤을 하더니 그가 나를 안은 팔에 힘을 줬다. 그의 가슴이 오르락내리락 거리며 크게 들썩였다. 그의 가슴의 요동을 느끼며 난 빙그레 웃었다.

그리고 눈을 감았다.

다시 한 번 시간이 이대로 멈췄으면 좋겠다고 생각했다.

오후 한 시쯤 출발이라고 하여 객실에 들어와 차근차근 짐을 챙겼다. 짐을 챙기다 말고, 오전에 준수가 내게 남긴 메모를 다시 봤다.

—곤히 자고 있어서 못 깨웠어. 눈이 많아 방에 간다.

다정한 그의 메모를 가방에 곱게 넣었다. 넣다 말고, 다시 픽 웃음이 나왔다. 너무 오랜만에 가슴이 벅차오르며 기쁘다. 기쁘고 행복하다. 이제야 살 것 같다. 이제야 숨을 쉬는 것 같다. 준수와 산책하고 돌아온 지 한 시간 정도밖에 되지 않았는데 벌써 보고 싶어졌다. 빨리 정리하고 밖에 나가 그의 얼굴을 보고 싶다. 느긋이 준비하던 손길이 분주해졌다.

그때,

"지이야!"

혜영이 객실 문을 두들기며 다급히 나를 불렀다. 문을 열며 의아하게 그녀를 봤다.

"너 결혼해?! 언니한테 말도 안 해주고! 엉큼하게!"

얼굴이 붉게 상기된 혜영이 한껏 흥분한 어조로 빠르게 말했다.

"응? 무슨 소리야?"

엉뚱한 그녀의 말을 이해할 수가 없었다.

"너 결혼한다며? 결혼 발표 났던데?"

나의 반응에 의아하다는 듯 혜영이 휴대폰을 내밀었다.

"결혼 발표라니?"

심장이 덜컥 떨어졌다. 결혼 발표라니? 무슨 결혼 발표?

"여기, 기사. 시간 보니까 한 시간 전쯤에 올라왔던데. 잠깐……."

혜영이 황당해하며 조급하게 휴대폰의 잠금 해제를 풀어 인터넷으로 들어갔다.

"너 몰랐어?"

"줘봐……."

영문을 모르겠어서 당혹스러웠다. 그녀에게 휴대폰을 건네받으면서 두려움으로 손끝이 바르르 떨렸다. 놀란 심장이 빠르게 뛰었다.

인터넷 첫 화면인 포털 사이트의 메인뉴스가 눈에 들어왔다. 제일 첫 줄에,

—정우빈, 유지이 전격 결혼 발표, 12월 중순 결혼

이라는 제목이 진한 글씨로 있었다.

"헉."

난 숨을 크게 들이쉬었다. 울렁거리던 심장이 토할 것처럼 요동을 쳐댔다. 연예뉴스 메인으로 이동했다. 제일 큰 기사 아래로, 쭉 수많은 기사들이 올라와 있었다.

—세기의 커플 정우빈, 유지이 열애 2년 만에 결혼, 상견례 예정

—한류스타 정우빈, 유지이, 올 초부터 결혼 계획 있었다. 속도위반 NO

—정우빈&유지이, 12월 중순 결혼 확정 소속사 공식발표

기사 하나를 눌렀다.

—연예계 대표 공식 커플 한류배우 정우빈(33)과 배우 유지이(28)가 오는 12월 결혼한다고 전격 발표를 했다. 정우빈과 유지이의 소속사 JU엔터테인먼트의 공식발표에 따르면 정확한 날짜와 장소는 아직 정해지지 않았으며, 곧 상견례를 할 예정이라고 전했다. 정우빈은 얼마 전 유지이에게 프러포즈를 했으며, 올 초부터 올해가 가기 전 결혼을 계획하고 있었다고 밝혔다.

정신이 혼미해졌다. 몸이 덜덜 떨렸다. 지금 내가 보고 있는 현실이 믿기지 않았다. 거짓말 같은 현실이었다. 오래전 언론에게 무참히 당했을 때가 오버랩되면서 지금이 꿈인지 아닌지 분간되지 않았다.

이게 뭐지? 내가, 내가 왜…….

결혼 발표라니…… 이게 무슨…….

수많은 생각이, 수많은 질문이 떠올랐다.

"지이야? 너 왜 그래?"

파리할 정도로 창백해지는 나를 혜영이 걱정스레 봤다.

"이게…… 뭐야?"

"우리 소속사에서 공식발표한 거잖아? 정말 몰랐어?"

"……아니야…… 언니…… 이건 아니야……."

뇌가 새하얗게 탈색되는 기분이다. 마른침을 삼키며 고개만 연신 흔들었다.

"재웅 오빠가 무턱대고 이런 발표를 했겠어? 너 프러포즈도 받았다며?"

"……거절했는데……."

"뭐?!"

나의 중얼거림에 혜영이 기겁했다.

"너 정말 거절했어? 그럼 뭐야? 어떻게 된 거야? 재웅 오빠가 왜 이런 기사를 내?"

"……뭐가 잘못됐나 봐……. 언니…… 빨리 좀……."

"어떡해? 잘못된 거 맞아? 진짜 너 거절했어?"

혜영의 되물음에 난 맥없이 끄덕거렸다. 혜영이 재웅에게 전화하려고 재빨리 휴대폰을 열었다.

"어머, 밖에서도 축하한다고 난리인데…… 지금쯤 전 국민이 다 알 텐데……. 이럼 어떻게 되는 거야?"

통화버튼을 누르며 혜영이 중얼거렸다.

"……다 알아?"

막힌 숨을 헉헉 몰아쉬다 번쩍 고개를 들었다.

"그럼 당연한 거 아냐? 인터넷에 떴는데? 것도 한 시간이나 됐잖아. 인우 씨가 먼저 보고 말해줘서 다 봤지. 그래서 나도 안 거고."

"준수는?"

"……누구?"

혜영이 반문했다.

준수.

아득해지는 정신을 바로 차리고 난 서슴없이 객실에서 뛰쳐나갔다.

"지이야!"

뒤에서 혜영이 다급히 나를 불렀다.

준수는…… 준수도…… 알아?

아니라고 말해야 돼. 아닌데…… 아니라고…….

숨이 막혀 폐가 공기를 빨아달라고 애원해도 신경조차 쓸 수 없었다. 심장이 죽을 것 같다고 외치는데 달랠 정신도 없었다.

준수를 찾아서 달렸다. VIP 객실동을 지나 펜션동으로 향했다. 스텝들이 객실에서 짐들을 날라 입구에 쌓고 있었다. 그들이 달려오는 나를 발견했다.

"어머! 지이 씨! 결혼 축하해요!"

"진짜 축하해요!"

여기저기서 환하고 밝은 축하가 일제히 날아왔다. 그러다 혼비백산해서 파리해진 나의 낯빛을 보고 갸우뚱했다.

"……준…… 야…… 야마다 작가님은요?"

헐떡거리며 간신히 물었다.

"야마다 작가님이요?"

보조스텝이 황당하다는 듯 나를 봤다. 헐레벌떡 달려와 뜬금없이 야마다 작가님은 왜 찾느냐는 표정이었다.

"아까 스케줄 때문에 먼저 가신다고……. 주차장 쪽에 가셨는데…… 이미 가셨을 텐데……."

어시스트가 대답했다.

갔다고?

……이대로 가지 마. 이대로…… 준수야…….

난 주저 없이 내달렸다. 주차장을 향해 달렸다. 숨이 턱까지 차오르고, 눈시울이 뜨거워져서 시야가 희뿌예졌다. 다행히도 주차장에 세워진 빨간색 오픈카가 보였다.

준수는 아직 가지 않고 그곳에 있었다. 막 올라타려던 찰나였다. 몸을 운전석에 싣기 직전 그가 나를 봤다. 그의 몸이 멈칫했다. 그리고 텅 비어버린 눈동자로 달려오는 나를 봤다. 한없이 공허한 눈으로 나를 봤다.

그의 앞에 헐떡이며 섰다. 아니라고 말해야 하는데 눈물부터 났다. 몸이 바들바들 떨리고, 입술이 바들거렸다. 흐느끼며 가까스로 입을 열었다.

"준…… 준수야."

그가 내게 다가왔다. 내 가까이에 섰다. 우는 나를 보며 움찔도 안 하고 아무것도 담겨 있지 않은 허무한 눈으로 내려다봤다.

"……알고 있었어."

그때, 그가 침잠하게 말했다. 그의 눈동자에 빛이 전혀 없었다.

"어?"

그 순간 나의 사고가 멈췄다. 알고 있었다고? 무슨 뜻인지 가늠되지 않았다. 하지만 그의 눈빛에 담겨진 중압감에 흐르던 눈물이 멈칫했다. 동공이 튀어나올 정도로 커졌다.

"어차피 예정된 거잖아. 생각보다 빨라서 놀랐지만. 물론…… 한편으론 혹시나 했지만…… 역시."

그의 입술이 비뚤어지며 조소했다.

"……무슨?"

"뭐, 내가 너의 평화를 깨서도 안 되고…… 그럴 자격도 없고."

계속되는 그의 말을 알아들을 수 없었다.

"무슨 말을……."

"이젠 상관없어. 어차피 이곳에서 끝내려고 한 거니까……."

웅얼대는 내 말을 자르며 그가 더 가까이 바짝 다가왔다.

"……잠깐 기대했던 내…… 잘못이야……."

암울한 그의 눈동자는 완전히 텅 비었다.

알고 있었다니…… 예정되었다니…… 끝낸다니…….

귀가 윙윙거리고, 뇌가 심각하게 울렁거렸다. 이해 못하는 뇌가 그의 말을 조급히 되짚었다. 파들거리는 입술을 떼어 물으려는 찰나, 그의 고개가 숙여졌다.

그의 한 손이 내 목덜미를 부드럽게 감쌌다. 그의 차디찬 입술이 내 입술에 포개어졌다. 그의 뜨거운 숨이 들어왔다. 그가 나에게 짧고 뜨거운 키스를 했다. 소름 끼치도록 달콤한 키스를…….

짧은 키스를 끝낸 그의 입술이, 나의 아랫입술에 머물렀다. 그대로 내 입술과 닿은 채 그의 입술을 움직였다.

"이젠, 보지 말자. 다시는."

그의 입술 움직임이 고스란히 내 입술에 느껴졌다. 그가 내뿜는 숨이 고스란히 내게 들어왔다. 내 입안으로 그의 잔인한 말이 들어왔다.

나의 목덜미를 놓고, 그의 입술이 떠났다.

뭐라고……?

공포에 가까운 충격으로 인해 나의 뇌는 정지했다.

아득해 보이는 그가 서둘러 내게서 몸을 돌렸다. 점점 희미해지는 그가 내가 붙잡기도 전에 빠른 걸음으로 성큼성큼 차로 가 올라타더니 망설임 없이 떠났다.

"……준…… 준…… 수야……."

멀어져 가는 차를 보며 가까스로 그를 불렀다. 소리가 제대로 나오지 않았다. 숨이 막혀서 소리가 나오지 않았다. 아무리, 아무리 애를 써도 목소리가 나오지 않았다.

"가…… 가……."

그가 탄 차가 이내 시야에서 사라졌다.

굵은 눈물만 소리 없이 흘렀다. 숨도 쉬어지지 않았다. 폐가 공기를 빨아들이려 발악하듯 팽창했다. 난 헉헉거리며 조이는 심장을 손아귀로 움켜쥐었다.

그가 갔다.

아니라는 말도 못하고 잡지도 못하고 그를 보냈다. 변명도 못하고 애원도 못하고 그를 보냈다.

이곳에서 끝내려고 했다는 말만 전해 듣고……

이제 다시는 보지 말자는 말만 들은 채……

내 입술에 잔인하고 달콤한 키스의 여운만 남긴 채…….

"지이야!"

혜영이 주차장으로 뛰어왔다.

가지 마…….

그대로 무릎을 바닥에 대고 주저앉았다. 심장이 갈기갈기 찢겨지는 고통이 올라왔다. 가슴을 움켜쥐고 소리도 못 내고, 폭발하듯 눈물만 쏟았다. 심장이 금방이라도 멈출 것처럼 도려내지는 것처럼 아려왔다. 죽을 것처럼 아릿했다. 정신이 아득해졌다. 눈앞의 모든 것이 울렁거렸다.

준수야.

심장이 찢겨진 듯 너덜너덜해졌다.

영원히 깨지 않을 것 같은 악몽이었다.

너무 끔찍해서, 너무 무서워서 죽을 것 같은 악몽이었다.

준수야……

가지 마…….

가지 마…….

암흑이 덮었다.

"지이야!"

✳   ✳   ✳

준수가 갔다.

깨어나자마자 든 생각은 그것뿐이었다. 깨어보니 난 제주도 시내 병원의 응급실 침대에 누워 있었다. 놀란 혜영의 동공이 먼저 눈에 들어왔다. 흐릿한 시선을 초점을 잡기 위해 연달아 깜빡거렸다.

"지이야, 괜찮아?"

뿌연 시야가 걷히며 혜영의 창백한 낯빛이 서서히 또렷해졌다.

"언니……."

주위를 둘러보며 부랴부랴 천 근 같은 몸을 억지로 일으켰다.

"너 너무 약해져서 쓰러진 거라는데…… 좀 더 누워 있어."

"준수는?"

간신히 분명한 소리를 냈다.

"누구? 자꾸 누굴 찾는 거야?"

갑갑하다는 듯 혜영이 채근했다.

"……야마다 준스이. 갔어? 진짜 갔어?"

"야마다 작가님? 아까 가는 거 봤잖아! 너 왜 그래? 누워 있어."

허리를 일으키는 내 어깨를 혜영이 잡았다. 난 침대에서 발을 내리며 신발을 찾았다.

"지이야, 영양제 넣었어. 일어나지 마. 너 요즘 밥도 제대로 안 먹고 안 자지? 너 완전히 허약하대. 이렇게 버티고 있는 것도 용하다더라. 이제 보니 너 몇 달 사이에 더 말랐어. 그렇지 않아도 마른 애가……. 언니는 여태 눈치 못 채고……."

"스텝들은?"

그녀의 말은 듣지도 않고 물었다.

"비행기 시간 때문에 다 가고 나랑 형우 씨만 남았어."

"지금 몇 신데?"

"오후 5시가 넘어가는데……."

벌써 오후 5시……. 준수는 12시쯤 갔는데…… 벌써 그가 간 지 다섯 시간이 지났다.

"언니, 신발……."

"화장실 가게?"

혜영이 침대 아래서 신발을 꺼냈다. 난 침대에서 내려와 신발을 신었다. 손을 휙 들어 나를 묶고 있는 링거 바늘을 거칠게 뽑아버렸다. 살점이 뜯어지며 피가 쑥 올라왔다. 아픔 같은 건 느껴지지도 않았다.

"지이야!"

혜영이 경악해서 소리쳤다. 링거 바늘이 빠진 뜯겨진 피부에서 올라온 붉은 피가 팔을 타고 흘러내렸다.

준수가 갔다.

"지이야!"

병실을 어기적거리며 나가는 나를 혜영이 황급히 뒤쫓았다. 병실 밖, 벽에서 등을 기대고 대기 중이던 매니저 형우도 나의 모습에 기겁했다. 혜영이 급하게 백에서 손수건을 꺼내 내 팔을 잡았다. 동맥을 타고 올라온 피와 뜯겨진 살점에서 쏟아지는 시뻘건 피가 엉겨서 뚝뚝 떨어지는 내 살갗에 손수건을 대려고 애썼다.

팔을 휘저으며 거부하고 걸음을 빨리했다.

준수가 갔다. 쫓아가야 한다.

이대론 보낼 수 없어.

눈앞이 어질하며 바닥이 울렁거렸다. 휘청. 다리가 풀려 기력없이 벽에 어깨를 탁 부딪쳤다. 혜영이 재빨리 내 팔을 잡으며 부축했다.

그리고 다시 암흑.

마음은 초조해서 죽겠는데도 저주스러운 내 몸이 도와주지 않앗다. 다시 깨어났을 때는 새벽 1시. 준수가 간 지 열세 시간이 지난 후. 바다 건너 제주도라 오도 가도 못하고 발이 묶인 나.

혜영은 곁에서 지키다 지쳐 잠들었는지 보조침대에서 깊게 잠들어 있었고, 건너편 소파에선 매니저 형우가 자고 있었다. 사람들의 시선이 있으니 1인실로 옮긴 모양이었다.

그들을 깨우기도 미안해 침대에서 조용히 내려왔다. 아까 뜯겨진 부위를 치료했는지 팔엔 붕대가 감겨져 있었다. 그 아래 링거가 다시 꽂혀 있었다. 내 팔에 꽂혀 있는 링거 바늘을 다시 쓱 뽑았다. 아까와 마찬가지로 통증 없이 피만 쏟아져 나왔다.

흘러나오는 피를 쓱 손바닥으로 대충 닦아내며, 내 핸드백이 놓인 테이블로 갔다. 핸드백을 잡고 뒤적거려 휴대폰을 꺼냈다. 아이보리색 핸드백이 손바닥에 묻은 붉은 피로 검붉게 얼룩졌다.

부재중 전화가 여러 통 와 있었다. 정현 그리고 엄마. 그 외에는 아무도 없었다. 문자메시지만 여러 개였다. 몇 안 되는 연예계 지인들의 결혼 축하 메시지들이었다.

병실 문을 조용히 열고 끌다시피 힘겹게 걸음을 옮겼다. 아직도 팔의 구멍에서 솟아나는 피가 팔을 타고 손바닥으로 흘렀다. 다시 반대편 손등으로 쓱 피를 무심히 닦았다.

준수에게 전화했다. 휴대폰은 꺼져 있었다.

너 정말 간 거야?

정현에게 전화했다.

〈지이야, 괜찮아?〉

새벽 1시가 넘어가는 시간임에도 정현이는 기다렸다는 듯 바로 전화를 받았고, 잔뜩 걱정스러운 음성으로 물었다. 혜영이에게 내 상태를 전달받은 모양이었다.

"어."

뿌연 정신을 부여잡으려 눈을 부릅떴다.

〈어떻게 된 거야?〉

정현이 물었다.

"네가 왜 물어? 마케팅 실장이?!"

걱정스레 묻는 정현에게 되레 소리쳤다. 그제야 분노가 치솟아 몸이 바들바들 떨렸다.

〈우리도 몰라. 재웅 오빠가 터뜨린 거야.〉

"재웅 오빠 혼자서?"

〈……그래. 우리도 몰랐어. 나도 몰랐어. 그리고 진짜로 네가 결혼한다면 내가 먼저 알았어야 했잖아! 나도 놀랐어.〉

전화기 너머 정현의 음성도 파르르 떨렸다.

"재웅 오빠 어디 있어?"

〈사무실에 있다 들어갔지. 나중에 혜영 언니 통해서 네가 프러포즈 거절했다는 소리 듣고 완전 충격 먹었어. 그런데 지이야, 우빈 오빠는 잠적이야. 오늘 스케줄도 펑크 냈어.〉

"미쳐, 정말."

기가 막혀서 말도 안 나왔다. 신랄한 코웃음만 나왔다.

"우빈 오빠 찾아와. 그리고 내일 오전에 정정기사 내, 당장."

냉정하게 정현에게 말했다.

〈지이야, 소속사에서 오늘 공식발표한 걸 어떻게 무턱대고 정정기사를 내?〉

"그럼 어떻게 해야 하는데?! 이대로 두면 기정사실화되잖아?! 벌써 하루가 됐잖아!"

죄 없는 정현에게 소리만 질렀다.

〈너 몸이나 우선 추슬러. 왜 거기서 쓰러지고 그래?! 속상하게!〉

"……정현아."

애타게 그녀를 불렀다.

〈어.〉

"……준수가 갔어. 준수가 갔어."

맥없이 바닥에 쭈그려 앉아 무릎에 얼굴을 묻었다.

"……준수 좀 찾아줘."

너무 많은 생각들이 복잡하게 얽혀서 뇌를 갉아먹었다. 그 생각들의 꼬리가 너무 많아 오히려 어느 것 하나도 명확하게 떠오르는 것이 없었다.

〈너희…… 거기서 무슨 일 있었어?〉

정현의 질문에 난 그만 굵은 눈물을 뚝 흘리고 말았다. 복받쳐 오르는 감정을 주체 못하고 흐느꼈다.

심장이 울었다. 계속 살려달라고 울었다.

제발, 이 악몽에서 깨게 해줘.

아침이 되어서야 병원에서 나왔다. 그리고 나는 기계적으로 공항에 도착하고, 기계적으로 비행기에 탑승했다. 비행기가 암울한 하늘에 올랐을 때가 되어서야 그제야 어제의 상황이 명료하게 상기됐다. 그러나 뇌가 잘 움직이지 않았다. 뇌가, 멍청이가 됐다.

이해가 되지 않는다. 준수는 분명 내게 '알고 있었어'라고 했다. 무엇을? 나의 결혼을? 어째서? 나도 모르는 걸 준수가 어떻게 알고 있었다는 거지? 그리고 준수는 그랬다. '어차피 예정된 거잖아. 생각보다 빨라서 놀랐지만', '혹시나'라고. 그리고 '나의 평화를 깰 생각도, 자격도 없다'라고…….

대체 다 무슨 말인 거야? 나도 알아듣게 말을 해주면 안 돼?

나도 모르는 걸 어떻게 준수가 알고 있고, 뭐가 예정대로고 생각보다 빨랐다는 거지? 내 결혼이 이미 예정되어 있었다고? 근데 그게 생각보다 빨랐다는 의미인가? 애초에 뭐가 정해져 있었던 건가? 나도 모르는 내 결혼이 어떻게? 대체 뭐가 어떻게 된 거지?

이곳에서 끝내겠다고 그가 한 말은 그럼…… 내게 공항에서 '10년 전처럼 유지이, 서준수로 있자'는 그 말은, 나와 10년의 기억을 끝내기 위해 그렇게 말한 거란 의미인가?

그는 나를 지우기 위해 나와 10년 전의 시간을 보낸 건가?

도무지 모르겠다.

누가 속 시원히 말해줘.

제발.

준수가 갔단 말이야.

공항에서 나오는 순간에도 지나치는 모든 이가 내게 '축하한다'고 인사했다. 나를 알고 있는 사람들이, 나의 존재를 알고 있는 사람들이 전부 내게 '축하한다'고 화색을 띠었다. 어이없고 기가 막혀 눈물도 나오지 않았다.

소속사에 도착하고 보니 재웅은 대표이사실에 있었다. 그는 정현에게 이미 보고받고 혼란스러운 표정으로 서성대고 있었다.

"무슨 짓을 한 거야?"

하루가 지난 상태이기 때문일까, 기도 안 차 감정도 죽은 걸까. 목소리가 바닥에 깔린 듯 차분하게 나왔다.

"나도 놀랐어. 네가 우빈이 프러포즈 거절했다는 말 전해 듣고."

"설명해, 빨리. 난 시간 없어."

냉정하게 그를 보며 눈 한 번 깜빡 안 하고 물었다.

"우빈이가 그제 오후에 연락이 왔더라고. 내일, 그러니까 어제 오전까지 결혼 공식발표 내라고."

차분한 물음에 재웅도 침착하게 대답했다. 역시 우빈이었다.

"안 그래도 우빈이가 너무 서두르기에 좀 이상하긴 했어. 난 좀 더 차근히 준비했다가 너랑 나란히 기자회견을 하자 그랬는데, 우빈이가 고집을 부리더라고. 무조건 어제 오전에 기사가 나가야 된다고……."

"나한테 물어봤어야지!"

버럭 소리쳤다.

"너희야, 당연히 연인 관계니까…… 둘이 사이가 나빠 보였던 적도 없고……. 그래서 오빠는…… 당연히 합의된 것인 줄 알고……. 근데 너 거절한 거야? 진짜 거절한 거야?"

"……기막혀, 정말."

가슴이 들썩거렸다.

"지이야…… 그래도 그러지 마."

"뭐?"

"우빈이가 어떤지 알잖아. 그런데다 이렇게 기사까지 나갔는데 어떡하려고?"

재웅이 안타까워하면서 미간을 일그러뜨렸다.

"뭘 어떻게? 그럼 이까짓 기사 나갔다고 나보고 우빈 오빠랑 결혼이라도 하란 소리야?"

신랄하게 코웃음 치며 그를 노려봤다.

"너 우빈이한테 왜 그래? 우빈이가 너한테 어떻게 했는데? 갑자기 왜 그러는 거야?"

"뭘? 우빈 오빠가 나한테 잘해줬다고 내가 억지로 우빈 오빠랑 결혼이라도 해야 한단 소리야, 지금?"

"그게 아니라 너희 사이좋았잖아. 근데 왜 이래, 갑자기? 우빈이는 뭐야? 정말 분명히 너랑 결혼하기로 했다고 말했어. 그것도 12월에 한다고. 나도 놀랐어. 사실은 너희들 속도위반했구나, 짐작했다고. 솔직히 이렇게 서두르니까 다들 그렇게 생각해."

"속도위반?"

그의 말에 어이없어 헛웃음이 나왔다. 실없이 킥킥거렸다.

"어쩐지 이상했어. 이 녀석 어제 스케줄, 오늘, 내일 스케줄 다 캔슬했다고. 다 펑크 냈어. 그리고 잠적했어."

재웅이 내 옆에 앉으며 깊은 한숨을 푹 쉬었다.

"우빈 오빠 어디 있어?"

"나도 몰라. 집에도 없고…… 오전에 매니저 시켜서 청평 별장에 보내봤는데 거기도 없어."

"정말…… 우빈 오빠가 이럴 줄 몰랐다. 아무리 그래도…… 이건 너무하잖아."

우빈의 극단적인 선택에 기막혀 눈물도 나지 않았다. 허탈감이 날 뒤덮었다.

"근데 지이야, 우빈이의 너에 대한 마음이 어떤지 알잖아. 그 녀석 너 없으면 못살아. 정말 널 죽도록 사랑하잖아. 난 네가 좀 더 생각해 봤으면 좋겠다. 우빈이 같은 사람이 어디 있어? 그 녀석은 너밖에 몰라. 지난 5년 동안 너 하나만 보고 살았던 녀석이야."

그의 얼굴도 보기 싫어 애먼 벽만 노려봤다.

"지이야, 난 네가 우빈이랑 결혼했으면 좋겠어. 설사 이 과정이 잘못되었다고 해도, 오빠는 네가 우빈이랑 잘됐으면 좋겠어. 그리고 오빠 생각엔 둘이 살면 잘살 것 같아. 다시 잘 생각해 봐. 그 녀석 너한테 잘못한 거 없잖아."

날 안타깝게 보며 재웅이 설득을 하려고 애썼다.

"……이게 잘못이 아니고 뭐야? 이런 게 어디 있어? 이게 사랑이야?"

"오죽했으면, 오죽했으면 이랬을까? 이렇게라도 너 잡고 싶어서 그런 거잖아."

재웅이 달래듯 내 어깨를 잡았다. 난 거칠게 그의 손을 탁 치웠다.

"나도 죽겠어. 그만해. 정정기사나 내줘, 당장!"

그의 회유에 울컥 분노가 치밀어 올랐다.

"진정해. 지금 당장 흥분한다고 뭐가 돼? 그리고 지금 어떻게 정정기사를 내?! 그것도 공식발표한 거잖아?! 그럼 너나 우빈이나 뭐가 되는데? 나는 둘째 치고, 둘은 뭐가 돼?!"

"난 상관없어. 당장 내, 오늘 내로. 내가 바람났다고 해. 안 그러면 내가 낼 거야."

냉정하게 말하고 나를 잡는 재웅의 손을 뿌리치고 밖으로 나왔다. 나오자마자 엘리베이터에서 내려 달려오는 정현과 마주쳤다.

"차 키 줘."

그녀를 보자마자 손을 내밀었다.

"어디 가게?"

"준수한테."

"지이야, 좀 진정하고……."

"하루가 지났어. 준수가 간 지 하루가 벌써 지났다고! 빨리 줘."

허공에 뜬 내 손끝이 바르르 떨렸다.

"같이 가."

부들부들 떠는 나를 보더니 정현이 할 수 없다는 듯 한숨을 내쉬며 먼저 앞장섰다. 정현의 차를 타고, 준수의 스튜디오로 향하면서 나의 심장은 타들어갔다.

준수가 어쩌고 있을지도 모르겠고, 그가 야마다 준스이 스튜디오에 없을까 봐 겁나고 무서웠다. 내게 다신 보지 말자 했으니 혹시나 그곳에서 사라졌을까 봐 두려웠다.

그래도 스튜디오가 있는데 그렇게 금세 사라지진 않겠지? 오만 가지 생각을 하며 차 안에서 공포의 시간을 보냈다.

준수의 스튜디오가 있는 오피스텔에 도착해 정현이 주차를 끝내기도 전에 차에서 내렸다.

"지이야!"

기겁한 정현의 목소리를 뒤로하고, 무작정 달렸다. 조급한 손길로 엘리베이터 버튼을 눌렀다. 엘리베이터 안에서도 초조함에 서성대며 양손만 맞잡고 주물럭거렸다. 최상층에 도달해 문이 열리자마자 헐레벌떡 계단을 올라갔다. 하지만 야마다 준스이 스튜디오로 통하는 옥상 문은 마치 접근금지라고 하듯이 굳게 잠겨 있었다.

좌절감에 털썩 그 자리에 주저앉았다.

없다. 그가 없다. 어디 갔지? 어디로 갔을까?

정현이 엘리베이터에서 부리나케 내려 계단을 오르다 계단 꼭대기에 주저앉아 있는 날 발견했다.

"없어?"

"……어."

멍하니 대답만 했다. 어떡하지, 란 생각만 하며…….

"준수, 여기서 사는 거지? 다른 덴 없나?"

"몰라…… 허 작가님밖에…….."

"아, 기다려."

내 말에 정현이 휴대폰을 꺼내 전화를 걸었다. 허 작가한테 거는 듯했다. 그녀가 다급히 야마다 준스이 작가를 찾는다고 허 작가에게 물었으나 그녀가 알려준 번호는 내가 알고 있는 번호와 같은 것이었다.

"도쿄 쪽의 연락처는 어떻게 돼요? 아…… 네, 알겠습니다."

"벌써 일본 갔대? 이렇게 빨리 갈 수 있어?"

전화를 끊는 그녀에게 놀라 물었다.

"아니…… 혹시 도쿄 쪽 연락처 있나 해서…… . 모른대. 이 번호밖에……. 준수랑 처음에 연결될 때도 좀 힘들었대. 워낙 본인의 개인정보를 밝히지 않아서. 건너건너 물어서 휴대폰 번호 따서 연결한 거였나 봐."

실망감과 좌절감이 물밀 듯이 밀려와 나를 무겁게 짓눌렀다.

"일어나. 여기 있으면 뭐 해…… . 너 밥은 좀 먹었어?"

정현이가 날 일으켜 세우려고 했다. 난 힘없이 고개만 저었다.

"여기 있을래."

준수가 만약 오면 매달려야 돼. 변명하고, 매달리고, 매달려 봐야 돼.

"지이야, 너 아침에 병원에서 퇴원했잖아. 너 또 쓰러지면 어떡해? 혜영 언니가 그러는데, 의사가 너 몸 상태 안 좋다 했대. 그동안 너 이렇게 쇠약해진 것도 모르고…… 내가……."

"괜찮아."

자신을 책망하는 정현의 말을 덤덤히 잘랐다.

"우선 집에 가서 쉬자. 어? 여기 있으면 뭐 해? 언제 올지도 모르는데."

"그러니까…… 언제 올지도 모르는데……. 오면 어떡해…… 뒤늦게 오면 어떡해……. 휴대폰도 꺼져 있는데…… 음성을 남겨도 답도 없는데…… 들었는지도 모르겠고……."

넋 놓고 중얼거리는 나를 보며 정현이 내 옆에 털썩 앉았다.

어제 새벽 나는 그에게 음성메시지와 문자를 보냈었다.

〈준수야, 아니야. 잘못된 거야. 나의 변명을 제발 들어줘. 결혼 같은 건 안 해. 제발, 내게 연락을 줘. 할 말이 너무 많은데…… 어떻게 시작해야 될지 모르겠어. 아니야, 정말 아니야, 준수야. 내 말 좀 들어줘. 제발 가지 마. 가지 마.〉

그러나 준수의 답은 지금까지 없었다. 그가 휴대폰을 단 한 번도 켜지 않은 걸까? 아니면 보고도 무시하는 걸까?

"그렇다고 언제까지 여기서 기다릴 순 없잖아."

"오늘은 여기 있을래."

"지이야……."

정현이 위로하듯 내 손을 포근히 잡았다.

"지금은 그냥 여기 있을래…… 너 가. 가서 넌 빨리 우빈 오빠나 찾고, 정정기사나 내줘."

침울하게 내뱉기만 했다.

"내가 어떻게 가니? 널 여기 두고."

"무서워."

툭 기운 없이 내뱉었다.

"뭐가?"

"준수가 어쩌고 있을지……."

정현의 깊은 숨소리가 들렸다.

무섭다. 이대로 너를 완전히 잃어버릴까 봐.

변명도 못하고, 매달려 보지도 못하고 너를 영원히 잃어버릴까 봐 겁이 난다.

마지막 너의 말들이 뇌리에 박혀 떠나지 않는다.

시간이 지날수록 네 말들이, 그 잔인한 말들이 나를 버리기 위한 것이 아니라는 걸 깨달아간다. 그 텅 빈 공허함이 절망이라는 걸 깨달아간다. 너의 그 마지막 키스가 나에게 전하는 절실한 메시지라는 걸 깨달아간다. 내가 널 빨리 가서 구해야 하는데 어떻게 해야 할지 모르겠다. 네가 어쩌고 있을지 너무 무섭다.

무서워, 준수야. 내가 잘못했어.

밤이 어두워졌다.

그래도 준수는 나타나지 않았다.

가지 않겠다는 정현을 억지로 보내고, 혼자 굳게 닫힌 준수의 스튜디오 앞에서 멍하니 앉아 있었다. 준수는 오지 않는다. 벌써 일본으로 갔거나 어디 멀리멀리 가버렸을까 봐 무서웠다.

나는 왜 그때 벌벌 떨며 입도 벙긋 못하고 있었을까.

마지막 네가 그렇게 갈 때 난 왜 숨만 막힌 채로 넋 놓은 걸까.

그 찰나의 순간에 그를 잡지 못한 후회가 제일 컸다. 그리고 말하지 못한 것. 진작 변명하지 못한 것. 눈치만 본 것. 이해는 바라지 않아도 설명은 했어야 했던 것. 망설였던 것.

유지이, 너 정말 한심해.

내가 너무 안일했다. 후회되고 후회되기만 했다. 이대로 널 영원히 잃을까 무섭고 두렵다.

터덜거리는 다리로 새벽녘이 되어서야 집에 돌아와 죽은 듯이 침대에 누웠다. 그리고 어느새 지쳐 잠들었다 깨어보니 다음날이었다.

다음날도 여전히 온갖 미디어에서는 우빈과 나의 결혼 발표에 대해서 떠들고 있었고, 정정기사는 나가지 않은 상태였다. 우빈은 아직도 잠적 중이었다. 그가 어디에 있는지 도저히 찾을 수 없다고 재웅은 힘겹게 토로했다.

"정정기사 왜 안 냈어?"

한 꺼풀 지쳐 정현에게 기력 없이 물었다. 끔찍한 이 현실이 고단했다.

"고심하고 있어. 어떻게 낼까."

"고심하지 마. 그냥 내가 바람났다고, 다른 남자 있다고 내."

"지이야."

정현이 깊은 한숨을 쏟아내며 침대에 무기력하게 앉아 있는 내 손을 잡았다.

"열아홉에도 견뎠던 언론이야. 나 지금 스물아홉이잖아. 괜찮아. 그러니까 내줘."

"그렇겐 못 내, 지이야. 그럼 네가 어떻게 되는데?"

"상관없다잖아! 그리고 맞는 말이잖아?! 나한테 남자 생긴 거 맞잖아. 나 우빈 오빠 말고 준수 사랑한다고!"

사랑한다는 말도 망설이다 못했다. 그렇게 결국 나는 너한테 아무것도 못하고 보냈다. 망설이고 두려워하다가 결국은 다시 놓쳤다. 솔직하게 한 번 잡아보지도 못하고.

"준수가 그렇게 갔으면 준수도 마음이 완전히 너한테 있는 건 아닐 거야!"

억박지르듯 정현이 더 크게 버럭했다.

"아니야, 그런 게 아니야. 그리고 설사 그렇다 해도 괜찮아. 내가 다시 매달릴 거니까, 죽자고 매달릴 거니까. 그래도 안 되면…… 어쩔 수 없잖아……. 그러면 그때 생각할래…… 그러니까 그렇게 내줘."

내 손을 잡은 정현의 손에 다른 손으로 겹치며, 부르르 떨며 말을 이었다.

"정현아, 부탁이야. 벌써 3일째야! 오늘이라도 준수가 봐야 할 거 아니야! 그래야 믿어줄 거 아니야, 내 변명을!"

마른침도 삼키지 못하는 나를 정현이 안타깝게 쳐다봤다.

"아니야, 네가 낼 게 아니지. 내가 멍청한 소리를 하고 있었네. 내가 하면 되잖아."

조소하며 나는 침대에서 내려왔다.

"지이야!"

정현이 나의 팔을 아프게 잡았다.

"할 수 있어. 기자회견 같은 거, 안 해본 것도 아니고."

신랄하게 픽 웃고 방에서 나와 드레스룸으로 이동했다. 어제부터 걸치고 있던 옷을 벗으며 옷장에서 아무거나 잡히는 대로 꺼냈다.

"지이야, 안 돼. 너, 그건 안 돼. 하지 마."

"그럼 나보고 어떻게 하라고?!"

입으려던 옷을 확 집어 던지고 털썩 바닥에 쪼그려 앉았다.

"조금만, 조금만 더 생각해 보자. 너도 안 다치고 우빈 오빠도 안 다치는 길로."

"……그런 게 어디 있어? 이미 다 갈기갈기 찢겨졌는데……. 그리고 시간을 지체할 수 없어."

"알았어. 최대한 빨리 해보자."

"……그럼 난 준수한테 갈래. 혹시 왔을지 모르니까."

다시 정신을 차리고 일어나 옷을 주섬주섬 입었다. 그리고 다시 준수의 스튜디오에 도착했지만, 스튜디오 옥상 문은 어제와 마찬가지로 굳게 닫혀져 있었다. 내가 새벽녘까지 기다리다 붙여놓고 간 메모는 그대로였다. 손댄 흔적도 없었다.

─잘못된 기사야. 결혼 같은 건 안 해. 부탁이야, 내게 말할 기회를 줘. 지이.

찬찬히 메모를 지켜보며 다시 한 번 뼈저리게 너의 부재를 확인했다. 메모를 그대로 둔 채로 계단 끄트머리에 주저앉았다.

10년 전, 너를 보내고 느꼈던 너의 부재가 되살아났다.

그 아픔이 되살아났다.

죽을 정도로 아팠는데. 그래도 그땐 희망이 있었다. 우리 2년이면, 3년이면, 그것도 아니면 4년, 5년이면 다시 만날까? 했으니까……. 우리가 어른이 되면 만날 수 있을 거란 절실한 희망이 있었으니까……. 근데 지금은 없다. 우린 이미 어른이니까.

어떡하면, 너를 찾아올 수 있을까.

어떡하면, 너를 구할 수 있을까.

어떡하면, 나를 구해줄래.

준수야.

"정현아, 내일 기자회견 준비해 줘."

정현에게 전화하자마자 차분하게 말했다.

〈지이야!〉

"오늘 기자들한테 다 통보해서 내일 오전에 기자회견한다고 말해줘."

〈안 돼. 너.〉

"괜찮아. 할 거야."

강경한 어조에 정현이 우물쭈물하며 대답도 못했다.

10년 전 나는 너를 잃고 기자회견을 했었다. 우리의 사랑에 대한 변명을, 우리의 사랑에 대한 용서를. 10년이 지난 나는 나의 사랑에 대한 변명을, 나의 사랑에 대한 용서를 너에게 구해야 한다.

〈지이야, 조금만 더 우빈 오빠 찾아보고 원만히 해결하도록 하자. 너 혼자 그렇게 다 뒤집어쓰면 너 한국에서 못살아.〉

"괜찮아. 안 살면 돼."

씁쓸하게 피식 웃어주고 힘없이 대답했다. 다시 통화하자는 정현의 말을 듣고 전화를 끊었다. 마음속 깊은 곳에서 우러나오는 숨을 내쉬고 벽에 머리를 기댔다. 암울함 속에 갇혀, 헤어 나올 수가 없다.

지치고 고되다. 이대로 소멸되고 싶다.

눈을 감고, 세상의 빛을 닫았다.

준수야, 나는 너를 잃고 살아갈 자신이 없다. 이제는……. 나는 이제 돌아갈 곳도, 돌아갈 자신도 없다. 너 없인.

준수야, 10년 전 식당에서 아이들 앞에서 옷을 벗은 후 상처를 보여주고 옥상에 왔을 때, 넌 눈을 감고 무슨 생각을 했어? 이렇듯 끝도 없는 암울함 속에 갇혔었어? 지금의 나처럼? 오도 가도 못하고, 살고 있음에도 사는 것 같지 않은 이 암울함. 벗어나고 싶어도 벗어날 수 없는 굴레에 묶인 기분. 그런 건가?

그럼 그때 내가 널 구해줬으니, 지금 네가 나 구해주면 안 될까? 준수야, 나 좀 구해주면 안 될까?

그때, 딩동 하는 엘리베이터 소리가 들렸다.

그 작은 소리가 소름 끼치도록 반가웠다. 불현듯 솟아오른 희망에 눈을 번쩍 떴다. 간절히 계단 아래를 내려다봤다. 하지만 엘리베이터 문이 열리고 나타난 사람은 준수가 아니었다. 낯이 익은…… 사람. 그 사람이 무심히 계단을 올라오다 계단 끝부분에 앉아 있는 나를 봤다.

"……유지이."

종훈. 이름이 그랬던 기억이 났다. 준수의 친구.

"아."

그제야 나의 아둔함을 질책했다. 얼마 전 다쳤을 때, 준수는 친구가 근무하는 종합병원에 갔다고 했다. 난 그걸 왜 미처 기억해 내지 못했을까.

"……여긴 웬일이세요?"

종훈이 나를 보자마자 불퉁거리는 낯빛으로 외면했다. 그는 시선을 돌리며 내 옆에 서서 옥상 문의 보안키를 눌렀다. 아슬아슬하게 매달려있던 포스트잇 메모지가 무기력하게 툭 떨어졌지만, 그는 무관심하게 힐끗대고 말았다. 파르르 우는 심장을 부여잡고 나는 애타게 쳐다봤다.

"준수…… 준수 어디 있어요?"

"그거 알아서 뭐 하시게요?"

퉁명스러운 질문이 돌아왔다. 질색하는 그의 낯빛에서 나에 대한 거부감을 느낄 수가 있었다.

"……알고 계시면 좀 알려주세요. 아니면 저한테 연락 좀 해달라고……."

부르르 떨며 그에게 물었다. 침착해야 하는데 그게 안 되고 자꾸 몸이 부들부들 떨렸다. 그가 옥상 문을 열고 안으로 들어갔다. 그를 쫓아 옥상으로 들어갔다.

"저도 몰라요. 물고기 밥 주라고 부탁받아서 온 거예요."

종훈이 무뚝뚝하게 옥외정원을 지나쳐 유리문으로 걸어갔다.

"언제요? 언제 그랬어요?"

나의 질문에 종훈의 냉랭한 시선이 돌아왔다. 알려주고 싶지 않은 듯.

"준수, 한국에 있어요?"

"몰라요."

그는 나를 다시 외면했다.

"제발 부탁드려요. 알려주시면 안 돼요? 네?"

발발 떨며 부탁하는 나를 종훈이 휙 돌아봤다. 위선 떨지 말라는 듯 냉한 눈동자로.

"왜요? 유지이 씨, 결혼하시잖아요? 그런데 왜 준수를 찾아요?"

나를 원망하고 미워하는 그의 날카로운 눈동자를 피했다.

"……할 말이 있어서…… 꼭 해야 돼서……."

기죽은 나의 중얼거림에 종훈이 비웃듯이 킥 웃었다. 그가 유리

문의 보안키를 누르고 안으로 들어섰다. 그를 뒤쫓았다. 훅 서늘한 공기가 느껴졌다. 아무도 없는 비어 있는 차가운 공간.

준수는 분명 이 공간에 오지 않았다. 그게 느껴졌다.

"저기……."

입술이 바싹바싹 말랐다. 마른 입술을 혀로 축이고 그의 곁에 섰다. 소파 위의 벽걸이 수족관 앞에 서서 종훈은 옆의 공간에서 물고기 밥을 꺼내려다 휙 나를 뒤돌아봤다. 날카롭고 무서운 눈으로.

"준수가 만만하죠?"

"네?"

"준수가 계속 미련 갖고 매달리니까 만만하죠? 그래서 이래요? 또 준수 흔들어놓고 상처 주고 버리려고?"

"무슨……?"

신랄한 종훈의 말을 이해할 수 없어서 입만 오물거렸다. 준수가 나한테 매달렸었나? 내가 준수를 상처 주고 버렸나? 10년 전 억지로 가라 했던 얘기를 하는 건가?

"당신, 당신 때문에 준수 어떻게 산지 모르지? 당신 때문에! 그 녀석이 죽도록 힘들었던 거 모르지?! 알 턱이 있나?! 알았으면 어떻게 이렇게 해?!"

종훈의 증오에 가득한 눈동자가 돌려졌다. 난 움찔했다. 숨이 막혔다. 나 때문에 준수가 죽도록 힘들었다고? 나와 헤어지고 일본에 가서 그랬나?

"당신, 정말 언제까지 이럴 건데? 당신은 상대방 마음 같은 건 중요하지도 않지?"

텅 빈 스튜디오에 메아리치듯 종훈의 분노가 쩌렁쩌렁 울려 퍼졌다.

"나도 이렇게 미치겠는데 그 녀석은 어땠을까? 그것도 혼자서! 그걸 견디며! 이 미련한 새끼! 나한테 말이라도 해주지……. 나도 얼마 전에서야 들었다고. 녀석 9년 만에 연락 왔을 때도 말 한마디 안 하다가 얼마나 죽도록 힘들었으면, 나한테 찾아와 울었다고!"

종훈의 눈이 시뻘게졌다.

"멍청한 새끼. 똑똑한 줄 알았더니, 세상에서 제일 멍청한 병신 새끼."

그가 부들부들 떨면서 벌게지는 눈시울을 닦지도 않고 입술을 악다물었다.

"……알아듣게 좀 말해줘요."

겨우 토해냈다.

"무슨 소리인지 하나도 모르겠어. 나 좀 알 수 있게 말해주면 안 돼요?"

숨을 꺽꺽거리며 간신히 부탁했다. 나의 말에 종훈이 실소하듯 코웃음을 쳤다.

"당신, 준수가 어떤 마음인지 생각해 본 적은 있어?"

오만상을 찌푸리더니 종훈이 나를 질책했다.

"없지? 그런 걸 생각하면 그렇게 안 하지. 사람 아픈 거 생각하면 그렇게 할 리가 있나."

종훈이 비아냥거리더니 입술을 비뚤게 다시 웃었다. 신랄하고 허탈하게.

"내가 하나 얘기해 줄까? 당신이 해도 해도 너무해서 말이야."

그의 차가운 눈이 내게 꽂혔다.

"당신네 결혼 소식 듣고 나 찾아와 울었던 녀석이 얼마 안 되어서 다쳐서 왔더라고. 그거 당신 때문이지? 녀석은 아니라고 하는데 맞지?"

여전히 종훈의 말은 제대로 알아들을 수가 없었다. 그래도 다쳐서 왔다는 말에 고개를 주억거렸다.

"그럴 줄 알았어, 병신 새끼."

종훈이 훅 하고 숨을 뱉더니 욕을 했다.

"당신, 준수 아픔 느끼는 거 아나?"

"네?"

"준수, 이제 정상이라고. 아픈 거 다 느낀다고. 그거 알아?"

"네?!"

나의 동공이 경악으로 커졌다.

"근데 당신 걱정할까 봐, 그 고통 끝까지 참은 거 알아? 들키지 않으려고? 죽을 정도로 아픈 건데 아픈 척도 못하고, 당신네들 안 보일 때까지 참은 거 아냐고. 그것도 다른 놈하고 결혼할 여자가 걱정할까 봐."

종훈이 분노로 얼굴을 일그러뜨리며 토해내듯 나직한 숨을 쉬었다.

"그게 준수 마음이라고. 당신이 외면한 준수 마음."

종훈의 말을 듣고 있음에도, 들은 것 같지 않은 상태로 있었다. 충격을 받는 나의 사고는 선명하지 않고 희뿌옜다.

"근데도 당신 이렇게 하면 안 되지. 준수, 당신이 이렇게 농락하기엔 아까운 놈이잖아. 안 그래? 그렇게 해선 안 되는 거지. 정말 기도 안 차."

종훈이 더 이상 말도 하고 싶지 않다는 듯 고개를 절레절레 흔들었다. 복잡하게 얽혀 있는 내 뇌가 재촉했다. 어서 빨리 정리하라고 비명을 질러댔다.

준수가 내 결혼 소식을 듣고 종훈을 만나서 울었다. 그리고 얼마 안 되어 나 때문에 다쳤다. 그리고 실제론 아픈 거였는데 참았다. 그런 그의 마음을 내가 외면했다.

그럼 그날, 그 스튜디오 촬영 날.

그날의 준수 모습이 뇌리에 스치고 지나갔다. 붉은 피를 쏟아내던 목덜미, 목덜미를 대고 있던 손수건, 붉게 물들어가던 손수건, 목의 주변에 박힌 날카로운 유리들. 그리고 쥰스이가 준수가 되어 내게 아프지 않다고 했던 그날.

준수는 내 결혼 소식을 이미 들었다는 말인가? 어떻게? 정해지지도 않은 내 결혼을 듣고…….

그럼 그날 내게 한 말들은…… 모두……. '후회한다'는 말. '상관없다', '일로써 말곤 보지 말자'는 그 말들, 그리고 그 밤에 내게 '너 정말 나한테 이럴 거야?'는 그럼 내가 결혼할 거면서 자신에게 그런다는 의미였나? 그리고 '환장하게 하고, 미치게 한다'는 그 말……. 나보고 '태평하다'고 했던 그 말들은 그럼…….

"……준수, 우빈 오빠 만났어요?"

떨리는 음성을 명확하게 내려 애쓰며 가까스로 물었다.

"왜 당신은 모르나? 친절하게도 정우빈이 직접 와서 결혼하기로 했다고 전했다던데? 그날, 준수 죽도록 운 거 모르지? 병신 새끼, 스물여덟이나 먹어서 이런 여자가 뭐라고. 그 녀석 10년 전에 당신한테 가라는 말 듣고 죽도록 울었었는데……. 또 그렇게 울더라. 내가! 보는 내가 죽겠더라!"

이를 바득바득 갈면서 종훈이 크게 소리쳤다. 머릿속이 아득해졌다.

"당신이 바라는 게 뭐야? 한쪽엔 정우빈 남편으로 잡고, 한쪽으론 준수를 친구 같은 남자로 데리고 있고 싶은 건가?"

떨리는 심장을 부여잡고, 그를 올려다봤다.

"그래도 준수는 당신하곤 죽어도 친구 같은 건 못해. 당신은 아니겠지만, 준수는 절대 못한다고……. 그 녀석은 이런 것조차 버리지 못할 만큼 당신에 대한 마음이 너무 커서! 당신이 원하는 대로 남자도 아니고 친구도 아닌 그런 애매한 관계! 유지 못한다고!"

종훈이 재킷 안주머니에서 하얀 봉투를 꺼내 바닥에 탁 내던졌다. 맥없이 바닥에 떨어진 하얀 봉투를 난 얼빠져 주시했다.

"그런데도 이러고 온 거 봐! 그렇게 거절당했는데도! 당신 보려고 이런 거지 같은 곳에 돌아와서! 이런 거지 같은 일을 승낙하고 온 거 보라고! 이렇게라도 당신 보고 싶어서!"

종훈의 거친 일갈을 들으며 난 바닥의 하얀 봉투에서 시선을 떼지 못했다. 몸을 구부려 봉투를 집었다. 영문으로 주소가 적힌 국제편지였다. 오래되어 보이는 너덜너덜한 봉투. 몇 번이나 꺼내본 듯 낡은 편지 봉투. 상단에 보내는 사람 주소가 Yu Jii로 되어 있었고, 주소는 소속사 주소였다.

"⋯⋯이게 뭐죠?"

"뭐긴? 당신이 준수 버린 편지잖아."

내가 준수를 버린 편지? 나도 모르는 내 편지?

봉투 속에 들어 있는 카드를 꺼냈다. 손끝이 파르르 떨렸다. 카드를 열자마자 난 숨을 훅 들이마셨다. 나의 필체였다. 내 필체로 적혀진 편지. 내가 쓴 적이 절대 없는, 편지였다.

―준수야, 오랜만이야.

이런 편지 보낼 생각이 없었지만 오랜 침묵을 하는 것도 미안해서.

난 네가 보낸 편지의 답도 할 수 없었고, 너를 보러 갈 수도 없었어. 그

이윤 아마도 이젠 알 것이라고 생각해.

사실 4년 전부터였어. 그래서 네게 갈 수 없었던 거고 네게 미안해서 침묵한 거였어.

난 지금 곁에 있는 사람하고 잘 지내. 너도 그러리라 생각했었어. 그래서 침묵한 건데 답도 없었는데, 네가 이렇게 다시 올 것이라곤 생각 못했어.

준수야, 이제 우리 좀 가벼워지자. 세월이 너무 많이 흘렀잖아. 벌써 8년이야. 난 이제 가볍고 편안해졌어. 지금 곁의 사람 덕분에. 그러니 너도 그러길 빌어.

훗날 우리가 다시 만나게 되면 친구처럼 편하게 인사했으면 좋겠어. 우리가 그렇게 지냈으면 좋겠어, 친구로.

미안해. 잘살아.

뇌가 이상하다. 분명 내가 쓴 것 같은 나의 필체로 적힌 매몰찬 편지를 보면서, 내가 기억하지 못하는 내 편지를 보면서 이해가 전혀 되지 않았다. 내가 이걸 준수한테 보냈다고? 봉투를 다시 확인했다.

날짜…… 1년 11개월 전 날짜…… 1월 7일이라고 적혀 있었다. 내가 이날 이 편지를 준수한테 보냈다고? 이 주소로?

"……내가 이걸 준수한테 보냈다고요?"

"이건 또 무슨 소리야?"

종훈이 어이없어했다.

"난 이런 거 보낸 적 없어요."

"또 무슨 헛소리야? 그거 당신 필체잖아. 인터넷에서도 유명한. 그리고 준수가 몇 번이나 소속사로 전화해서 확인했다는데. 당신이 부탁해서 보낸 게 맞다고!"

"내가 소속사에 부탁해서 보냈다고? 난 준수 주소도 모르는데?"

종훈의 소리침에 머리가 망치로 맞은 듯 깨질 듯이 아파왔다. 연속적으로 들은 충격적인 말들에 정신을 차릴 수가 없었다. 분명 듣고는 있는데 이해가 하나도 되지 않는 말들. 이상한 말들. 지어낸 듯 거짓말 같은 말들.

"당신, 준수 편지도 몇 번이나 받았잖아."

"……내가 준수 편지를 몇 번이나 받았다고요? 내가?"

면전이 캄캄하고 아득했다. 내가 모르는 무슨 일이 어떻게 벌어진 건지 상상조차 되지 않았다.

우빈은 준수를 만났고, 내 결혼 소식을 전했고, 준수는 또 내가 쓰지 않은 내 필체의 편지를 받았고, 나는 또 받지 않은 준수의 편지를 받았다고 한다.

"나가. 당신하곤 더 이상 말하고 싶지 않아. 준수가 당신 만나려고 몇 번이나 한국에 왔었는데 당신이 다 외면했다며! 당신 소속사에서도 계속 확인했는데 당신 알면서도 안 만나줬다며! 거절하려면 확실히 하지 왜 사람 애간장 태우다가 뒤늦게 이따위 편지나 보내서 사람 더 미치게 만든 건데?! 나가요. 더 이상 당신하고 말하고 싫지 않아."

준수가 날 찾아왔다고? 그랬다고?

"저기……."

입을 열려는데 종훈이 소파에서 거칠게 나를 일으켰다.

"준수가…… 왔었다고요? 날 보러?"

애절하게 그의 팔을 잡았다. 그러자 종훈이 탁 내 손을 쳐냈다.

"참, 내가 잊고 있었네. 당신 연기자지? 그것도 상까지 받은."

종훈이 빈정거렸다.

"이런다고 내가 동정하고 이해해 줄 거라 생각하나? 당신이 저지른 짓의 면죄부가 될 거라 생각해? 나가."

그의 거친 손이 나의 팔목을 잡았다. 그러더니 너덜거리듯 축 쳐진 나를 억세게 끌어당겼다. 그의 손아귀 힘에 이끌려 난 유리문 밖으로 내몰렸다.

"꺼져. 다시는 준수 앞에 나타나지 마."

유리문이 매정하게 닫혔다.

손에는 내가 쓴 적 없는 내 편지를 들고서, 난 부들거렸다. 덜덜 떨리는 다리를 어기적어기적 옮겨 밖으로 나왔다. 시리도록 차가운 공기가 나를 감쌌다.

택시를 잡아야 하는데 눈앞이 아득했다. 멍청하니 도로가에 서서 넋이 나간 나를 사람이 힐끔거리며 지나갔다. '유지이 아냐?', '설마…… 저러고 있어?' 라고 속닥거리며.

그때 하늘에서 눈이 내렸다. 눈에 보이지도 않을 만한 작은 먼지 같은 눈이 내리기 시작했다. 초점 없는 눈동자를 하늘로 올렸다.

준수야.

내가 너한테 무슨 짓을 한 거야, 대체?

나도 모르는 무슨 짓을 내가 너한테 한 거지?

먼지 같은 눈이 내 얼굴을 때렸다.

느낌조차 없는 눈이었는데 아프다.

아프게, 나를 때렸다.

✻　✻　✻

"이게 뭐야?"

재웅의 앞에 선 나는 반은 넋이 나가고, 반은 죽어 있었다.

종잡을 수 없는 종현의 첨예한 비판보다, 이 모든 끔찍한 상황으로 무참히 짓밟힌 내 심장보다 준수, 나의 준수 때문에 난 죽어 갔다.

대표이사실 문을 노크도 없이 벌컥 열고서 난 데스크에 앉아 분주하게 업무 중인 재웅에게로 걸어갔다. 책상에 하얀 봉투를 올려 놓고 물었다. 그는 하얀 봉투를 낯설게 봤다. 의아한 표정으로 재웅은 봉투를 읽고서 안의 편지를 꺼냈다. 편지를 훑던 그가 흠칫했다. 난 그 흠칫을 놓치지 않았다. 그는 알고 있다.

"지이야……."

"훗, 아네. 그치?"

비릿한 실소가 나왔다.

"……지이야."

재웅의 동공이 흔들렸다. 그의 흔들리는 눈동자를 나는 냉정하게 바라봤다. 소속사에서 보냈다고 하니 재웅일 것이다. 준수가 소속사로 편지를 보냈다 하니 분명히 재웅은 알고 있을 것이다. 그런 나의 예상은 빗나가지 않았다.

"진짜로 아는구나, 이게 뭔지. 내가 모르는 내 편지……."

다시 실없는 웃음을 흘렸다. 믿기지 않는 현실에…… 꿈보다 더한 악몽에.

"뭔데, 이게? 내가 보내지도 않은 내 편지? 내가 준수한테 보냈다는 이 편지, 뭐야?"

눈시울이 뜨거워졌다. 입술을 이로 아프게 깨물었다.

여기서 울면 안 된다. 낱낱이 다 알아내야 한다. 그래야 내가 나를 질책하듯 그들을 질책할 수 있다. 재웅이든, 우빈이든.

재웅에게 들은 후에 우빈도 만나야 한다. 준수와 만났다고 하는 우빈. 내 결혼 소식을 준수에게 전달했다고 하는 우빈. 그의 잔인한 행동도 확인해야 한다.

"미안하다."

그때, 너무 쉽게 재웅이 인정해 버렸다. 그가 고개를 숙이고 내 눈을 회피했다. 너무 쉬운 인정에 나의 다리가 풀썩 꺾였다. 난 그대로 소파에 주저앉았다.

"……미안해? 무슨 짓을 했는데 미안해?"

"면목 없다."

"……준수 편지도 왔었어? 소속사로?"

"어."

재웅이 인정했다.

"준수도 왔었어? 나 만나러?"

"어."

재웅이 또 쉽게 인정했다. 허탈한 헛웃음이 나왔다.

"이렇게 간단히 대답할 수 있는 건데…… 난 왜 몰랐어? 난 왜 까마득하게 몰랐어?"

"……내가 다 막았어."

"막아? 뭘? 어떻게?"

악다구니를 쓰며 따지고 싶은데 기운이 하나도 없다. 온몸에 남아 있는 힘이 다 빠져나간 듯 힘이 하나도 없다. 힘없이 물었다, 뱉듯이.

"미안하다."

"말해…… 낱낱이 다 말해."

숨이 막혀 말이 잘 나오지 않았지만 이내 입술을 악다물고 말했다. 내가 입술을 질근질근 깨물며 그를 똑바로 주시하자 재웅이 눈을 질끈 감았다.

"너한테 오는 모든 전화, 편지, 메모. 전부, 무조건 총무팀 검수를 받게 했다. 그중에 섞인 서준수에 관한 모든 것은 함구시켰어. 그리고 녀석에겐 네게 직접 다 전달했다고 전하라 지시했다."

눈을 감은 채 재웅은 포기한 듯 차분하게 인정하고 차분하게 설명했다. 그의 침착한 음성에 얼음장처럼 시린 전율이 등줄기를 타고 올라왔다. 욕지기가 쏟아질 것처럼 속이 울렁거렸다.

재웅이 눈을 들어 나를 똑바로 봤다.

"서준수와 너와의 만남이 이뤄지지 않게 너의 이동통로는 무조건 지하주차장을 통해 들어오게 했다. 혹시나 불쑥 녀석이 널 찾아와 소속사 입구 앞에 서성거리기라도 하면 둘이 만나게 될 테니까."

"……오빠."

너무나도 끔찍한 말을 재웅은 모든 걸 놓은 듯한 표정으로 마치 프레젠테이션을 하듯 감정 없이 부연했다. 그게 더 무서워서 숨도 쉴 수 없었다.

"그리고 네게 매니저를 항상 대동시켰고, 너의 행동반경 내에 그 누구도 접근하지 못하도록 최대한 노력하라 지시했다. 너의 주소, 너의 연락처, 절대 외부로 노출시키지 않으려고 애썼다. 네게 SNS조차 못하게 한 건 그 이유에서였다. 그렇게 너와 그 녀석을 만나지 못하게 최선을 다해 막았다. 그 덕분에 넌 그 녀석과 만날 수 없었다."

"그게…… 가능해?"

"……가능하지. 넌 스케줄대로 움직이는 아이니까. 그리고 넌 스케줄이 없더라도…… 어차피 집과 소속사 이외에는 갈 곳도 없잖아. 만날 사람도 없고. 그래, 너의 아픔을 이용했다."

미간을 좁히고 힘듦을 애써 참는 재웅의 안타까운 시선이 내게로 돌아왔다.

"스타로 세상 밖에 나오긴 했지만 10년 전 언론의 질타 때문에 실제론 세상과 단절하고 몇몇의 사람 외에는 접근조차 원치 않는 너이기에 가능했다. 그런 너를 이용해 그 녀석을 막았다. 그 녀석은 일본에 있는 녀석이라 생각했던 것보다 어렵지 않았다. 지금까지 그렇게 너를 속였다."

"왜 그렇게까지……."

경악으로 겨우 내뱉었다.

"할 수 없었어. 난 우빈이가 네게 가장 좋은 사람이라고 판단했어. 어린 그 녀석한테 네가 또 휘둘려서 힘들어지는 걸 볼 수 없다고 판단했다. 차라리 네 곁에 우빈이 있는 것이 너를 더 위하는 길이라고 생각했다."

"……누구 맘대로……."

굵은 눈물이 볼을 타고 흘렀다.

"너, 그 녀석 때문에 몇 년이나 그 고통을 견뎌야 했잖아. 널 유일하게 구해준 건 우빈이야. 네가 다시 그 녀석 때문에 힘들어지는 꼴은 볼 수 없었어."

"……내 마음 같은 건 상관없이?"

참으려 했는데 흐느낌이 쏟아졌다.

"네가 우빈이랑 잘살면 그보다 좋은 건 없다고 생각했어."

"……그래서…… 나한테 온 준수를 다 막았다고?"

"그래."

"……준수가…… 왔는데도? 나한테?"

숨이 헐떡거려졌다. 가라앉았던 위경련이 다시 일어나 배가 불끈불끈 올라왔다. 찢어지는 듯한 고통이 위장을 휘몰아쳤다.

"그래."

"……준수가 보낸 건…… 준수 편지도…… 다?"

"그래."

재웅은 내 눈을 피하고 고개를 숙인 채 짧게 대답만 했다.

"……줘."

참을 수 없는 흐느낌이 쏟아졌다.

"줘……. 준수 편지…… 줘……."

재웅이 대답하지 않았다.

"…… 줘…… 내놔, 준수 편지."

눈물로 흐려져서 앞이 보이지 않았다. 재웅이 뿌옇게 보였다.

"내놔. 내놔!"

끝내 난 악다구니를 썼다.

"내놔! 줘! 줘!"

그런 나를 재웅이 고개를 들어 봤다. 그의 눈동자도 붉었다.

"……없어. 미안해."

"버렸어? 버리기까지 했어?"

고개를 숙이고 처절하게 흐느끼는 입을 손바닥으로 틀어막았다.

"……우빈이한테 있을 거야……. 아직까지 갖고 있는지는 모르겠다."

재웅이 큰 숨을 내쉬더니 낮게 중얼거렸다.

난 고개를 번쩍 들었다.

"우빈 오빠도 알아?"

격한 충격으로 눈앞이 까마득했다.

"……우빈이가 먼저 알았어……. 녀석이 부탁해서 내가 들어준 거야."

죄책감에 고개도 들지 못하고 재웅이 중얼거리는 말에, 나의 입술이 부들부들 떨렸다.

"뭐라고?"

"5년 전인가? 우빈이가 소속사로 온 준수 편지를 제일 먼저 봤어."

"5년 전?"

준수의 편지가 5년 전에 왔었다고? 준수가 내게 보낸 편지는 이미 5년 전에 왔었다. 숨을 쉴 수 없을 정도로 조이는 심장의 압박이 심해졌다.

"그래. 우빈이가 그걸 나한테 가져와서 부탁했어."

"뭘 부탁해?"

"편지 내용은…… 난 안 봤는데…… 녀석이 곧 널 만나러 온다고 쓰여 있었던 모양이다. 녀석과 만나지 못하게 해달라고…… 부탁했다, 우빈이."

날 곧…… 만나러 온다고…… 5년 전에 편지를 보냈다고? 준수가? 근데…… 5년이 지난 지금까지도 난 까맣게 몰랐다가…… 지금, 이곳에서 이런 말을 듣고 있는 거야?

"처음엔 나도 망설이고…… 안 된다 했었어. 그런데…… 우빈이 녀석이 너무 절실해서……. 그리고 네게 가장 최선이라고 생각해서…… 들어줬다."

"그래서…… 다 막았다고? 날 가두고? 창살 없는 감옥처럼…… 내 주위를 온통 빙빙 막아두고?"

"……면목 없다."

재웅은 이토록 끔찍한 말을 죄책감이 가득한 얼굴로 담담하게 말했다. 그의 담담함이 너무 끔찍해서 소름이 돋았다. 그리고 그의 말이 하나도 틀리지 않음에 숨이 막혔다.

그랬다. 나는 스케줄 빼곤 갈 곳이 집과 소속사뿐이 없었다. 소속사 사람들, 정현, 엄마, 이모 빼곤 만나는 사람도 없었다. 항상 내게 다가오려고 하는 사람들에게 거리감을 뒀다.

10년 전 언론의 무서운 질타 때문에 더 웅크린 것도 있었고, 이 사람들만으로 충분하다 생각했었다. 소속사나 집 그리고 스케줄 외의 다른 장소에 가지 못함에 가끔 갑갑하긴 했지만 안정감도 있었다. 매니저가 항상 대동해 불편할 때도 있었지만, 대부분 편했다. 나를 보호해 주는 사람이라 생각했기에……. 그런데 그게 다 날 가둬두기 위한 장치였어? 준수에게서 날 떼어놓기 위한?

"지이야, 오빠는 그게 너를 위하는 길이라 생각했어. 너희들의 철부지 사랑보다는 너를 가장 아끼고 지켜줄 수 있는 우빈에게 맡기는 게 나을 것이라고."

"내가 원하지도 않는 나의 길?"

지끈거리는 심장을 누르며 허탈하게 중얼거렸다.

"지이야, 나로선 최선의 선택이라고 생각했어. 그 녀석은 기껏해야 어린 녀석에 불과하잖아. 그런 녀석 때문에 네가 또 힘들어지면 어떡해? 우빈 같은 사람이 있는데…… 왜 그런 녀석한테 휘둘려야 하냐고?"

"준수가 어때서?"

고개를 번쩍 들어 잇새를 질근거리며, 재웅을 노려봤다.

"우리 준수가 어때서?! 어린 게 뭐?!"

"지이야."

"그래서 이렇게 했다고?! 우리 준수가 뭐?!"

"지이야…… 정말 널 위해서……."

"어떻게 이래……. 어떻게 나한테 이래?! 오빠가…… 우빈 오빠가…… 나한테 어떻게 이래?!"

핏발이 서도록 소리 지르며 재웅을 원망했다. 우빈을 원망했다. 그동안 나를 보호해 주는 사람들이라 믿었던 사람들이 나를 무참하게 짓눌렀다. 그동안 내게 최고였던 사람들이 나의 심장을 잔인하게 찔렀다. 심장이 금방이라도 터질 듯이 아파 주먹으로 눌렀다. 숨을 꼴딱거리며 아득해지는 정신을 억지로 부여잡았다.

"어떻게…… 나한테…… 우리 준수한테……."

하염없이 쏟아지는 눈물을 닦지도 못하고 얼굴을 무릎에 묻었다.

원망…… 원망…….

그리고 고통…….

준수야…….

준수야…….

"우빈 오빠 찾아와. 어떻게 해서든 찾아와. 올 때까지 기다릴 거야."

창밖을 어둠이 잠식했다. 대표이사실이 어둠에 묻혔으나 재웅도 나도 불을 켤 생각도 안 했다. 깜깜한 공간에서 그도 나도 얼어버린 채 죽음 같은 침묵 속에 있었다.

오랜 침묵을 깨고 난 차갑게 말했다. 그의 방에서 나와 우빈의 방으로 향했다. 어둠 속에 싸인 우빈의 방에 들어가 소파에 앉아 시간을 보냈다. 그곳에 앉아 준수를, 야마다 준스이라고 자신을 소개하던 그날부터 제주도에서의 마지막 날까지 만났던 나날을 차근차근 떠올렸다. 10년 전, 그를 보내려고 마음먹었을 때처럼 차근히 떠올렸다.

그래서 네가 내게 처음에 그렇게 냉혹했구나. 이제야 첫 만남 때 준수의 눈빛을 이해했다. 그리고 내게 계속 화가 난 이유…….

거절한 적 없는, 자신을 거절한 나를 보며…….

그래서 나를 모른 척했구나, 나는 이미 널 거절한 사람이기에…….

시간이 느른히 흘러가도 우빈은 나타나지 않았다. 자정이 지나 새벽 1시가 되고, 새벽 2시가 넘어서도 마찬가지였다. 자신의 사무실에서 꼼짝없이 기다리던 재웅이 중간에 와서 나를 회유했지만 난 대꾸도 안 했다. 굳은 상태로 하염없이 우빈을 기다렸다.

새벽 3시가 가까워졌을 때, 굳게 닫혀 있던 방문이 열렸다.

어둠 속에 있던 나는 문밖의 빛과 함께 들어선 우빈을 냉랭하게 올려다봤다. 우빈은 덤덤하게 어둠 속의 나를 내려다보면서 방의 스위치를 켰다. 느닷없이 쏟아지는 환한 빛으로 반사적으로 눈을 질끈 감아 떴다. 한껏 초췌한 모습의 우빈은 사뭇 차분했다. 감정이 모두 죽은 사람처럼.

그는 말없이 다가와 내 맞은편에 앉았다.

"……오빠가 했어?"

메마르게 붙어 있던 입술을 간신히 떼었다. 내 목소리가 아득하니 멀리서 들리는 듯했다.

"그래, 내가 했어. 내가 시작한 거야."

우빈이 감정 없는 눈으로 마주 보며 낮은 저음으로 대답했다. 이미 모든 걸 밝히기로 결심했는지 일말의 망설임도, 흔들림도 없었다.

"처음엔 내 마음을 깨닫고 시작한 그 일이 간단할 것이라 생각했어. 그 녀석이 그렇게 집요할 줄은 몰랐어. 금방 포기할 줄 알았거든."

우빈이 내 시선을 피하며 눈을 내리깔았다. 화낼 기운도 없어 난 멍청하니 그의 말을 들었다.

"녀석이 처음 편지를 보내고 한 6개월인가 지나서 한국에 왔다. 소속사로 찾아온 녀석을 막았어. 녀석은 며칠 동안 소속사 앞에 와서 내내 기다렸다. 하지만 널 볼 순 없었지. 넌 서울에 없었으니까. 내가 널 제주도 촬영을 보냈으니까."

오싹. 등골에 소름이 돋았다. 4년 전, 제주도 애월읍 해수욕장에서 찍었던 영화. 그가 처음 내게 부탁했던 특별출연. 그때 준수가 날 만나러 왔었다고?

"그리고 난 인터뷰에서 너에 대한 마음을 고백했다. 녀석이 보게 하려고."

짧은 호흡을 하고서 우빈이 무덤덤하게 말을 이었다.

"그 후, 일본으로 돌아간 녀석이 앞으론 안 올 것이라 짐작했다. 그런데 녀석이 2년 전에 또 나타났어…… 연말시상식 날."

우빈이 시상식 수상 소감으로 고백한 날, 그리고 내게 대외적인 여자가 되어달라 하여, 내가 그걸 받아들인 날. 그때도 준수는 날 보러 왔었다고?

"녀석은 우리의 공식 열애 발표를 보고서 일본으로 돌아갔다. 그리고 난 또 녀석이 올까 싶어, 필체 도용 전문가한테 부탁해서 네 편지를 써서 보냈다. 오빤, 정말 나쁜 사람이야. 그치?"

자조적으로 우빈이 피식 웃었다.

"그러고 나선 이제 모든 것이 끝났다고 생각했다. 그런데 아니었어. 나보다 더한 녀석이었어. 이렇게 또 끈질기게 나타날 줄 꿈에도 몰랐다. 분명 네게 거절을 당했음에도 다시 나타난 녀석의 미련에 치가 떨렸어."

그는 나를 보지 않았다. 그저 차분히 바닥에 깔린 침잠한 음성으로 말을 이었다. 난 바들바들 떨리는 손을 애써 맞잡고 얕은 숨만 몰아쉬었다.

"그래도 난 너에게 어느 정도 기대는 했었다, 지이야. 네가 그렇게 순식간에 돌변해서 녀석에게만 온통 신경이 다 갈 것이라곤 생각도 못했어."

그가 몸서리를 치듯 부르르 떨며 분노했다.

"술에 취했다는 널 데리러 부랴부랴 갔는데 그 녀석 품에서 잠든 너를 봤을 때, 내 심정이 어땠겠어? 세월이 얼마인데……. 나는 빈껍데기야? 그래서 난 분노할 수밖에 없었다."

"술 취한 나……?"

"그때 녀석에게 말했다. 우린 6년을 함께하고 4년 동안 연인이었다고. 너도 이미 그 사실을 알고 있으면서 이제 나타나 그 평화를 깨지 말라고. 5년이나 오지 않은 넌, 5년이나 지이 널 질타 속에 혼자 내버려 둔 넌, 자격도 없는 녀석이라고."

돌연 우빈의 말에 꿈이라고 생각했던 그 키스가 떠올랐다. 그 격렬하고 애달팠던 키스. 온몸의 감정을 토해내듯 10년의 절실함으로 간절했던 키스. 꿈이라고 생각했던 키스.

꿈이 아니었어? 그럼? 역시…….

그 다음날 냉기가 흐르던 준수. 그래서…… 그랬구나…… 내게.

심장이 숨 좀 쉬게 해달라고 외쳐 댔다. 다시 죽겠다고 심장이 비명을 질러댔다. 낮은 한숨을 거칠게 내뱉더니 우빈이 말을 이었다.

"녀석은 내 말에 죄책감을 느꼈지. 그래서 난 녀석이 포기할 줄 알았어. 그런데 아니었지. 너는 끊임없이 녀석에게 흔들리고, 녀석은 이러지도 저러지도 못하고 포기가 안 되니까 네 곁에서 맴돌고…….그래서 난 더 나빠져야만 했어. 이왕 나빠진 거, 한 번 나빠진 거, 나쁜 거 하나 추가해 봤자 달라질 건 없잖아. 난 이미 나쁘니까. 그래서 그리기로 했어. 널 놓을 수가 없어서, 널 놓치고 싶지 않아서."

"그래서?"

마른침도 삼키지 못하고 기계적으로 물었다. 내가 묻는 건지,

말하는 건지, 사고하는지조차 분간되지 않았다. 머리가 온통 빙빙 돌고 내 몸의 모든 장기들이 울렁거렸다.

"네가 그렇게 운 날, 네가 내게 할 말이 있다고 한 그날…… 난 녀석을 포기시키기로 결심했다. 그리고 녀석을 만나 우린 결혼할 것이라고 말했다. 녀석, 절망하더군. 이미 네게 거절당했었기에 절망밖에 할 수 없었겠지……."

그의 말에 헛웃음이 나왔다.

"그런데도 그 녀석이 널 제주도로 데려가? 참을 수가 없었다. 결혼 발표는 네게가 아니라 녀석에게 통보하기 위함이었어. 결코 너는 내 여자를 가질 수 없다는 통보."

냉랭한 우빈의 말에 눈동자가 견딜 수 없을 정도의 고통으로 아릿했다. 눈을 질끈 감았다.

"……오빠…… 내 마음 같은 건 보이지 않았어?"

간신히 물었다.

"보였어. 그래서 더 애가 탔어. 더 갖고 싶어서……. 어린아이가 장난감 갖고 싶다고 끝까지 엄마한테 떼쓰듯 나도 그러고 싶었어. 끝까지 떼쓰고 싶었어. 끝까지 갖고 싶었어. 나의 집착이 너를 갖게 되면 애착이 되니까. 내가 성공만 하면 된다고 생각했어. 그런데 결국 실패했어. 결국 난 최악만 되고 말았어. 이렇게까지 했는데도 불구하고 널 잡지 못했어."

우빈이 공허한 눈동자를 들었다. 나도 공허한 눈을 들었다. 흘뿌려지는 공허가 공중에서 부딪쳤다.

"난 너한테 미안하지 않아. 지금도 만약, 그때로 돌아가야 한다면…… 난 다시 숨겼을 거고…… 난 다시 시작했을 거야."

"……미안하지도 않아?"

허탈한 쓴웃음이 나왔다.

"난 네가 원망스러웠어. 이렇게까지 했는데, 내가 이렇게까지 최악이 됐는데도…… 결국은 넌 날 보지 않았어. 그 녀석이 뭐라고……. 그 녀석이 오자마자 넌 나는 안중에도 없었어. 네 눈은 그 녀석한테만 꽂혀 있고, 나한텐 눈길조차 주지 않았어. 내가 기분이 어땠을 것 같아?"

조소를 흘리며 우빈이 말을 이었다.

"참을 수가 없었어. 화가 났어. 너보다도 그 녀석 때문에…… 화가 났어. 그래서 나도 끝까지, 벼랑 끝까지 간 거야. 이렇게 만든 건 너야, 그리고 그 녀석이야."

우빈이 씁쓸하게 뱉으며 픽 자조했다.

"그런데 그 녀석도 나랑 같은 녀석이었어. 그 녀석도 집요하고, 집착이 많은 녀석인 거잖아. 나보다 더한 놈인 거지. 그렇게까지 했는데도 불구하고……. 정말 어이없었어."

우빈이 고통에 찬 비웃음을 내뱉었다.

"집착과 애착은 사랑을 성공하느냐, 실패하느냐에 따라 갈리는 거야. 내가 실패하면 난 집착이 되고, 녀석은 애착이 되는 거잖아.

그래서 난 더 해야만 했어. 녀석에게 지고 싶지 않았어."

우빈이 소파에서 일어났다. 그리고 그가 창가로 다가가 어두운 창문 밖을 응시했다.

"그런데…… 아니었어……. 넌 그 녀석이 어떤 감정이든, 나는 어떤 감정이든 상관없이…… 나는 아니었던 거야……. 넌 정말 나한텐 감정이…… 일말의 감정도 없었던 거야……."

우빈이 내 쪽으로 몸을 돌렸다. 그의 허무한 눈이 나를 내려다봤다.

"그게 난 더 비참해. 그 녀석 때문이 아니라…… 네가 나한테 감정이 없었다는 게……."

그가 눈을 내리깔았다. 그의 초점 없는 눈동자가 허공을 주시했다.

"그게 더…… 미치겠다."

"오빠……."

소리 없는 눈물이 흘러내렸다.

"정말 너한테 나는 미안하지 않아, 추호도."

괴로움에 일그러진 표정으로 우빈이 토해냈다.

"난…… 너한테 미안하지 않아……."

우빈은 마치 자기최면을 걸 듯 부들부들 떨며 그렇게 다시 한 번 중얼거렸다.

"……오빠가 나한테 잘못한 거잖아. 그런데 내가 왜 오빠한테 미안함을 느껴야 돼?"

그런 우빈을 흐느끼며 봤다.

"난 널 사랑하는데, 넌 날 사랑하지 않으니까. 그러니까 네가 나한테 미안해야지."

시뻘게진 눈동자로 우빈이 떨면서 바라봤다.

"오빠…… 오빠가 잘못한 게 맞는 건데…… 내가 지금 이렇게 미안함을 느껴야 되는 게 맞는 거야? 오빠가 잘못한 건데?"

"내가 불쌍하니까."

빨개졌던 그의 눈동자가 그렁그렁해졌다.

"정말, 오빠 밉다. 미워죽겠다."

고개를 숙였다. 굵은 눈물이 뚝뚝 무릎으로 떨어졌다.

"나도, 네가 미워."

울컥거리는 감정을 참으려는 듯 우빈이 입술을 악다물며 시선을 돌렸다. 참을 수 없는 흐느낌이 더 커졌다. 막으려고 하는데도 흐느낌이 계속 흘러나왔다. 손바닥으로 입을 막고 흐느꼈다.

준수도 아프고, 우빈도 아파서. 그리고 나도…….

미어지는 가슴을 부여잡고 한참을 그렇게 울었다. 우빈도 숨죽여 울었다. 죽어 있는 공간에서 고통의 눈물만 살아 움직였다. 오랜 시간이 흘러서야 창가에 굳어 있던 우빈이 몸을 움직였다. 그가 걸음을 옮겨 벽의 붙박이 금고로 이동해 번호를 누르고 열었다. 그리고 편지 뭉치를 들고 내게 다가와서 내밀었다.

"버리고 싶었는데…… 차마 버릴 순 없었다. 그러면 완벽한 건지도 몰랐지만…… 그럴 순 없었어."

떨리는 손으로 그가 내미는, 준수가 보냈다는 편지 뭉치를 받았다. 받는 순간, 격한 감정이 폭풍우처럼 거세게 나를 휘감았다. 억지로 침을 삼키며 참았다.

천천히 소파에서 무거운 몸을 일으켰다. 우빈에게 아무런 말도 하지 않고 돌아섰다.

"지이야."

등 뒤에서 우빈이 나직하게 불렀다.

"응."

그를 뒤돌아보지 않고 대답했다.

"……잘 가."

고통스러운 일그러진 말이 마지막 인사였다.

"응."

짧게 대답했다. 그리고 문을 열고 밖으로 나왔다.

준수의 편지를 들고서.

우빈을 두고서.

터덜거리는 걸음으로 소속사 입구로 나왔을 땐, 막 시작된 겨울의 찬 공기가 시리도록 아프게 뺨을 자극했다. 입구 앞 도로에서 대기 중이던 매니저 형우가 황급히 운전석에서 내려 밴의 문을 열었다. 그런 형우를 잠자코 주시했다.

몸을 휙 돌려 보도블록을 걸었다.

"지이 씨……."

그가 안타깝게 나를 보았다.

5년을 함께한 사람이었다. 나를 가장 가까이에서 지켜준다 생각했던 든든한 사람. 그런데 그게 전부가 아니었다니. 허탈하고 허탈했다. 걱정되는 마음에 한 발짝 떨어져 걸어오는 형우를 뒤돌아보지 않고 차가운 공기 속을 걸었다. 가슴에 준수의 소중한 편지를 품고서…….

마침 지나가는 택시를 향해 손을 들었다. 뒤의 형우를 두고 택시에 올랐다.

소속사 건물에서 떠났다.

이제 돌아가지 않을, 그곳을 떠났다.

정현은 들어오지 않는 나를 걱정하여 거실의 불을 켜놓고 잠들어 있는 상태였다. 새벽 1시쯤에 통화했을 때까지 그녀는 나를 기다리고 있었다. 그녀에겐 아무런 말도 못했다. 그저 준수를 기다리니 걱정하지 말라고 했을 뿐이었다. 그런 나를 정현은 쫓아오려고 했지만 곧 들어간다고 안심시켰다. 그녀는 기다리다 지쳐 결국 잠든 모양이었다.

거실에 들어서자마자 푹 꺾이는 무릎을 주체 못하고 바닥에 주저앉았다. 조심스레 준수의 편지를 내려다보았다.

다섯 장의 편지봉투.

다섯 장이나 되는구나.

쓸쓸하고 서글픈 미소가 피식 나왔다. 영문으로 된 일본에서 보내온 편지가 제일 위에 있었다. 소인 날짜를 보니 5년 전이었다. 그가 스물세 살, 내가 스물네 살 때 편지였다. 그가 보냈다는 첫 번째 편지인 듯했다.

봉투에서 편지를 꺼내려 여는 것만으로도 벅차올라서 심장이 뜨겁게 요동쳤다. 편지를 꺼내 펼치니 안에 사진 한 장이 있었다.

심장이 두근거렸다.

준수의 얼굴.

노란빛 머릿결이 그의 이마에서 부드럽게 흔들렸고, 그는 정면, 그러니까 나를 향해 환하게 웃고 있었다. 그의 이마 상흔이 아주 희미하게 보였지만 거의 사라지고 없었다. 10년 전보단 좀 더 남자다워졌고, 10년이 지난 지금보단 좀 더 유연한 얼굴인 준수.

5년 전에 너는 이렇게 생겼었구나.

입가는 미소가 떠올랐지만 눈가는 시큰해졌다. 입술이 부들거리기 시작했다. 참으로 보고 싶었던 5년 전의 준수의 얼굴을 감격에 겨워 손가락으로 훑었다.

너무나도 만지고 싶었던 5년 전의 우리 준수.

사진 속 그의 얼굴을 한참을 보다 편지를 펼쳤다.

네가 내게 보낸 5년 전 편지를, 5년 만에 읽는다.

—지이야,

내가 너무 늦게 연락을 한 것은 아닐까…… 두렵고, 무섭다. 이렇게 오랜만에, 늦게 너에게 연락을 해서 미안해.

아버지와의 오랜 약속을 했었어.

너를 되찾기 위해 어쩔 수 없이 아버지와 질긴 약속을 하고 말았어. 나는 아버지의 아들이라 아버지가 어떤 분인지 잘 알아. 절대 본인의 뜻에 어긋나는 것을 인정하지 않으리라는 걸. 아버지가 요구하는 것을 받아들여야 나중에 너를 데려왔을 때, 인정을 받을 수 있으리라는 걸 알고 있었어. 그래서 선택할 수밖에 없었어.

5년만 내 자리를 찾아 스스로 일어난다면, 아버지는 내 모든 것을 허락해 주시기로 하셨어. 조건은 5년이었고, 네게 연락하지 않는 조건이었어. 물론 받아들이기 힘들었어. 그런데 내가 남자로서 널 지키려면, 책임을 지려면 해야 된다고 생각해서 한 선택이었어.

열여덟밖에 안 된 내가 너를 지키기엔 너무 부족해서 할 수밖에 없었던 선택이었어.

미안해, 나 혼자 결정해서.

묻고 싶었지만 할 수 없었어. 그저 결정해야 했어.

네가 혼자 버티며 힘들 것을 알기에 나도 빨리 움직여야 된다고 생각했어. 괜찮을 거라 나 혼자 판단했어. 널 믿으니까. 사실은 무서웠어. 널 그렇게 혼자 두는 것도, 그런 시간을 보내게 하는 것도 무섭고 두려웠어.

그리고 무엇보다 나의 예쁜 지이가, 너무 예뻐서 말이야.

네가 정말 내게 실망해서 돌아섰다면 내가 매달려 보려고, 죽자고 매달려 보려고 결심했어. 그래서 그런 선택을 하게 된 거야. 이 편지를 보내는 지금도 사실은 겁나. 나 괜찮은 거지? 라고 묻고 싶은데 괜찮다 해줄래?

미안해, 지이야. 5년 만이라서. 정말 미안해.

지이야.

얼마 전 마지막 시술을 끝냈다. 아직은 조금의 흔적이 남아 있지만 곧 다 사라질 거래. 그리고 등은 좀 깊어서 그렇게 안 된다 하더라고. 그래도 거의 많이 없어졌어. 배와 어깨도 그렇고. 그러니 걱정하지 않아도 돼.

빨리 네게 내 멀쩡한 얼굴을 보여주고 싶다. 그 대신 사진을 보낸다.

브라운관의 너는 똑같고 여전히 예쁘던데. 나는 어때? 달라졌어?

같이 공부하는 친구가 찍어준 거야.

나 공부를 하고 있어. 네게 가장 가까이 갈 수 있는 길, 너를 가장 가까이서 지킬 수 있을 길. 그래서 너를 담으려 사진 공부를 했어. 그런데 말이야, 신기해. 재미있어. 마치 처음부터 이 길이 내 길이었던 양 내가 즐거이 집중할 수 있었어. 널 담는 상상을 하며 난 행복했어. 빨리 가서 널 담고 싶다. 내가 가장 예쁘게 담아주고 싶다.

지이야, 너무 보고 싶다. 지이야.

지이야, 이제 곧 네게 갈 수 있어.

무조건 달려갈 거야, 너를 보러.

조금만 기다려 줘. 내가 갈게. 너에게 내가 갈 거야.

지이야, 보고 싶어. 너무 보고 싶어.

조금만 더 기다려. 곧 갈게.

울지 않으려 버텼지만, 자꾸 눈물이 시야를 가렸다.

그가 또박또박 써놓은 글을 하나도 놓치지 않으려 애쓰는데 자꾸 시야가 흐려져서 손바닥으로 연신 눈가를 훔쳤다.

5년 전의 너는 내게 달려올 희망으로 웃고 있었다. 너는 내게 우리가 꿈꿀 미래를, 희망을 말해주고 있었다.

5년 전의 나는 너를 애달프게 기다리고 있었다. 그러니 이 편지를 만약 그때 내가 전달받았다면 나도 희망으로 행복한 미소를 지었을 거야. 그러면 우린 지금 같이 있었겠지?

나 혼자 이렇게 네 편지를 보고 있지 않았겠지? 그치, 준수야?

다음 장으로 편지를 넘겼다.

소인이 없는 대신 날짜만 적힌 편지. 4년 전 편지.

그저 받는 이는 유지이, 보내는 이는 서준수라고 써진 편지봉투.

그가 직접 와서 준 것이다, 분명.

—지이야, 오늘 한국에 왔다.

오자마자 네가 있는 소속사로 달려왔어. 그런데 네게 연결이 되지 않아.

내가 너의 연락처를 알 수 있는 곳은 유일하게 소속사밖에 없어서 소속사로 찾아갔는데 너는 없다고 전달을 받았어. 네 번호도 가르쳐 주지 않아.

너는 오픈된 사람이라 쉽게 만날 것이라 생각했는데 아니었어. 다른 어디에서도 널 찾을 수가 없어. 벽에 가로막힌 기분이야.

메모를 남겼는데 못 본 것 같아서 다시 편지를 쓴다.

이거 받으면 나한테 연락 좀 줄래?

기다리고 있을게. 일주일 동안 K 호텔에 머물 거야.

연락처를 남긴다.

언제 오든, 언제 하든 상관없어.

기다릴게. 너무 보고 싶다, 지이야.

4년 전······ 5년 전 편지를 보내고 6개월 만에 나를 찾아온 너.

그런데 나는 너를 보지 못했다. 지금까지, 오늘까지 나는 네가 왔었는지도 몰랐다.

나는 이때 제주도에 있었다 한다. 너에게서 가장 멀리 떨어져 있었다. 내가 만약 제주도에 가지 않았다면 너를 만났겠지. 제주도를 가기 전에 소속사에만 들렀더라도 우린 만날 수 있었을까? 내가 우빈 오빠의 부탁을 거절만 했더라도 우린 만날 수 있었을까?

너는 나를 이렇게 데리러 왔었는데, 내게 이렇게 달려왔었는데······

나는 몰랐다.

알았다면 난 너무 행복해하며 네게 달려갔을 텐데······.

달려가 네게 안겼을 텐데······ 널 안아줬을 텐데······.

억울하다.

억울하다.

뒷장은 일주일이 지난 날짜의 편지였다.

—지이야, 일본으로 돌아간다.

널 보지 못한 채 돌아가고 싶진 않지만 이대로 머물러 있을 자신도 없어.

지이야, 아무리, 아무리 노력해도 너와 닿지가 않아. 너는 지방 촬영을 갔다 하고 어디로 갔는지도, 연락처도 알려주지도 않고, 알아보려고 해도 길이 없다. 네가 숨어버린 느낌이야, 내게서.

내 편지를 전달받았다 들었는데, 정말 받은 거야? 바빠서 못 봤어? 그럼 나중에라도 연락 줄래?

지이야, 조금 불안해. 무서워졌어.

네가 날 거부하는 것 같아 무서워졌어.

며칠 전에는 TV에서 그 사람이 네게 고백하는 영상이 나오더라. 세상이 너와 그 사람을 엮어서 말해. 어디를 가나 너와 그 사람 얘기뿐이야. 혹시 그것 때문이야? 그래서 내가 부담스러워서 그래? 그렇다면 내가 어떻게 해야 될까? 모르겠어.

그래도 포기가 안 된다.

네 곁의 사람 때문이라면, 내가 기다린다 말하면 너무 미련스러운 집착인 건가? 그래도 내 집착을 한 번만 받아주면 안 될까? 한 번만 만나주라, 지이야.

일본의 연락처를 남긴다. 도쿄와 가나가와 주소도 남긴다.

대부분은 가나가와에 있을 거다. 메일주소도 남긴다.

부탁이다. 한 번만 연락을 해줘. 어디든, 어떻게든, 언제든.

네가 불편하더라도 한 번만 부탁해. 연락 좀 해줘.

나 좀 만나줘.

이렇게 일주일 동안 나를 보려고 애가 탔던 너인데…… 이렇게 나를 만나려고 불안에 떨며 나를 찾았던 너인데……. 나는 그것조차 모르고 오지 않는 너만 원망했다.

그래도 나는 기다렸다. 애타게 기다렸다.

사무치게 그리웠다.

보고 싶었다.

그리고 뒷장은 2년 전, 연말이었다.

그는 또다시 소인 없는 날짜만 있는, 직접 와서 전달한 편지를 보냈었다.

—지이야, 한국에 다시 왔다.

네가 연락 없는 건 부담스러워 그런가 보다라고 생각했고, 그럴 거라는 걸 알고 있어. 네가 착해서, 나한테 미안해서 연락을 못한다는 걸. 그걸 아니까 포기하자 했는데 아무리 노력해도 안 돼.

너와 함께 있는 그 사람에 대해서 이미 둘의 관계는 연인으로 말하는데…… 난 아직도 미련이 생겨. 아니길 바라면서 아직도, 희망을 갖고 있다. 그럼 안 되는 건가?

지이야, 미련이라고 해도, 집착이라도 해도, 이걸 버릴 수가 없다.

포기가 되지 않아. 너 정말 편지 받은 거 맞는 거야? 맞는 거지? 전달받은 사람들마다 확실하게 말해서 믿고 싶지 않음에도 믿을 수밖에 없다. 내가 답답해. 이렇게밖에 널 찾지 못함에 답답해. 어떻게 하면 너에게 직접 연결이 될 수 있을까?

방법을 모르겠다. 아무리 찾아도 되지 않아.

지이야.

그럼에도 이렇게밖에 못 보낸다. 제발 답을 줘.

제발 한 번만 내게 기회를 줘.

너 오늘 시상식에 참석한다는 소식을 듣고서 부랴부랴 왔어. 그동안 공개 석상에 나오지 않던 네가 처음으로 나온다 해서 널 보러 왔어.

지이야, 불편하겠지만 끝나면 나한테 좀 와주면 안 될까? 내가 기다릴게. 예전 너 살던 곳, 우리가 자주 갔던 그 놀이터에서 내가 기다릴게. 다른 곳이 떠오르지 않아. 학교하고 놀이터밖에……. 내가 계속 기다릴 테니까, 언제라도 상관없으니까 한 번만 와주라.

네 마음이 이미 떠났는데 내가 이러는 건 내가 집착이 맞는데…… 이대론 안 되겠어. 살 수가 없어서…… 지난 2년 동안 참고 참았는데, 결국 난 또 이렇게 왔어.

살고 싶어서.

미안해.

부탁이야. 제발 부탁이야. 나 좀 한 번만 만나 줘.

제발.

연락처를 남긴다.

제발, 만나자. 지이야.

난 이때쯤 지쳐 있었다. 오지 않는 네가 이젠 오지 않을 거라 포기한 상태였다. 그럼에도 너무 그립고 외로웠다. 미치도록 외로웠었다.

그런데 너는 이날 우리가 함께했던 그곳에서 나를 기다리고 있었구나.

나는 뭐 했었지?

나는 이날 시상식 수상 소감을 발표했던 우빈과 같이 있었다. 그의 말을, 그의 부탁을 거절하지 못하고 받아들인 날이다. 그를 배려한다는 명목하에 미치도록 외로웠던 내가 그에게 기대었던 날이다.

이날, 너는 내게 가까이 와 있었는데…….

나는 너 대신, 우빈의 여자 자리에 앉았구나.

나는 그랬구나, 너를 가까이에 두고서.

마지막 편지는 그 다음날이었다. 새해 첫날, 그는 내게 마지막 편지를 남겼었다.

—지이야, 내가 무슨 말을 해야 할지 모르겠다.

머릿속엔 많은 말이 떠오르는데 막상 나오지 않아. 깜깜한 동굴에 갇힌 기분이야.

내가 속이 좁아서 말이야. 축하한다는 말도, 행복하라는 말도 못하겠다.

지이야, 잘됐다.

아니, 이 말도 모르겠다.

어렵다. 정말 어렵다.

내가 이젠 널 놔줘야 하는데 어렵다. 정말 어렵다.

미안하다. 못나게 굴어서.

미안해. 내가 너무 늦어서.

미안해.

이날, 세상의 모든 미디어는 우빈과 나의 공식 열애에 뜨겁게 달아올라 있었다. 아마도 너에게 그 소식들이 모두 전달되었겠지.

너는 이렇게, 내 가까이서 절망하고 있었는데……

난 그것도, 몰랐다.

몰랐다.

"준…… 준수야."

흐느낌이 바람처럼 나오다 토하듯이 쏟아졌다.

"준수야."

그가 남긴 편지를 가슴에 안고, 그의 이름을 불렀다. 터져 나오는 오열을 막을 수가 없었다.

"준수야!"

소리 내어 울며, 소리 내어 너를 부르며 찢어질 것 같은 가슴을 부여잡고, 부들부들 떨리는 손끝으로 너의 편지를 감싸며 통곡했다.

"지이야?!"

자다 놀란 정현이 부리나케 달려 왔다. 그녀가 놀라 내 앞에 주저앉았다.

"준수야! 준수야!"

"왜 그래? 왜?!"

"준수야! 준수야!"

정현이 나를 감싸 안아도 느낌이 오지 않았다. 죽도록 아팠다. 죽을 것처럼 숨을 못 쉬고 헐떡거리며, 너를 부르며 나는 울었다.

내 지난 10년, 5년이 아파서. 너의 지난 10년, 5년이 아파서.

그렇게 소리 내어 울었다.

울고 또 울었다.

그렇게 울었다.

울었다.

20화_ 너를 만나다

평화로운 골목길이다.

마치 영화를 찍고 난 후에 스텝들이 모두 떠나고 텅 빈 세트장에 있는 듯 평온한 착각이 인다. 느른히 골목길을 다니며 주소를 하나하나 확인한다. 느린 걸음이지만 조급하지는 않다. 택시에서 내리자마자 뛰어서 달려가고 싶던 마음이 골목길에 들어서자마자 차분히 가라앉는다. 천천히 가도 괜찮을 것 같다.

정겨운 분위기가 물씬 풍기는 2층집 목조 가옥이 시야에 들어왔다. 오래된 가옥이지만, 낡진 않았다. 가까이 다가가 손에 든 메모지에 적힌 주소와 번갈아 보며 확인했다. 여기인가?

"스미마셍."

미닫이 현관문은 살짝 열려 있었다. 그 틈으로 들여다보며 조심스레 입을 열었다.

"다레?"

곧 조신한 인상의 중년의 여성이 나왔다. 60대 초반 정도로 나이를 가늠할 수 있었다. 그녀에게 고개 숙여 인사를 먼저 하고서 입을 열려는 찰나,

"아, 어머! 이제야 왔네."

그녀의 얼굴에 화색이 돌면서 한국말이 나왔다.

"네?"

"……어머, 실물이 더 예쁘네."

그녀가 환하게 웃으며 반갑다는 듯 불쑥 내 손을 양손으로 감쌌다. 나를 알고 있는 것이 분명했다. 당황한 난 눈만 끔벅거렸다.

"왜 이제야 와요? 얼마나 보고 싶었게. 나도 이렇게 애가 탔는데 우리 준스이는 어땠을까?"

그 순간 심장에 굵은 전율이 흘렀다.

그의 이름이 나왔다. 여기가 맞다. 내가 정확히 찾아왔다. 종훈이 알려준 곳이 맞았다. 그는 정말 이곳에 있다. 다행이다.

"난 이제나저제나 오나 하고 기다렸네. 어서 들어와요."

그녀는 내 손을 놓고 등을 돌렸다. 얼떨떨한 기분으로 그녀의 뒤를 따라 안으로 들어갔다.

깔끔한 목조 가옥은 실내도 깔끔하고 정갈했다. 그녀를 따라 목조 복도를 지나 거실로 들어갔다. 이곳에 네가 있는 건가? 나 제

대로 찾아온 거 맞지?

"오느라 힘들었죠? 혼자 왔어요?"

그녀는 소파에 나를 앉히고 옆에 앉아 연신 내 손등을 훑었다.

"……네. 줌스이는……?"

"운동 나갔어요. 요 앞에 바닷가에……."

그녀의 말에 다시 울컥했다. 그가 있다. 진짜 있나 보다.

"네……. 근데 한국말을 잘 하시네요?"

그제야 확신이 없어 불안했던 마음이 사그라지고 안심이 되었
다. 저절로 환한 웃음이 나왔다.

"내가 줌스이 유모예요. 난 한국 사람이라 한국말이 편해."

"아……."

그녀가 어려서부터 같이 컸다는 유모인 모양이었다.

"줌스이가 한국말을 잘하는 게 나 때문이지. 집에선 나랑 한국
말로만 대화했으니까. 그래서 가끔 노인네 같은 소리도 잘해."

그녀는 참으로 포근한 사람이었다. 부드러운 사람이었다.

"편하게 불러요. 우리 줌스이는 날 미세스 김이라고 불러요."

"네."

"근데 이 녀석 언제 오려나? 아가씨 온 거 알면 금방 올 텐
데…… 줌스이는 몰라요?"

"네."

"그럼 줌스이 방에서 우선 짐 풀고 좀 쉬어요. 나간 지 한참 됐

으니 오겠지, 뭐."

그녀가 날 2층으로 안내했다. 목조 계단을 올라가 왼편으로 도
니 커다란 미닫이문이 있었다. 미세스 김은 그곳이 준스이 방이라
고 안내했다. 캐리어를 들고 안으로 들어섰다.

깔끔한 방이다.

왼편 벽면은 붙박이장이 전체를 차지했고, 오른편엔 컴퓨터가
놓인 책상과 책장, 그 위편으로 낮은 매트리스만 있는 침대가 있
었다. 문과 마주 보이는 곳, 침대 옆에는 낮은 좌식 책상이 하나
더 있고, 노트북이 놓여 있었다. 그 앞으로 포토잡지며 포토서적
이 잔뜩 꽂혀져 있었다. 좌식 책상 위로 창살 무늬 널따란 창이 있
었는데, 그 창으로 빛이 은은하게 들어왔다.

특이한 것은 낮은 침대 바로 옆에 천장을 바라보는 네모난 조명
박스가 달린 스탠드 조명이었다. 조명이 어디를 보는 것인가, 호
기심에 고개를 들었다.

그의 침대 위 천장엔 사진들이 가득 붙여져 있었다.

그 순간, 심장이 벌렁거렸다.

내 사진들이다.

벌렁거린 심장이 박동을 가하며 세차게 두근거렸다. 등골에 뜨
거운 전율이 타고 흘렀다.

아…… 이래서…….

미세스 김이 날 바로 알아본 이유를 그제야 깨달았다.

호기심이 들어 창가에 열어젖혀져 있는 암막커튼을 쳤다. 방 안이 어둑해졌다. 침대 옆의 조명 뒤에 달린 스위치를 켰다. 은은한 크림색의 빛이 천장을 향했다. 난 조심히 침대에 누웠다. 그가 눕는 자리에 누웠다.

내가 보인다. 아주 잘 보인다. 조명에서 쏟아지는 빛을 따라.

손을 뻗기만 하면 닿는 조명의 목을 움직여 사진을 순서대로 훑었다.

저건…… 2년 전의 나다. 연말시상식장에서 하늘거리는 살구색 드레스를 입고 있는 나다. 그는 그곳에 있었다. 나를 만나러 온 날, 나를 기다리던 아픈 날…….

레드카펫을 걷는 내 옆모습, 클로즈업되어 있는 나, 사람들에게 손을 흔들며 웃는 나.

조명의 길을 움직였다.

1년 전의 나도 있다. 어깨가 드러난 연보라색 드레스를 입고 있는 나, 작년 연말시상식 때 입었던 드레스. 이때 나는 여우주연상을 수상했었다. 준수는 이때도 이곳에 있었구나. 나를 보러 이곳에 왔었구나.

그 아래, 명동에서의 나. 가판대에서 귀고리를 고르는 나, 주인을 보며 웃는 나, 길에서 사람들과 악수하는 나, 몰려든 사람들 때문에 당황한 나, 그를 슬쩍 흘기는 나, 그를 향해 웃는 나, 또 웃는 나.

수목원의 나도 있었다. 나만 클로즈업된 사진, 나만 보이는 사진.

제주도의 사진. 억새밭의 나, 바닷가의 나, 뒤에서 덮친 파도에 놀라 털썩 주저앉으며 인상 쓰고, 하소연하듯이 소리치는 내 모습들. 그에게 소리치는 내 얼굴 클로즈업.

그리고⋯⋯

검은색 시스루 드레스를 입고 있는 나.

올해 여름의 끝자락 막 가을의 길목에 들어서던 그날, 드라마 시상식에 참석했을 때, 난 저 드레스를 입고 있었다.

너는 이때도 그곳에 있었구나. 나를 보고 있었구나. 내게 왔었구나.

눈가가 아리게 시큰해졌다.

가슴골 사이에 야릇한 전율이 타고 흐르며, 벅차오르는 감격에 깊은 숨을 내쉬었다.

치, 이러면서⋯⋯ 다신 보지 말제⋯⋯.

침대에서 일어났다. 조명을 끄고 커튼을 다시 활짝 열어젖혔다. 그의 방에서 나왔다.

"바닷가는 어디로 가요?"

나의 등장에 분주하게 주방에서 움직이는 미세스 김에게 물었다.

"요기 오른쪽 골목 꺾어서, 쭉 직진해서 걸어 나가면 바로 있어요. 나가보게요?"

그녀에게 가볍게 고개를 끄덕이고 밖으로 나왔다.

사늘한 바람이 불어왔다. 골목도 겨울의 쌀쌀함이 가득했다. 그
래도 포근하게 느껴지는 건, 너에게 가는 길이기 때문이다.

바닷가가 보였다. 겨울의 평일 오전인 탓에 인적이 없었다. 시
야를 확 트이게 하는 모래사장과 푸르스름한 잔잔한 바다 그리고
멀리 있는 수평선. 평화로운 공간. 이곳에 네가 있다.

그를 찾기 위해 고개를 휘 둘렀다.

찾았다, 준수.

저 멀리 바닷가 왼편 끄트머리쯤에 달리는 그가 보였다. 점만
한 그.

비록 점이었지만 준수라는 걸 한눈에 알아볼 수 있었다.

감격에 눈시울이 뜨거워지려는 걸 누르고 계단을 내려갔다.

너를 만나기 위해.

그리고 천천히 모래사장을 디뎠다. 부드러운 모래알이 발에 감
겼다. 바닷바람은 겨울의 공기로 찼다.

이 찬 곳에서 그는 달리고 있었다. 헤드폰으로 귀를 막고 눈을
아래로 내리깐 채 달려오고 있었다. 그가 뛰는 방향 그대로 마주
보고 서서 그를 지켜봤다. 눈을 모래밭으로 내리깔고 있는 탓에
그는 나를 눈치채지 못했다.

그저 점점 가까이 오고 있었다.

나의 준수.

머리색이 검지 않았다. 오래전 10년 전처럼 노란빛을 띤 머리색이었다. 인지 못하고 있었는데 처음 야마다 쥰스이로 봤을 때보다 머리카락이 상당히 길었다. 그의 부드러운 앞머리가 바람결에 따라, 뛰는 요동에 따라 물결치듯 흔들렸다.

그는 다시 10년 전 준수다.

우리 준수다.

달리는 그를 보는 내 입가에 저절로 미소가 번졌다. 벅찬 감동으로 심장이 뜨거워졌다.

가까이 왔다. 이제 그가 다 보였다. 그의 모습이 전부 다 선명하게 보였다.

준수야, 나 왔어.

더 가까워졌다. 거의 다 왔다.

어쩜 저렇게 눈 한 번 안 들지? 하는 순간, 무심한 그의 눈꺼풀이 들어 올려졌다. 그리고 마주 보이는 나와 눈이 마주쳤다.

우뚝.

그가 뛰는 것을 멈췄다. 그리고 굳은 것처럼 나를 보았다. 가쁘게 숨을 헐떡이면서. 자신의 눈앞에 있는 내가 믿기지 않는다는 듯, 헷갈린다는 듯, 그의 미간이 찌푸려졌다. 그러면서 쓰고 있던 헤드폰을 벗었다.

난 빙그레 웃으며 천천히 그에게 다가갔다. 그는 그대로 얼어버린 것처럼 멈춰 있었다.

그의 앞에 섰다.

나 왔어.

그리고 한껏 올려다보았다.

얼마나 오래 뛴 건지 쉽게 호흡이 제자리로 돌아오지 않는지 그는 가슴팍을 크게 들썩거리며, 차오른 숨을 연신 헐떡이며 고르고 있었다. 그리고 아직도 믿을 수 없다는 눈빛으로 나를 내려다보았다. 현실 같지 않은 모양이다.

"진짜, 답장."

그에게 캐리어에서 꺼내온 편지 뭉치를 건넸다. 얼떨결에 그가 받아 들었다. 난 슬며시 웃어주고 몸을 돌렸다. 등 뒤에 그를 놔두고 모래사장을 걸었다. 하얀 거품을 내뱉는 파도 길을 따라 느른히 걸었다.

뒤의 준수를 느끼며.

등 뒤의 그는 내가 건넨 편지 뭉치를 멍하니 내려다보았다.

그리고 천천히 읽기 시작했다.

내가 그의 편지 뒤편에 써놓은 나의 답장을.

스물셋의 준수, 첫 번째 편지.

─준수야, 나의 모자람에, 나의 방관에 나는 이제야 이 편지를 봤어. 이

제야 진짜로 전달받았어.

나는 몰랐어.

나는 오픈된 사람이라 내가 기다리고 있으면, 네가 저절로 내 앞에 짠 하고 나타날 줄 알았어. 그런데 아니었어. 난 새장 속에 갇힌 새였어. 정말 나는 보이지 않는 탑 속에 갇힌 라푼젤이었어. 내가 보호받고 있는 것이, 나를 지켜주던 것들이, 나를 막아두고 너를 외면하게 만든 줄은 꿈에도 몰랐어. 너와 나 사이를 갈라놓을 줄 상상조차 못했어. 난 바보처럼 그것조차 몰랐어.

미안해. 내가, 나로 인한 것들로 인해 너를 애타게 했어.

거짓말 같은 현실이었어. 나의 현실이 모두 거짓이었어. 그래서 몇 번이나 나를 구하러 찾아와 준 너였는데…… 난 거짓만 가득한 탑 속에 꽁꽁 숨어 구하러 와준 너를 내다보지도 못했던 거야.

난 네가 온 줄도 모르고 보호받는 것이라고 판단하고 거짓에만 의지한 채 그렇게 몰랐던 거야. 그리고 네게도 모든 것이 거짓으로 전달되었던 거야.

준수야, 나는 무서웠어.

네가 오지 않아서 너무 무서웠어. 영원히 안 올 것 같아서 무서웠어.

그래서 오해했어. 나는 네가 내가 싫어 오지 않은 것이라 오해했어. 나를 잊어 오지 않는 거라 오해했어. 미안해, 오해해서.

준수야, 그래도 나는 기다렸어. 계속 기다렸어. 내가 네게 먼저 손을 내밀었어야 했는데. 내가 먼저 너를 찾았어야 했는데…… 난 기다리기만 했어.

미안해, 이제야 봐서.

미안해, 기다리기만 해서. 정말 미안해.

스물넷의 준수, 두 번째, 세 번째 편지.

―준수야, 미안해.

내가 이제야 봐서, 이제야 네가 왔었던 걸 알아서. 그래서 못 간 거야.

나는 몰랐어. 전달받지 못했어. 난 그것도 모르고 네게서 멀리 가 있었
어. 지금까지도 네가 내게 왔었다는 사실조차도 몰랐었어.

미안해, 애타게 해서.

내가 만약 알았다면 난 한달음에 달려갔을 텐데…….

나는 한달음에 달려가 너를 안았을 텐데…….

미안해, 미안해, 가지 못해서.

정말 미안해.

보고 싶었어.

정말 보고 싶었어.

스물여섯의 준수, 네 번째, 다섯 번째 편지.

―준수야.

변명 같지만, 설명을 하면 이해해 줄지 모르겠지만,

나는 단 한 순간도, 단 1초도 너의 여자가 아닌 적은 없었어.

들린다.

모래사장을 달려오는 네 발소리.

나를 향해 달려오는 네 숨소리.

바로 등 뒤로 달려온 그가 내 팔을 확 잡았다. 나의 팔목을 잡은 그의 손끝이 부들부들 떨렸다.

몸을 돌려 그를 봤다. 아직도 가쁜 숨을 몰아쉬며 그가 나를 내려다보았다. 그의 눈동자가 태풍이 불어 닥치는 바다처럼 일렁거렸다. 그의 동공이 시뻘겋게 물들어갔다.

난 울컥거리는 심장을 누르며 그를 향해 화사하게 웃었다.

"늦어서 미안해."

나의 말이 끝나자마자 그의 눈동자가 더 붉어졌다. 가쁜 숨을 내뱉는 그의 입술이 파르르 떨렸다.

그 순간, 그가 나의 팔을 휙 잡아당겨 나를 강하게 끌어안았다. 그의 팔이 나의 등을 으스러지게 안았다. 내가 금방이라도 사라질까 두려운 양 나의 등을 조이듯 안고 또 안았다. 나의 머리카락을 쓰다듬고, 나의 등을 쓰다듬었다.

그가 몸을 부들부들 떨며 나를 확인했다. 팔을 들어 그의 등을 부드럽게 감쌌다. 포근히 꽉 감쌌다. 그의 등이, 그의 몸이 더 떨렸다. 나를 안은 그의 팔의 힘이 더 강해졌다.

그의 얼굴이 내 목덜미에 묻혔다.

한없이 부들부들 떠는 그의 머리카락을 달래듯 가만히 쓰다듬 었다. 나의 목덜미가 뜨겁게 젖어갔다. 나의 눈가도 뜨겁게 젖어 갔다.

눈을 감았다.

나를 확인하는, 그를 느끼며…….

그를 확인하는, 나를 느끼며…….

서로를 이제야 느끼며…….

10년을 기다려 온 내 사람, 10년을 그리워한 내 준수.

나는 이렇게 애달팠던 나의 준수를 다시 만났다.

이제야 진짜 만났다.

우리가 다시 만났다.

너를 다시 만났다.

✻ ✻ ✻

하늘이 곧 여명을 밝히려 준비한다.

짙게 수평선에 머물렀던 검은 안개가 아쉬움을 토로하며 꿈틀 거린다. 서서히 걷히는 안개 너머로 움츠려 있던 푸름의 하늘이 고개를 내민다. 설렘을 담은 심장이 차분히 기다린다.

띄엄띄엄 간격을 두고 모래사장에 자리를 잡고 있는 인파들의 모습이 하나둘 선명하게 보인다. 돗자리를 깔고 앉아 있는 노년의 부부, 어린아이를 대동한 젊은 부부, 빈틈없이 안고 있는 연인.

모두 세상의 눈뜸을 기다린다. 시간이 정지된 듯 평화롭고 잔잔하다.

이 고요한 공간에 혼자 있는 이는 나뿐이었다. 하지만 외롭진 않았다. 그저 잠잠히 수평선의 끝자락을 보며 기다렸다.

검은 안개가 다 걷히며 흐린 푸름이 완연히 나타나자 고요한 공간에 빛이 스며들었다.

그 순간, 따스한 커다란 담요가 등을 감싸며 내 어깨 위로 폭 싸였다. 이어 긴 팔이 팔뚝 너머로 넘어와 내 두 손을 잡았다. 커다란 손이 겹치며 길고 섬세한 손가락이 움직여 내 손등 위로 깍지를 끼웠다.

"이 시각에 혼자 오면 어떡해? 메모 보고 놀랐잖아."

등 뒤의 그가 입술을 내 관자놀이에 대고 타박했다. 살며시 어깨 너머의 그를 보며 웃었다.

"오늘은 괜찮지. 저 봐, 사람들 많이 있잖아."

턱짓으로 모래사장에 뜨문뜨문 있는 사람들을 가리켰다.

"그래도 혼자 위험하게. 나 깨우지."

"어차피 나 없으면 금방 깨잖아. 금방 쫓아올 줄 알았어."

나의 말에 그가 피식 웃으며 팔에 힘을 줬다. 난 그의 가슴 깊숙이 등을 기댔다. 그의 팔에 힘이 더 들어갔다.

"준수야."

"응."

"나 오늘로 서른이다. 이제 서른이야. 벌써 삼십대."

"축하해."

그가 다정히 말하며 나의 관자놀이에 다정히 입을 맞췄다.

"나이 먹는 게 좋은 건가?"

"좋을 수도, 나쁠 수도."

퉁퉁거리는 내 말에 그가 피식 웃는 소리가 들렸다.

"내년엔 네가 날 축하해 줘."

"알았어."

그의 말에 수평선을 보며 난 입술을 벌려 방긋 웃었다. 그의 팔
이 더 힘을 주며 나를 가득히 안았다. 난 뒷머리를 그의 어깨에 기
대었다.

"한국엔 안 갈 거야?"

"왜? 내가 갔으면 좋겠어?"

그를 넘겨다보며 슬며시 흘겼다.

"아니."

그가 지그시 웃으며 고개를 흔들었다.

"정현이가 계속 전화하잖아. 한 번은 갔다 와야 하지 않겠어?"

"피…… 괜찮아. 정현이한테는 태주가 있는데, 뭘……."

난 입술을 삐죽이며 이죽거렸다.

"누구?"

의아해하며 준수가 물었다.

"태주. 아, 내가 말 안 했나? 태주, 이태주."

"이태주?"

그가 되물었다.

"어."

"어?"

그가 이해 못하겠다는 듯 어깨 너머로 턱을 기울이며 나를 봤다. 고개를 돌려 그와 눈을 마주 보며 고개를 주억거렸다.

"내가 아는 이태주?"

아직도 그는 이해가 안 되는 모양이었다. 믿을 수 없음이 큰 듯했다. 그들의 관계를 처음 들었을 때의 나와 마찬가지로 뇌가 사고를 멈춘 모양이었다.

킥킥거리며 난 고개를 다시 크게 주억거렸다.

"어떻게?"

그제야 그가 이해하고 화들짝 놀랐다. 어이없다는 듯 그의 미간이 좁혀졌다.

"진짜 황당하지? 이상한 조합이야. 말하면 길어."

난 연신 킥킥거렸다. 킥킥거리는 웃음을 멈출 수가 없었다.

"인연이란 신기해."

"그러게."

그도 픽 웃더니 나를 따라 웃었다.

푸름만 담아 있던 수평선 너머로 붉은 기가 올라오기 시작했다. 해가 뜬다. 새해가 밝아오고 있었다. 세상이 붉음으로 물들기 시작했다.

우린 잠시 그대로 안고 안긴 채 떠오르는 태양을 바라보았다. 수면 위로 솟은 태양과 맞물린 수평선의 물빛이 오색영롱하게 반짝거렸다. 수줍은 태양이 우리와 다정히 눈을 맞추며 인사했다.

밝아지는 세상의 경이로움에 심장이 벅차올라 웃었다.

"준수야."

태양에서 눈을 떼지 않고 그를 불렀다.

"응."

그도 수평선을 응시하며 대답했다.

"준수야."

그를 다시 불렀다.

"왜?"

그의 턱이 어깨 너머로 다시 넘어왔다. 그가 고개를 돌려 나의 옆모습을 응시했다.

"그냥."

난 수놓듯 두둥실 하늘로 오르는 태양에서 시선을 떼지 않고 빙그레 웃었다. 느긋하게 눈을 돌려 어깨 너머의 그의 눈을 봤다.

그의 입술도 길게 늘어났다. 그가 고개를 더 돌렸다. 난 목을 길게 뺐다. 그의 달콤한 입술이 나의 입술에 부드럽게 겹쳐졌다.

태양이 마저 떠올랐다.
새해가 밝아왔다.

이제,
나는 너와 함께,
서른 살이 되었다.

오래전 놀이터에서 네가 나의 이름을 불렀던 이유를 이제야 안
다.
그 순간의 벅찬 감동을 이제야 나는 깨닫는다.
너의 이름을 부를 수 있음이, 너의 대답을 들을 수 있음이 얼마
나 벅찬 감동을 주는지 이제야 깨닫는다.
너는 아직도 자다가도 문득문득 놀라 깬다. 그리고 나를 찾는
다. 곁에 있는 나를 포근히 안고서야 그제야 안심하고 다시 잠든
다.
내가 할 수 있는 건 없다. 그저 너를 따뜻이 안아주는 것밖에 없
다.
조금 더 지나면, 너도 안심을 하겠지.
조금 더 지나면, 나도 안도를 하겠지.

우리가 함께 있음을, 서로가 곁에 있음이 익숙해지겠지.

이렇게 우린 어린 탓에 서로를 보내고,

이렇게 우린 세월이 흘러 어른이 되어 다시 만나 함께하는 미래를 꿈꾼다.

이제 어떠한 고난이 와도 우린 극복할 수 있을 것이라 믿는다.

이제 이 마주 잡은 손을 놓지 않으리라 믿는다.

앞으로 우린 함께할 것이라 믿는다.

이제,

나는, 너는 만났으니까.

너는, 나를 만났으니까.

우린 만났으니까.

시선 1 · 우빈

스물여덟의 우빈. 가을.

세상 밖으로 나오길 거부하던 그녀가 내가 내미는 손을 잡고 드디어 세상 밖으로 나온 지 한 달이 조금 넘었다. 단절되었던 세상 밖으로 나온 그녀는 웅크리고 숨어 있던 것이 거짓말처럼 스텝들과 인사도 잘하고 카메라를 향해 환히 잘 웃는다.

그녀의 밝은 모습이 다행이라 내 입가에도 저절로 미소가 지어진다.

"매번 여기까지 데려다 주지 않아도 되는데요."

촬영이 끝난 후, 그녀의 집으로 향하는 길에 보조석에 얌전히 앉아 있던 그녀가 말했다.

"내가 억지로 데리고 나왔으니 책임을 져야지?"

내가 가볍게 웃으며 말해주자 그녀가 살짝 웃었다.

"하나만 묻자."

"네?"

"마치 절대로 세상 밖으로 나오면 큰일 나는 사람처럼 굴다가 생각이 왜 갑자기 바뀌었어? 요즘 너를 보면 굉장히 즐거워 보여. 막상 일하니까 즐거워?"

나의 질문에 그녀의 입가에 조금은 슬프고, 조금은 씁쓸한 미소가 번졌다.

"그게……."

그녀는 뭔가 깊은 생각을 하는 듯 말하는 것이 느렸다. 차분히 운전에 집중하며 그녀의 대답을 기다렸다.

"……내가 화면에 나오면 어디선가 준수가 볼 테니까. 그럼 내가 환히 웃어줘야 안심할 테니까."

속삭이듯 그녀가 자그마하게 말했다. 그녀 입에서 나온 그 친구의 이름과 그녀가 하는 말에 순간 가슴이 뜨끔했다.

"난 괜찮다고…… 그러니까 걱정 말라고."

그리고 그녀는 입을 닫고 차창 밖으로 시선을 돌렸다.

힐끔 그녀의 옆모습을 일별했다. 쓸쓸해 보이는 옆모습. 뜨끔. 다시 가슴 한편에 작은 통증이 일었다.

스물아홉의 우빈. 봄.

"이재웅 씨 기획사로 들어가겠다고? 우리 기획사로 오지?"

카페에서 마주 앉아 있는 그녀는 장난치듯 빨대로 오렌지주스를 휘휘 저으며 무심히 있었다. 나의 말에 그녀는 연달아 고개만 흔들었다.

"아니요. 그냥 재웅 오빠한테 갈래요. 그게 편할 것 같아서."

"그곳은 일도 별로 들어오지 않을 테고, 힘도 적고. 네가 제대로 복귀하려면 내가 있는 곳이 나아."

"괜찮아요, 제대로 복귀 안 해도."

피식 웃으며 그녀가 가볍게 말했다.

"이왕 다시 시작한 거 제대로 하는 게 낫잖아?"

의아해 그녀를 빤히 보며 물었다.

"가끔…… 잘 있다고 안부 인사 정도만 하면 돼요."

툭 그녀가 던지듯 말하더니 빨대로 오렌지주스를 빨아 마셨다.

"……그 친구한테?"

"네."

그러면서 화사하게 웃는 그녀. 그 녀석에게 가끔 화면에 보이며 안부를 전하는 것만으로도 기쁘다는 표정이다. 뜨끔. 또 가슴 한편이 아릿하다.

불현듯 그 녀석이 부럽다.

스물아홉의 우빈. 가을. 소속사.

스케줄을 끝내고 매니저와 함께 엘리베이터를 타고 내리려는데 매니저 녀석이 지갑을 놓고 왔다고 다시 내림 버튼을 눌러 혼자 나왔다.

안으로 유리문을 열고 들어서려는 찰나 비상계단을 통해서 올라오는 총무팀 직원과 마주쳤다.

"아, 안녕하세요."

직원이 환하게 웃으며 인사했다. 가볍게 턱짓하고 들어서려는데 직원의 손에 든 편지 봉투를 발견했다.

"손편지인가 보네? 요즘도 그런 거 보내는 친구가 있네? 제 건가요?"

"아니요. 유지이 씨 거요. 저도 택배만 보다가 손편지는 오랜만에 보네요."

"아, 지이 거. 제가 전달해 줄게요. 주세요."

"그래 주실래요? 전 그럼 바로 내려가면 되니까."

총무팀 직원이 화색을 띠며 내게 편지를 내밀었다. 그에게 편지를 건네받고 안으로 들어섰다. 무심결에 편지 봉투를 힐끔 봤다. 국제우편임을 그제야 인지했다.

우뚝.

걸음을 멈추고 발신자를 봤다. 주소는 도쿄. 발신자 이름은,

—Seo Junsu

서준수. 그녀의 입을 통해, 언론을 통해 들어온 그 이름.

그녀의 남자.

뜨끔. 가슴 한편에서 느꼈던 통증이 심장으로 전이됐다. 뜨끔하던 심장이 쓰렸다.

"오빠!"

그때, 그녀가 대표이사실 문을 열고 나왔다. 2층은 대표이사실과 회의실 그리고 재웅의 배려로 나의 개인룸만 있다.

"언제 왔어요?"

"방금."

순간, 나도 모르게 편지를 재킷 주머니에 쓱 넣어버렸다.

"재웅 오빠가 피자 샀는데 마침 잘 왔어요. 빨리 와요."

"어, 잠깐. 방에서 정리만 하고."

"네."

그녀가 내게 환히 웃어주고 다시 대표이사실로 들어갔다.

재킷 주머니에 넣어놓은 편지에 닿는 손끝이 아리다. 내 방에 들어가 방문을 닫고 주머니에서 편지를 꺼냈다.

이걸 왜 숨겼지?

가슴 깊은 곳에서 우러나오는 한숨을 내쉬고 봉투를 잠자코 내려다봤다. 그리고 조심스럽게 뜯었다.

편지. 녀석의 필체. 그리고 녀석의 얼굴이 담긴 사진 한 장.

이 녀석, 이렇게 생겼었군.

녀석의 편지에 써진 내용을 찬찬히 읽었다. 녀석이 곧 돌아온다고 쓰여 있다. 그녀를 만나러.

아렸던 심장이 조여온다.

편지를 책상 서랍에 넣어놓고 재웅의 방으로 향했다. 그녀는 얼마 전부터 같이 일하기 시작한 정현과 투덕거리고 있었다. 가운데 소파에 재웅이 그들을 보며 호탕하게 웃고 있다.

"오빠, 피자 드세요."

정현이 코맹맹이 소리를 내면서 들어서는 내게 방긋 웃었다.

"평소대로 해, 평소대로! 왜 우빈 오빠만 보면 목소리가 그런 거야?"

"조용히 해."

그녀의 핀잔에 정현이 힐끗 그녀를 흘기며 입술을 오물거렸다. 피식 웃으며 그녀들의 맞은편 소파에 앉았다.

"촬영하느라 힘들었지?"

"괜찮았어."

재웅의 기획사로 온 지 벌써 3개월에 접어들었다. 재웅과는 호형호제하면서 편히 지낸다. 의외로 재웅과는 성격이나 마인드가 잘 맞았다.

"오빠, 어서 드세요."

정현이 애교를 떨며 피자 한쪽을 내밀었다.

"아니야. 오빠 밥 먹어서 생각 없어. 음료수나 하나 줘."

나의 말에 지이가 빙그레 웃으며 콜라 캔 하나를 집어 넘겼다. 그녀에게 전달받은 콜라 캔이 시원했지만 손끝은 이상하게 뜨거웠다. 그녀를 마주 보았다. 눈이 잠시 마주쳤다. 그녀가 다시 씽긋 웃어주더니 정현에게 고개를 돌렸다.

"나도 챙겨줘, 좀!"

"많이 먹지도 않는 년이."

"네가 안 챙겨주니까 그렇지."

정현이와 투덕거리면서도 환하게 웃는 그녀. 그녀 나이 스물넷. 햇살처럼 밝게 웃는다.

책상 서랍에 넣고 온 편지가 떠오른다.

이제 곧 녀석이 돌아오면 녀석에게 저렇게 웃어주겠지. 녀석의 눈을 보며, 녀석의 손을 잡고, 녀석을 안으며 저렇게 예쁘게 웃어주겠지.

입안에 쏟아져 들어오는 단 콜라가 쓰다. 못 견디게 쓰다.

다음날.

결국 그녀에게 편지를 전해주지 못했다. 재웅을 술집으로 불렀다. 바에 나란히 앉아 술잔을 기울이며 오랜 시간 침묵하며 술만 들이켜는 나를 재웅이 의아하게 봤지만 나의 깊은 사념을 방해하지는 않았다.

침묵 속에서 재킷 주머니에서 녀석의 편지를 꺼내 재웅에게 넘겼다.

"뭐야, 이게?"

"서준수 편지. 지이에게 보내는……."

"서준수?"

재웅이 바로 알아듣지 못하고 의아하다는 듯 편지봉투를 내려다봤다. 그러다 문득 떠올랐는지 짧은 탄성을 내었다.

"온대, 지이한테. 곧."

"……아, 그래?"

재웅은 대수롭지 않게 봉투만 내려다봤다.

"형."

낮게 그를 불렀다. 재웅이 나를 봤다.

"막아줘."

눈을 내리깔고 나직히 지금까지 생각하던 사념을 토해냈다. 나쁜 생각. 나쁜 선택. 알고 있지만 어쩔 수 없는.

"뭐?"

"막아줘, 지이와 녀석을 만나지 못하게."

"우빈아."

재웅의 동공이 놀라 커졌다. 그의 놀람 같은 건 신경 쓸 여력이 없다. 나는 이제 아니까. 그녀를 뺏기기 싫다. 그 웃음을 그 녀석에게 뺏기기 싫다.

"아마 전화도 하고, 편지도 보내고, 찾아오기도 하겠지. 막아줘, 못 만나게."

"그게 가능해?"

"지이, 어차피 사람들 무서워서 소속사랑 집 그리고 촬영하는 곳들 빼고는 다른 곳 안 가잖아. 촬영하는 장소야, 대부분 외부 노출 안 되고. 지이 스케줄도 외부 노출 안 시키면 되고…… 그리고 지이, 소속사 사람들 빼곤 연락하는 사람도 없으니까 형만 막아주면 돼."

"우빈아, 나도 그 녀석 때문에 우리 지이가 너무 많이 상처 입어서 원망스럽긴 해. 둘이 다시 만나면 지이가 또 힘들까 봐 싫어. 하지만 그렇게까지 해서……."

"형, 나 지이 사랑해."

재웅의 말을 자르고 그제야 진심을 내뱉었다. 재웅이 입을 다물었다.

"부탁이야. 해줘. 내게도 기회를 줘. 그래도 안 되면 할 수 없는거……. 그럼 그때 포기할게."

투명한 액체가 담긴 갈색의 액체를 노려보며 깊은 숨을 내쉬었다.

내게 한 번만 기회를 줘, 지이야.

서른의 우빈. 봄.

녀석이 왔다. 정말로 왔다.

운이 맞는 건지 소속사에 지이는 없었다. 백화점 카탈로그 행사 때문에 정현과 함께 나가고 없었다. 그때, 녀석이 소속사 로비로 와서 지이를 찾았다. 내 운이 따르는 건지 그걸 하필이면 출입문을 들어서면서 봤다.

녀석의 얼굴을 사진으로 봤기 때문에 보자마자 알아볼 수 있었다.

녀석 키가 크다. 머리카락은 노랗고, 눈에 띈다.

녀석이 로비데스크에 서서 유지이를 찾는다. 안내데스크 직원이 보안 때문에 소속사 층으론 바로 올라갈 수 없다고 안내하며 담당자에게 연락해 본다고 한다.

그 녀석이 데스크에 기대고 서서 기다린다. 지이를 만날 생각에 녀석의 얼굴이 상기됐다. 들뜨고, 설레는 표정.

데스크 직원이 '유지이 스케줄 때문에 없다'고 전한다.

녀석이 연락처를 알 수 있느냐 물었으나 직원이 보안상 안 된다고 말한다. 녀석 실망한 표정을 짓더니 메모를 적는다. 데스크 직원에게 메모를 넘기고 뒤돌아서 걸음을 옮겼다. 녀석, 나를 지나치고 밖으로 나갔다. 녀석을 지나쳐 엘리베이터로 향했다.

등 뒤의 녀석을 힐끔 넘겨봤다. 건물 유리문을 통해 밖의 도로에 서서 아쉬운 듯 어슬렁거리는 녀석의 모습이 보였다.

녀석, 가지 않는다. 소속사 앞에서 기다릴 심산이다.

휴대폰을 들었다.

"감독님, 저번에 부탁하신 제주도 촬영 오늘부터라고 하셨죠? 민수현 말고 유지이 보내면 안 될까요? 오늘 바로 가능할 것 같은데."

나는 이미 시작했다. 이젠 돌이킬 수 없다.

녀석, 3일 내내 소속사로 찾아온다. 녀석의 편지와 메모는 이미 오래전 재웅의 지시를 통해 무조건 총무팀 담당자로 향했고, 재웅을 통해 내게로 왔다. 그리고 녀석에게는 담당자를 통해 지이가 직접 전달받았다고 전했다.

끈질긴 녀석.

오늘은 비가 오는데도 소속사 건물 앞에 서 있다.

불안한 표정, 초조한 표정.

건너편 카페에 앉아 녀석을 지켜봤다.

그녀가 사랑하는 남자.

지금도 기다리는 남자.

그녀가 지금 저 녀석을 보게 되면 어떻게 될까?

그 어느 때보다도 환히 웃으며 녀석에게 달려가겠지. 그리고 녀석을 안아주겠지, 행복해하며. 그 상상만 해도 가슴이 조이듯 미어진다.

절대, 너에게 뺏길 수 없다.

생방송으로 진행하는 연예정보 프로그램 인터뷰에 출연했다.

"정우빈, 이상형은 누구세요? 여자 연예인 중 고르라면?"

MC가 짓궂은 표정을 지으며 물었다. 당당히 그를 보며 입을 열었다.

"유지이 씨요."

"아, 정말요?"

"이상형뿐만 아니라 제가 좋아합니다. 많이, 진심으로 사랑합니다."

촬영 메인카메라를 똑바로 응시하며 진지하게 말했다. 그녀를 향해, 녀석을 향해.

서른두 살의 우빈. 겨울. 연말시상식 당일.

시상식 때문에 샵으로 이동하려는데 재웅의 급한 호출이 있었다. 가보니 녀석의 편지를 내밀었다.

"아래에 와 있다. 지이는 헤어샵에 간 상태라 다행이긴 하지만……."

허, 기막히다. 다시 올 것이라곤 생각 못했다. 외면한 세월이 얼마인데…….

"줘요."

냉정히 편지를 전달받았다.

"우빈아, 이제 그만하자. 이렇게까지 하는데……."

"형, 난 아직 아무것도 못해봤어. 정말 지이에게 아무것도 못했다고!"

몸이 부들부들 떨렸다.

아무리 말해도 지이는 안 된다고만 한다. 내 말이, 내 마음이 돌아오지 않는 메아리 같다. 그런데 녀석이 또 왔다. 그렇게 외면당하고 2년이나 지났는데, 아직까지도…….

이들이 만나지 못한 건 8년이나 됐다. 그런데 어째서 지이는 아직까지도 내게 안 된다 하고, 녀석은 어째서 아직까지도 지이를 찾는가.

숨이 막혀온다. 죽을 것 같다.

"막아. 절대, 안 돼."

강하게 내뱉고 재웅의 방을 나왔다.

문밖에 서서 손아귀에 쥔 편지를 움켜쥐었다.

분노, 절망. 그리고 욕망.

갖고 싶다.

갖고 싶다.

공식석상에 나서길 꺼려하던 지이가 연기상수상자 후보에 올랐다. 어쩔 수 없이 그녀는 시상식에 참여했다. 녀석, 아마도 그녀가 참여한다는 언론의 보도를 통해 알고 온 것이 분명했다.

녀석은 분명 이곳 어딘가에 있을 것이다.

나와 함께 리무진에서 내리는 그녀에게 손을 내밀었다. 그녀가 흠칫 당황했지만 수많은 시선이 있는 탓에 내 손을 거부하지 못했다. 짐짓 익숙한 듯 그녀의 손을 다정히 잡아 내 팔에 얹었다. 그녀를 부드럽게 웃으며 내려다보았다. 그녀도 그런 내게 환한 웃음으로 화답했다.

녀석의 시선은 나만 느끼고 있다.

그녀와 함께 시상식장 안으로 들어섰다.

살구빛 드레스를 입은 그녀. 오늘은 도도하면서 청초하기까지 하다. 그래서 더 예쁘다. 이런 그녀를 녀석에게 보낼 수 없다.

"항상 곁에 있는 지이야, 사랑한다."

나의 마지막 수상 소감에 지켜보던 수많은 방청객들의 탄성 소리가 터져 나왔다. 일순간 장내는 소란스러워지면서 우레와 같은 박수갈채가 쏟아졌다.

메인카메라가 그녀에게 향했다. 당혹스러워하는 그녀. 메인스크린에 본인의 얼굴이 나오자 어쩔 수 없이 당황함을 감추며 미소 짓는 그녀.

그녀에게 다정히 웃어줬다. 그리고 메인카메라를 바라보았다.

녀석, 이게 나다.

난 이미 어쩔 수가 없다. 이젠 너한테 그녀를 보내기엔 내 마음이 너무 크다. 지금 보고 있을 너에게 보낼 수 없다.

그녀는 내 여자다.

내 여자로 만들 거다.

다시 그녀에게 눈을 돌렸다. 주위 사람들이 자신에게 호들갑 떨며 말을 시키자, 당혹감에 젖은 그녀가 억지 미소를 지었다. 억지 미소를 지어도 예쁘다.

지이야, 널 꼭 행복하게 해줄 거다.

일본으로 돌아가기 직전, 녀석이 마지막 편지를 남기고 갔다. 끈질긴 녀석이기에 다시 올지도 모른다는 생각이 들었다. 재웅을 통해 필체 도용 전문가를 찾았다. 녀석에게 쓰는 그녀의 편지를 적었다. 그리고 재웅에게 부탁해 녀석이 남긴 주소로 보냈다. 가나가와. 녀석은 이제 그곳에서 돌아오지 못할 것이다.

\# 서른넷의 우빈. 가을.

"처음 뵙겠습니다."

야마다 준스이가 그녀에게 손을 내밀며 인사했다.

그런데 이상하다. 그녀가 벌벌 떤다. 지금까지 이런 반응은 본 적이 없었다. 사시나무 떨듯이 달달 떨면서 커진 동공을 심하게 일렁이며 야마다 준스이를 보고 있다. 야마다 준스이는 사뭇 냉담히 그녀를 보고 있을 뿐이다. 둘의 시선이 부딪친다.

PT 중에도 그녀, 그에게서 시선을 못 뗀다. 그를 봤지만 그의 표정은 무덤덤하니 냉정함만 일관하고 있다. PT가 끝나고 야마다 쥰스이가 나가기 직전 불렀다. 자세히 그를 살폈다.

그제야 깨닫는다.

녀석, 돌아왔다. 야마다 쥰스이로.

그녀가 변했다. 완전히 야마다 쥰스이에게 홀렸다. 그나마 다행인 건 녀석이 그녀를 모른 척한다는 거다. 처음 본 사람처럼 대한다. 무슨 의도인지 처음엔 간파할 수 없었지만 곧 깨달았다. 녀석, 거절당했음에도 이렇게까지 해서 그녀가 보고 싶었던 건가.

기막히다. 끔찍할 정도로 기막힌 녀석이다.

질 수 없다. 내가 5년 동안 어떻게 그녀를 잡고 있었는데 지금에 와서 질 수 없다.

[사랑의 시선] 첫 촬영 후 술집.

"이참에 둘이 결혼해라."

"올해 안에 해버릴까?"

허 작가의 말에 빙그레 웃어주며 그녀의 어깨를 감쌌다. 맞은편 녀석의 어깨가 슬쩍 움찔한다. 그걸 놓치지 않았다.

스텝의 억지스러운 노래 신청에 나가 그녀를 위해 노래를 불렀다. 그녀가 스텝들의 성화에 못 이겨 내 곁으로 나왔다. 녀석에게 보여줄 놓칠 수 없는 기회다.

팔을 휘 둘러 그녀의 목을 감싸 안았다. 평소 사람들 앞에서 스킨십을 하지 않던 나의 행동에 그녀가 당황했다. 하지만 지이야, 이게 진짜 내 마음이다.

그대라서, 그대라서, 그대라서
이 사랑이 아파도
그대라서, 그래서 놓을 수 없죠.

그녀의 귓가에 낮게 내 마음을 전했다.

지이야, 난 널 놓을 수 없다. 정말.

그때, 고개를 숙이고 있던 녀석이 눈을 들었다. 그리고 내 품에 안긴 그녀의 등을 고통에 찬 일그러진 눈동자로 슬그머니 본다.

모른 척 녀석을 보며 난 더 다정히 그녀에게 속삭이듯 노래를 불렀다.

넌 우리 둘 사이에 절대 낄 수 없다.

녀석은 참기 힘든지 자리에서 일어났다. 그리고 룸에서 나가 버렸다.

넌 이곳에, 그녀 앞에 나타나선 안 되는 거였다.

난 절대 물러날 수 없으니까.

난 절대 이 사랑을 놓을 수 없으니까.

늦은 촬영이 끝나고 시각을 보니 새벽 1시 40분이 넘어서고 있다. 휴대폰을 꺼내 그녀에게 전화했다. 받는 이는 허 작가 스튜디오의 메인어시스트 인우. 그녀는 룸에서 나가고 없다고 한다. 물었다. 야마다 준스이도 함께다. 불안하다.

다급하게 액셀을 밟고 속도를 내어 달려갔다. 그녀에게.

술집에 들어서며 알려준 룸으로 향해 걸음을 옮기다 우뚝 멈췄다. 비상계단에 드리워진 그림자. 느낌이 이상하다.

가까이 다가가 봤다. 그 순간, 등골에 오싹한 소름이 돋았다.

계단에 앉아 있는 녀석과 그녀. 녀석은 자신의 가슴팍에 기대어 잠들어 있는 그녀의 머리카락을 조심스럽게 쓰다듬으며 그녀의 얼굴을 애틋하게 내려다보고 있었다.

심장이 울렁거리고 금방이라도 토할 것 같다.

그들에게 다가갔다.

"서준수 씨."

녀석을 불렀다. 녀석이 흠칫 놀라며 나를 보았다.

너의 애틋함 따윈 나에 비하면 아무것도 아니다.

"지금 뭐 하는 겁니까? 남의 여자한테."

"……절 아시네요?"

녀석이 조용히 나를 올려보았다.

"당연히. 지이가 요즘 당신 때문에 혼란스러워하니까. 두 사람, 오랜만에 보면 친구처럼 지내기로 한 거 아닌가? 그런데 당신이 모른 척 무시하니까 지이가 곤혹스러워해서 말이야."

"그걸 아세요?"

'친구처럼'이라는 말에 녀석의 눈썹이 꿈틀했다.

"내가 지이에 대해서 모르는 게 있을까? 언론에 공식발표한 것은 2년밖에 안 됐지만, 우린 4년을 연인으로 있었고 6년을 함께했는데?"

이어지는 내 말에 녀석의 미간이 좁혀졌다.

"당신이 무슨 생각으로 이렇게 나타났는지는 모르겠지만 지이 혼란스럽게 만들지 않았으면 좋겠는데?"

"……지이가 혼란스러워합니까?"

"당연하지. 오랜 연인인 나에 대한 감정이 요즘은 좀 시들했거든. 권태기처럼. 그러니 오랜만에 나타난 첫사랑에 대해서 좀 혼란스럽지 않겠나? 조금 설레기도 할 테고."

"당신은 괜찮나 보군요."

빈정거리듯 녀석의 입술이 비뚤어졌다.

"6년을 함께했어. 지이에 대한 믿음이 있어. 우린 그런 사이야."

냉담히 답하고 녀석에게 다가갔다. 녀석의 품에 잠들어 있는 그녀를 안아 올렸다. 녀석은 꼼짝 못하고 굳은 것처럼 있다.

그녀를 품에 안고 돌아서면서 마지막으로 내뱉었다.

"그리고 당신, 지이가 어떻게, 어떤 마음으로 있는지조차 확인도 안 하면서 혼자 내버려 뒀잖아. 그랬으면서 지이가 여전히 당신을 사랑하길 바라나? 그건 당신 자만 아닌가? 5년 동안 단 한번도 연락을 하지 않았다면, 이미 당신 스스로 떠난 거나 마찬가지잖아? 그런 당신이 자격이 있다고 생각하나?"

나의 말에 녀석 고개를 푹 숙였다. 죄책감에 빠진 표정.

그런 녀석을 남겨두고 밖으로 나왔다. 조심스레 그녀를 보조석에 앉혔다. 다시 술집으로 들어갔을 때 녀석은 없었다. 룸으로 들어가 그녀의 짐을 챙겨 나왔다. 차로 돌아와 그녀의 집으로 향했다. 그녀는 깊은 잠에 빠져 있었다. 편안한 표정.

주차장에 차를 세워놓고 그녀를 빤히 응시했다. 그녀의 머리카락을 손가락으로 쓸어 넘겼다.

지이야, 나도 어쩔 수가 없다.

내 욕심이라면 미안해.

눈가가 아렸다. 이토록 사랑하는 너를 내가 아프게 하는 건 아닐까 무섭다.

그래도 이젠 되돌리기엔 너무 늦었다.

미안하다. 미안해, 지이야.

사랑해. 사랑한다, 지이야.

가을 중후반. VIP 시사회.

그녀가 울었다. 서럽게 크게 목 놓아 울었다.

그녀의 울음의 의미를 안다. 그래서 내 가슴이 더 찢어진다.

난 그녀가 아니라 녀석을 포기시켜야 함을 깨닫는다.

녀석을 찾아갔다. 나의 늦은 방문에 녀석은 당황했다. 녀석과 함께 근처 바로 이동했다. 나란히 앉아서 말없이 술잔을 기울이며 오랫동안 침묵을 지켰다. 그리고 나는,

"우리 결혼합니다."

거짓말, 나의 꿈을 내뱉었다. 녀석, 나의 말에 충격받은 얼굴로 나를 뚫어지게 바라봤다. 그런 녀석을 당당히 봤다.

"얼마 전 지이가 내 프러포즈를 받아줬어요."

"그 얘길 왜 저한테……."

녀석, 말은 그렇게 하면서 입술이 파르르 떨렸다.

"지이는 아직도 혼란스러워하니까. 하지만 당신만 정도를 지켜준다면 곧 제자리를 찾을 거라 생각합니다. 이 말을 하러 왔어요."

자리에서 일어났다.

"제가 욕심을 내고…… 지이가 내게 감정이 있다면 달라질 수 있지 않습니까?"

등 뒤에서 녀석이 낮은 숨을 토해내더니 강직한 어투로 말했다.

네가 내게 감히 도전을 하려고.

그런 녀석을 차갑게 뒤돌아봤다.

"달라질 것은 없어. 당신이 아무리 애를 써도 세상 모든 사람들은 우리를 알고 있고 당신은 몰라. 당신이 불쑥 지이의 평화를 깨면 지이는 또다시 어떠한 질타를 받을까? 당신으로 인해 지이가 다시 상처 입길 바라나?"

나의 말에 녀석의 눈이 일그러졌다.

"그리고 무엇보다 당신은 비겁하게 지이를 혼자 두고 갔었잖아. 이번엔 책임져 줄 수 있다는 건가? 이제 와서? 지이를 또다시 언론에 노출시키면서까지?"

녀석의 아픈 상처를 건드려서라도 포기시켜야 한다. 고통스러움에 가득한 얼굴.

"지이가 지금 당신한테 감정이 있는 건 맞아. 난 그것을 바람 같은 거라 생각해. 결국은 내게 다시 돌아올 거야. 언제나 그렇듯."

"바람이요?"

신랄하게 녀석이 코웃음을 흘렸다.

"그래, 바람. 지이한테 당신은 그 정도뿐이야. 그러니 내 프러포즈를 당연지사 받아들였지."

"……당신은 지이가 그런데도 상관없나 봅니다."

녀석, 화난 표정으로 비아냥거리듯 입술을 비뚤게 웃었다.

"상관이 없다고 하면 거짓말이지. 하지만 난 믿어. 지이와 보낸 세월이 얼마인데……. 당신이 함께하지 못한 세월이야. 그리고 몇 년 전 당신이 왔음에도 지이는 내 곁에서 흔들리지 않았어."

나의 말에 녀석의 고개가 떨어졌다.

녀석이 절망한다.

절망한 녀석을 두고 뒤돌아섰다.

이래도 물러나지 않는다면 정말 난 폭발할지도 모르겠다. 그런 생각을 하며 녀석을 두고 그곳을 나왔다.

가을의 마지막. 오피스텔.

"내가 내게 만들지 마."

그녀가 내게 냉랭히 말하고 오피스텔을 나갔다. 머리가 지끈거리고 어지럽다. 머릿속은 내일 제주도로 출발한다고 말한 그녀의 말만 맴돌았다.

녀석과 함께 그곳에 간다. 그것도 1박 2일.

참을 수가 없다.

결국 폭발을 결심했다. 이제 갈 곳도 없다.

그리고 겨울.

그녀가 녀석의 편지를 품에 안고 떠났다, 내게서 완전히.

지이야.

네게 나는 할 말이 없다. 내 마음속에서 들리는 사랑의 말들은 이미 퇴색되고 퇴색된 듯하다. 너를 갖고 싶어 애달파했던 5년이었다. 그 5년 동안 내게 환히 웃어주는 너를 보는 것만으로도 행복했다. 그래서 더 욕심이 났다.

한 번 나빠지니 돌이킬 수 없게 되었다.

그래도 네가 나를 사랑까지는 아니더라도 내게 감정이 생겨 내 곁에 남아 있더라도 난 행복하리라 자위했다. 그리고 너를 그 누구보다 행복하게 해줄 자신이 있었다.

지이야.

그런데 나는 아니었나 보다, 네게.

그래, 이렇게 억지로 너를 잡고 있는 걸 네가, 네 심장이 눈치챈 모양이었다.

그러니 너는 내게 완전히 올 수 없었던 거야, 네 심장이 알아서.

미안해, 지이야.

마지막엔 정말 미안하다 하고 싶었다. 그러나 못했다.

사랑한다는 말을 더 하고 싶어서.

지이야, 미안하다. 그리고 사랑한다.

시선 2 · 준수

열여덟. 겨울. 이바라키현.

"저는 안 돼요! 도저히 안 돼요. 여기 있을 수 없어요."

나의 외침에 마주 보고 앉아 있는 아버지의 눈썹이 신랄하게 꿈틀거렸다.

한국에서 돌아오고 아버지 앞에 앉은 것이 일주일 만이었다. 어머니를 설득해 다시 한국으로 돌아가려 애썼지만 수중에 갖고 있는 것이 아무것도 없다. 기껏해야 열여덟밖에 안 된 나는 부모의 도움 없이 움직일 수 없다는 것을 절실하게 느꼈다.

내가 힘이 없다는 것이 치욕스럽고 고통스럽다.

사랑하는 사람도 지키지 못하는 이 어린 나이가 저주스럽다.

"한국으로 가겠습니다. 한 번만 봐주세요."

하는 수 없이 아버지에게 무릎을 꿇고 빌었다.

"한심한 놈."

아버지가 혀를 찼다.

"네가 한국에 가봤자 뭘 할 수 있는데? 네가 남자로서 뭘 할 수 있는데? 지금 그렇게 호기를 부려봤자 어차피 시간이 지날수록 네가 아무것도 할 수 없다는 걸 더 비참하고 절실히 깨닫게 된다는 걸 왜 몰라? 미련한 녀석."

냉정한 아버지 말에 가슴이 움찔했다.

맞는 말이다. 결국은 내가 호기를 부리는 것밖에 안 될 것이다. 난 이제 열여덟이니까.

"5년. 5년을 주겠다."

"네?"

"5년 동안 네가 네 자리를 만들어라. 나의 도움 없이도 네가 살 수 있는 자리를 만들어라. 5년 동안 네가 하고자 하는 일에 대해선 책임을 내가 대신 져주마."

아버지가 단호하게 말을 이었다.

"단, 그 아이한테는 연락을 하지 마라, 일절."

"아버지."

다급히 아버지를 불렀다.

"5년 후 네가 남자로서 아들로서 네 자리를 찾는다면, 너도 그 아이도 다 허락하마. 너도 그 아이도 다 인정하겠다. 그때 결혼하고 싶다고 하면 허락하겠다. 너희 둘이 원하는 모든 걸 지원해 주겠다. 하지만 그전엔 안 된다. 네가 이루기 전엔 절대 안 된다."

"5년은 너무 길어요, 아버지."

"쥰스이, 한심한 녀석. 5년이라 봤자 네 나이 스물셋밖에 안 된다. 그 나이도 부족해! 네가 아직 어려서, 철이 없어서, 사회를 몰라서 그런 소리를 하는 거다. 만약 네가 이 집에서 내 아들로 태어나지 않았다면 넌 이것조차 꿈도 못 꾸는 거야! 그러니 네가 책임을 지려면 네가 감수해야 하는 것도 있는 거야!"

가슴을 후벼 파는 아버지의 말에 고개를 떨어뜨렸다.

"……그래도 5년 동안 지이를 기다리게 할 순 없어요."

아버지에게 중얼거리듯 간신히 대답했다.

"그것밖에 안 되는 거지, 그렇다는 건. 너희가 말하는 너희 사랑이."

"저는 약속을 하고 어길 순 없어요. 아시잖아요?!"

참을 수 없는 불안감과 두려움에 부르르 떨리는 입술을 악다물고 외쳤다.

"안다. 그러니 네가 내 아들이지. 어기지 마라. 과거, 네가 당해 온 고통을 끝까지 우리에게 말하지 않았듯 하지 마라. 그때, 네가 당하던 고통을 파악하지 못했던 나도 미안하고 고통스럽다. 하지만 그것과 별개로 이 문제는 양보할 수 없다. 그때의 힘겨운 경험도 이겨낸 너이기에 참을 수 있으리라 믿는다. 해봐라. 힘겨워도 네가 남자로 그 아이를 지켜줄 수 있을지 견뎌봐라."

안다, 아버지의 고집을 꺾을 수 없다는 것을.

아버지는 칼 같은 분이라 한 번 눈에서 어긋나면 절대 용납하지 않는다. 설사 그것이 자식이라도 해도 마찬가지일 것이다. 내가 지금 아버지의 뜻을 어긴다면 어떻게 될까?

내가 아버지의 그늘에서 벗어나 아버지의 지원을 벗어나, 혼자 자립해서 너를 지키기 위해 노력할까? 그럼 얼마나 걸릴까? 얼마나 오랜 시간을 보내야 내가 너를 지킬 수 있을까? 내가 너를 책임질 수 있을까? 내가 만약 실패하고 실패한다면 어떻게 되지? 우리는?

아버지의 말이 맞다. 아버지의 아들로 태어나지 않았다면, 내가 이런 집에서 태어나지 않았다면, 나는 이 꿈조차도 꾸지 못했을지도 모른다. 아무것도 못하거나 헤매거나 삶에 허덕였을지도 모른다. 스물셋에도 넷에도, 어쩌면 서른에도 이루지 못할지도 모른다.

지금 나는 아무것도 없다. 이런 내가 혼자 이루기에는 너무 부족하다. 물론 내 스스로 악착같이 노력하면 될 수도 있겠지만 그건 가정에 불과하다. 불확실한 미래. 불안정한 미래.

그럼 너는 어떻게 될까? 내가 너를 행복하게 해줄 수 있을까? 편히 해줄 수 있을까? 자신 없다. 지금도 이렇게 초라한 나이지 않는가. 이렇게 널 혼자 두고 떠나온 비겁한 나이지 않는가.

선택을 해야 한다.

아버지 말처럼 우리의 사랑을 믿고, 선택을 해야 한다.

내가 너를 책임지기 위해선.

5년.

너를, 5년만 잊는다.

스물셋. 가을. 도쿄.

[대체 무슨 일이야?]

내가 강의실로 들어서려는 이치키를 보자마자 잡아끌고 밖으로 나오자 녀석이 황당해했다. 그런 녀석의 목덜미를 움켜쥐고 질질 끌다시피 빛이 좋은 곳을 찾아 성큼성큼 걸어갔다. 키 작은 이츠키가 움찔거리면서도 걸음을 빠르게 옮겼다.

[뭐야? 준스이.]

내가 입을 벌리고 웃으며 걷는 걸 신기해하면서도 뭐가 좋은지 녀석이 히죽거렸다.

빛이 좋은 곳을 찾았다. 녀석에게 들고 나온 카메라를 넘겼다.

[뭐?]

영문을 모르겠다는 듯 녀석이 나를 봤다. 난 녀석을 마주 보고 몇 걸음 뒤로 물러났다.

[나 찍어. 내 얼굴만.]

[어?]

녀석이 나의 말에 어이없다는 듯 크게 웃었다.

[쥰스이, 왜 그래? 너 오늘 이상해.]

[빨리 찍어. 잘 찍어.]

[왜? 왜 찍는 건데? 프로필 사진이 필요한 거야?]

말이 많은 이츠키, 바로 찍지 않고 연신 묻기만 한다. 하는 수
없이 설명을 해야 함을 깨달았다.

[한국에 있는 그녀한테 보낼 거야.]

씩 웃어주며 대답했다.

[아! 카노죠! (かのじょ, 그녀)]

지이의 사진을 본 적이 있는 이츠키 얼굴에 바로 화색이 돈다.
녀석은 지이의 사진을 보고선 나에게 '능력 있는 놈'이라며 극찬
을 했었다.

[오케이, 오케이. 내가 아주 잘 찍어주지.]

금세 신이 난 이츠키가 내게 오히려 환하게 웃으라고 지시했다.

렌즈를 보며 웃었다.

너를 보며.

지이야, 곧 간다.

스물넷. 한국. JU엔터테인먼트.

네가 속해 있는 소속사 앞에서 택시가 멈췄다. 보도블록을 내딛는 순간 심장이 뛰기 시작한다. 설렌다.

비행기가 한국 항공에 들어설 때부터 설레던 심장이 미친 듯이 뛰기 시작한다. 나의 편지에 너의 답은 없었지만 그래도 아직은 실망하기에 이르다. 소속사에 전화하여 네가 편지를 전달받았음을 확인했으므로.

JU엔터테이먼트가 속해 있는 오피스텔 건물 로비에 들어서니 보안직원이 막아섰다. 안내데스크에서 확인을 해야 한다고 전한다. 층수를 확인하니 JU엔터테이먼트는 5층과 6층을 이용하고 있다. 네가 저 공간에 있다. 설렘으로 심장이 들떠서 크게 두근거린다.

안내데스크 직원에게 물었으나 보안상 방문자 예약 없이 올라갈 수는 없다고 한다. 특히 소속된 연예인들과는 방문 확인이 없는 한 만날 수 없다고 한다.

"유지이 씨 만나러 왔는데 서준수라고 합니다. 확인 좀 부탁드릴게요."

안내데스크 직원이 소속사로 연락한다. 돌아오는 답은 '유지이 씨는 스케줄 때문에 소속사에 없으므로 메모를 남겨주시면 확인해서 연락 준다'고 전했다.

하는 수 없이 메모를 남겼다. 건물에서 나왔지만 발이 떨어지지 않는다.

우선 이 앞에서 기다려 보자.

방법이 없다.

그래도 너를 기다리는 길이기에 설렌다.

자꾸 웃음이 나온다.

두 시간을 기다렸으나 메모에 번호를 남겨놓은 휴대폰은 잠잠했다. 하는 수 없이 다시 건물 안으로 들어섰다. 확인했지만 '유지이 씨는 스케줄 때문에 현재 연결하기 어렵다'는 답만 돌아왔다. 기다리는 동안 써놓은 편지를 건네고 나왔다.

불쑥 불안감이 솟아올랐지만 애써 외면했다.

아닐 것이다.

네가 바쁜 것뿐이다.

타이밍이 좋지 않을 뿐이다.

비가 온다.

따스함을 동반한 봄비지만 아직 겨울의 냉기를 담고 있어 차다. 그런데 찬지 모르겠다.

3일째다, 너와 연결이 되지 않는 것이.

너를 볼 수가 없다.

너의 소속사 건물 벽에 기대고서 계속 기다렸다.

안내데스크에서 안내받은 내용은 '유지이 씨는 스케줄로 지방 촬영을 갔다' 는 것뿐.

왜 네게 연결이 되지 않을까?

메모를 본 것일까? 편지를 읽었을까?

넌 답이 없다.

보지 못했나?

오픈된 너를 만나러 오는 길이 쉬울 줄 알았다. 그러나 아니었다. 예상치 못한 불안함.

초조하다.

너를 볼 수 없을까 봐 초조하고 불안하다.

5일이 지났다.

더 기다릴까?

너는 여전히 답이 없다.

소속사 건물 근처 식당에 들어갔다. 며칠 동안 한 끼 식사도 제대로 하지 않은 탓에 속이 쓰리고 아파 어쩔 수 없이 음식을 몸 안에 넣기 위함이었다.

간단히 시킨 메뉴가 나와 억지로 우겨 넣고 있는데 뒷자리에 앉은 여자들의 대화가 귀에 꽂혔다.

"정우빈, 유지이 사랑한다고 공개고백한 거 봤어? 정우빈 완전 멋있지 않냐?"

"둘이 사실은 진짜 사귀잖아."

순간, 등골에 서늘한 전율이 흘렀다. 수저를 든 채 동작을 멈췄다.

"그래? 진짜?"

"둘이 비밀연애하는 거 웬만한 사람들 다 알아. 정우빈이 왜 그 큰 대형 기획사를 버리고 유지이가 있는 이 작은 소속사로 옮겼겠냐? 둘이 연애하니까 그렇지. 진작부터 말 많았어."

"어쩐지…… 사귀지도 않는데 그렇게 공개적으로 고백하는 게 이상하다 했어. 그러다 거절당하면 완전 쪽팔린 거니까."

"다 아는 걸 여태 몰랐냐? 둘이 같이 산다는 소문까지 있다야. 정우빈이 꼬박꼬박 유지이 차에 태워 데려다 준다던데……. 그게 뭐겠냐?"

들었던 수저를 내려놓았다. 자리에서 일어났다.

심장이 벌렁거린다.

온몸을 감싼 소름이 쉽게 가라앉지 않는다.

부들거리는 주먹을 불끈 쥐었다.

아니겠지…….

아닐 거야…….

일주일이 지났다.

넌 아직도 답이 없다.

호텔에서 짐을 챙겼다. 걷는 내 다리가, 내 몸에 달린 다리가 아닌 느낌이다. 걷고 있음에도 걷지 않는 것 같은 느낌. 무거운 다리를 움직여 소속사 건물로 들어섰다.

나를 보자마자 안내데스크 직원이 고개를 흔든다. 그녀에게 다가가 편지를 건넸다.

희망이 적다.

하지만 그럼에도 희망을 버릴 수가 없다.

늦게라도 네게 연락이 오길 바란다.

제발…….

돌아섰다.

한국을 떠났다.

스물다섯. 가나가와. 봄.

한국에서 돌아온 지 1년이 지났는데도 너의 연락은 없다. 혹시나 전원이 나갈까 무서워 놓치지 않고 충전시키는 휴대폰도, 도쿄도, 가나가와도, 메일도.

가끔 착각이 일어난다. 내가 한국을 다녀온 것일까? 너를 보러 다녀온 것이 맞나? 아니기 때문에 네가 모르는 거 아닐까?

소속사에 전화를 했다. 하지만 여전히 너와 연결이 되지 않는다. 메모만 남겨놓았다. 언제나 답이 없는 메모. 1년 동안 단 한 차

레도 답이 없는 메모.

어쩌면 내가 실수하는지도 모른다, 너에게.

나와의 연결을 원치 않는 너를 불편하게 하는지도 모른다.

지이야, 내가 이대로 너를 보내야 할까?

그럼에도 포기가 되지 않는다.

어쩌면 좋지?

역시 내가 너무 늦었나?

내가 잘못한 거지?

그치? 지이야.

스물여섯. 연말시상식. 그해의 마지막 날.

그동안 단 한 차례도 공식석상에서 모습을 나타내지 않던 네가 시상식에 참석한다는 말을 듣고 부랴부랴 한국으로 왔다. 너를 볼 수 있을지도 모른다는 기대감에.

다시 한 번만 더 매달려 보기로 했다. 누군가 내게 미련스러운 놈이라 해도 할 수 없다. 내가 살 수가 없으니까. 내가 잘못한 거니까.

한 번만 널 볼 수 있다면, 너와 한 번만 말할 수 있다면 포기가 쉬울 텐데……

네가 내게 한 번만 말해준다면……

차라리 내게 말해준다면…….

너의 소속사 위치가 바뀌었다.

바뀐 소속사 건물은 더욱 경계가 철저해서 너를 만나는 것이 더 어려울 것이라는 예상을 빗나가지 않았다. 안내데스크에 가까스로 편지를 전해주고 오후에 찾아가 네가 전달받았다는 내용만 전해 들었다.

걱정스러운 마음에 로비에서 직접 담당자라는 사람과 통화하고, 이번에도 네가 확실히 전달받았다는 내용을 전해 들었다. 그럼에도 의심스러워 다시 통화하여, 다른 담당자와 통화하고서야 겨우 마음을 놓고 돌아섰다.

한편으론 안심이지만 한편으론 불안하다.

이번에도 네가 오지 않으면 어떡하지, 나는?

지이야, 한 번만 내게 기회를 주면 안 될까?

너의 답이 여전히 없다. 그럼에도 너를 보기 위해 네가 움직이는 시상식장에 도착했다. 너를 기다리는 내 속이 탄다. 입안이 바짝바짝 마른다. 마르는 입안을 생수로 축였지만 금세 입술까지 갈라질 정도로 말라 버린다.

그리고 기다렸던 네가 왔다. 도착했다.

네가 보인다.

이렇게 너를 많은 사람들 틈에서 볼 수 있는 것만으로도 벅차다.

네 옆의 그 사람도 보인다. 그 사람을 보고 환하게 웃는 너. 그래도 지금 내 눈엔 너만 보인다. 화사한 네가 정확하게 보인다.

8년 만이다.

너무 오랜만에 보는 네가 너무 예뻐서 눈시울이 아려온다. 아려오는 눈시울과는 달리 입술에선 웃음이 나온다. 네가 보여서, 네가 진짜로 보여서. 좋아서.

너는 8년 전보다 더 화사하고 아름답다.

그럼에도 내 눈엔 8년 전 그때처럼 그대로 내 맑은 지이다.

네가 오지 않을까 초조하던 마음이 죽는다.

보고 싶었다. 지이야, 이렇게라도 봐서 다행이다. 네가 웃고 있어서 다행이다.

사람들 틈을 헤치고 다가가 너를 안고 싶다. 하지만 그러지 못함을 알기에 지켜볼 수밖에 없다.

잠시 후, 시상식이 끝나면 널 볼 수 있을까? 네가 내게 올까?

네가 시상식장 안으로 사라진다.

발걸음을 옮겼다.

오래전 우리가 나란히 앉아 있던 너희 집 앞 놀이터로 이동한다. 이곳으로 네가 오길 기다리는 시간이 설레고 두렵다.

제발, 이번엔 와주기를……

지이야, 제발…….

깊은 밤이다. 새벽의 고요함은 절망을 전달한다.

인적 없는 놀이터의 공기는 잔혹할 정도로 차디차다.

휴대폰 속에 담긴 소식에도 난 그 자리에서 꼼짝 못하고 그대로 시간만 축냈다. 네가 오지 않을 것임을 알지만 그럼에도 내 아쉬운 발이 떨어지지 않는다. 다시 한 번 기사를 확인한다. 내 눈이 읽음에도 의심한다. 믿고 싶지 않다. 다시 한 번 확인하고 또 확인한다.

네가 내게 오지 못하는 이유는 옆의 그 사람 때문이 맞았는데, 내가 네가 너무 부담을 줬다.

내가 널 옭아매고 있었던 건가 미안한 마음도 든다.

내가 늦은 게 맞다. 네 잘못이 아니다.

지이야, 늦어서 미안하다. 그것뿐이 할 말이 없다.

놀이터의 밤이 암담해진다.

스물일곱. 연말시상식 다음날. 새해 첫날.

하루아침에 연예계가 들썩거린다. 너와 그의 열애 공식발표로 소란스럽다. 넌 이제 그의 공식적인 여자가 되었다. 이제 나는 확실히 아니라 한다.

너에게 마지막 편지를 썼다.

이 편지가 너에게 전달될지까지는 확인하고 싶지 않다, 이젠. 네 소속사 로비에 마지막 편지를 전달하고 돌아섰다.

너를 지키려 했던 5년의 선택을 후회해야 하나? 만약 그 선택을 하지 않았다면 너와 나는 어떻게 되었을까, 다시 연결되었을까, 절망했을까, 좌절했을까? 모르겠다. 답을 모르겠다.

다만 한 가지는 내가 너무 늦었다는 사실뿐.

스물일곱. 1월 9일. 가나가와.

너의 편지가 도착했다. 처음으로 온 너의 소식에 심장이 두근거리고, 떨리고, 설레어 편지봉투를 뜯지도 못하고 파르르 있었다. 떨리는 손으로 간신히 열며 조금의 희망이 있기를 기대했다.

그러나 난 그대로 절망하고 말았다.

네게 있어 내가 그런 존재였다는 게 비참하다.

비참하고, 억울하다.

그럼에도 비굴한 마음이 한편으론 그렇게 너와 친구로서라도 만나라고 유혹한다. 그러나 안다, 그건 날 더 죽이는 일이라는 걸.

몇 번이나 네가 있는 곳에 전화해서 확인했다. 너는 여전히 연결이 되지 않았고, 편지를 부탁받고 보냈다는 담당자와 통화로 지난 8년의 희망이 사라졌다.

비참함이 지나자 자책을 하게 된다.

역시, 내 잘못이다. 네 잘못이 아니라 내 잘못이다. 나의 5년의 선택이 너를 결국 잃게 만들었다.

이렇게 될 줄은 몰랐다.

정말 몰랐다.

미치도록 후회스럽다. 그래도 내가 할 수 있는 건 없다. 그게 더 나를 미치게 만든다.

한국도, 일본도 너의 소식이 들려온다. 그의 연인이 된 너의 소식을 전한다.

이곳이 싫다. 치가 떨리게 싫다.

너의 소식이 들리지 않는 곳으로 떠난다.

스물일곱. 7월. 아프리카.

아무리 걷고 걸어도 잊을 수 없는 사실은 너의 소식과 멀어져도 분명한 것은 내 뇌리에 잠식해 있는 너라는 존재다. 망각되지 않는 너라는 사실이다.

사막을 걷고 높은 정상을 향하고 팍팍한 아프리카를 다녀도 너는 나를 뒤따른다. 어느새 너는 내 옆에 서서 나를 보며 웃는다.

그러나 곁의 너를 잡으려 손을 내밀어보면 너는 연기처럼 사라진다.

그래, 너는 없다.

나는 비었다.

그리고 내 안에 남아 있는 너도 비우고 싶다.

왜 나는 너를 비우지 못할까?

아무리 애를 써도 너를 비울 수가 없다.

그럼에도 나는 채우고 싶다.

지이야, 나는 너로 다시 채우고 싶다.

그러나 그러지 못함을 통감하며 걷는다. 걷고 또 걷는다.

그러면서 깨닫는다.

서준수는 죽었다.

스물일곱. 겨울. 연말시상식.

연보라색 드레스를 입은 아름다운 네가 차에서 내린다. 나란히 너의 손을 잡고 너를 지켜주는 사람과 함께. 카메라 줌을 당겨 너만 렌즈에 담았다. 화사하게 웃고 있는 너를 담았다.

지이야, 넌 꿈에도 모르지?

지금도 내가 널 보고 있다는 걸.

알면 싫어할까? 부담스러울까?

포토존에서 인터뷰를 하던 네가 시상식장 안으로 들어가 버린다. 몸을 돌려 그곳을 빠져나왔다. 걸었다. 추운 날씨다. 시린 바람이 얼굴을 때리는데도 아픈지 모르겠다.

고개를 돌리는데 길 건너편의 백화점 건물이 보였다. 백화점 건물 외벽에 너의 얼굴이 가득 차 있다. 걷던 길을 멈추고 길 건너편 너를 봤다. 다리를 움직이려고 해도 붙은 것처럼 움직여지지 않는다. 시선을 놓으려 해도 놓을 수가 없다.

휴대폰을 꺼냈다.

"종훈아, 부탁이 있다."

네게서 시선을 떼지 못하고 조용히 종훈에게 말했다.

얼마 전 고등학교 모임 온라인커뮤니티에서 종훈과 연락이 닿았다. 종훈에게 부탁하여 네 소식을 전달받고 싶었지만 꺼내지도 못했다. 네게 더 이상 부담을 줄 수 없어서.

스물여덟. 초여름. 오피스텔 옥상.

종훈의 연락을 받고 한국에 왔다.

녀석이 오랜 시간 부동산을 통해 찾은 물건을 확인하기 위해 녀석과 함께 오피스텔 옥상으로 올라갔다.

"전망 좋지?"

"응. 그러네."

종훈이 서 있는 옥상 벽에 나란히 걸음을 멈추고 주변을 둘러보았다.

"저번에 본 곳보다 이곳이 더 좋아. 옥외 창고도 큰 게 있고. 네가 원하는 대로…… 저기."

종훈이 손가락으로 빌딩 사이 낮은 건물 쪽을 가리켰다. 그쪽으로 고개를 돌리니 내가 바랐던 백화점 건물이 보였다. 건물 외벽을 차지한 네가 정확하게 보였다.

"꼭 이렇게까지 해서 보고 싶냐? 기껏 광고사진일 뿐인데."

"그래도 좋네."

피식 웃음이 나왔다.

오래전 너와 함께했던 학교 옥상이 상기된다.

너는 거기 있었고, 나도 거기 있었다.

나는 지금 여기 있고 너는 거기 있다. 그리고 지금 네가 보고 있다. 이 자리에 있는 나를.

\# 스물여덟. 늦여름. 드라마 시상식.

검은 드레스를 입은 네가 리무진에서 나왔다. 여지없이 네 옆에는 너의 남자가 있다. 익숙한 듯 그의 손을 잡고 그의 팔에 손을 얹고 걷는다. 재작년 처음 시상식장에 나온 너는 한껏 뻣뻣해 보였는데 이젠 짐짓 여유롭다.

렌즈를 통해 너를 본다. 그리고 너를 담는다.

서준수가 담는 마지막 너의 사진이 될 것이다.

난 이제 야마다 쥰스이니까.

이제 곧 너를 야마다 쥰스이로 만나러 간다. 거절할 수 없었다.

일보다는 너를 본다는 것에 거절이 되지 않았다.

나를 만나면, 넌 내게 어떤 표정을 지을까.

날 거부할까? 당황할까? 반가워할까?

아마도 당황하겠지?

그래도 조금은,

반가워…… 할까?

스물여덟. 초가을. 재회. JU엔터테이먼트 소속사.

나는 야마다 쥰스이다. 너를 만나러 가는 길이 어렵지 않다.

나는 너를 모르고, 너를 처음 보니까.

"……저…… 정말 몰라요?"

네가 나를 쫓아와 묻는다.

너를 마주 보는 것이 어렵지 않다.

"절 아세요?"

아니, 사실은 어렵다.

[사랑의 시선] 첫 촬영 후 술집 밖.

자기최면을 걸었음에도 너를 보며 자꾸 흔들리는 내가 원망스럽다. 무엇보다 그의 곁에 있는 너를 보는 게 이토록 끔찍한 고통을 동반할 줄은 미처 예상치 못했다. 너에게 노래를 불러주는 그의 품에 안긴 너를 보는 것이 못 견디게 괴로워 자리를 박차고 나왔다.

후회. 나에 대한 원망.

나는 왜 결국 이 자리로 왔는가, 무엇을 확인하고 싶어서 무엇이 보고 싶어서.

그의 여자인 너를 보며 자학하는가, 나는 왜.

\# 가을. 야마다 쥰스이 스튜디오 옥상.

"와, 많이 찌그러졌네."

불쑥 너의 고개가 아래로 떨어지며 상체가 아래로 숙여졌다.

"위험해."

화들짝 놀라 급하게 손부터 뻗었다. 너의 이마를 밀어놓고 그제야 실수했음을 깨달았다.

"준수야……."

네가 나를 불렀다. 심장이 덜컥했다. 등 뒤로 소름이 돋았다.

너의 입에서 나오는 내 죽은 이름이…… 무섭도록 반갑다.

"준수야……."

눈이 아려왔다.

얼마나 듣고 싶었던 내 이름인가. 허탈하고 기막히다. 치가 떨리도록 좋다. 좋아서 몸서리치게 아프다.

도망치듯 너에게서 멀어져 스튜디오 안으로 들어왔다. 그러나 네게서 더 멀리 떠나지 못하고 진이 빠진 몸을 문 옆 벽에 기댔다. 너는 가지 않는다. 지금이라도 밖으로 뛰쳐나가 널 으스러지게 안아버리고 싶다.

그러나 난 야마다 쥰스이가 아닌가.

넌 내 여자가 아니지 않은가.

가을. 술집 화장실 복도.

"키스해 줘……."

네가 취해서 내게 이러는 걸 안다.

너의 초점은 흔들리고 뜨거운 숨을 내뱉는다. 너의 뜨거운 숨이 나의 심장에 닿으며 나의 온몸을 미치도록 휘젓는다.

"제발……."

온몸에 남아 있는 모든 힘을 쥐서 애써 버텼지만 결국 참지 못했다. 너와 길고 뜨거운 키스를 하고 너를 안았다. 애타게 안았다. 너를 가슴에 안고 너의 등을 감싸고 너의 어깨에 얼굴을 묻고 쏟

아지려 하는 울음을 참았다. 너의 머리카락을 만지고 너의 목을
감싸고 너의 등을 쓰다듬으며 너를 느꼈다. 그러면서 깨달았다.

얼마나 안고 싶었던가, 얼마나 너를 느끼고 싶었던가, 얼마나
그리웠던가.

지이야, 지이야, 지이야.

술에 지쳐 잠든 너를 안아 비상구 계단으로 옮겨 내 품에 조심
스럽게 기대어놓고 너를 봤다. 포근히 잠든 너를.

죽었던 준수가 다시 되살아나려고 한다. 이대로 욕심내고 싶다.
너를.

"서준수 씨."

그때 내 눈앞에 나타난 그를 만났다.

그리고……

"그리고 당신, 지이가 어떻게 어떤 마음으로 있는지조차 확인
도 안 하면서 혼자 내버려 뒀잖아. 그랬으면서 지이가 여전히 당
신을 사랑하길 바라나? 그건 당신 자만 아닌가? 5년 동안 단 한
번도 연락을 하지 않았다면 이미 당신 스스로 떠난 거나 마찬가지
잖아? 그런 당신이 자격이 있다고 생각하나?"

그의 말이 맞다. 틀린 말이 하나도 없다. 내가 너를 내버려 뒀고
자만했다.

난 힘든 너를 감싸주지 못했다. 어린 나였기에, 힘이 없는 나였
기에. 그건 변명할 수 없는 자명한 진실이다.

5년의 선택을 후회하고 자책하며 치를 떨었던 적도 있다. 그러나 나는 안다. 내가 만약 다시 10년 전으로 아버지 앞에 되돌아간다 하여도 나는 같은 선택을 했으리라는 걸. 그것이 널 찾는 가장 빠른 길이라 생각할 것이라는 걸. 그건 변함이 없는 선택이라는 걸.

그럼에도 나는 이 사람이 말하듯 네게 미안하다. 너를 너무 오래 혼자 두었다. 내가 너를 지켜주지 못했다.

내가 너를 떠난 것이었나.

단 한 번도 너를 떠난 적이 없기에 생각조차 못했다. 미안하다. 미안하다, 지이야.

그래서 내가 안 되는 거지, 너의 평화를 깨서는 안 되는 거겠지. 이 사람이 지금의 너를 지켜줬기에 내가 네 곁에 갈 수 없는 거겠지.

화가 난다. 너에게가 아니라 나에게.

\# 가을 중반. 명동.

그럼에도, 네 모습을 보면 내가 행복해진다.

그럼에도, 네가 웃으면 절로 미소가 나온다.

얼떨결에 비에 젖을까 봐 부랴부랴 너를 챙긴 후에 정신을 차리고 보니 나는 어느새 네 손을 잡고 걷고 있었다. 네가 차가운 비에 맞을까만 생각했지, 그것으로 인해 다시 이 지긋지긋한 미련이 되살아날 것을 예측하지 못했다.

그럼에도 네 손을 놓지 못하겠다. 정말 놓고 싶지 않다.

지이야, 이대로 널 잡고 싶다.

하지만…… 내가 이래선 안 된다는 걸 절실히 안다.

다시 화가 난다, 내게.

비가 그치고 주차타워를 향해 걷는 내내 주체할 수 없이 솟아오르는 나를 향한 분노에 입술을 질끈 깨물었다. 내 뒤를 조용히 따르는 너를 볼 수가 없다. 주차타워에 도착해 뒤돌아보니 젖은 내 아우터를 들고 네가 쭈뼛거리고 있다.

그걸 여태 들고 왔나?

난 내 생각에만 빠져 그것조차 신경 써주지 못했나?

네가 쥐고 있는 아우터를 가로채다시피 빼앗아 들고 차에 올라탔다. 한껏 불편한 듯 내 눈치를 살피며 차에 올라타는 네가 안쓰럽다.

난 네게 대체 뭘 바라는 거지? 이렇게 나밖에 모르는 내가 너에게 뭘 어떻게 해야 할까? 이대로 편히 널 보내야 하는 게 맞는 거 아닌가? 그래야 네가 편해지지 않을까?

이렇게 미련에 치를 떨며 널 불편하게 만드는 내가 싫다.

그럼에도, 너의 손을 놓고 현실로 돌아왔음에도 네 생각이 뇌리 속에서 떠나지 않는다.

처마 밑에서 얕게 숨 쉬며 멈춰 있던 네가 자꾸 떠오른다. 그리
워진다.

너의 손의 온기.

너의 얕은 숨소리.

\# 가을 중후반. 수목원.

수목원에 도착했을 때도 내내 그 순간이 떠올라 설레었다.

그리고 너를 봤을 땐 마치 오래전 옥상으로 첫발을 디딘 너를
봤을 때처럼 다시 설레었다. 나의 모습을 지켜보는 네가 보인다.
네게 다가가 오래전 그날처럼 인사하고 싶은 마음이 생겼다.

나, 조금은 네게 한 발만 다가서면 안 될까?

네게 용기를 내어 다가가 본다.

한 발, 한 발.

네가 기다린다.

가슴이 뛴다.

가까워진다.

네 앞에 이제 곧.

그런데 그가 왔다. 내 자리는 거기가 아니라고 네 옆이 아니라
고 내게 말하듯.

돌아섰다. 역시 과욕인가.

그리고 그날 밤, 그가 왔다. 내게 찾아왔다.

"우리 결혼합니다."

그에게서 절망을 전달받았다.

"당신은 비겁하게 지이를 혼자 두고 갔었잖아. 이번엔 책임져 줄 수 있다는 건가? 이제 와서? 지이를 또다시 언론에 노출시키면서까지?"

그의 말에 무거운 죄책감이 살아난다. 내가 너를 두고 혼자 온 것에 대한 죄책감. 내가 아무것도 못했던 것에 대한 좌절감. 너를 또 아프게 할지도 모른다는 두려움.

"지이가 지금 당신한테 감정이 있는 건 맞아. 난 그것을 바람 같은 거라 생각해. 결국은 내게 다시 돌아올 거야. 언제나 그렇듯."

바람이라. 어쩌면 그런가?

"당신이 함께하지 못한 세월이야."

그리고 덧붙여진 그의 말. 그 말이 더한 절망에 빠뜨린다. 그래. 난 너와 그 세월을 함께하지 못했다. 너의 곁에 나는 없었다. 너를 보지도 못했다. 무엇보다도 널 지켜주지 못했다.

이제 희망은 없다.

이제 난 널 접어야 한다.

가을. 허 작가 패션지 촬영. 야마다 쥰스이 스튜디오.

"야마다 쥰스이 작가님은 안 찍으시나 봐요?"

너를 볼 수가 없다. 이제 곧 다른 남자의 아내가 되는 너.

그럼에도 난 허 작가의 부탁을 거절하지 못했다. 한심하다.

촬영이 시작되고 더 이상 볼 수가 없어 침실로 들어왔다. 노트북을 켜고 무심히 포토 작업을 하다가도 내 온 신경은 밖의 너를 향하고 있다. 집중도 되지 않는 시간만 흘렀다.

끝내 참지 못하고 세트장 밖으로 나갔다.

넌 폭탄을 맞은 것 같은 부슬거리는 파마 가발을 쓰고 맨발로 세트장에 쭈그려 앉아 포즈를 취하고 있다. 그런 네 모습이 귀여워 저절로 피식 웃음이 나오려는 걸 애써 참았다.

그리고 위험한 순간.

너를 향해 기울어지는 스탠드 조명만 봤지 더 이상 사고할 시간은 없었다. 몸부터 나갔다.

정말 찰나의 순간이었다.

아차 하고 일말의 망설임이 있었다면 놓칠 뻔했다. 그리고 예상치 못하게 내 온몸을 휘감는 고통. 활활 불타는 것처럼 느껴지는 목덜미. 숨을 내뱉는 것조차 힘들었다. 무시무시한 통증에 호흡이 저절로 가빠졌다.

그런데 네가 놀라고 두려운 시선으로 날 올려다본다.

잔뜩 겁먹어 금방이라도 숨이 넘어갈 정도로 거친 숨을 꼴딱거리며 나를 올려다본다.

아…….

너를 더 놀라게 해서는 안 되겠다.

"바닥!"

세심치 못한 인우가 바닥에 깔린 유리 조각을 보지 못하고 너를 잡아끌려고 했다. 나의 외침에 아슬아슬하게 너의 발끝이 유리 조각 앞에서 멈췄다.

나는 다쳐도 상관없지만 너는 안 된다.

가까스로 정리가 된 세트장에서 벗어나 침실로 들어왔다. 들어오자마자 다리가 후들거리고 금방이라도 앞으로 고꾸라질 것 같다. 휴대폰과 지갑을 챙기다가도 아득해지는 정신을 테이블에 손바닥을 대고 지탱하며 버텼다.

"준수야."

그때, 네가 안으로 들어섰다. 파리해진 얼굴. 잔뜩 겁먹은 채 부들부들 떤다.

"……계속 피가 나잖아……."

얼굴 가득 눈물을 줄줄 흘리며 네가 한없이 애처롭게 부들거린다. 너무 아프게 울어서 안아주고 싶다. 괜찮다고 달래주고 싶다. 내가 감싸주고 싶다.

"보고 싶지 않으니까, 가."

그렇지만 넌 내 여자가 아니지 않는가. 넌 곧 다른 남자의 아내가 되지 않는가.

널 외면했다.

"너…… 대체 나한테 왜 이러는 건데? 나한테 꼭 이렇게 해야겠어?!"

"그럼 내가 어떻게 해주길 바랐나? 편하게 해주길 바라나?"

너의 소리침에 결국 빈정거림이 나왔다. 이젠 네게도 화가 난다. 다른 놈과 결혼할 거면서 내게 이러는 네게 화가 난다. 차라리 모른 척하지. 내가 아파 죽더라도 내버려 두지.

나를 이렇게 흔드는 너. 미치도록 안고 싶은 너. 보내기 싫은 너.

정말 후회스럽다.

오지 않았다면, 그대로 접었다면 목덜미에 느껴지는 통증보다 더한 심장의 통증은 느끼지 못했을 거 아닌가.

"그래, 너와 상관없으니까."

마음에도 없는 말을 내뱉고 나왔다. 너를 두고.

아프다. 못 견디게 아프다. 목덜미의 통증 같은 건, 아무것도 아니다.

심장이 운다. 아프다고 비명을 질러댄다.

정말 아프다.

스텝들과 이동한 차량이 종훈이 근무하는 종합병원 응급실 앞에서 멈췄다. 미리 전화해 둔 탓에 종훈이 응급실 앞에서 애가 탄 모양새로 서성이고 있었다.

스텝에게 괜찮다 인사하고 차에서 내렸다. 보조스텝이 걱정스러운 눈빛으로 따라나섰다.

"준수야!"

종훈이 나를 발견하고 부리나케 달려왔다. 녀석이 내미는 손을 불끈 쥐었다. 녀석의 눈동자에 걱정스러움이 가득하다.

"너……."

녀석이 더 이상 말을 못하게 난 눈에 힘을 주며 고개를 슬쩍 흔들었다. 등 뒤에 스텝이 있다. 행여 스텝이 나의 고통을 눈치채고 너에게 전하기라도 하면 안 된다. 그럼 또 얼마나 놀라서 바들거리겠는가.

"이제 제가 있을게요."

종훈이 눈치챘다. 스텝에게 말하고 나의 손을 잡은 채 이동했다. 스텝이 걱정하며 인사하고 차로 이동했다. 응급실 안으로 들어서자마자 참아왔던 고통이 극심한 통증을 동반하며 무릎이 풀린다.

털썩. 그대로 주저앉고 말았다. 어지럽고, 몸이 부들부들 떨린다. 금방이라도 욕지기가 쏟아질 것처럼 내장이 뒤틀린다.

"너 임마! 이러고 여태 참고 왔어?! 왜?!"

종훈이 경악해 버럭 일갈한다. 말할 기운도 없다. 너무 오랜 시
간을 참은 탓에 격심한 고통으로 호흡조차 하기 어렵다.

"……종훈아."

힘겹게 녀석을 불렀다.

"……나 진짜 아프다."

녀석과 맞잡은 손에 힘을 주며 겨우 토해냈다. 다가온 간호사에
게 진통제를 준비하라고 외친 종훈이 남자 인턴과 함께 부들거리
며 걸음조차 옮기기 쉽지 않은 나를 부축해 침대로 옮겼다. 침대
에 엎드려 눕자마자 남아 있던 진이 모두 빠진다.

"너 임마! 그 여자 때문에! 유지이 때문에 다친 거지?!"

눈치 빠른 종훈이 머리 위에서 잔소리를 퍼부었다. 정신이 아득
해진다. 암흑.

깨어나 보니 늦은 밤이다.

침대에서 일어나 종훈을 찾았다. 녀석이 재빨리 달려왔다.

"오늘은 병원에서 자고 내일 아침 한 번 더 확인하고, 치료받고
가. 너 임마! 큰일 날 뻔했어. 심줄이라도 끊어졌으면 어쩔 뻔했
어?! 아슬아슬했단 말이야!"

다시 종훈의 잔소리가 시작되었다. 괜찮다 말하고 병실에서 나
왔다.

"유지이 때문에 참은 거지?"

굳이 택시 타는 곳까지 배웅한다고 쫓아온 종훈이 물었다. 난

피식 웃고만 말았다.

"너 언제까지 이럴래? 유지이 다른 놈 여자잖아."

안다는 뜻으로 녀석의 어깨를 손으로 툭 치고 택시에 올라탔다.

안 되는 건 안 되는 거다. 아무리 잊으려 애를 써도 난 네게 안 된다.

택시 뒷좌석 소파에 머리를 기대며 눈을 감았다.

스튜디오에 도착해 안으로 들어서니 안이 깨끗이 정리되어 있다. 스텝들이 모두 깔끔하게 정리한 모양이었다. 빈 세트장을 차근히 넘겨봤다.

그래도 네가 다치지 않아서 다행이다. 정말 조금만 늦었으면 놓칠 뻔했다. 그랬으면 내가 더 아팠을 거다.

머리가 지끈거리고 속이 메스꺼워 울렁거린다. 불을 끄고 침실로 들어서는데 초인종이 울렸다.

"야! 야마다 쥰스이!"

네가 왔다.

"상관없는 사람들끼리 쿨하게."

마치 정말 내가 바람인 것을 확인시켜 주는 듯한 너의 어지러운 말들. 분노로 시작했음에도 너를 진짜로 안고 싶다. 흔들린다. 이대로 너를 잡고 싶다. 안은 널 놓을 수가 없다.

하지만 그의 전화가 계속 왔다. 내 여자가 아니라고 질책하듯.

그리고,

"할 얘기가 있어."

"하지 마."

너에게서 네 입을 통해서 너의 결혼 소식은 듣고 싶지 않다. 절대. 다른 말을 하고 싶은 건지도 모르겠지만 듣고 싶지 않다. 무엇보다 겁이 난다. 또 거절당할까 봐 두렵다.

"태평? 내가 태평해 보여?"

"그래. 사람 환장하게 만들고 있잖아!"

결국 못 참고 네게 화를 냈다. 나를 버렸던 네가, 다른 남자와 결혼하는 네가 미워서.

"나도 사람이야. 나도 감정이라는 게 있어."

너에게 버림받고, 매달리는 미련한 놈일지라도 나도 사람이니까. 네게 바람 같은 나도 사람이니까, 나도 못 견디겠으니까. 죽겠으니까.

다 쏟아내고 싶은 걸 참고 돌아섰다.

정말 고통스럽다. 내 모든 것이. 이 모든 것이.

견디기 힘들다.

마지막 가을. 제주도 공항.

꿈을 꾼 것처럼 깨어나면 평범한 현실이면 얼마나 좋을까. 긴 꿈에서 깨어나 보니 일상적인 현실이라면 견딜 수 있을 텐데. 그럼 견디기가 좀 더 쉬울 텐데.

그래, 꿈 같은 걸로 정리하자. 그런 생각이 들었다. 네가 들어줄지는 모르겠지만 단 하루만 서준수로 네 곁에 있고 싶다. 그리고 그 달콤한 꿈에서 깨어나 현실로 돌아오면 된다.

그러면 나머지 삶을 살 수 있지 않을까.

네가 왔다. 며칠 전의 나의 분노로 네가 위축됐다. 미안하고 안쓰럽다.

네게 다가갔다.

"……부탁이 있어."

다행인 것은, 네가 안도한다는 것이다.

불행인 것은, 내가 기대한다는 것이다.

다음날 오전. 펜션 객실.

시간이 멈추길 바랐지만 여지없이 흘렀다. 내 심장이 살아서 꿈틀거린다. 살아나기 시작한 심장이 내게 기대하라 한다. 참을 수 없는 웃음이 흘러나온다. 좀 전까지 같이 있었음에도 네가 또 보고 싶다.

서울로 가기 위해 짐을 챙기는데 휴대폰이 울렸다. 종훈이다.

〈기사 봤어?〉

"뭐?"

〈유지이, 결혼 발표 기사 떴어. 공식발표.〉

심장이 철렁했다. 휴대폰을 들고 있는 손끝에 소름 끼치는 전율이 흘렀다. 다리가 풀려 그대로 털썩 침대에 주저앉고 말았다. 눈앞이 먹물을 뒤집어쓴 양 캄캄하다.

〈이젠 진짜 끝이다. 전 국민이 이제 다 알아. 진짜 결혼하는구나. 어디냐? 너 빨리 와라. 혼자 있지 말고. 병원만 아니면 내가 갈 텐데…….〉

걱정스러워하는 녀석의 전화를 끊었다. 파르르 떨리는 손끝을 움직여 인터넷을 들어갔다. 수없이 올라온 기사들이 보였다.

그렇다. 정말, 끝이구나.

정말 이젠 꿈에서 깨고 현실로 돌아가야 할 시간이다. 하지만 당장 달려가 매달리고 싶다. 내가 다시 매달리면 네가 올 수 있을까? 네가 나를 잡아줄 수 있을까? 또다시 날 버리려나?

조금 전까지 너는 나에게 희망을 줬는데 나 그 희망을 좀 잡아보면 안 되나? 그러나 그렇게 되면 너는 또 어떻게 될까? 다시 혼란의 소용돌이 속에 갇히게 되겠지, 나로 인해.

또다시 내가 너를 아프게 만들지도 모른다.

그래, 포기하자. 이제 그만하자.

더 이상 너도, 나도 서로로 인해 그만 아프자.

결단을 내리니 눈가가 아릴 정도로 뜨거워진다. 애써 억누르고 일어났다. 짐을 마저 챙기고 밖으로 나왔다. 분주하게 짐을 옮기던 스텝들이 일순간 소란스러워졌다. 누군가 너의 결혼 발표 기사를 봤다. 내게도 말을 시킨다. 너의 소식을 전한다.

"서울에 스케줄이 있어 먼저 올라갑니다. 수고하셨어요."

인사하고 주차장으로 향했다. 네가 묵고 있는 객실 쪽으로 시선을 뒀다. 우뚝, 저절로 발이 멈췄다. 멈췄던 다리를 채찍질하며 다시 무거운 걸음을 옮겼다.

이대로 너를 두고 간다.

짐을 차에 싣고 움직이려고 하는데도 쉽게 발이 떨어지지 않는다. 달려가 매달려 보라고 말한다. 내가 혼란의 소용돌이의 방패막이 되어주면 되지 않겠느냐 질책한다.

그러다 미련은 그만 버리라 또 다른 내가 채찍질한다.

그래, 정말 그만하자. 그만하자.

이젠 지친다.

다시 나는 전부를 잃었다. 다시 나는 비었다.

그때, 네가 달려왔다. 숨을 헐떡이며 내게 달려왔다. 눈앞이 뿌옇게 흐려서 네가 잘 보이지 않는다. 네가 지금 나를 어떤 표정으로 보고 있는지도 보이지 않는다. 가까이에 있는 네가 아득하니 멀게 보인다. 금방이라도 사라져 버릴 연기처럼 뿌옇게 보인다.

그래도 네게 마지막 인사는 해야지.

"이젠, 보지 말자, 다시는."

너의 입술이 파르르 떨린다. 너의 촉감이 멀어져 간다.

떨어져 등을 돌렸다. 다시 생기려 하는 미련을 가까스로 외면하고 돌아섰다. 망설이면 정말 매달리고 싶어질 것 같다. 차에 몸을 실었다. 너를 보지 않았다. 그리고 네게서 떠났다.

다시 서준수는 죽었다.

다음날 오전. 종훈의 병원.

의사 가운을 입은 종훈은 깔끔하고 의젓해 보인다. 녀석 앞에 섰다. 마지막 인사를 나누기 위해.

"너 임마! 휴대폰도 꺼져 있고! 얼마나 걱정했는지 알아?!"

나를 보자마자 종훈이는 잔뜩 걱정했다는 표정으로 버럭 화를 냈다.

"버렸어, 제주도에서."

무뚝뚝하게 대답했다.

"뭐?"

"아무하고도 연락하고 싶지 않고…… 있으면 보게 될 테니까."

휴대폰이 있으면 분명히 다시 켜고 인터넷을 접속해 너의 기사를 보고 또 확인할 테니까.

"일본 간다, 오후에. 가기 전에 인사하러 온 거야."

"이렇게 빨리 정리했어?"

"어차피 언제든 떠날 준비 하고 있었는걸."

종훈의 말에 감정 없이 말했다.

"이제 한국은 다시 안 올 거야?"

"응."

"그래, 그럼 내가 가지 뭐."

"그래라."

피식 씁쓸히 웃으며 일어났다.

"스튜디오는 어떻게 할 거야?"

"정리해야지. 대신 부탁할게. 미안하다, 고생만 시켜서."

"뭘…… 난 부동산에 부탁한 것밖에 없는데……. 지금 생각하면 후회스럽다."

녀석이 씁쓸히 말을 이었다.

"네가 작년에 유지이 보이는 곳을 알아봐 달라 했을 때 하지 말걸 그랬다. 거절할걸 그랬어. 물론 내가 안 해줬어도 네가 결국은 했겠지만……."

"……간다. 그리고……."

가슴에 품어뒀던 것을 어렵사니 꺼내 종훈에게 내밀었다.

"마지막으로 한 번 더 부탁한다. 도저히…… 버릴 수가 없어."

네가 내게 보냈던 편지를 종훈에게 전했다.

"……그래. 내가 처리할게."

종훈이 고개를 끄덕였다.

"도쿄로 가나?"

"아니…… 가나가와."

나오려는 길에 종훈이 물어 대답했다.

"당분간 거기 있을 거야?"

"응. 그러려고……."

"그래. 내가 조만간 시간 내서 갈게."

"그래. 간다."

돌아섰다. 스튜디오에 유일하게 살아 있는 생명인 물고기 밥도 부탁하며. 내가 죽었다고 녀석들까지 죽일 순 없으므로.

이제 한국을 떠난다. 네가 있는 곳에서 떠난다. 이젠 돌아오지 않을 이 땅을…….

겨울. 가나가와.

사진이 늘었다. 늘어난 사진을 보며 나의 이 지긋지긋한 미련에 치가 떨린다. 그럼에도 사진을 뗄 수 없음은 어쩔 수 없음이다. 할 수 없음이다.

사진을 다시 훑었다.

수목원에 있던 너, 명동에 있던 너, 그리고…… 제주도의 너의 얼굴…… 너의 눈, 너의 코, 너의 입술…….

움찔, 마음을 다 잡아먹었는데 다시 눈이 아리다.

천장에서 시선을 떼고 벌떡 침대에서 일어났다. 책상 위에 놓인 헤드폰을 낚아채듯 휙 들고 방에서 나왔다.

"준수야, 또 운동 가?"

"응."

"너무 지치도록 달리지 마. 병나면 어쩌려고⋯⋯."

"걱정 마, 미세스 김. 난 건강하잖아."

그녀를 안심시키고 밖으로 나온다. 그리고 달린다. 무조건 달린다. 쉬지 않고 달린다.

심장이 터지도록 달리면 잊을 수 있을까.

숨이 막힐 정도로 달리면 지울 수 있을까.

언제쯤이면, 버릴 수 있을까.

언제쯤이면, 놓을 수 있을까.

자신이 없다.

놓고 싶다, 버리고 싶다, 잊고 싶다.

그럼에도, 내 기억은 자꾸 그 바닷가로 간다.

그대로 시간이 멈추길 바랐던 제주도 바닷가로 간다.

아직도 내 몸은, 내 뇌는, 내 심장은 그곳에 있다.

그럼에도, 난 달린다. 숨이 막히고 심장이 터지도록 달린다.

이러면, 너를 잊을까.

이러면, 내 심장이 죽을까.

그럼에도, 난 살고 싶다.

지이야, 나는 살고 싶다.

지이야, 지이야, 지이야.

폐가 산소가 부족하다고 외친다. 숨이 턱까지 차오른다. 애써 막힌 숨을 뱉어내며 더 달린다. 더 달린다.

그때, 너무나도 보고 싶었던, 꿈속에나 존재하던 사람이 시야에 들어왔다.

지이.

우뚝, 달리는 것을 멈췄다.

차오른 숨을 헐떡이며 바닷가에 서 있는 너를 봤다.

꿈인가.

네가 내게 다가온다. 천천히 내게 다가온다. 내가 지금 꿈속을 헤매는 건지 분간이 되지 않는다.

내 바로 앞에, 가까이에 네가 섰다. 네가 내게 종이 뭉치를 내밀었다.

"진짜, 답장."

네가 내미는 뭉치를 받았다. 손끝에 느껴지는 감촉이 진짜다.

네가 내게서 등을 돌리고 모래사장을 걸어간다.

손에 쥐고 있는 편지 뭉치를 내려다봤다.

꿈이, 아니다.

에필로그_ 소통

"늦어서 미안해."

나의 말이 끝나자마자 그의 눈동자가 더 붉어졌다. 가쁜 숨을 내뱉는 그의 입술이 파르르 떨렸다.

그 순간, 그가 나의 팔을 휙 잡아당겨 나를 강하게 끌어안았다. 그의 팔이 나의 등을 으스러지게 안았다. 내가 금방이라도 사라질까 두려운 양 나의 등을 조이듯 안고 또 안았다. 나의 머리카락을 쓰다듬고, 나의 등을 쓰다듬었다.

그가 몸을 부들부들 떨며 나를 확인했다. 팔을 들어 그의 등을 부드럽게 감쌌다. 포근히 꼭 감쌌다. 그의 등이, 그의 몸이 더 떨렸다. 나를 안은 그의 팔의 힘이 더 강해졌다.

그의 얼굴이 내 목덜미에 묻혔다.

한없이 부들부들 떠는 그의 머리카락을 달래듯 가만히 쓰다듬었다. 나의 목덜미가 뜨겁게 젖어갔다. 나의 눈가도 뜨겁게 젖어갔다.

눈을 감았다.

심장을 뜨겁게 달구었던 주체할 수 없는 재회의 애달픔은 오랜 시간이 지난 후에야 진정이 되었다. 나의 목덜미를 적시던 준수의 떨림도 한참 만에야 가라앉았다. 그는 쉽게 진정이 되지 않는지 깊은 숨을 몰아쉬면서 내 어깨에 얼굴을 묻은 채 한참 동안 호흡했다. 그런 그를 나는 가만히 안고만 있었다. 온몸을 휘감던 격렬한 전율이 심장에서 사라지고 나자 심장도 그제야 안도의 한숨을 쉬었다.

오전이었던 시각이 정오를 지나고 오후에 들어설 때쯤 준수가 내 어깨에서 얼굴을 들었다. 그리고 아직도 믿을 수 없다는 듯 나를 지그시 빤히 봤다. 그런 그의 눈길을 피하지 않았다.

안심하라고, 내가 왔다고.

준수가 내게서 떨어졌다. 그때까지 느끼지 못했던 겨울의 냉한 공기가 기다렸다는 듯 우리에게 다가와 달라붙었다. 그는 말없이 조심스레 내 손을 잡았다. 그의 손길을 따라 바닷가에서 나와 그의 집으로 향했다.

"미세스 김."

집 안으로 들어서며 준수가 조용히 유모를 불렀다. 주방에 있던 미세스 김이 앞치마에 물기 어린 손을 닦으며 나왔다.

"인사했어?"

준수의 시선이 내게로 내려왔다. 난 작게 고개를 주억거렸다.

"쥰스이, 점심 먹어야지? 아가씨도 먹어야죠? 시간이 많이 늦어서 배고프겠네."

미세스 김이 준수에게 묻다 내게 시선을 줬다. 준수의 시선이 내게로 왔다. 난 고개를 약하게 흔들었다.

"미세스 김, 우리 이따 먹을게. 신경 쓰지 마."

준수가 여릿하게 웃으며 하는 말에 그녀가 알았다는 듯 고개만 끄덕이고 주방으로 들어갔다. 그녀는 우리의 깊은 재회를 눈치챘다.

준수가 내 손을 놓지 않은 채 2층으로 올라갔다. 계단을 올라가 왼편으로 꺾어 그의 방으로 들어섰다. 그가 문가에 놓인 내 캐리어 가방을 발견했다. 그의 시선이 내게로 돌려졌다.

"잠깐 기다려. 금방 씻고 나올게."

오랫동안 달린 그의 말에 난 여릿한 미소를 머금고 끄덕거렸다. 준수가 방에서 나갔다. 걸치고 있던 코트를 벗어, 의자 등받이에 걸쳐 놓고 침대에 걸터앉았다. 고개만 뒤로 젖혀 천장에 붙어 있는 내 사진을 다시 살폈다.

내 얼굴임에도 새삼 낯설게 느껴졌다. 준수가 매일 밤마다 여기에 누워 나를 봤다는 생각에 묘한 설렘이 올라왔다. 어쩌면 서울의 야마다 스튜디오에서 내가 발견한 빌딩숲 사이에 보이던 백화점도 이것과 같은 것일지도 모르겠다.

얼마의 시간 후, 젖은 머리의 준수가 방 안으로 들어섰다. 그를 보자마자 심장이 수줍게 두근거렸다. 그가 얌전히 내 옆에 앉았다. 그리곤 깊은 눈길로 나를 빤히 바라보았다. 그의 눈을 놓칠 수도 피할 수도 없었다.

그의 손이 내 뺨에 올라왔다. 정말 꿈인지 아닌지 확인하는 듯. 그의 부드러운 손이 미끄러지듯 움직여 내 귀 뒤로 넘어갔다. 내 머리카락 속에 파묻힌 그의 손에 힘이 가해졌다. 그가 나를 끌어당겼다. 그의 어깨에 고개를 묻었다. 빠르게 두근거리는 그의 심장박동이 그대로 내 가슴에 전달되었다.

"씻으면서도 내내 나왔는데 네가 없으면 어쩌나 했어."

내 머리 위에서 그가 나직하게 속삭이듯 말했다.

"……할 말이 있어."

나는 조용히 입을 열었다.

"응."

그가 조용히 대답했다.

그에게서 몸을 뗐다. 그를, 그의 얼굴을 놓치지 않고 바라보았다.

나의 긴 이야기는 오래전 그가 옥상 벽에 기대어 아픈 과거를 말했던 때처럼 담담히 시작됐다. 나의 긴 이야기를 들으며 간혹 그의 미간이 찌푸려졌고, 간혹 그의 숨이 거칠어졌으며, 간혹 그의 눈동자가 붉어졌다.

"미안해, 내가 몰라서."

오랜 이야기를 끝내며 나는 거듭 사과했다. 왈칵거리는 감정이 솟아올랐지만 울지 않으려 입술을 살짝 앙다물며 침을 삼켰다. 눈동자가 붉어진 그가 손을 올려 내 뒷머리를 안아 끌어당겼다. 다시 그의 품에 안겼다. 쿵쾅거리는 그의 심장박동 소리가 들리는 듯했다.

"미안해, 내가 모자라서."

머리 위에서 그가 낮게 뱉었다.

그 순간, 울지 않으리라 결심한 것이 무색하게 격한 감정이 치솟아올랐다. 주체할 수 없이 치솟은 감정은 억제할 수 없었다. 난 그대로 준수의 품에 안겨 서럽게 흐느꼈다.

악몽 같았던 2주 전의 기억이 떠오르며 준수를 영원히 잃을까봐 공포의 시간을 보냈던 것, 10년 동안 애달팠던 기억, 그와 재회하고 내내 애탔던 기억까지 모두 되살아나서 한꺼번에 몰아쳤다. 난 그의 어깨에 얼굴을 묻고 어린아이처럼 소리 내어 울음을 터뜨리고 말았다.

그런 나를 준수는 강하게 끌어안은 채 등과 머리를 쓰다듬으며, 크게 가슴만 들썩이며 나를 달랬다. 한참을 흐느낀 후에야 난 진정을 할 수 있었다.

"네 얘기도 해줘."

고개를 들고 차분해진 마음으로 그의 눈을 마주 봤다.

"말해줘, 힘들었던 거 전부 다……."

"별로 힘들지 않았어."

희미하게 웃는 준수의 눈동자가 내 눈을 바로 내려다보았다.

"거짓말."

난 팔을 들어 그의 뺨을 손바닥으로 감쌌다.

"다. 하나도 빼지 말고 다 말해줘."

나의 말에 준수가 팔을 들어 내 등을 감싸 안았다. 자신의 표정을 보이지 않으려 나를 품에 안은 채 담담하게 그의 아픈 이야기가 시작됐다. 그의 품 안에서 그의 아팠던 10년을 담담한 그의 목소리로 들었다. 멈췄던 눈물이 다시 흘렀다. 나의 뜨거운 눈물로 인해 그의 어깨가 젖어갔다. 나중엔 내가 너무 많은 눈물을 뚝뚝 흘리자 준수가 나를 품에서 일으켜 손가락으로 내 눈물을 닦았다.

"……이젠 괜찮아. 다 괜찮아. 울지 마."

내 눈물을 닦아주며 준수가 나를 달랬다. 난 끅끅거리는 입술을 악다물며 고개를 끄덕였다. 그런 나를 애잔히 보며 그가 내 머리카락을 쓰다듬었다.

"미안해. 말하지 못해서…… 내가 바보처럼 망설여서…… 눈치

만 봐서 미안해. 미리 말했어야 했는데…… 전부 다 먼저 말했어
야 했는데…….”

“아니야…… 내가 미안해…… 내가 미안해…….”

나의 말에 그도 애써 감정을 참는 듯 미간을 일그러뜨렸다.

“그래도…… 내게 한 번 물어보지…… 한 번만 물어보지…….”

“물어볼 수 없었어. 그저…… 널 보고만 올 생각이었으니까. 넌
이미…… 내게 감정 같은 건 없을 거라 생각해서…… 그리고……
내가…… 잘못한 게 많다 생각해서…….”

그의 눈동자에 서글픔이 깃들었다. 그런 그의 뺨을 쓰다듬듯 만
졌다.

“……아픈 건…… 언제 다 돌아왔어?”

“한국에서 돌아온 지 얼마 동안은 아픈 적도, 다친 적도 없어서
몰랐어. 그러다 1년인가 지났을 때 가볍게 다쳤는데 아프더라고.
그때 알았어.”

“그때 돌아온 거야?”

“내 생각엔…… 우리 그날 이후…… 내가 돌아오지 않았나 했
어.”

지긋하게 웃는 얼굴이 내 동공 가득 채워졌다.

“……그렇게 아픈데 그땐 어떻게 참았어? 얼마나 아팠어? 내가
뭐라고…… 내가 걱정하는 게 뭐라고…….”

나를 보호해 주기 위해 준수가 다쳤던 것이 상기된 내 어투가

원망조로 나왔다. 그가 나를 속이고 혼자 아팠다는 사실에 미어지는 통증이 동반되었다.

"별로 아프지 않았어."

"또 거짓말."

손을 들어 그의 뒷덜미를 감쌌다. 다쳤던 그의 목을 부드럽게 감쌌다.

"정말이야."

준수가 다정하게 웃었다.

"……네가 다치면 나도 많이 아파. 정말 아팠어. 그러니까 다치지 마."

"알았어."

준수가 고개를 끄덕였다.

"미안해. 정말 미안해…… 내가 아무것도 몰라서…… 이제 와서…… 미안해."

나의 말에 그가 와락 나를 끌어안았다.

그의 손이 올라와 내 등을 만졌다. 그의 손이 내 어깨를, 내 팔을, 내 등을, 내 허리를 만졌다. 손바닥으로 크게 크게 감싸며, 만지고 만지며 나를 확인했다. 그의 두 손이 번쩍 올라와 내 뺨을 감싸며 내 얼굴을 들어 올렸다. 일그러진 붉은 눈으로 나를 애타게 들여다봤다. 자신의 눈앞에 내가 있다는 것을 담아두듯이. 나를 그렇게 애절하게 바라보았다.

그러다 그의 입술이 내 입술에 뜨겁게 겹쳐졌다. 그의 입안을 가득 채웠던 뜨거운 숨이 내 입안으로 들어와 목구멍으로 넘어가며 온몸으로 퍼졌다. 그의 뜨거운 혀를 나의 뜨거운 혀가 받아들였다. 숨 막히는 키스가 시작됐다. 애달프고 격렬한 키스를 하며 준수의 손이 다시 나를 확인했다. 나의 뺨을 쓰다듬고, 나의 목덜미를 스치고, 나의 어깨를 감싸고, 나의 팔을, 나의 등을 만졌다.

뜨거운 그의 입술이 내 입술에서 떨어졌다. 그의 두 팔이 나의 등을 강하게 끌어안았다. 한 치의 틈도 없이 나를 으스러지게 안았다. 그의 입술이 내 귀에 닿았다.

"지이야, 사랑해."

토해내듯 그가 말했다. 이제야 겨우 말한다는 듯.

"사랑해, 사랑해."

말하고 싶었음에도 못했다는 듯.

그가 깊은 곳에서 우러나온 감정을 내 귀에 절실히 토해냈다. 그가 날 더 강하게 안았다.

나의 눈가에 머물던 눈물이 또르르 흘러내렸다.

"사랑해, 지이야."

나의 몸을 꽉 끌어안은 그의 몸이 바들바들 떨렸다. 그런 그의 등을 나도 강하게 안았다.

"나도, 사랑해."

나직하게 흐느끼면서 나도 뱉어냈다.

고개를 든 그의 어깨가 약하게 흔들렸다. 그의 손이 올라와 내 눈가를 적시고 있는 눈물을 닦았다. 그의 고개가 숙여졌다. 그의 뜨거운 입술이 눈물을 흘리는 내 눈꺼풀을, 내 코를, 내 뺨에 부드러운 입맞춤을 했다. 다시 그의 입술이 열렬히 내 입술을 덮었다. 입술을 한껏 벌리며 그를 받아들였다. 서로의 입술이 겹치고, 혀를 감으며 그의 손이, 나의 손이 서로를 간절히 매만졌다.

그러면서 그의 안전한 손길을 받으며 난 그대로 침대에 드러누웠다. 그의 체중이 내 위에 실렸다. 그의 입술이, 혀가 나의 입술을, 혀를 뜨겁게 감았다. 그의 등을 안고 있던 팔을 들어 그의 어깨를 쓰다듬고, 그의 가슴으로 넘어왔다. 그의 단단한 가슴이 손바닥 가득 느껴졌다. 내 손의 움직임에 준수가 입술을 떼고 몸을 들었다. 그가 입고 있던 티셔츠를 휙 벗어버렸다. 그리고 바로 고개를 숙여 내 입술로 돌아왔다. 기다렸다는 듯이 나는 손을 뻗었다. 그의 다부진 매끈한 가슴이 손끝에 느껴졌다. 나의 손길을 받자 그의 숨이 불타듯이 뜨거워졌다. 그의 가슴이 요동을 치듯 들썩거렸다.

방 안의 열기가 화염 속이 갇힌 듯 뜨거워졌다.

그의 손이 내가 걸치고 있는 니트원피스 위를 덮었다. 난 망설임 없이 니트원피스의 단추를 풀었다. 단추가 풀리는 벌어진 틈으로 나의 맨살이 드러났다. 그의 손이 내 원피스에 닿았다. 그가 내 원피스를 잡고 어깨부터 내렸다. 그의 도움을 받아 내가 원피스를 완전히 다 벗고 속옷만 걸친 맨몸이 되자 그의 뜨거운 숨이 내 어깨에 닿았다. 그의 입술이 내 어깨를 지나 내 목덜미로 스치듯 올라왔다. 그리고 쇄골로 내려와 간질이듯 머물다 속옷을 걸친 나의 가슴골로 내려왔다.

금방이라도 터질 것처럼 부풀어 올랐던 심장에서 뜨거운 전율이 쏟아져 나와 그의 입술이 스치고 지나가는 부분마다 흔적을 남겼다. 못 견디게 화끈거리는 전율을 느끼며 난 깊은 숨을 들이쉬었다. 내가 숨을 크게 들이쉬자 그의 입술이 다시 내 입술을 뜨겁게 찾았다. 그러면서 그의 손이 남아 있는 나의 속옷을 마저 벗겼다. 나도 그의 남아 있는 옷을 벗기기 위해 움직였다. 그도 잠시 몸을 일으켜 남아 있는 옷을 마저 다 벗었다. 실오라기 하나 걸치지 않은 그와 나의 몸이 맞닿았다. 온몸에 찌릿찌릿한 전율이 흘렀다.

조심스러운 그의 손길이 내 몸에 닿았다. 그의 손이 나의 허리를 만지고, 옆구리를 훑고, 가슴으로 올라왔다. 나의 봉긋한 가슴을 안은 그의 손이 부르르 떨렸다. 나의 수줍은 손길도 그의 몸을 느꼈다. 그의 가슴을 스치고, 그의 배를 만지고, 그의 옆구리를 지나 그의 허리를 끌어안았다.

토해내듯 뜨거운 숨을 내뿜은 그의 입술이 내 몸 위를 부드럽게 스치듯 지나쳤다. 그의 부드러운 혀가, 나의 목덜미에서, 쇄골을 지나, 가슴에 머물렀다. 나의 수줍은 가슴에 머물러 뜨겁게 탐하는 그의 입술과 혀의 촉감에 숨이 막히는 뜨거운 전율이 흘러 내 온몸을 휘감았다. 나의 허리가 저절로 들어 올려져 그의 몸에 내 몸을 더욱 밀착시켰다.

그러자 그의 입술이 더욱 달궈졌다. 폭발할 것 같은 뜨거움이 타는 듯한 전율을 동반하며, 심장에 격렬하게 전해졌다. 그의 입술이 내 입술로 다시 돌아왔다. 손을 들어 그의 뜨거운 얼굴을 감쌌다. 그와 나는 막힘없이 서로의 입술을 겹쳤다. 그러면서 끊임없이 서로를 느끼며 만졌다. 만지고 또 만지며 서로를 느꼈다.

그렇게 우린 지난 10년, 지난 5년 동안 겹겹이 쌓여 있던 서로의 모든 감정을 내뱉었다.

그러다 준수의 애틋한 눈길이 내게 머물렀다. 나도 슬며시 눈을 뜨고 그를 바라보았다. 우리 둘의 뜨거운 눈길이 서로를 마주 보았다. 뜨거운 열기를 전하던 심장이 미친 듯이 두근거렸다. 팔을 들어 그의 목을 감았다. 거친 호흡을 내뱉는 준수의 눈동자가 크게 일렁거렸다. 그의 애틋한 눈동자가 내게 가까이 왔다.

"사랑해."

그의 입술이 내 입술에 닿으며, 그대로 속삭였다.

"사랑해."

나도 그의 입술에 닿은 채 속삭였다.

눈을 감았다. 그리고 그의 뜨거운 몸과 내 뜨거운 몸이 연결되었다. 몸 아래의 숨이 토해져 올라와 난 깊은 숨을 내쉬며 고개를 뒤로 젖혔다. 그의 몸이 내게 더 밀착되며 기울어졌다. 저번보다는 약했지만 역시나 격한 통증이 동반됐다. 나도 모르게 짧은 소리를 내뱉으며 두 손을 번쩍 들어 그의 어깨를 움켜쥐었다.

"지이야."

그가 속삭이듯 내 이름을 불렀다. 내 몸이 굳듯이 멈추자 그는 움직이지 않고 그대로 내게 겹친 채 기다렸다. 그의 어깨를 움켜쥔 손을 움직여 그의 목을 팔로 감았다.

"……미안해."

그는 여전히 내게 사과했다. 우리의 처음 그날처럼. 그리고 제주도에서처럼. 내게 아픔을 주는 거라 생각하는지 미안하다고 사과했다.

그의 어깨에 입술을 대고 난 괜찮다는 듯 고개를 흔들었다. 그리고 준수가 저번과 마찬가지로 망설였다. 난 그의 목을 감았던 손을 움직여 그의 양 뺨을 감쌌다. 슬며시 눈을 떴다. 준수가 한없이 애달픈 눈으로 나를 내려다보았다.

난 턱을 들었다. 그리고 그의 입술에 내 입술을 포개었다. 나의 뜨거운 키스를 받으며 그와 비로소 하나가 되었다. 그가 뜨거운 숨을 내뱉었다. 그의 뜨거운 숨이 내 입안으로 가득 들어왔다. 서로의 숨이 묶듯이 엉켜졌다. 손을 움직여 그의 목덜미를 끌어안았다. 내 두 팔이 겹쳐지며 그의 어깨를 가득 안았다. 준수의 몸이 내 몸에 완전히 밀착되었다.

"지이야…… 사랑해."

"사랑해."

그리고 그를 온몸으로 받아들였다.

우리는 그렇게 지난 아픈 10년을 보내며 뜨겁게 연결되었다.

다시는 끊어지지 않길 바라며.

그렇게 애달프게, 뜨겁게, 사랑했다.

방 안이 어둑해질 때까지 우리는 그렇게 서로를 보듬고 달랬다. 가끔 서로를 그윽하게 보며 미소도 짓고, 가끔 서로를 절실히 쓰다듬고, 가끔 간절한 숨을 몰아쉬며 그렇게 지난 아픈 날을 위로하며 보냈다.

창밖이 완전히 어둠에 묻힌 후에야 그와 나는 1층으로 내려갔다.

미세스 김은 소파에 앉아 TV를 시청하다가 손을 잡고 내려오는 우리를 보자 화색을 띠며 부랴부랴 저녁을 차려주었다. 그녀와 마주 보니 괜스레 쑥스러워서 난 눈꺼풀을 내리깔았다. 그런 나를 준수가 다정하게 보며 미소 지었다.

"배고프겠네."

미세스 김은 평온한 표정을 지으며 내게 어서 먹으라며 손짓했다.

"식사하셨어요?"

"둘이 먹어. 난 아까 먹었으니까."

나의 질문에 미세스 김이 다정하게 말하고는 주방에서 나가 거실로 갔다. 그녀는 보고 있던 드라마를 마저 시청했다.

"하루 종일 아무것도 안 먹었지? 어서 먹어."

준수가 미세스 김이 가득 준비해 놓은 고기를 하나 집더니 내 입 가까이 가져왔다. 또 코앞에 다가온 고기를 내가 어쩔 수 없이 받아먹자 그가 기분 좋게 웃었다.

"너도 안 먹었을 거 아냐."

나도 젓가락을 들어 고기를 집어 그에게 내밀었다.

"난 배 안 고파."

그렇게 말하며 준수가 피식 웃었다. 내가 고개를 흔들자 그도 내가 내미는 고기를 받아먹었다. 그리고 우린 서로를 보며 쿡 웃었다.

미세스 김의 정성이 가득 담긴 저녁 식사를 먹고 준수와 나는 손을 잡고 바닷가로 나왔다. 어둑한 겨울의 바닷가는 뜨문뜨문 세워진 가로등의 불빛만 존재할 뿐 차갑고 고요했다.

조용한 바닷가의 긴 호흡을 들으며 우리는 깍지를 낀 채 말없이 바닷가를 거닐었다. 그러다 우뚝 준수가 걸음을 멈췄다. 그가 나를 마주 보았다. 그의 그윽한 눈동자가 나를 내려다보았다.

그가 팔을 들었다. 난 그의 벌어진 가슴 안으로 들어가며 그의 널따란 등을 꼭 끌어안았다. 준수의 강한 팔이 내 등을 안았다. 강하지만, 부드럽게.

"지이야."

머리 위에서 그가 다정히 불렀다.

"응."

"다시는…… 다시는 널 포기하지 않을 거야."

준수의 낮고 강한 말이 들렸다.

"절대, 절대 포기하지 않을 거야."

그가 다시 강하게 강조했다.

난 고개를 들어 그를 올려다보았다. 그도 나를 내려다보았다.

"약속해?"

"어. 약속해."

나에게서 눈을 떼지 않고 준수가 애틋한 눈길로 강하게 대답했다.

난 빙그레 웃었다. 그도 빙그레 웃었다.

그의 빙그레 웃는 입술이, 나의 빙그레 웃는 입술에 닿았다.

고요한 파도 소리만 들렸다.

우린 이제 함께다.

✻　　✻　　✻

냉한 겨울바다의 밤공기가 주변을 감싼다.

하지만 나쁘지 않다. 되레 뜨거움을 식혀주는 차가운 공기의 산뜻함이 즐겁다. 벤치에 앉아 다리를 까딱거리며 등과 어깨를 덮고 있는 담요 안에서 손을 빼면서 휴대폰의 통화버튼을 눌렀다.

〈잘 도착했어?〉

자지 않고 기다렸는지 전화를 받자마자 정현이 조급히 물었다.

"응."

〈준수는? 만났어? 얘기했어? 뭐래?〉

대답도 듣지 않은 채 성질 급한 정현이 속사포처럼 질문을 쏟아냈다.

"만났어."

〈그래서? 그래서?〉

"……잘 얘기했어."

나의 낮고 부드러운 음색을 듣더니 그제야 정현이 '아휴' 하면서 깊은 숨을 내쉬며 안도했다.

〈혹시나 그러고 갔는데 못 만나고 실망하고 올까 봐 내가 얼마나 조마조마했던지……. 오전에 도착한 거지? 찾는 건 안 힘들었어?〉

"응. 금방 찾았어. 택시가 골목 앞까지 데려다 주더라고."

〈다행이다. 정말 다행이다.〉

다시 한 번 정현이 안도의 숨을 내쉬었다.

〈지이야, 여긴 걱정하지 마. 다 잘 해결될 거야. 응?〉

"응."

난 가만히 고개를 끄덕였다.

〈지이야.〉

정현이 날 다시 조용히 불렀다.

〈미안해.〉

"뭐가?"

〈내가 몰라서…….〉

정현이 울컥거리는 목소리로 중얼거렸다. 한국에 있을 때까지
도 내가 들려준 충격적인 일들에 경악을 금치 못하고 넋이 나갔던
정현이 이제야 내게 그 일에 대해서 언급하려 했다.

"뭘, 네가 뭘?"

〈그래도 나도 직원인데……. 실장이면서도…… 난 왜 까마득하
게 몰랐니? 내가…… 그 생각만 하면 너한테 너무 미안해, 지이
야.〉

그녀의 음성이 젖어갔다.

〈나도 자다가도 벌떡벌떡 일어나는데…… 너는 오죽할까? 준수
는 오죽했을까……. 미안해. 곁에 있었으면서도 그걸 그렇게 모르
고 태평하니 있어서…….〉

"그러지 마. 응? 네가 뭘 잘못했다고……. 그리고 괜찮아. 이제
다 괜찮아."

끝내 바다 건너 정현이 울음을 쏟아냈다.

"정현아, 나 준수 만났잖아. 그러니까 울지 마."

〈미안해…… 미안해…… 지이야.〉

그녀의 미안하다는 말 때문에 내 눈가도 뜨겁게 젖어들었다. 그때, 벤치 가까이로 다가오는 준수의 모습이 시야에 들어왔다. 후다닥 눈가의 눈물을 닦아냈다.

"정현아, 진정해. 준수 왔어. 내가 다시 전화할게. 응? 울지 마."

〈어……. 지이야.〉

전화를 끊으려는데 정현이 다시 불렀다.

〈아프지 마. 밥 잘 먹고 잘 자고……. 준수가 어련히 알아서 챙기겠지만 너 몸 많이 허약해진 거 알지?〉

"알아. 알았어."

고개를 끄덕이며 대답하는 사이에 준수가 뜨거운 캔커피를 들고서 내 옆에 와 앉았다. 그가 캔커피 뚜껑을 따서 내밀었다. 난 여릿하게 웃으며 받았다.

〈아니다. 준수 바꿔.〉

"뭐?"

〈바꿔.〉

또 급한 성질머리가 발동했는지 정현이 단호하게 말했다.

"왜?"

〈내가 그동안 욕한 거 사과도 해야 하니까…… 바꿔.〉

그녀의 고집에 하는 수 없이 휴대폰을 준수에게 넘겼다. 의아한 듯 준수의 눈썹이 살짝 치켜 올라갔다. 입모양으로 '정현이' 하고 말해주자 준수가 이해하며 휴대폰을 건네받았다.

"오랜만이야."

준수가 가볍게 인사를 했다. 그리고는 정현이가 하는 말을 잠자코 듣고만 있었다. 그의 입가에 살며시 미소가 떠올랐다. 정현이 진짜로 사과하는 듯했다. 그동안 연락도 안 하고, 오지도 않는 놈이라고 욕을 엄청 해댔으니 양심에 걸리는 모양이었다. 그러다 정현이가 무슨 말을 하는 건지 한참을 잠자코 듣고만 있던 그의 시선이 내게로 돌아왔다.

"응. 알았어. 걱정하지 마."

전화 너머의 정현을 안심시키더니 준수가 전화를 끊었다. 그가 따뜻한 캔커피를 홀짝대고 있는 나를 심각하게 내려다보았다.

"쓰러졌었어, 제주도에서?"

"어? 아니, 그게……."

딱히 변명할 말이 떠오르지 않아 얼버무리지도 못하고 우물쭈물하는데 준수의 긴 팔이 담요를 덮고 있는 내 등을 포근히 안았다.

"……내가 간 다음에 그랬어?"

머리 위에서 준수가 물었다. 목소리에 미안함이 깃들어 있었다.

"아니야……."

그의 어깨에 얼굴을 대고서 난 넘기듯 웃었다. 그의 심장이 벌렁거렸다. 그의 따스한 손이 내 뒷머리에 닿았다.

"안 먹고 안 자고 그랬다며? 나 본 다음부터, 계속?"

"아니야…… 정현이가 오버하는 거야. 안 먹고 안 자고 어떻게 살아?"

황급히 고개를 흔들며 부정했다.

"어쩐지…… 너 너무 말랐다 했어. 그리고…… 이거……."

그가 내게서 몸을 떼더니, 담요 안에 있는 내 왼팔을 잡아당겼다. 그리고 팔의 니트를 걷었다. 벤치 옆의 환한 가로등 빛으로 인해 팔뚝에 새겨진 흉이 거뭇하게 보였다.

"제주도에선 분명히 못 봤던 거야."

그의 손끝이 그 흉에 닿았다.

2주 전 제주도 시내 응급실에서 내가 거칠게 링거를 뽑아서 살갗이 뜯어지면서 생긴 흉터였다. 뜯겨진 상처는 다 아물었지만 아직 흉이 사라지지 않고 있었다.

난 오른손에 들고 있던 캔커피를 내려놓고, 그에게 잡힌 팔을 휙 빼고는 두 팔을 길게 잡아 빼서 그의 목을 끌어안았다.

"그래그래. 모른 척 애태우는 야마다 쥰스이 때문에 내가 엄청 마음고생했어. 그러니까 이제 고생 안 시키면 되지."

변명해도 이미 통하지 않을 것이라는 판단이 들어, 난 농담조로 말하며 싱긋 웃었다. 턱을 들어 그의 입술에 가볍게 입을 맞췄다. 그런 나에게 휩쓸리지 않고, 준수는 한없이 측은하게 주시했다.

"왜? 마음고생은 사실 서준수 씨께서 더 하지 않았나? 응?"

이제 그만 웃으라는 시늉으로 애교 섞인 눈짓을 보내며 내가 고개를 갸웃하자, 준수가 억지로 슬며시 웃었다. 그의 억지 미소 때문에 나는 눈을 찡그렸다.

"웃어. 웃어."

내가 강요하자 준수가 더 억지로 웃었다. 그런 그를 보며 내가 볼멘 표정으로 입술을 내밀자, 준수가 그제야 피식 웃더니 고개를 숙여 짧은 입맞춤을 했다.

"참, 나 김종훈한테 무진장 구박받은 거 알아?"

"어? 그랬어?"

무거워지는 분위기를 돌리려 난 화제를 바꿨다.

"그래. 문전박대도 두 번이나 당했어. 좀 더 일찍 올 수 있었는데……. 안 가르쳐 주고, 안 믿고……. 성격이 나쁘더라고…… 외모는 착하게 생겨서……."

"좀 외골수야. 문전박대당했어?"

내가 입술을 삐죽거리자 준수가 웃었다.

"그래. 나중에 정현이가 쫓아가서야 겨우 알려줬다니까. 나는 안 믿고, 정현이는 왜 믿는 건데?"

"나 때문에 정말 힘들었겠다."

가벼운 얘기를 하려고 시작한 것인데 준수의 표정이 다시 어둑해졌다. 그의 눈동자에 애처로움이 가득해졌다.

"아니, 아니⋯⋯ 어쨌거나 김종훈 덕분에 다 알게 되고 우리 이렇게 만날 수 있었으니까, 어쨌든 고맙다고. 통화하면 말해줘."

"아!"

빙그레 웃으며 가뿐히 말하는데, 준수가 뭔가 떠올랐다는 듯 짧은 탄성을 냈다. 의아해 갸우뚱하자,

"휴대폰부터 사야겠다."

라며 준수가 말했다.

"어? 왜?"

"⋯⋯버렸어. 제주도 공항 쓰레기통에다."

킥 짧게 웃으며 준수가 말했다.

"뭐? 아⋯⋯ 그래서 내 문자도, 음성도⋯⋯ 몰랐겠네?"

"그랬어?"

화들짝 놀라며 준수가 나를 봤다.

"아, 야마다 쥰스이. 진짜 나 고생시켰구나! 휴대폰만 안 버렸어도 연결이 쉬웠잖아."

그의 목을 감은 팔에 힘을 더 주고 그를 더욱 강하게 끌어안았다. 그의 어깨에 얼굴을 묻었다. 휴대폰을 버릴 당시의 그의 심정이 상상되어 심장에 아릿한 통증이 왔다.

얼마나 아팠을까⋯⋯.

울컥거리는 심장을 누르고 밝은 톤으로 말을 이었다.

"이제는 무조건 나 믿기. 우리 뭐든 먼저 물어보기. 응?"

"알았어."

내 머리 위에서 그가 나직하게 대답했다. 그의 심장이 다시 벌렁거렸다. 그의 벌렁거리는 심장박동의 느낌이 좋아, 난 빙그레 웃으며 그의 어깨에 뺨을 기대었다.

이제는.

무조건.

＊　　＊　　＊

움찔.

등 뒤에서 느낌이 왔다. 그리고 곧이어 부르르. 깊게 빠져 있던 수면의 공간에서 억지로 정신을 깨웠다. 내가 먼저 깨야 한다.

거듭 세차게 바들거리는 몸.

"헉."

곧 토해내는 듯 괴로운 짧은 신음. 그리고 이어지는 깊은 내쉼.

그가 깼다.

그의 손이 어둠을 더듬었다. 그리고 나의 팔에 닿았다. 그의 긴 팔이 내 팔뚝을 넘어와 내 가슴 위를 덮으며 나의 반대편 팔을 잡고 끌어당겼다. 곧 나의 등이 그의 가슴팍 깊숙이 들어갔다. 낮은 안도의 한숨. 그의 입술이 내 정수리에 닿았다.

깨어나 보니 내가 없는 꿈. 그가 꾸는 악몽.

어둠 속에서 간신히 눈을 뜨고는 휘 몸을 틀었다. 몸을 마저 다 돌리고, 그의 옆구리로 팔을 집어넣고 그의 등을 꽉 껴안았다.

"……나 때문에 또 깼어?"

머리 위에서 준수가 낮은 허스키한 저음으로 물었다. 난 그의 가슴팍에 얼굴을 묻고 눈을 감으며 말없이 고개만 흔들었다. 그의 손이 들어 올려졌다. 그의 손이 내 뒷머리를 감쌌다. 그의 다른 팔이 내 머리 아래로 들어왔다. 난 그의 팔뚝을 베면서 눈을 떴다. 그리고 어둠 속에서 그를 올려다보았다. 나를 보는 그의 그윽한 눈동자를 들여다봤다.

난 턱을 올려 그의 입술에 살포시 입을 맞췄다. 빙그레 웃으며 다시 턱을 내리고 눈을 감았다. 나의 뺨에 준수의 코가 닿았다. 그 아래로 길게 늘어나는 입술이 여릿하게 느껴졌다. 그의 턱이 천천히 돌려졌다. 그의 길게 늘어난 입술이 스치듯 내 뺨을 지나, 스치듯 내 입술에 다가왔다.

그의 벌려진 입술이 숙여져 내 윗입술을 부드럽게 물듯이 포개었다. 난 빙그레 웃었다. 그리고 입술을 벌렸다. 그의 턱이 더 기울어졌다. 난 턱을 슬며시 들었다. 그의 입술이 내 벌려진 입술에 겹쳐졌다. 나의 등을 안은 그의 팔이 허리로 내려갔다. 그가 나의 허리를 더욱 강하게 끌어당겼다. 그의 뜨거운 키스를 받으며, 그의 몸에 완전히 내 몸이 밀착되면서 등이 휘어졌다.

"사랑해."

키스를 하다가 입술을 떼면서 준수가 속삭였다. 그리고 다시 입술을 떼고, 겹치고, 떼는 짧고 달콤한 키스.

"사랑해."

짧게 떼어지는 키스를 받으며, 나도 속삭였다. 그의 입술이 다시 길게 늘어났다. 나도 길게 웃었다. 다시 깊어지는 키스.

사랑해.

사랑해.

사랑해.

✳   ✳   ✳

연말이 다가오는 도시는 들뜸이 가득했다.

하지만 나는 차창 밖으로 보이는 설렘 가득한 도쿄의 거리를 보면서도 씁쓸하게 올라오는 감정이 쉬이 닫히지 않았다. 무심한 시선을 내리깔고 조금 전에 보다 닫았던 인터넷 기사로 눈을 돌렸다. 그런 나를 준수는 힐끔 일별할 뿐 묻지 않고 운전에만 집중했다.

─정우빈, 유지이 결혼 발표 한 달여 만에 파경, 결혼 안 한다.

인터넷 화면의 메인을 차지한 기사의 제목은 우빈과 나의 결정을 확실하게 보여주고 있었다.

정현을 통해 재웅과 의견을 나눈 후, 우빈과 나의 결혼 발표에 대한 해결책은 어쩔 수 없이 시간을 뒀다가 '결혼에 관한 잦은 의견 충돌로 인한 파경'으로 결정했었다.

우빈의 억지스런 결혼 발표라고 할 수도, 나의 바람으로 인한 파경이라 하기에도 서로에게 미칠 상처가 너무 크기에 결정한 것이었다. 그리고 결혼 발표가 있은 지 한 달하고도 열흘 정도가 지난 어제 JU엔터테이먼트에서는 우빈과 나의 결혼 취소에 관한 공식발표를 했다.

나는 어젯밤에 정현을 통해 전달받았다. 물론 기사가 나갈 것은 미리 들어 알고 있었다. 하지만 보고 싶지 않아 좀 전까지도 보지 않았었다. 그러다 그래도 내 일인데 피하는 것만이 상책은 아니라 판단하여 준수와 함께 차량 이동 중에 확인했다. 곁에 준수가 있으니 든든했다.

인터넷 기사를 닫고, 어젯밤에 도착했으나 무시했던 재웅이 보낸 장문의 문자메시지를 열었다.

〈지이야, 나는 너에게 입이 열 개라도 할 말이 없다.

지난 15년 동안 너와 함께하면서 너는 내게 있어 친동생 같은 아이였기에, 오빠가 너를 내 기준대로 지키려 했던 것 같다.

오빠는 아직도 네가 10년 전 그때, 죽을 것처럼 힘들어하며 괴로워하던 모습이 뇌리에서 떠나지 않는다. 사람들 시선이 무서워 서울에서 도망쳐 구석진 곳에 숨어서 웃음을 잃은 채, 그 세월을 혼자 견뎌가는 네가 너무 불쌍하고 안쓰러웠다.

너는 때론 까칠하고, 때론 신경질적이라도 한없이 착하고 맑은 아이라는 걸 알고 있었기에, 그런 네가 더 안타까웠다. 그렇지 않아도 외로웠던 네가 더 외롭게 되어 못 견디게 안쓰러웠다. 그래서 사실 오빠는 그 녀석이 너무 원망스러웠어. 많이 미웠다.

너를 그렇게 만든 그 녀석과 네가 다시 만나는 게 싫었다. 다신 그 녀석과 너를 엮이게 하고 싶지 않았어.

그래서 우빈의 부탁을 거절하지 못했다. 우빈이가 널 가장 아끼며 소중하게 해줄 사람이라고 단정 지어서.

그래, 변명이야. 오빠도 알아. 어떠한 변명을 해도 용서받을 수 없다는 걸. 용서 같은 건 바라지도 않는다. 그저 용서만 빌 뿐이야.

미안해, 지이야. 오빠가, 정말 미안해. 이 말을 하면서도 미안하고 미안하다. 미안해. 미안해, 지이야.〉

참으려 했는데 눈가가 시큰해졌다. 입술을 깨물었다.

15년. 재웅과 나는 15년이나 함께했었다. 내 가장 가까이에서 있던 사람. 내가 열다섯 살 때부터 언제나 내 발이 되어주고, 손이 되어주던 사람. 나의 든든한 오빠.

나를 너무 아껴, 나를 가장 아낀다 생각하는 우빈에게 보내고 싶어서 한 선택이라는 걸 나는 안다. 그래서 좀 더 아프긴 하다.

휴대폰을 닫았다. 차창 밖으로 눈을 돌렸다. 준수가 눈치채지 못하도록 슬쩍 손가락만 들어 눈가를 훔쳤다.

그때, 쓱 하고 준수의 손이 다가와 무릎에 얹어진 내 손을 잡았다. 말없이 앞만 보고 운전에 열중하며 그가 내 손에 깍지를 꼈다. 그를 보지 않아도, 그가 말하지 않아도 그의 마음이 전해졌다. 나를 위로해 주는 그의 다정한 속삭임이 들리는 듯했다.

슬며시 입가에 미소가 올라왔다.

무심히 도쿄 거리를 살폈다.

곧 다가올 연말의 설렘이 가득한 활기찬 도쿄를.

시끌벅적한 도쿄 시내와 달리 겨울의 시린 공기가 가득한 캠퍼스는 잠잠했다. 준수의 차에서 내리니 썰렁한 캠퍼스의 모습이 한눈에 다 들어왔다.

"날이 춥잖아. 봄 되면 오자니까."

차에서 내리자마자 차가운 겨울바람이 뺨을 건드렸다. 눈을 가늘게 뜨는 나를 보며 운전석에서 내린 준수가 꾸짖었다.

"견딜 만해."

자동차 앞을 빙 돌아온 준수가 내 손을 잡았다. 우린 여느 때와 마찬가지로 자연스럽게 깍지를 끼고 걸음을 옮겼다.

스튜디오 일로 준수가 도쿄에 볼일이 있다고 해서 어제 그와 함께 도쿄에 왔다. 그리고 어젯밤 그의 도쿄 집에서 자고 할 일 없이 있던 중 별안간 그의 대학이 궁금해졌다. 준수는 따스한 봄이 되면 가자고 했지만, 난 도쿄에 온 김에 보고 싶다고 졸랐다. 어차피 내일이면 다시 가나가와로 가야 하니 그전에 보고 싶었다.

캠퍼스의 길을 걸으면서 휘 둘러봤다. 반듯반듯한 건물이 모던하면서 깔끔했지만 한편으론 한국의 대학과는 좀 다르게 엄숙한 분위기였다. 유독 이 학교만 그런 건가? 원래 일본 학교가 그런 건가?

내가 호기심 어린 시선으로 연신 휘휘 주변을 둘러보자, 준수가 힐끔 내려다봤다.

"뭘 그렇게 열심히 봐?"

"아니, 네가 여길 다녔다고 하니까 궁금해서."

내가 중얼거리면서도 두리번대니, 준수가 피식거리며 깍지 낀 손을 휙 잡아당겼다. 그 힘에 이끌려 그의 옆에 딱 붙었다.

"별로 볼 것도 없어."

웃으며 준수가 푸른색 유리창들로 채워진 건물로 들어갔다. 그의 발길을 따라 자연스럽게 안으로 들어섰다.

"여기야, 내가 다니던 사진학과. 대부분 여기서 시간을 많이 보냈어."

"아하, 사진들이 걸려 있네?"

입구에 들어서니 복도가 나타났는데 양옆으로 커다란 액자에 담긴 사진작품들이 쭉 진열되어 있었다.

"콘테스트 수상한 졸업생들에게 작품 기증해 달라고 하거든. 그거 전시되어 있는 거야."

"아…… 어? 서울 스튜디오에서 본 거다. 야마다 쥰스이!"

두 번째 액자에 담겨진 사막 사진으로 타다닥 다가가 아래에 적혀진 작품명과 작가 이름을 확인하면서, 난 환하게 웃었다. 작품명이 『くうきょ, 空虛, 공허』였다. 내가 꽉 찬 듯하지만, 비어 있는 것 같다고 느낀 사진.

"사막은 언제 갔었어?"

"2년 전에."

내 등 뒤에서 준수가 나를 안으며 간명하게 대답했다. 그의 긴 팔이 내 어깨를 감았다.

2년 전…….

뒤의 그를 힐끔 넘겨다보기 위해 고개를 움직였다.

"혹시 내 가짜 편지 받고?"

고개를 움직여 나와 눈을 마주치며 준수가 대답 대신 피식 웃었다.

"아, 가슴 아픈 사진이구나."

그의 뜻을 알아듣고 사진으로 고개를 돌리며 혼잣말처럼 중얼거렸다. 뒤에서 준수가 쿡 웃으며 내 관자놀이에 입을 맞췄다.

"그만 봐."

내가 사진에서 애잔한 시선을 떼지 못하자, 준수가 끌어당겼다. 그에게 부드럽게 웃어주고 걸음을 옮겼다. 그때 맞은편에 걸려 있는 액자 중 낯익은 것을 발견했다.

"어? 나다."

후다닥 그 앞으로 다가갔다. 짧은 복도 끄트머리 지점에 걸린 액자에 담긴 나.

쇄골 아랫부분까지만 나와 있는 클로즈업 사진이었는데, 쇄골 아래로 희미하게 연보라색 드레스의 실루엣이 보였다. 1년 전, 연말시상식 때 나는 이 드레스를 입었었다. 이날 나는 여우주연상을 수상했었다.

사진은 뒤에 있는 누군가를 보려고 고개를 돌리는 찰나의 옆얼굴이었다. 마치 뒤의 연인에게 여릿한 미소를 보내는 듯한 표정. 작품명은 『かのじょ, 彼女, 그녀』였다.

심장이 두근두근 울컥거리며, 울렁거렸다. 복잡한 감정이 휘몰아쳤다. 벅차오름에 눈시울이 달아올랐다.

준수가 뒤에서 나를 안았다. 등에 닿은 그의 심장박동이 전해졌다. 달궈진 눈시울이 금방이라도 액체를 쏟을 것 같아 연신 급하게 깜박이며 참았다.

그리고 일부러 샐쭉하니,

"초상권 침해예요, 허락 없이."

말하며 뒤의 그를 살며시 흘겼다. 준수가 목을 길게 빼며 나를 보았다.

"그래서 고소하실 겁니까?"

"네."

"정말이요?"

준수가 진지하게 나를 보았다.

"제가 넓은 아량으로 고소까진 안 하고 보상은 받아야겠는데요?"

"보상? 어떤 걸 원하시죠?"

나의 쌜쭉함에 장단을 맞추며 준수가 사무적으로 물었다. 그런 그를 눈을 가늘게 뜨고 올려다보았다. 준수의 진지한 눈이 나를 내려다보았다. 난 씩 웃었다. 그를 향해 입술을 쭉 내밀었다.

"보상해 줘요."

입술을 내밀며 오물거리는 나를 보며 준수가 쿡 웃었다.

그의 고개가 더 돌려져 내 입술에 달콤하고 짧은 키스를 했다. 입술을 떨어뜨리며 우린 서로를 보고 쿡 웃었다. 나는 시선을 사진으로 돌렸다. 준수도 사진의 나로 시선을 돌렸다. 등에 닿은 그의 가슴팍이 크게 들썩였다 생각한 순간, 그가 돌연 내게서 떨어지더니 내 손을 불끈 잡았다.

"어?"

"안 되겠다."

"왜?"

나의 팔을 휙 잡아끌어 걸음을 크게 옮기는 그를 놀란 눈으로 응시했다.

"더 크게 보상해 줄게. 이걸론 모자라. 우리 지이가 얼마나 비싼 사람인데⋯⋯."

나를 힐끔 내려다보더니 준수가 성큼성큼 걸으며 밖으로 앞서 나갔다. 종종걸음으로 그를 따라가다 눈치채고 난 손을 휙 뿌리쳤다.

"싫어! 더 놀다 갈 거야."

내가 불퉁한 표정으로 올려다보자, 준수가 황당하다는 듯 바라봤다.

"내일 놀면 되잖아. 매일 놀면서, 뭘."

"도쿄 처음 왔는데 어제도 그러고선 종일 집에만 있었잖아!"

토라진 아이처럼 신경질 부리는 내 허리를 준수가 끌어안고 가슴팍으로 당겼다.

"나 곧 일하기 시작하면 바쁘단 말이야. 그리고 아직 도쿄 시내는 그렇잖아."

칭얼대는 아이를 어르듯 준수가 다정히 웃었다. 혹시나 나를 알아볼 사람들의 시선을 걱정하는 것이었다. 한국 사람들이든, 우빈 팬인 일본 사람들이든.

"그래도 연말인데 오늘은 밖에 있을래. 사람들 없는 데 있으면 되지."

그의 웃음에 흔들릴 것 같아 가슴을 손바닥으로 밀어 그의 품을 벗어났다. 준수가 할 수 없다는 듯 포기하고 손을 잡았다. 이번엔 내가 먼저 그의 손에 깍지를 끼우며 애교스런 미소를 보냈다. 미안하다는 듯.

"대신, 이따 밤에 봐."

준수가 고개를 숙여 내 귓불에 입술을 대고 속삭이며 협박했다. 귓불에 닿은 입술의 촉감으로 소름이 오싹 올라왔다. 내가 진저리를 치자 준수가 크게 웃었다. 꼭 남의 약점을. 힐끗 그를 흘기며 걸음을 옮겼다.

"근데 학교 다닐 때 여학생들이 관심 주지 않았어?"

"나한테?"

"어."

아무래도 많이 그랬을 것 같다. 이건 주관적인 것이 아니라 객관적인 생각이다, 분명.

"많이 그랬지."

대수롭지 않다는 듯 준수가 대답했다. 그의 눈빛을 보니 진실이었다.

"그래서? 그럼 한두 명 정도는 만났겠네?"

"공부하느라 바빴어."

"거짓말. 여자들이 다가오는데 동하지 않는 남자가 어디 있나?"

입술을 삐죽거리는 나를 준수가 빤히 내려다보았다. 그러더니 재킷 주머니에서 휴대폰을 꺼냈다.

"내 애인 사진 보여주면 다들 알아서 물러났어. 너무 예뻐서."

그가 잠금 해제를 풀더니 휴대폰을 내게 내밀었다. 무심히 그의 휴대폰 액정을 본 순간, 난 화들짝 놀랐다.

10년 전 미용실에서 찍어 보냈던 내 셀카 사진. 머리는 헤어 전이라 세팅롤을 한 채 메이크업은 끝낸 상태로 카메라, 그를 향해 환하게 웃고 있는 열아홉의 내 얼굴이 휴대폰 화면을 가득 채우고 있었다.

"이게 어떻게 아직도?"

"뭐, 옮기는 거야 일도 아닌데……."

"그래도 이 오래된 사진을 아직도 가지고 있었어?"

"네가 유일하게 보내준 사진이잖아. 나만 보라고 보낸 네 사진."

입술을 길게 늘어뜨리며 준수가 나를 다정하게 내려다보았다. 몸을 돌려 그런 그를 마주 보았다.

난 빙그레 웃으며 팔을 길게 빼서 그의 목에 둘렀다. 내가 뒤꿈치를 들자 준수도 알아서 고개를 숙였다. 그의 입술과 내 입술이 자연스럽게 겹쳐졌다.

"보상받으러 갈까?"

짧고 다정한 키스를 하고 떨어지면서 나는 속삭였다. 나의 말에 준수의 눈동자가 번뜩였다. 그가 재빨리 내 손을 불끈 잡았다.

"빨리 가자."

그리곤 나의 팔을 잡아끌었다. 그의 손에 이끌려 종종걸음으로 따라가면서 난 까르르 웃음을 터뜨렸다. 그도 앞서 가면서 즐거이 웃었다.

올해가 이렇게 가고 있었다.

모든 것이 정리되고, 모든 것이 즐겁게.

※　　※　　※

보도블록 위를 정신없이 서성거리는 나를 준수가 팔목을 휙 잡더니 잡아끌었다. 그가 허리를 숙여 엄한 시선으로 나와 눈을 마주쳤다.

"그만 움직여. 다리 아파."

"왜 이렇게 안 오는 거야?"

눈높이를 맞춘 준수의 눈을 보면서 미간을 찡그렸다. 그러자 준수가 픽 웃으며 손가락을 들어 찌푸린 내 미간을 눌렀다. 금세 미간의 주름을 풀며, 난 팔을 휘 벌려 그의 허리를 끌어안아 품 안으로 쏙 들어갔다. 턱을 가슴에 꽂듯이 대고 내가 한껏 올려다보자, 준수가 나를 안으며 고개를 숙여 내 이마에 입을 맞췄다.

"야! 대낮부터 뭔 짓이냐?!"

그때 등 뒤에서 낯익은 목소리가 들렸다.

"정현아!"

휙 고개를 돌려 택시에서 내리는 정현이에게 달려갔다. 그녀의 어깨를 끌어안으며 펄쩍펄쩍 뛰었다.

"보고 싶었어, 정현아! 너무너무너무."

"이년, 말뿐인 년."

그런 나를 정현이 팔꿈치로 슬며시 밀었다.

그녀의 뒤를 따라 택시에서 덩치가 큰 태주가 내렸다. 태주가 쑥스러운 미소를 지으며 나를 보고, 내 등 뒤에 서 있는 준수를 봤다.

두 남자가 서로 가까이 다가갔다. 그들이 자연스럽게 서로 손을 내밀고 악수를 했다.

"오랜만이다."

"그래."

"이렇게 보니까 정말 어색하고 이상하다."

태주가 머쓱한 웃음을 지었다.

"그러게."

준수도 피식 웃었다. 두 남자가 서로를 보면서 서먹하고 멋쩍은 웃음을 흘렸다.

"오느라 힘들었지? 우리가 공항으로 나간다니까."

"공항에 나왔다가 한국인들 보면 괜히 알아보고 입방아에 올라. 택시만 잡고 오면 되는걸."

정현의 배려에 난 빙그레 웃었다.

"근데 도쿄에 있다면서 왜 여기로 오래?"

"여기가 전망도 좋고 조용해서 너네 편히 쉴 것 같아서. 그리고 준수 도쿄 집은 원룸이라 좁거든."

"아직 집 안 구했어?"

"구하려고 알아보고 있어."

6개월 만에 보는 정현의 얼굴이기에 그녀에게서 시선을 떼지 않고 웃었다.

"그리고 정현아, 여기 계신 준수 유모님 음식이 끝내줘."

"그래?"

음식이 끝내준다는 말에 정현이 입술을 크게 벌리고 웃었다. 두 남자가 택시 트렁크에서 짐을 꺼내 들고 집으로 이동했다. 정현이와 나는 손을 맞잡고 서로를 보면서 웃었다.

이렇게 마주 보기만 해도 좋았다. 내 오랜 친구. 내 든든한 벗.

"이년, 살 좀 붙었네. 이제야 사람 같네. 뼈다귀 같더니."

정현이 손을 들어 내 머리카락을 매만졌다.

"너도."

"나야 모……."

나의 말에 정현이 입술을 삐죽거렸다.

남자들이 집에 들어가 짐을 놓고 나올 때까지 우리는 골목 어귀에서 기다렸다. 그리고 그들이 나오는 것을 보고 정현이와 함께 먼저 바닷가로 이동했다. 남자들이 보폭을 맞춰 걸으며 우리를 뒤따랐다.

"좋지?"

바닷가에 나가자마자 내 것이 아님에도 공연히 뿌듯해하며 물었다.

"와, 진짜 좋다. 여기 있으면 세계평화를 저절로 느끼겠다."

"세계평화?"

엉뚱한 정현의 말에 난 쿡쿡 웃었다.

"진짜 좋다."

그녀와 나란히 보폭을 맞춰 걸으며 우린 푸름의 바다를 보고, 푸름의 수평선을 보았다.

"바람이 더워진다. 벌써 여름이 다가오나 보다."

"응."

"지이야."

정현이 조용히 나를 불렀다. 난 곁의 그녀를 가만히 보았다.

"한국엔 안 올 거야?"

"……아직은."

"그래, 이제 좀 조용해졌으니까…… 좀 천천히 와도 괜찮을 거야."

정현이 짧게 고개를 끄덕이며 수긍했다.

"우빈 오빠랑 재웅 오빠는 잘 있지?"

나직하게 물었다.

정현은 오지랖에 나의 일로 소속사를 관둔다고 한동안 난리를 피웠었다. 그러나 사적인 일과 공적인 일은 구분해야 않느냐는 생각에 난 그녀를 오랫동안 설득했다. 그녀는 3개월 정도 소속사에 출근하지 않으며 지냈었다. 재웅은 그런 그녀를 차분히 기다렸고, 난 그녀를 설득하여 다시 돌려보냈다.

그리고 우린 그저, 제자리를 찾았다. 나는 준수에게로, 그녀는 그녀의 혈기왕성한 열정을 마음껏 뿜어낼 수 있는 공간으로.

"응…… 재웅 오빠는 혜영 언니랑 결혼할 거래, 가을쯤에."

"그래? 좋은 일이네. 혜영 언니한테도 축하한다고 전해줘."

"그리고…… 우빈 오빠, 곧 복귀할 것 같아. 준비 중이야."

"잘됐네."

진심으로 하는 소리였다. 그 일로 우빈은 지난 6개월 동안 잠적하다시피 조용히 칩거했다고 들었다. 그의 아픔을 달래는 시간이었을 것이다. 어쩌면 아픔을 묻어두는 시간이었을 것이다. 달래지는 못하고.

"우빈 오빠랑 재웅 오빠는 아직 용서가 안 되지?"

정현이 차분히 물었다.

"……모르겠어, 이젠."

"응?"

"정말 이젠 모르겠어. 그냥 잘 생각이 안 나, 요즘은."

내가 쓸쓸하게 미소 지으며 눈을 내리깔고 모래밭에만 시선을 두자, 정현이 앞을 봤다.

"너는 연예계 복귀하고 싶지 않아?"

"정현아."

"응."

"세보니까 내가 연예계 생활한 지 20년이 넘었더라. 그런데 그때 난 행복했던 적이 별로 없었어. 항상 갑갑하고 벗어나고 싶었던 것 같아. 역시 내 적성이 아니었나 봐. 그래서 지금이 너무 편해."

그녀를 보며 빙그레 웃었다.

"그래, 20년이나 일했으면 쉬어도 되겠다. 그치?"

정현이도 나를 보며 피식 웃었다.

우린 다시 느긋하게 모래사장을 거닐었다.

"준수랑은 어때?"

정현의 질문에 그저 웃음만으로 대답했다.

"너희 피임은 제대로 하지?"

정현이 음흉한 미소를 지으며 불쑥 물었다.

"뭐야? 또 무슨 소리야?!"

화끈 얼굴을 붉히며 그녀를 쌩하니 흘겼다.

"왜애? 자연스러운 질문을 갖고."

"너나 잘하시지 그러셨어요?"

난 손을 번쩍 들어 볼록한 그녀의 배를 쓰다듬었다. 나의 손길에도 그녀의 배는 얌전했다. 태동이 느껴지지 않았다.

"이게 실패하기도 하더라고. 너도 조심해."

허망하다는 듯 먼 산을 보면서 정현이 힘겹다는 투로 중얼거렸다. 그런 그녀를 보며 난 킥 웃었다.

"조심하고 있네요. 그리고 우린 바빠. 10년 치 채워야 해서."

"뭐?!"

나의 툭 던지는 말에 정현이 황당하다는 듯 쳐다봤다. 난 쿡 웃었다.

"그리고 뭐, 생기면 어때? 그것도 좋겠다."

"그래, 좋긴 해. 다만 불편한 게 많아서 그렇지. 특히 난 태교가 문제야."

정현이 고개를 설레설레 흔들며 인상을 썼다.

"아, 안정현 베이비, 엄마 말은 한 귀로 듣고 한 귀로 흘려라. 그건 욕이 아니에요."

배에 가까이 고개를 숙이고 그녀의 뱃속 아기에게 전했다.

"안 그래도 애쓰고 있다, 힘겹게."

정현이 입술을 굳게 다물며 결의에 찬 눈빛으로 자신의 볼록한 배를 내려다보았다.

"앗, 움직였다. 알았대, 알았대. 효자야, 말도 잘 들어."

손바닥에서 느껴지는 꿈틀거리는 뱃속의 태동이 경이로워, 난 한껏 달떴다. 정현이 뿌듯한 표정을 지었다.

우린 다시 나란히 길을 걸었다.

"너는? 태주랑은 어때? 태주가 잘해줘?"

"그럼, 날 받들어 모셔주지. 안 그럼 나한테 죽지."

정현의 강한 어조에 난 킥킥거렸다.

"근데 저 녀석, 의외다. 내가 첫 여자야."

"진짜? 말도 안 돼. 양아치였으면서."

"별다른 이유 있겠어? 인기가 없어서 그런 거지. 여드름투성이
였잖아. 군대 다녀와서 없어졌다는데…… 그 후엔 취업할 생각에
공부만 팠고. 그러니 당연 여자가 있을 틈이 어디 있어?"

태주가 곁에 있는 것도 아닌데 듣지 못하게 한다는 듯 귓속말처
럼 정현이 속삭였다.

"지금은 멀끔하고 남자답고 멋있고만, 뭘."

"힘만 장사야, 아주. 요즘은 아주 죽으려고 해, 몸 달아서. 밝히
긴 어찌나 밝히는지……."

보드랍게 자신의 배를 쓰다듬으며 정현이 쿡쿡 웃었다. 그녀의
말에 나도 쿡쿡 웃었다.

"근데 준수도 만만치 않겠다, 밝히는 건……."

그러면서 그녀가 넘기듯이 말했다.

"뭐야? 그건 또?"

내가 성질내며 흘기자 정현이 샐쭉하게 보며,

"그렇지 않아? 열여덟에 그 사고를 친 걸 보면……."

라며 음흉한 눈을 가늘게 뜨고 배시시 웃었다.

"그건 내가 꼬인 거거든."

난 당당하게 툭 내뱉었다.

"뭐?! 그럴 줄 알았어! 이년, 겁도 없는 년."

정현이 완전히 기막혀 하며 나를 쳐다봤다. 난 그대로 웃음을 터뜨렸다. 내가 깔깔거리자, 정현이 어이없다는 듯 따라 웃었다.

잔잔하게 일렁이는 늦은 봄의 바다는 따스했다. 정오를 향해 달리는 태양이 보석 같은 빛으로 바닷가에 내려앉았다. 그 빛으로 푸르스름한 바다가 금빛까지 여울져 다채로운 빛으로 찬란히 반짝였다.

"정현아."

"응."

"너 행복해?"

그녀의 손을 잡으며 물었다.

"말해서 뭐 해? 너는?"

그녀가 환하게 웃으며 나를 보았다.

"말할 필요도 없지."

나도 환히 웃었다. 우리는 동시에 몸을 뒤로 돌렸다. 그리고 우리와 간격을 두고 뒤따르고 있는 남자들을 보았다.

편하게 지나온 세월을 얘기하는 듯 여유롭게 대화하며 걸어오는 우리의 남자들이 보였다. 덩치가 큰 태주와 키가 큰 준수의 조합이 안 어울리는 듯 잘 어울렸다.

태주가 무슨 말을 했는지 준수가 고개를 뒤로 젖히며 즐겁게 웃었다. 태주도 입을 벌리고 호탕하게 웃었다.

웃던 그들의 시선이 우리에게로 돌려졌다.

서로 마주 봤다. 그들이 우리를 향해 동시에 손을 들었다.

정현과 나는 미소를 머금고 멈춘 채 걸어오는 우리의 남자들을 기다렸다.

우리가 서 있는 곳으로 우리의 남자들이 다가왔다.

우리는 기다리고, 그들은 다가왔다.

천천히 가까이,

거리가 좁혀졌다.

점점 가까이.

번외 1 · **정현의 봄**

지지직.

석쇠에 올라가자마자 먹음직스럽게 잘린 갈색의 돼지껍데기가 몸을 둥그렇게 뒤틀며 미각을 자극하는 소리를 낸다. 바닥이 보이는 소주병을 들고서는 정현이,

"이모! 여기 소주 한 병 더!"

하고 시원스럽게 외쳤다.

"넌 여전히 잘 마시는구나?"

맞은편에 앉아 있는 민석이 그녀를 보면서 웃었다.

"나야, 뭐. 오빠 애기는 잘 크지?"

"아주 예쁘지. 근데 후배 오기로 했는데 이 녀석, 왜 이렇게 안 와?"

시계를 확인하더니 돼지껍데기집의 미닫이문을 넘겨다보며 민석이 말했다.

"후배? 왜?"

"너 소개시켜 주려고."

"뭐?"

어이없어하며 정현이 웃었다.

"내 대학 후배인데 이번에 신입사원으로 우리 신문사 들어왔어. 근데 딱 네 생각이 나잖아. 너 소개시켜 주려고."

"참나, 그래서 지금 6개월 만에 뜬금없이 만나자고 연락한 거였구만? 뭐야, 누가 남자 소개시켜 달래?"

귀찮다는 듯이 미간을 찌푸리며 정현이 소주잔을 기울였다.

"아, 만나봐. 성실하고 좋은 녀석이야."

"몇 살인데?"

"너랑 동갑."

"나랑 동갑? 이제 신입사원이라며?"

스물아홉이라는 소리였다. 대학 졸업하고, 군대 다녀오고……
재수했나? 취업을 늦게 했나? 짐짓 시큰둥한 척하지만 이미 남자에게 온통 관심이 쏠렸다.

"그럼 연하를 기대했냐? 학교를 늦게 들어왔어."

"근데 이게 뭐야? 이런 데서 만나고? 첫인상부터. 아! 나 이 모양인데?!"

투덜거리다가 정현은 그제야 자신이 트레이닝복 차림인 것을 인지했다.

"그러니까 오빠 만날 때 좀 꾸미고 나오라고 했잖아."

"아씨, 노는 날인데 오빠가 뜬금없이 한잔하자고 했잖아! 그리고 내가 유부남인 오빠 만날 때 꾸미고 나올 일이 뭐 있수?"

민석의 타박에 정현이 버럭 일갈했다. 토요일이고, 지이는 백화점 광고 촬영 때문에 나간 상태여서 심심해하며 몸부림치고 있을 때, 오랜 세월 친하게 지내던 연예부 기자 민석의 전화를 받고 나온 정현이었다. 더운 여름날이라 안 그래도 시원한 맥주 한잔이 떠올라 정현은 신나서 입고 있던 트레이닝복 차림 그대로 나온 상태였다.

"넌 택시 타고 오는 길인데도 그러고 온 거잖아."

"아씨, 돼지껍데기집이니까."

망했다. 간만에 남자를 소개받는 자리인데 민낯에 트레이닝복 차림이라니.

"오빠, 나 가야겠다. 소개는 다음에 받자."

아무래도 이 상태로 낯선 남자와 소개팅 같은 거사를 치를 수 없다는 생각에 정현이 벌떡 일어났다.

"어, 왔다! 여기!"

아! 늦었다. 의자에서 엉덩이를 뗀 엉거주춤한 상태로 정현이 반쯤 열린 미닫이문을 통과하는 남자를 봤다. 덩치가 큰 남자였다. 듬직한 체형에 듬직한 인상. 잘생겼다 말하긴 어렵고, 남자답게 생긴 선이 굵은 느낌의 남자. 굵은 눈썹과 야무지게 다물어진 입술이 마음에 든다.

정현은 다시 의자에 엉덩이를 붙였다.

할 수 없다. 뭐, 잘돼서 결혼하면 어차피 민낯은 보이는 것이므로.

"안녕하세요."

남자는 여자를 소개받는 자리임을 알고 있었다.

"네."

정현은 쑥스러워지는 기분으로 수줍게 웃으며 고개를 숙였다. 남자도 쑥스럽다는 듯 웃었다. 그런 그녀를 민석이 기막히다는 듯 봤다. 정현은 눈을 가늘게 뜨고 민석을 흘겼다.

"이쪽은 JU엔터테인먼트 마케팅실장 안정현. 그리고 이 녀석은 우리 신문사 스포츠 담당 이태주. 동갑이니까 편하게 말해."

민석의 소개에 정현은 습관처럼 익숙하게 명함을 꺼내 내밀었다. 그러자 사회초년생 티를 팍팍 내며 그가 그제야 부랴부랴 명함지갑에서 명함을 꺼내 내밀었다.

남자에게서 명함을 받은 그녀는 그걸 뚫어져라 읽었다.

──이태주

낯설지 않은 이름. 남자의 얼굴을 살폈다. 어쩐지 낯익은 인상.

대수롭게 여기지 않고 힐끔거리기만 했다. 그도 곁눈질로 연거푸 그녀를 봤다. 눈이 마주쳤다. 그러자 남자가 다시 쑥스러운지 후다닥 시선을 거뒀다. 민석이 그에게 소주를 따라줬다.

"오늘은 누가 이겼냐?"

민석이 그에게 물었다.

"엘케이요. 아무래도 이번엔 엘케이하고 오산이 한국시리즈 갈 것 같아요."

태주가 가볍게 소주 한 잔을 들이켜더니 말했다. 차분한 어투.

오산. 나 오산 팬인데.

잠시 그들의 대화가 이어졌다. 정현은 돼지껍데기 하나를 집어 입에 넣고 오물거리며 그를 자세히 관찰했다. 그의 손가락이 두껍다. 투박한 손. 근데 털은 없다. 남자 어깨가 굉장히 넓다. 덩치가 큰 탓인가 유난히 넓다. 저 속에 들어가면 자신의 몸이 다 가려질 것 같다.

정현, 그가 왠지 마음에 든다.

"우리만 대화했나?"

정현이 침묵하고 있자 민석이 고개를 돌렸다. 그러더니,

"둘이 대화 좀 해."

하면서 화장실을 간다고 일어났다.

"뭐…… 괜찮은데……."

정현은 머쓱해 헤헤 웃었다. 민석이 자리를 비우자 태주의 시선
이 정현에게 꽂혔다. 정현은 뭐든 대화를 할 필요성을 느꼈다.

"재수하셨나 봐요. 삼수 정도? 학교를 늦게 들어가셨다면서
요?"

"아…… 아뇨, 공부를 늦게 시작했어요. 어렸을 적에 사고를 많
이 쳐서……."

그가 픽 웃더니 넉살 좋게 말했다.

"사고요?"

"네…… 제가 좀…… 엉망이었거든요."

의아해 묻는 정현의 말에 그가 넘기듯 말했다. 엉망? 무슨? 정
현이 이해 못하겠다는 듯 눈꺼풀을 끔벅거리자, 그가 말을 이었
다.

"제가 일진이었어요. 그러다…… 졸업하고 뒤늦게 공부를 시작
했어요."

그가 민망하다는 듯 웃으며 솔직하게 말했다.

"아…… 일진이셨어요? 전혀 그렇게 안 보이는데……."

화들짝 놀라 정현이 물었다.

"뭐, 개과천선했죠."

"그러고 보니…… 제가 졸업한 학교 일진 녀석 중 한 놈하고 이
름이 같네요……. 이태…… 주?"

무심히 중얼대다가 흠칫 정현이 끝말을 얼버무렸다. 그리고 뚫

어져라 그를 봤다. 그가 의아하다는 듯 정현을 봤다.

"혹시…… S고등학교 나왔어요?"

"네. 어떻게……."

놀란 그의 대답에 정현의 뒷골이 지끈 당겼다. 일순간 지금까지 마신 소주가 그득한 위장이 뒤틀리면서 울렁거렸다.

"너…… 이태주였어?!"

기막힘에 정현이 소주잔을 들어 한 번에 탁 털어 넣었다.

"어? 저 아세요?"

태주가 멀뚱거리며 그녀를 봤다.

"나도 S고등학교 나왔다, 이 나쁜 놈아!"

정현은 지금까지 얌전하게 내리깔던 목소리를 확 트며, 그를 노려봤다.

에이씨, 간만에 괜찮은 남자 만났다 했더니만. 빌어먹을. 그러면서 소주를 또 입에 탁 넣었다.

"오빠, 이 자식, 더럽게 나쁜 놈이었어. 완전 악질, 악질 중의 악질."

불쾌함에 소주를 연달아 들이켠 탓에 정현은 취기가 잔뜩 오른 상태였다. 그런데다 2차로 옮긴 맥주집에서도 벌컥벌컥 생맥주를 마셨더니 더욱 취기가 얼큰해졌다.

맞은편에 앉은 태주를 정현이 삿대질해 댔지만, 태주는 민망해하며 웃기만 했다.

"안 그랬는데…… 대학 다닐 땐 얼마나 열심이었는데…… 완전 성실맨이었어."

"성실맨?"

민석의 말에 정현은 비웃듯이 잇몸이 보이도록 깔깔거렸다.

"근데 너, 그 여드름은 어떻게 다 없어졌냐? 관리하냐?"

"아니. 대학 들어가고 서서히 없어지더니 군대 제대하고 나니 깨끗해졌어."

"아하! 피부가 완전 더럽지는 않은 모양이네. 진짜 못 알아봤다. 근데 너, 대학은 어떻게 들어갔냐? 완전 황당하다."

"우리 엄마가 그러는데 내가 공부를 안 해서 그렇지, 머리는 좋다고 했었어."

태주가 사람 좋은 미소를 지으며 꼬박꼬박 대답했다.

"완전 돌대가리는 아닌 모양이구나."

입술을 삐뚤게 비아냥거리는 정현의 말에 태주가 킥 하고 웃었다.

아, 이 녀석, 진짜 이태주 맞아?

"너 번개 맞았었냐?"

눈썹을 꿈틀거리며 정현이 이기죽거렸다. 태주가 고개를 흔들었다.

"근데 왜 사람이 완전 바뀌었냐, 대체? 야, 지나가는 개도 웃겠다."

정현의 말에 태주가 피식 웃었다. 그러더니 차분하게 입을 열었다.

"서준수 때문에."

"어?"

태주의 말에 정현이 멈칫했다.

"……내가 쪽팔리더라고, 괜히."

간단한 말이었는데 진심이 담겨져 있었다. 깊은 뜻이 담겨져 있었다. 그제야 정현은 완전히 달라진 태주를 인정했다.

화장실에 다녀왔더니 민석이 자신의 자리에 대자로 뻗어 잠들어 있었다. 하는 수 없이 정현은 태주 옆자리에 앉았다.

"오빠, 집에 가서 자!"

버럭 민석에게 소리쳤지만 이미 인사불성. 하는 수 없이 내버려두고 정현은 맥주를 마셨다. 그러다 맥주잔을 들다 말고 휙 태주에게 고개를 돌렸다.

"야! 너! 나 뺨 때렸는 거 기억나지?!"

바로 눈앞의 태주에게 손가락을 휙 들어 삿대질하며 정현이 인상을 썼다.

"어? 내가 그랬어?"

"하도 때린 애들이 많아서 기억도 안 나지? 쳇."

정현이 이죽거리며 태주 얼굴 가까이에 얼굴을 들이밀며 노려봤다.

"네가 유지이한테 집적거리다가 나한테 못생긴 년이라고 하면서 내 뺨 갈겼잖아?! 나쁜 놈아!"

"……아…… 미안……. 그게 너였어?"

"미안?! 너, 고거면 되는 줄 알아?! 기껏! 그리고 뭐? 때린 난 기억 못하고, 유지이는 기억하냐?"

당황한 태주 가까이에 얼굴을 더 들이밀며 정현이 인상을 팍팍 썼다. 태주가 그런 그녀를 눈을 내리깔고 빤히 내려다봤다.

"내가 얼마나 아팠는지 알아? 그리고…… 못생긴 년이라니! 아주 사람 쪽팔리게…… 그렇게 애들이 많은 식당에서…… 이 썩을 놈!"

바로 코앞의 태주를 노려보며, 취한 정현이 씩씩거렸다.

그때였다. 불쑥 태주의 양손이 올라와 정현의 뺨을 잡더니, 정현의 입술에 입술을 겹치며 우악스런 키스를 했다. 화들짝 놀란 정현이 움찔하고, 그의 키스를 받으면서 동공이 커졌다. 그러다 손바닥을 번쩍 들어 태주의 뒤통수를 퍽 쳤다. 태주가 멈칫하며 입술을 떼고 물러났다.

"야, 이 새끼야! 뭐 하는 짓이야?!"

맥주집 사람들이 다 힐끔거릴 정도로 정현이 크게 발악하며 손바닥으로 연거푸 태주의 뒤통수를 갈겼다. 태주가 어깨를 움츠리며 고개를 숙였다.

"아씨, 똥 밟았네. 뭐야, 이 새끼. 어디다 대고……."

정현이 손바닥으로 입술을 쓱쓱 비비면서 성질을 부렸다. 그러다 화가 도지는지 손바닥으로 태주의 웅크린 어깨를 짝짝 때렸다.

"미친 새끼."

욕설을 내뱉으며 정현이 벌떡 소퍼백을 들고 일어났다. 테이블을 나서려다 말고 다시 성질이 나는지,

"이 진짜 미친 새끼."

그녀가 자신을 보는 태주를 향해 백을 마구 휘둘렀다. 태주가 정현이 휘두르는 백에 그대로 머리를 맞았다.

그녀가 몸을 휙 돌려 맥주집에서 나왔다. 그녀의 뒤를 태주가 잽싸게 쫓아왔다. 의자에 대자로 뻗어 자는 민석을 두고서.

씩씩거리며 택시를 잡기 위해 도로에 서 있는 정현과 몇 발자국 떨어진 곳에서 태주가 주춤거렸다. 그런 그를 정현이 휙 노려봤다. 태주가 겁먹은 것처럼 움찔했다.

택시가 왔다. 정현이 택시 뒷좌석에 올라타는데 떨어져 있던 태주가 후다닥 달려오더니 그녀의 옆에 올라탔다.

"뭐 하는 거야?"

"……혼자 가기엔 위험하니까……."

옆에 앉은 태주가 소심하게 웅얼거렸다.

"니가 더 위험해, 새끼야."

택시기사가 있던 탓에 자그마한 목소리로 이죽거리며 정현이

그를 흘겼다. 태주는 조신하게 그녀 옆에 앉아 있었다.

"너 왜 따라 내려?!"

아파트 입구에 도착해 택시에서 내리는데 태주까지 따라 내렸다.

"아니…… 그래도 들어가는 거 보려고……."

"아주 꼴값은……."

돌아서다 말고 바로 뒤에 있는 태주에게,

"꺼져, 이 새끼야. 재수 없으니까."

휙 정현이 팔을 번쩍 들었다. 그 순간, 태주가 순발력 있게 그녀의 팔을 잡았다.

"어…… 놔……."

강한 태주의 손이 그녀의 팔을 놔주지 않자 정현이 흔들었다. 힘이 강하다. 쉽게 빠지지 않는다. 실랑이를 하려다 정현이 팔을 흔드는 걸 멈칫했다.

그때, 태주의 다른 손이 그녀의 뒷덜미를 잡더니 또 얼굴을 들이밀고 그녀의 입술에 키스를 해댔다. 한 팔을 잡히고 뒷덜미를 잡힌 채, 정현은 태주의 뜨거운 키스를 속수무책으로 받았다. 몸을 바둥거리던 그녀가 번쩍 발을 들어 태주의 정강이를 찼다.

"아!"

태주가 아픔에 신음하며 떨어졌다.

"이 새끼가 진짜 돌았나?!"

정현은 그의 아픔엔 신경조차 쓰지 않고, 발을 계속 들어 태주의 다리를 차댔다.

"미친 새끼! 돌았어?! 왜 그래?! 새끼야!"

"아…… 네가 자꾸 예뻐 보여서……."

다리를 연속해서 맞은 태주가 다리를 움찔거리며 뒤로 물러섰다. 그의 중얼거림에 정현이 멈칫했다. 그래도 기분 나쁜 소리는 아니었으므로.

"꺼져."

단호히 말하고 아파트 현관으로 걸음을 옮겼다.

"안정현, 내일 야구경기 보러 안 갈래?"

그때 뒤에서 태주가 크게 물었다. 우뚝, 정현이 걸음을 멈추고 게슴츠레한 눈으로 그를 넘겨다봤다. 잠시 뜸을 들이다가 은근슬쩍 물었다.

"어디 경기인데?"

"오산 대 삼송."

"넌 어디인데?"

"난 오산."

태주가 빙그레 웃었다.

정현이 샐쭉한 표정을 지으며 몸을 현관문으로 돌렸다. 그리고 등 뒤의 태주를 보지 않고,

"늦지 않게 모시러 와라."

툭 내뱉고 아파트 현관 보안문에 카드키를 댔다.

"어! 1시 경기니까 내가 10시까지 올게!"

태주가 기분 좋은 목소리로 크게 대답했다. 정현은 여전히 그를 보지 않고 손만 번쩍 들어줬다. 그리고 열린 보안문 안으로 들어섰다.

번외 2 · 겨울, 봄, 여름, 가을

겨울

쪽.

입술에 보드라운 감촉이 느껴진다. 하지만 접착제로 붙여놓은 듯 딱 달라붙은 진득한 눈꺼풀을 뗄 수 없다. 뇌가 수면이 부족하다고 투덜거린다. 질끈 눈썹만 실룩하고 뇌의 투덜거림을 따른다.

쪽.

귓가에 보드랍고 짧은 감촉이 닿았다. 움찔. 오싹한 소름이 잠결에도 솟아난다. 아, 거긴 건들지 마. 미간을 찌푸린다. 뇌가 신경질을 부린다. 그래도 눈을 뜰 수는 없다. 잠이 더 중요하다.

쿡.

짧은 웃음소리가 들린다. 그러더니 딱딱한 이가 귓불을 슬쩍 깨문다. 오소소 돋는 소름이 귓불에서 목덜미 너머까지 퍼진다. 아, 거긴 건들지 말라니까. 뇌가 완전히 성질을 낸다. 오만상을 찌푸리며 고개를 흔든다.

쿡.

다시 짧은 웃음소리. 그러더니 이번엔 아예 입술이 귓불을 물더니 따뜻한 혀가 자극한다.

"아! 뭐야?!"

결국 오돌오돌 닭살이 돋는 피부의 간지럼을 견디지 못하고, 불끈 눈을 부릅떴다.

"일어나, 벌써 9시야."

바로 눈앞에 준수의 짓궂은 눈동자가 있었다.

"졸려서 죽을 것 같아."

툴툴거리며 돌아누워 눈꺼풀을 닫는데, 준수의 고개가 또 귓가로 숙여지려 했다. 손바닥을 번쩍 들어 그의 이마를 밀었다.

"이씨, 거긴 건들지 말라니까! 소름 끼친단 말이야!"

"배고파, 빨리 일어나."

내 손바닥을 피하지 않고서 준수가 웃으며 투정부렸다.

"나 진짜 졸려. 그러니까 왜 그렇게! ……몰라, 졸리다고."

버럭 따지려다가 상기되는 쑥스러운 장면에 입술을 닫고 휙 돌아누웠다. 그런 나의 옆구리에 손을 끼우더니, 준수가 억지로 일으키려고 했다. 난 거부하며 고개를 흔들었다. 그가 내 등 뒤로 두 손을 넣어 깍지를 낀 채 내 상체를 일으켰다. 난 시체처럼 뒤로 늘어지게 고개를 젖히며 일어나길 거부했다.

"나 배고파, 진짜."

준수가 힘없이 뒤로 젖힌 내 턱에 입을 맞췄다.

"나 원래 아침 안 먹는단 말이야. 미세스 김께 죄송해서 어쩔 수 없이 계속 먹었는데, 나 사실 힘들어. 나 너무너무 졸려. 난 밥보다 잠이 필요해."

미간을 좁히며 제발 봐달라는 식으로 그를 봤다.

"미세스 김이 너 너무 말랐대. 아까부터 차려놓은 거 안 먹으니까 신경 쓰는 눈치야. 응?"

애원하듯이 준수가 눈썹을 살짝 들어 올렸다. 그의 표정에 난 삐죽 웃어주고, 그의 힘에 따라 못 이기는 척 몸을 일으켜 침대에 앉았다.

"씻고 내려와."

"알았어."

볼멘 표정을 짓는 나의 입술에 입술을 살포시 맞추고서 준수는 방에서 나갔다.

마저 침대에서 일어나며 지끈거리는 관자놀이를 눌렀다. 뇌가 다시 자자고 유혹했다. 아, 며칠 동안 잠을 너무 못 잤다. 이건 수면 부족으로 인한 편두통이라고. 어째서 저 녀석은 저렇게 더 생생한 거지?!

그가 나간 미닫이문을 노려보다 투덜거리며 욕실로 가기 위해 옷을 챙겼다.

씻고 1층 주방으로 내려가니 식탁에 음식이 한 상 가득 차려져 있고, 준수가 얌전히 나를 기다리고 있었다. 그의 옆자리에 자연스레 탁 앉았다.

"미세스 김은 뜨개질하셔?"

"응."

아침잠이 없는 미세스 김의 아침 식사 시각은 오전 7시였다. 늦잠꾸러기가 된 준수와 나는 미세스 김과 아침 식사를 함께할 수 없었다. 미세스 김은 아침 식사를 끝내곤 며칠 전부터 봄이 되면 입으라고 니트를 짜기 시작했다. 나에게 잘 어울릴 만한 연다홍색 니트를.

"허. 아침상에 웬 장어가 이리……."

식탁 위에는 다른 반찬들 틈으로 한가운데 장어구이가 한가득 쌓여 있었다.

"미세스 김의 배려."

준수가 가뿐히 어깨를 으쓱하면서 젓가락으로 장어를 집어 내 입 가까이에 가져왔다. 난 재빨리 고개를 흔들었다.

"난 장어 싫어."

"그래도 먹어."

내가 강력히 고개를 흔들자 준수가 자신의 입으로 가져갔다. 그러곤 연속해서 장어를 잘도 먹었다.

"전복은 안 좋아하면서 장어는 좋아하나 봐?"

신기해서 준수를 빤히 올려다봤다.

"아니, 안 좋아해."

준수가 미간을 좁히며 정색했다. 그러면서 장어를 또 하나 집어 입어 넣었다.

"근데 왜 그렇게 잘 먹어?"

"보충해야지, 열심히. 그래야 10년 치 채우지."

나를 힐끔 보며 그가 능청스럽게 씨익 웃었다.

"에?"

10년 치라는 말에 난 움찔해서 뒤로 고개를 주춤 밀어내며 떨어졌다.

"또 상상했어? 10년 동안?"

눈을 가늘게 뜨며 준수를 주시했다.

"어. 많이 여러 번."

준수는 아무런 거리낌 없이 픽 웃으면서 대답했다. 그런 그를 어이없이 보다 쿡 웃었다. 준수가 다시 장어를 먹으며 오물거렸다. 그런 그를 보다 난 목을 길게 빼어 그의 입술 가까이에 다가갔다. 그리고 그의 입술에 내 입술을 덮으며 짧게 입맞춤을 했다.

"장어 맛 난다."

그의 입술에서 떨어지며 난 씽긋 웃었다. 준수의 다정한 눈이 내게 잠시 머물렀다. 그는 다시 장어를 집었다. 밥을 먹기 위해 바로 앉으며 나도 젓가락을 들었다.

그때, 별안간 준수가 의자에서 벌떡 일어나며 내 팔목을 잡았다.

"일어나."

"어?"

"빨리."

그가 나를 일으켰다. 그리곤 주방에서 나와 2층으로 향하는 계단으로 성큼성큼 걸어갔다.

"왜?"

"미세스 김, 우리 조금 있다 밥 먹을 거니까 놔둬!"

준수가 의아해 묻는 내 말에 대답하지 않고, 1층 오른편 끄트머리에 위치한 미세스 김의 방 쪽으로 크게 소리쳤다.

"배고프다며?"

난 재차 물었다.

"너부터 먹고."

"에?"

힐끔 나를 내려다보더니 그가 계단을 올라갔다. 그에게 잡힌 팔을 잡아당기며 난 버텼다.

"빨리 와, 나 배고파."

준수가 채근하며 버티고 있는 내 팔을 잡아당겼다. 그에게 이끌려 어쩔 수 없이 따라 계단을 올랐다.

"그런 말은 어디서 배웠어?"

"한국에서 학교 다닐 때."

나의 샐쭉한 질문에 준수는 당당히 답했다. 2층에 도착해 미닫이문을 여는 준수 뒤에서 난 툴툴댔다.

"아무튼 우리나라 남자애들이 문제야."

주춤거리는 나를 그가 휙 방으로 끌어당겨 재빨리 문을 닫았다. 긴 팔로 내 허리를 휘감은 그가 휘돌아 침대에 털썩 눕혔다.

"악! 뭐야? 거칠어!"

신경질 부리는 나의 반응에 아랑곳하지 않고, 준수는 내 위로 몸을 덮었다. 거침없이 내 입술에 입술을 포개었다. 그의 즐거운 웃음소리가 내 입안으로 들어왔다.

그의 웃음을 삼키며 그의 열렬한 키스를 받았다. 뜨겁게 내 입술과 입안을 탐하던 준수가 돌연 뚝 멈추더니 고개를 들었다.

"유지이."

난 슬며시 눈을 뜨고 그를 올려다보았다.

"내가 말했나? 사랑한다고?"

그의 말에 난 피식 입술을 가늘게 늘렸다.

"응. 어제도 그제도. 매일."

"아니, 그거 말고."

"응?"

"내 목숨보다도, 내 심장보다도 사랑한다고 말했나?"

그의 그윽한 눈이, 그의 진지한 음성이 속삭이듯 말했다. 난 팔을 들어 그의 목을 감았다.

"말했어."

그리고 부드럽게 웃었다. 나의 말에 그의 눈썹이 의아하다는 듯 치켜 올라갔다.

"언제?"

"오래전, 네 심장이."

나의 말에 준수가 입술을 늘어뜨리며 환하게 웃었다. 그의 달콤한 입술이 숙여졌다. 그의 입술과 나의 입술이 뜨겁게 겹쳐졌다. 그러면서 준수의 나쁜 손이 내 옷 속으로 들어왔다.

"일어나, 잠꾸러기."

여지없이 아침에 눈을 뜨지 못하는 내게, 준수가 또 장난을 쳤다. 그의 이마를 밀며 내가 노려보자 준수가 웃었다.

"잠꾸러기는 무슨…… 내가 몇 시간이나 잔다고. 네가 이상한 거야."

"네가 너무 체력이 약해서 그래. 운동도 하고, 좀 더 많이 먹고, 살도 쪄야 하고. 일어나, 미세스 김 기다려."

준수가 내 양손을 잡고서는 일으키려고 했다. 난 거부하며 손을 풀고 이불을 뒤집어쓰려다 눈을 게슴츠레 떴다.

"들어와."

이불을 슬그머니 들어 올리며 씨익 웃어줬다.

"작전을 바꿨어?"

나의 음흉한 표정을 내려다보며 준수가 피식 웃었다.

"어. 그러니까 이리 와."

손으로 잡고 있는 이불을 살살 흔들어대며 은근하게 속삭였다.

"지금, 유혹하는 거야?"

"대놓고 유혹하는 거야."

팔을 쭉 길게 빼어 그의 목을 감싸며 내가 말하자 준수가 입술을 늘어뜨리며 웃었다. 그러고서는 망설임 없이 내게 몸을 기울였다.

미지근하게 식은 얼그레이 차를 한 모금 마신 요코가 테이블에 잔을 놓았다.

"요즘 준스이가 예쁜 아가씨랑 다니던데? 애인 생겼어, 준스이?"

요코는 이웃에 사는 한국계 일본인으로 미세스 김과 친분이 각별했다. 그녀는 가끔 들러 미세스 김과 차 한잔하며 담소를 나누곤 했다. 거실 한편에 놓인 흔들의자에 앉아 뜨개질을 하는 미세스 김의 손길은 멈추지 않았다.

그녀의 질문에 미세스 김이 빙그레 웃으며 고개를 끄덕거렸다.

"준스이 얼굴이 활짝 펴서 좋아졌어. 그런데 언니는 준스이를 뺏긴 것 같아 서운하겠네?"

요코가 넌지시 물었다. 뜨개질을 멈추고, 미세스 김이 빙긋 웃었다.

"서운하긴. 난 흐뭇하고 좋은걸."

그러면서 그녀가 말을 이었다.

"내가 그동안 말하지 못했는데…… 우리 준스이, 참 외로운 아이였어. 항상 혼자였거든. 말동무도 나밖에 없었고. 그런데 준스이가 동경에 있을 때 친구들한테 무서운 일을 겪은 적이 있어. 근데 난 무서워서 아무것도 못했었어. 내가 너무 나약했거든. 그저 약을 발라주는 것밖에 못했어. 그게 아직까지도 미안해."

그녀의 눈매가 깊어졌다.

"준스이가 그때 죽다 살아나서 한국에 갔었거든. 그 후에 일여년 만에 돌아왔을 땐, 뭔가 달라져 있었어. 외로워 보이진 않고 무언가에 홀린 듯 공부만 했지. 마치 목표를 위해서만 달리는 아이처럼. 그러다 어느 순간…… 4년 전부터인가, 다시 준스이가 오래전처럼 외로워 보였어. 그때, 눈동자에 생기가 하나도 없었지."

목이 마른지 미세스 김이 상체를 일으켜 거실 테이블에 놓인 차를 한 모금 마셨다.

"그러다 2년 전엔 정말 준스이 몰골이 말이 아니었어. 오래전보다 더, 완전히 생기를 잃었어. 전부를 잃은 양. 그렇게 지내다 준스이가 불쑥 짐을 싸들고 일본을 떠나 오랜 여행을 다녀왔지. 돌아와서는 다시 일을 시작했어. 여전히 생기 없는 모습으로."

미세스 김의 깊은 동공이 그렁그렁해졌다.

"그런데 이번에 한국에 다녀온 지 몇 달…… 쥰스이가 죽은 느낌으로 돌아왔어. 무서울 정도로. 그러면서 종일 달리기만 하는 거야."

"나도 알지. 얼마 전까지도 그랬잖아. 바닷가를 하루 종일 달리는 쥰스이 모습을 다들 아는걸. 저러다 큰일나겠다 말들 많았어."

"그래. 그렇게 지쳐 쓰러져 잠들 때까지 달리는 거야. 미친 듯이 달려 심장이 멈추길 바라는 아이처럼. 그 몇 주 동안 행여 쥰스이에게 나쁜 일이 생길까 나도 두려웠어. 원인은 그 아이였어. 오래전부터 쥰스이 방 천장에 붙여져 있던 사진 속 아이. 한국 다녀와서 그 아이 사진이 천장에 더 늘어났더라고. 쥰스이가 한국에서 무엇을 잃었는지 짐작이 되었지만, 해결은 그 사진 속 아이밖에 없으니까, 내가 해줄 수 있는 게 없어서 나도 참 버겁고 힘들었던 몇 주였지."

그렁그렁하던 그녀의 눈동자에 잔잔한 미소가 번졌다.

"그런데 사진 속 그 아이가 왔어. 그 아이야."

그녀가 길게 웃었다. 요코의 동공이 슬며시 커졌다.

"그 아이 덕분에 우리 쥰스이가 살아났어. 난 우리 쥰스이가 요즘처럼 저렇게 웃는 거 처음 봤어. 그 오랜 세월을 함께했는데도……. 저 아이들, 서로 보기만 해도 웃어. 뭐가 그리 좋은지…… 눈만 마주쳐도 웃어. 이렇게 예쁜 아이들을 시샘할 수는 없지. 오히려 감사해."

그러면서 그녀는 멈췄던 뜨개질을 시작했다.

"둘이 그림처럼 예쁘더라. 난 너무 예뻐서 샘나."

요코가 배시시 웃으며 차를 마저 들었다. 미세스 김이 여릿하게 웃었다. 그녀가 앉은 폭신한 흔들의자 뒤편에 있는 널따란 거실 창에서 은은한 아침 햇살이 부드럽게 내려와, 그녀의 온몸을 감쌌다.

평온한 아침이 흘렀다.

봄

마음에 안 들어.

인상을 잔뜩 찌푸린 채 세트장의 그녀만 노려봤다. 그녀의 도드라진 풍만한 가슴을 더욱.

그녀는 자신의 가슴을 자랑하며 한껏 섹시한 표정을 지었다. 렌즈에서 눈을 떼고, 준수가 사무적으로 일본말로 지시했다. 이제 막 일본어를 시작한 초초급 단계라 그의 말이 무슨 말인지도 모르고, 난 멀뚱거리며 주시했다.

하얀색 길쭉한 소파에 앉아 있던 그녀가 이해 못하겠다는 표정을 지었다.

준수가 다시 일본말로 뭐라고 설명했다.

아! 통역사를 불러줘!

답답함에 입을 내밀며, 뒤편 대기 소파에 앉아 있던 나는 깊숙이 소파 등받이에 기대었다.

그녀의 표정이 담담한 듯 무심해졌다. 그제야 준수가 뭘 지시했는지 깨달았다. 풍만한 C컵 가슴을 가진 그녀가 와인빛 브래지어를 착용한 상태에서 섹시한 표정까지 지으니, 천박해 보인 탓에 준수가 담담한 표정을 지으라고 지시한 모양이었다.

촬영은 다시 순조롭게 진행되었고, 그녀는 중간에 속옷을 두 번 더 갈아입었다. 마지막 브래지어 색깔은 붉은색이었다. 새하얀 우유 빛깔의 그녀의 풍만한 젖가슴이 붉은 브래지어 위로 선명하게 드러나면서 숨이 막힐 정도로 섹시해 보였다.

준수는 그런 그녀를 렌즈로 뚜렷하게 주시하며 촬영 중이었다.

뚫어져라. 집중해서. 진지하게.

나도 모르게 힐끔 내 몸에 달려 있는 나의 A양에게 시선을 줬다. 그리고 무의식중에 진심으로 우러나오는 깊은 한숨을 푹 쉬었다. 저절로 입술이 쭉 나왔다.

불퉁거리는 내 심정과는 상관없이 란제리 화보 촬영은 끝났다. 그녀는 창피하지도 않은지 커다란 C컵 가슴을 자랑스레 흔들며 준수에게 다가갔다. 그러곤 유혹하는 듯 묘한 미소를 지으며 그에게 말을 시켰다. 준수는 그녀를 바로 내려다보며 고개만 주억거리더니 가볍게 몇 마디 했다. 그녀가 준수에게 연달아 말을 시켰다.

저게, 아무래도 우리 준수한테 호감이 있나 보다.

미간을 잔뜩 찌푸리며, 그녀를 잡아먹을 듯이 노려봤다. 나의 시선을 느꼈는지 어린 그녀의 눈길이 내게로 왔다. 순간, 준수도 나를 뒤돌아봤다.

내 속내를 들키는 것 같아, 억지 미소를 헤헤 지었다. 준수가 내게 환하게 웃어줬다. 그녀의 시선이 웃는 준수에게 향했다. 그녀가 준수에게 거듭 말을 시켰다. 그녀의 말에 준수가 뭐라 말했다.

준수의 입모양이 눈에 들어왔다. '와이프'처럼 보였다. 그녀의 표정이 훅 굳어졌다. 그녀는 바로 몸을 획 돌려 커다란 가슴을 흔들며 드레스룸으로 걸음을 옮겼다.

이동하는 그녀의 시선이 내게로 슬그머니 옮겨졌다. 나의 A양이 의기양양하게 C양을 봤다.

모델도, 스텝들도 정리를 끝내고 스튜디오를 떠난 후에야 나는 촬영한 사진 모니터에 집중하고 있는 준수 곁으로 다가갔다.

"지루했지?"

여전히 사진 모니터에 열중하면서 준수가 물었다.

"아니."

그의 옆에 서서 모니터 화면 속의 그녀의 풍만한 가슴을 시큰둥하게 봤다.

"이런 거 찍으면 좀 그렇지?"

그러면서 은근슬쩍 물었다.

"응? 뭐가 그래?"

나의 질문에 의아하다는 듯 모니터에서 시선을 떼고, 준수가 나를 올려다봤다.

"그렇지 않나? 저렇게 다 드러나서…… 알몸이나 마찬가지잖
아. 얼굴도 뭐…… 예쁘고…… 나이도 어리고……. 뭐…… 아무래
도 남자니까……."

그의 눈길을 슬며시 피해 먼 산 보듯 허공을 보며, 난 두서없이
혼잣말처럼 중얼거렸다. 나의 말에 준수가 피식 웃었다.

"난 프로야."

그가 간명하게 대답했다.

"아무리 프로라도 남자잖아. 나도 혹하던데, 남자인데 오죽할
까?"

눈길을 숙여 그의 표정을 꼼꼼히 살폈다. 준수의 눈썹이 꿈틀했
다.

"일이잖아. 아무렇지도 않아."

"정말?"

"그렇다니까."

그가 모니터로 시선을 돌렸다.

"막 야하게 유혹하고 그래도?"

내가 쑥 얼굴을 가까이 들이대며 속닥이듯이 묻자, 준수가 어이
없다는 듯이 웃음을 터뜨렸다. 그러더니 '그래' 간단하게 대답하
고 모니터에만 집중했다.

"그렇구나."

오물거리듯 말하며 난 스튜디오를 휘 둘러봤다.

하얀색 길쭉한 소파만 놓인 세트장을 빼곤 주변은 스텝들이 나가는 길에 불을 꺼놓아서 어두웠다. 준수는 세트장 바로 앞, 카메라 근처에 자리 잡고 의자에 앉아 모니터하느라 정신없었다.

별안간 짓궂은 아이디어가 떠올랐다.

난 슬그머니 그의 곁에서 떠나 드레스룸으로 향했다. 안으로 들어가서 붙박이장을 열었다. 그 안에서 예비로 갖다 놓은 준수의 셔츠 중 새하얀 셔츠를 골라 꺼냈다. 그리고 옷을 벗었다. 속옷만 걸친 채 셔츠를 입었다. 준수의 커다란 셔츠가 허벅지의 반 이상을 덮었다. 단추를 채우고 나는 드레스룸에서 나왔다.

두고 보자, 야마다 쥰스이.

"나도 찍어줘."

"어?"

세트장으로 올라가며 툭 내뱉는 나의 말에 준수가 고개를 들지 않고 물었다.

"나도 찍어줘요, 야마다 작가님."

소파에 앉으며 진지하게 말했을 때서야 준수가 눈을 돌렸다. 그가 자신의 셔츠만 입고, 맨다리로 있는 나를 보고 화들짝 놀랐다.

"뭐야?"

그가 황당하다는 듯 웃었다.

"빨리, 나도 찍어줘요."

내가 도전적으로 자신을 보자 준수가 눈치챘다.

"내가 넘어갈 것 같아?"

"아니. 프로시잖아요. 어서."

"오케이, 좋아."

재미있다는 듯 그의 입술이 늘어났다. 그가 스탠드 위에 설치된 카메라에 다가갔다. 그리고 나를 마주 보고 섰다. 가볍게 세팅을 끝낸 그가 진지한 눈으로 나를 보았다.

"시작해."

그가 자신 있게 웃었다.

난 씩 웃으며 셔츠의 단추를 천천히 하나씩 풀었다. 준수의 진지한 시선은 카메라 렌즈를 보기 위해 숙여져 꼼짝하지 않았다. 단추를 다 푼 후, 난 느긋하게 기대 다리를 꼬고, 팔을 등받이에 길게 걸치며 셔츠 사이를 벌렸다.

살짝 벌어진 사이로 속옷만 걸친 내 몸이 보일 듯 말 듯 드러났다.

준수의 입술이 길어졌다. 그래도 그는 꼼짝하지 않았다.

난 셔츠의 양 깃을 잡고 벌려서 아래로 내렸다. 나의 맨 어깨가 드러나며 속옷 윗부분이 드러났다. 그래도 준수는 꼼짝하지 않았다. 쿡 웃기만 했다.

그가 반응 없이 웃기만 하자, 순간 오기가 발동했다.

느른히 손을 움직였다. 그리고 브래지어의 앞 후크를 풀었다. 그 틈을 아슬아슬하게 벌려놓고, 셔츠의 한쪽을 서서히 펼치듯 움

직이며, 길쭉한 소파에 옆으로 길게 누웠다. 나의 속옷만 걸친 맨
살과 함께 옆 라인이 슬며시 드러났다. 난 고개를 뒤로 젖히며, 입
술을 살짝 벌리고 몽롱한 눈동자를 내리깔았다.

"아! 진짜!"

그때, 준수가 버럭 일갈하더니 카메라에서 떨어져 성큼성큼 다
가왔다.

"진짜, 어?!"

순식간에 가까이 온 그는 불쑥 내 몸 위로 몸을 기울였다.

"뭐야?! 프로시라며?"

난 웃으며 가까이 다가온 그의 가슴팍을 밀치며 소리쳤다. 내가
이겼다.

"넌 예외야."

준수도 웃으며 거부하는 내 몸 위에 밀착하며 얼굴을 들이밀었
다. 그의 입술이 내 입술 가까이 다가왔다. 난 까르르 웃으며 그의
목을 팔로 감았다.

그의 입술이 내 입술을 뜨겁게 덮었다. 그의 몸이 완전히 내 위
에 밀착되었다. 준수의 여전히 나쁜 손이 미끄러지듯 내 허리에
닿아 간질이며 내 배 위에 머물렀다. 그의 달콤한 키스를 받으며
목에 감고 있던 팔을 내리고 그의 셔츠 단추를 풀었다. 그의 손이
조급해하지 않고, 내 맨몸을 부드럽게 만지며 천천히 위로 올라왔
다. 내가 그의 셔츠 단추를 다 풀고 그의 단단한 가슴을 만지자,

그가 몸을 더욱 밀착시켰다.

그의 입술이 내 입술에서 떨어져 턱을 지나 귀로 다가왔다.

"아, 싫어."

움찔, 돋는 소름으로 난 고개를 흔들었다. 준수가 킥 하고 웃었다. 그가 손을 뻗어 자신의 셔츠를 벗었다. 그의 벗은 매끄러운 어깨를 손바닥으로 훑듯이 쓰윽 쓸며 부드럽게 안았다. 그의 입술이 내 목덜미에서 내려갔다. 빙그레 웃는 그의 입술이 내 가슴을 부드럽게 감싸듯 물었다. 뜨거운 전율로 저절로 등이 들려졌다.

장난을 치듯 준수의 입술과 혀가 오물거리며 움직였다. 순간, 웃음이 킥 나왔다.

"아, 뭐야…… 간지러워."

이내 그의 입술이 내 가슴 위를 스치듯 부드럽게 지나, 겨드랑이 아랫부분에 닿았다. 더한 간지러움으로 몸이 근질거렸다.

"간지러워! 하지 마."

나의 격렬한 반응에 준수가 킥킥거렸다.

"나 도발한 벌이야."

준수가 내 옆구리를 살짝살짝 깨물면서 내려갔다. 미칠 듯한 간지러움으로 난 부르르 떨며 몸을 흔들었다. 준수가 신이 난 듯 더 쿡쿡거렸다. 결국 난 그의 머리를 손바닥으로 밀어냈다.

"진짜 간지럽단 말이야! 그만해!"

"알았어. 알았어. 잘못했어."

그의 웃는 입술이 다가왔다. 그의 입술과 입술을 겹치며, 우린 열렬히 키스했다. 마치 잔잔한 피아노 협주곡을 연주하듯 섬세하고 부드러운 그의 손길이 나의 봉긋한 가슴 위를 맴돌았다. 나의 입술에서 떠난 그의 입술이 선홍의 뜨거움을 남기며 내 턱을 지나 목덜미로 내려와 잠시 머물다 다시 뜨거움을 남기며 쇄골로 내려갔다.

선홍의 뜨거움은 이내 내 수줍은 가슴으로 흐르듯 넘어왔다. 불덩이처럼 뜨거워진 그의 보드라운 입술과 혀가 나의 가슴에 자극적인 뜨거움을 전달했다. 온몸이 찌릿거리는 전율로 나는 숨을 크게 들이쉬며 등을 들어 올렸다.

나의 선명하게 드러난 갈비뼈를 준수의 섬세한 손가락이 연주하듯 쓸었다. 그의 달콤한 손길을 받으며, 보드라운 물결의 흐름처럼 흐르는 그의 부드러운 입술의 감촉을 느꼈다.

갈비뼈를 연주하던 그의 손길이 미끄러지듯 내 배 위를 내려가 간질이듯 옆구리를 지나갔다. 그리고 나의 엉덩이를 감싸고 있는 속옷 아래로 들어갔다.

매끄러운 그의 손길이 얄팍한 나의 속옷을 조심스레 벗겼다. 나의 두 손도 움직였다. 탄탄한 그의 가슴과 복근을 쓰다듬던 나의 손도 아래로 내려갔다. 나의 도움을 받으며 그도 남아 있는 옷을 벗었다.

그의 몸이 내게 더욱 밀착되었다.

그가 여전히 연주하듯 부드럽게 쓰다듬던 입술을 내 몸에서 떼었다.

"지이야……."

그리곤 나를 지그시 불렀다.

눈을 슬며시 뜨며 그를 올려다보았다. 나를 한없이 그윽하게 내려다보던 준수가 입술을 길게 늘어뜨렸다.

"나 진짜 행복해."

그렇게 내게 달콤하게 말하며 더 길게 웃었다.

내 심장도 행복하다고 웃었다. 난 길게 입술을 늘이며 턱을 들면서 입술을 벌렸다.

"나도."

그의 입술에 닿으며 내 입술이 속삭였다. 짧게 입술을 떼고 겹치고 떼는 달콤한 키스를 나누다, 다시 뜨겁게 혀를 겹치며 열렬한 키스를 나눴다.

그리고 그의 뜨거운 몸이 부드럽게 내게로 연결됐다. 터질 듯한 뜨거운 전율이 온몸을 휘감으며, 나는 그의 허리를 강하게 끌어안았다. 쏟아지는 뜨거운 숨을 내뱉으며, 그의 입술이 내 입술에서 떨어졌다. 뜨거운 그의 입술과 혀가 내 목덜미로 내려왔다.

"지이야."

어깨에 닿는 나의 뜨거운 호흡을 느끼며 그가 토해내듯 내 이름을 불렀다.

그때, 모니터 옆에 뒀던 그의 휴대폰이 울렸다.

"······전······ 화."

낮고 뜨거운 숨을 내뱉으며 난 겨우 속삭였다.

"신경 쓰지 마."

준수도 뱉듯이 말하고, 내 목덜미를 훑던 그의 입술이 내 입술을 덮었다. 나의 뜨거운 숨을 삼키며 그의 뜨거운 숨과 혀가 동시에 들어왔다. 그의 목덜미를 안은 팔에 힘을 주었다. 소파 다리가 미끄러지듯 들썩였지만, 서로의 몸이 더더욱 빈틈없이 밀착되었다.

그 순간, 스튜디오 초인종이 울렸다.

우린 동시에 움찔하며 동작을 멈췄다. 준수가 고개를 휙 올려, 거친 숨을 헐떡이며 입구 방향을 봤다.

초인종이 다시 울렸다.

"아, 전화!"

별안간 깨달았다는 듯 준수가 짧게 내뱉으며 내게서 벌떡 떨어졌다. 그가 급하게 모니터로 걸음을 옮기려는 찰나 휴대폰이 울렸다.

커다란 벨소리가 스튜디오에 가득 울려 퍼졌다. 아마도 입구까지 다 들릴 것이다. 준수가 멈칫했다. 그리고 이내 짧은 한숨을 내쉬며 머리를 긁적거리듯 손가락으로 훑더니 낚아채듯 휴대폰을 들었다.

나도 거칠어진 숨을 고르며, 소파에서 몸을 일으켜 세웠다.

[어, 쇼타.]

보조스텝의 전화였다. 조금 전까지 여기서 같이 촬영한.

[아…… 그래?]

준수의 시선이 주변을 훑었다. 그가 세트장 구석진 곳에 놓인 쇼핑백 하나를 발견했다. 쇼타가 놓고 간 모양이었다.

[잠깐 기다려.]

그가 나를 뒤돌아봤다.

'뭐야…… 이씨…….'

난 성질내며 입모양으로만 중얼거리곤 바닥에 떨어진 팬티를 부랴부랴 집어 들었다.

준수가 황급히 바지를 입고 셔츠를 걸치고서는 단추를 채웠다. 옷을 마저 입은 준수는 쇼핑백을 들고, 입구로 걸어갔다. 난 부리나케 팬티를 입고, 브래지어를 채우며 드레스룸으로 후다닥 도망쳤다.

드레스룸으로 들어가자마자 그의 셔츠를 벗고 소파에 걸쳐 놨던 내 옷을 집었다. 상의를 걸친 후, 스키니 바지를 입으려는 찰나 드레스룸 문이 열리며 준수가 들어섰다.

"왜? 왜 입어?"

등 뒤에서 준수가 빠르게 말했다.

"그럼……?"

뒤돌아보지 않고 대답했다.

"입으면 어떡해, 나는?"

"집에 갈래."

"집까지 언제 가. 나 안 돼."

뒤에서 불만 섞인 준수의 목소리가 들렸다.

"불안하단 말이야."

하면서 그를 향해 고개를 돌렸다.

"헉. 야마다 쥰스이!"

난 순간, 미간을 찡그리며 버럭 소리쳤다.

"어? 왜?"

영문을 모르겠다는 듯 그가 한쪽 눈썹을 치켜세웠다.

"아! 뭐야!"

내가 거의 울상이 되어 자신을 보자, 준수의 시선이 드레스룸 거울에 꽂혔다. 그리고 단추가 어긋나서 비뚤게 채워진 자신의 셔츠를 발견했다.

"아."

그의 미간도 좁혀졌다.

"아, 창피해. 창피해."

난 신경질을 내며, 재빨리 바지에 다리를 집어넣었다. 준수가 내게 훅 다가왔다. 그러더니 내 팔목을 잡고 동작을 멈추게 했다.

"그렇다고 입으면 어떡해? 이리 와."

그가 머쓱한 웃음을 토해내며 나의 팔을 잡아끌었다.

"싫어. 스텝들한테 다 소문나겠다. 야마다 쥰스이, 스튜디오에서 나랑 이런다고."

그를 흘기며 내가 투덜거리자, 준수가 씨익 웃으며 나를 더 끌어당겼다.

"뭐, 어때…… 나의 카노죠인데……."

그의 입술이 내게 숙여졌다.

"그리고…… 어차피 나 이 단추 다시 풀어야 하잖아."

은근하게 마저 속삭이더니 그의 입술이 내게 겹쳐졌다.

"또 누가 오면 어떡해……."

슬쩍 그의 입술에서 떨어지며 나도 은근히 말했다.

"안 와. 휴대폰도 꺼버렸어."

그의 웃는 입술이 내 입술을 덮었다.

정말, 불안하지만 어쩔 수 없다.

어차피 그의 셔츠는 다시 풀었다, 채워야 하므로.

여름

바닥에 어지럽혀져 있는 퍼즐 조각들 가운데 놓여 있는 퍼즐 판은 반 정도가 채워져 있었다. 반이 채워진 퍼즐 그림은 바다 깊숙한 곳에 헤엄치는 돌고래 몸통만 덩그러니 있었다.

"내일 스튜디오 촬영 있다고 했지?"

퍼즐판을 사이에 두고 나와 마주 보고 엎드려 앉아 있는 그에게 물었다.

"응."

준수는 한창 집중 모드였다.

"그럼 나 근처에 내려주고 가."

"왜?"

준수가 퍼즐에서 눈을 떼고 물었다.

"비밀."

나의 말에 준수가 눈치챘다. 그가 피식 웃었다.

"아참."

그가 벌떡 몸을 일으켜 책상 위에 놓인 노트북 가방으로 다가갔다. 가방에서 종이 한 장과 볼펜을 들고 되돌아와서 무심히 내게 넘기더니 다시 퍼즐에 집중했다.

"이게 뭐야? 나 보고 적으라고?"

"응."

"일본어로 되어 있는데? 대신 적어줘."

그에게 종이를 넘기려고 내밀었다.

"거기다 이름만 우선 적어. 필요한 서류가 생각보다 많나 봐. 내일 알아보려고."

준수가 긴 팔만 뻗어 손가락으로 빈 공란을 툭 짚더니 이내 퍼즐로 눈을 내리깔았다.

"이게 뭔데?"

"혼인신고서. 아무래도 일본에서 계속 살려면 해야 될 것 같아서. 너 불편하잖아."

여전히 퍼즐에 집중하며 준수가 설명했다.

"아."

"참, 내 성 안 따를 거지?"

퍼즐에서 눈을 떼고 똑바로 보면서 준수가 물었다.

"야마다?"

"응."

"야마다 지이 되는 거야, 그럼? 좀 이상해."

고개를 갸웃거리는 날 보며 그가 쿡 웃었다.

"별로 안 이상한데?"

"이상해. 낯설어."

"그럼 우선 네 이름 적어. 혼인신고할 때는 크게 상관없대. 근데 나중에라도 내 성을 따르긴 해야 된대. 네 이름에 내 성을 따라도 되고 네 이름을 일본식으로 바꿔도 되고."

"아, 어쨌거나 언젠가는 내 성은 야마다가 된다는 거네?"

"응."

자신의 성과 같아진다는 말에 기분이 좋은지 준수가 빙그레 웃었다.

"도장도 필요하다는데? 없지?"

"응. 있을 리가 있나."

"그럼 내일 만들지 뭐. 아! 찾았다. 돌고래 꼬리."

피스 하나를 집으며 준수가 환히 웃었다.

"완전 나보다도 잘하네. 난 경력이 오래됐는데……."

준수는 퍼즐은 처음 한다면서 1,000피스짜리를 거뜬히 하고 있었다. 나보다 더 집중 모드로. 역시 사진작가라 그런지 눈썰미가 좋은 모양이었다.

"근데 나 이거 적으면 완전 야마다 쥰스이 거 되는 거네?"

"언제는 아니었어?"

준수가 시선을 다시 내게 돌렸다. 난 그를 마주 보았다.

"아니었지."

당연하다는 듯 눈꺼풀을 끔벅대며 그를 봤다.

"그럼?"

"서준수 거였지."

나의 말에 준수가 환하게 웃었다. 그가 몸을 길게 빼어 내게 다가왔다. 나도 그에게 맞춰 허리를 길게 빼 그의 입술에 가볍게 입을 맞췄다. 그리고 바로 준수는 퍼즐에 집중했고, 난 혼인신고서라는 종이에 표시된 母 옆의 공란에 이름을 적었다.

"또 찾았다, 꼬리."

피스를 집으며 준수가 씩 웃었다.

"내 건데 네가 다 맞추는 거 아냐?"

"그럼 안 돼?"

"아니, 같이해."

우린 동시에 서로를 보고 웃었다. 그리고 동시에 다시 얼굴로 가까이 다가가 짧게 입맞춤을 했다. 그리고 나도 퍼즐로 집중 모드에 돌입했다.

아, 이번엔 내가 찾았다. 돌고래 꼬리.

✽　✽　✽

시원한 냉방이 되고 있는 카페에 턱을 괴고 앉아, 투명한 창문 밖의 거리를 무심히 바라보았다. 분주하게 사람들이 오가는 도쿄 거리를 구경하는 것은 아직까지는 신선하다. 낯선 공간에 나만 뚝 떨어진 기분.

「촬영 지연. 오래 걸릴 듯. 괜찮지?」

준수의 톡이 왔다.

「아직 안 만났음.」

간단히 답을 하고 있는데 카페 문을 열고 들어서는 훤칠한 사람이 보였다. 참으로 오랜만에 봐서인지, 햇빛을 등지고 나타나서인지, 여느 때와 마찬가지로 고급스러운 샤프한 슈트 차림이라서 그런지 근사해 보였다.

"오랜만이야."

내 앞에 선 우빈이 부드럽게 웃었다. 그를 올려다보며 나도 웃었다. 그가 내 맞은편에 여유롭게 앉았다.

"한류스타가 이렇게 혼자 막 다녀도 되나?"

그를 보면서 어색함을 깨기 위해 농담조로 물었다.

"그렇게 대단치도 않은걸. 더 예뻐졌구나."

우빈이 다정하게 말했다.

"오빠도 더 근사해졌다."

나의 말에 그가 피식 웃었다. 종업원이 다가와 간단하게 아이스커피를 시키고, 우린 다시 서로를 봤다. 11월에 보고 지금이 8월이니, 9개월 만이었다.

"잘 지내고 있지?"

"응. 오빠는?"

"나도 괜찮아."

"도쿄 행사는 끝났어?"

한류스타들의 도쿄 팬서비스 콘서트 행사에 우빈이 참여하게 된다는 소식은 정현이를 통해서 들었다. 내가 도쿄에 있음을 알고 있는 우빈이 정현을 통해 나와의 만남을 부탁했다고 들은 것은 저번 주였다. 처음엔 고민하다 준수와의 상의를 통해 결정했다.

아무래도 우빈을 만나는 일은, 내 마음이 어쨌거나 준수도 신경이 쓰일 듯하여 그에게 의사를 물었는데 준수는 내게 인사하라 하면서 가뿐히 웃어줬다. 그도 알고 있었다. 내가 우빈을 한 번쯤은 만나고 싶어 하는 것을. 내가 이제는 지난 아픔을 훌훌 털어버리고 정리하길 원하는 것을.

나의 질문에 우빈이 가볍게 고개를 주억거렸다. 종업원이 다가와 그와 내 앞에 아이스커피를 놓고 갔다.

"오는 길이 좀…… 어렵더라."

아이스커피를 홀짝거리는 내게 커피엔 손도 대지 않고 우빈이 차분히 말을 이었다. 나는 내리깐 눈꺼풀을 들지 않고 그의 차분한 음성을 들었다.

"……내가 너에게 용서를 빌지 않아서 그게 내내 마음에 걸렸었다."

그의 말에 난 그제야 고개를 들어 그를 바로 봤다.

"지이야, 미안하다. 정말 미안해."

진지하고 다정하지만 무거운 눈길로 우빈이 내게 말했다.

"나도 미안해, 오빠."

그의 눈길을 피하지 않고 나도 차분히 말했다.

"……네가 뭘……."

말을 흐리며 우빈이 낮게 말했다.

"그냥 다…… 모두 다 미안해."

나의 말에 그가 피식 웃었다. 나도 피식 웃었다.

"이러니 내가 미련이 생기지."

무거워진 분위기를 깨려는 듯 우빈이 농담했다.

"그래도 할 수 없어. 난 이미 다른 남자 여자니까."

나도 농담조로 쌜쭉하니 말했다. 나의 말에 그가 입술을 벌리며 크게 미소 지었다.

"오빠."

그런 그를 조용히 불렀다.

"응."

"정말 미안해."

진심으로 그를 봤다. 그의 마음을 받아주지 못함을 이제야 진심으로 미안하다고 사과한다. 나의 말에 그가 그냥 웃었다. 조금은 슬프게, 조금은 쓸쓸하게.

"내가 사과하러 왔는데, 내가 위로를 받는구나."

그와 나는 동시에 서로의 눈길을 피하고 아이스커피로 시선을 돌렸다. 조용한 침묵이 흘렀다. 그는 아마 지난 5년의 기억을 추억하고 있을 것이다. 나처럼. 그와 내가 함께한 시간을.

그렇게 우린 조용한 가운데 지난 5년을 정리했다.

카페에 흐르는 조용한 음악만이 그와 나를 달랬다.

그때, 전면 유리창 밖에서 누군가 콩콩 유리창을 두들겼다. 우리가 동시에 고개를 들어 밖을 내다보았다. 20대 초반으로 보이는 상큼한 외모의 여자였다. 날씬하고 세련된 자태인 게 연예인

포스가 풍겼다. 우빈과 눈이 마주친 여자가 손을 번쩍 들어 흔들었다.

"너?"

여자가 총총거리며 카페 안으로 들어오는 걸 우빈이 놀란 표정으로 보았다.

"안녕하세요, 선배님!"

그녀는 나를 보고 환하게 웃었다. 나를 알고 있는 눈치. 하긴 한국 사람이면 날 모를 리는 없다, 아직까지는.

"어떻게 알았어? 내가 여기 있는 줄."

"내가 오빠 스토커인 거 몰랐어?"

당황하는 우빈에게 그녀가 통통 튀듯 귀엽게 말했다. 햇살처럼 환하게 웃으며.

"선배님, 저 모르시죠? 예전에 선배님 출연하시는 드라마에 아주 쪼끔 단역으로 출연했었는데. 강주은이라고 해요."

주은이 황당해하는 그를 무시하며 나를 보고 밝게 말했다.

"아, 반가워요."

난 그녀의 티 없는 밝음에, 얼떨결에 웃으며 인사했다.

"근데 두 분, 다시 시작하시려고 만난 건 아니시죠? 소문엔 선배님 남자 생겼다고 하던데?"

"네? 그런 소문이 났어요?"

와, 세상 정말 빠르구나. 숨길 수 없는 세상이야. 그녀의 말을 속으로 감탄하며 의아하다는 듯 물었다.

"너 여기 어떻게 알고 온 건데?"

우빈이 엄한 표정으로 주은을 봤다.

"도쿄에서 선배님이 어떤 멋진 남자랑 다니는 거 봤다는 글들 요즘 올라오는 거 모르시죠? 완전 멋있다던데?"

우빈의 말은 무시하고 그녀가 내게 말하더니 휙 우빈에게 고개를 돌렸다.

"그래도 오빠가 더 멋있을 거야, 훨씬 더."

별안간 고개를 돌려 똑바로 마주 보며 주은이 말하자 우빈이 당황했다.

"오빠, 매니저 오빠한테 물어봤지. 오빠 이 거리 온다고 했다며? 그래서 내가 여기 한 바퀴 돌았는데 딱 보이던데?"

눈을 길게 늘어뜨리며 눈웃음치는 그녀의 얼굴이 참 예뻤다.

"그렇다고 무턱대고 이렇게 방해하면 어떡해?"

"혹시 언니랑 다시 시작하려고 만나는 건가 겁나서. 나는 오빠한테 아무것도 못해보고, 다시 뺏기는 거잖아."

아무런 거리낌 없이 뱉는 그녀의 말에 우빈과 나는 동시에 깜짝 놀랐다.

"저요, 언니. 우빈 오빠 정말정말 좋아해요. 옛날부터 좋아했어요. 그래서 이번에 최선을 다해서 집적거려 보려고요."

"집적?"

주은의 말에 우빈이 기막혀 했다.

"이 녀석, 숙소로 어서 들어가."

"오빠랑 같이 갈래."

당당하게 요구하는 그녀를 보며 난 무심결에 킥 웃었다. 우빈이 어이없다는 듯 미간을 찌푸렸다. 그런데 우빈이 꼼짝 못했다. 아무래도 어린 그녀가 한 수 위였다.

"여긴 주문 안 받나? 내가 사와야지."

그녀는 쾌활하게 의자에서 일어나 바테이블로 향했다.

"몇 살이야? 스물두 살도 안 되어 보여."

그녀의 뒷모습을 보면서 난 웃었다.

"스물셋."

귀찮다는 듯 우빈이 대답했다.

"우와, 오빠랑 열두 살 차이야? 완전 도둑."

"뭐? 내가 뭘? 내가 저 녀석하고 뭘 어떻게 해보겠다고 했어? 저 녀석이 저러고 다니는 거지. 천방지축처럼."

내가 눈을 가늘게 뜨고 비난하자 우빈이 당혹스러워했다.

"왠지 오빠가 못 이길 것 같아."

난 쿡쿡거리며 바테이블에서 음료수를 주문하고 있는 그녀를 보았다. 그녀는 거기 서서도 종업원과 눈을 마주치며 밝게 웃고 있었다. 정말 햇살 같은 아이다.

"저런 아이가 오빠 곁에 있는 게 나을지도 몰라."

"귀찮아."

우빈이 눈을 찡그리며 웃었다.

나처럼 까칠하고 우울함에 싸여 있던 사람보다, 저렇게 햇살 같은 아이가 그의 곁에서 밝음을 과시해 준다면 그도 한결 가벼워질 것 같다.

안심이다. 다행이다.

그와 나는 그 순간 동시에 서로의 눈을 보고 쿡 웃었다.

햇살 같은 아이가 음료수를 들고 우리 곁으로 다가왔다.

그녀 등 뒤로 햇살이 더 밝게 비춰졌다.

가을

〈일본은 성을 바꿔서 혼인신고를 해도 된다는데…… 넌 왜 네 이름 그대로 한 거야?〉

"왜? 뜬금없이."

전화기 너머에서 들려온 타박처럼 엄마가 하는 말에 의아해 물었다.

〈……아니다. 뭐, 언제까지 숨길 수도 없는 거고……. 준수는?〉

엄마는 짧은 한숨을 쉬더니 말을 돌렸다.

"좀 전에 들어와서 씻어. 왜? 무슨 일 있어?"

〈아니야. 너 준수 밥은 잘 챙겨주고 있어?〉

"엄마! 내가 준수 굶겨? 맨날 그 소리."

샐쭉해져서 투덜거렸다.

〈네가 뭘 좀 해주긴 하는 거야?〉

핀잔이 섞인 엄마의 목소리에 의심이 담겨 있었다.

해주긴 하지, 미세스 김이. 아니면 거리의 무수히 많은 식당, 식당, 식당들이.

"……걱정 마. 먹는 게 뭐 걱정이라고. 엄만 대체 언제 와? 온다고만 하고 벌써 몇 달이야?"

깊숙이 파고들어 오기 전에 재빨리 화제를 돌렸다.

〈다음 달에 갈게, 이모랑. 뭐 먹고 싶은 거 없어?〉

"일본까지 뭘 만들어서 싸오려고? 됐어."

피식 웃으며 하는 내 말에 엄마가 작게 웃었다.

〈참, 네 이모 연애한다.〉

"어? 진짜?!"

반가운 소식에 저절로 목소리 톤이 올라갔다.

"누구랑? 그때 그 소아과 의사?"

〈아니.〉

"그럼?"

〈내참, 기막혀서…….〉

엄마는 바로 말하지 않고 어이없다는 듯 약하게 웃었다. 더 궁금해서 계속 누구냐고 채근했다.

〈이모네 약국 근처에 새로 커피전문점이 오픈했거든?〉

"근데?"

〈거기 사장인데…….〉

"오, 좋은데?"

왠지 근사하고 시크한 커피전문점의 사장님 이미지가 떠올라 난 탄성을 내뱉었다.

〈좋긴……. 아홉 살 연하야. 이제 서른일곱이란다. 말이 되니? 네 이모가 마흔여섯인데?〉

"와, 이모 능력 좋다. 그 좋은 능력을 여태 왜 발휘를 안 했을까나?"

나의 감탄에 엄마가 혀를 찼다.

〈능력은 무슨……. 네 이모는 지금까지 20년 넘게 연애를 안 해서 그런 거니? 어쩜 그렇게 나이 어린 남자랑…… 어떡하려고…….〉

"뭐, 서른일곱이라며. 어린 남자라 칭하기엔…… 그분도 낼모레면 불혹인데…….''

나의 말에 엄마는 낼모레면 쉰이나 되는 애가 철딱서니가 없다면서 계속 투덜거렸다. 그러면서 은근슬쩍 소아과 의사에 대해서 말하는 것을 보니, 엄마는 그 소아과 의사가 마음에 들었던 모양이다. 아마도 아홉 살이나 어린 남자와 데이트하는 이모의 미래가 불안한 모양이었다.

그래도 뭐, 사랑이란 좋은 거니까.

엄마의 전화를 끊고, 이모에게 찾아온 봄에 괜스레 기분이 좋아 히죽거렸다. 그러다 불현듯 엄마의 의미심장한 말이 떠올랐다.

설마······

좋지 않은 예감을 가늠하며 인터넷으로 들어갔다.

역시······.

연예 부분의 기사 제일 윗줄에 써진 기사 제목은,

—잠적 중이던 유지이, 일본에서 극비리 혼인신고.

였다.

기사를 클릭했다.

손을 잡고 도쿄 시내를 걷고 있는 나와 준수의 사진이 실려 있었다. 저녁 시간에 멀리서 찍은 것이고, 휴대폰으로 찍은 거라 화질이 좋지는 않았다. 내 얼굴은 명확히 보였지만 다행히도 준수의 얼굴은 뿌옇게 처리되어 있었다.

숨을 깊게 내쉬고 기사를 읽어 내려갔다.

—지난해 12월, 한류스타 정우빈(34)과 예정되었던 결혼 파경 후, 잠적 중이던 탤런트 유지이(29)가 얼마 전 일본에서 극비리에 혼인신고를 한 사

실이 드러났다. 유지이의 혼인신고는 지난해 12월 말에 결혼 파경을 한 후 10개월 만이다.

유지이와 혼인신고를 한 상대는 일본인 야마다 쥰스이(28)로 일본광고계에서 주목받고 있는 유망한 포토그래퍼이다. 최근 도쿄 시내에서 유지이와 야마다 쥰스이를 목격한 시민들의 사진이 간간이 올라오던 중 얼마 전 두 사람의 혼인신고가 확인되었다.

파경의 아픔이 있었기에 유지이의 혼인은 축복해 줘야 마땅한 일이나, 야마다 쥰스이가 지난해 정우빈과 유지이의 화보 촬영에 참여했던 사진작가라는 사실이 알려지면서 혹자들은 두 사람의 관계가 결혼 파경의 원인이 아니냐는 의견이 불거져 나오고 있다. 공식 발표했던 결혼에 관한 의견 충돌로 인한 파경이 아니라 두 사람의 불건전한 관계가 원인일 것이라는 추측들이 난무하고 있다.

이에 따라 결혼 파경 후 6개월 넘게 칩거하다, 이번 여름부터 활동을 재기한 정우빈에 대한 동정 여론이 확산되고 있다.

설사 유지이의 비밀 혼인신고가 정우빈과의 결혼 파경과 관련이 없고, 그 이후에 두 사람이 발전하였다고 하여도 유지이의 비밀결혼에 관한 세간의 따가운 시선은 면치 못할 것으로 보인다.

최대한 평정심을 유지하려고 했으나 휴대폰을 잡고 있는 손끝이 바들거렸다.

우리가 얼마 전에 한 혼인신고가, 그것도 일본에서 한 혼인신고가 이렇게 언론에 노출될 것이라곤 상상조차 못했다. 그런데다 나로 인한 질타는 참을 수 있으나 준수의 이름, 직업, 나이까지 상세하게 기재된 기사는 끔찍해서 속까지 메스꺼워졌다. 또다시 우리의 사랑을 보지 않고, 겉만 보고 질책하는 시선.

그때, 욕실 문이 열리며 막 샤워를 마친 준수가 목욕타월을 허리에 감은 채 물기가 어린 몸으로 나왔다. 수건으로 가볍게 머리를 털며 나오던 그는 내가 흠칫 놀라며 후다닥 휴대폰을 등 뒤로 감추는 것을 놓치지 않았다.

"왜?"

의아한 듯 그가 내게 다가왔다.

"아니야."

어물쩍 대답하고 몸을 틀었다.

심상치 않음을 간파한 그가 수건을 휙 소파에 던져 놓고 내 양 어깨를 잡았다.

"뭔데?"

허리를 숙이고 내 눈과 마주 보며 엄한 눈길을 줬다.

난 어설프게 웃으며 고개만 흔들었다. 준수의 긴 팔이 쓱 돌려져 내가 등 뒤로 감춘 휴대폰을 잡고 빼앗다시피 가져갔다. 주저 없이 잠금 해제를 푼 그의 시선이 휴대폰 화면에 머물렀다. 화면엔 마지막 화면으로 인터넷 기사가 켜져 있었다.

그는 미동 없이 인터넷 기사를 꼼꼼히 읽었다.

기사를 다 읽고 나더니 휴대폰을 소파에 던져 버렸다. 휴대폰이 수건 위에 안전하게 착지했다.

그의 시선이 내게로 돌려졌다. 담담한 시선이었다.

"미안해."

난 솟구치는 죄책감에 자그마하게 중얼거렸다.

준수의 긴 팔이 나의 어깨를 지나 내 등을 포근히 감싸 안았다. 내 등을 그의 손바닥이 쓱쓱 쓰다듬었다. 괜찮다고 날 위로하듯이.

그제야 내가 놀라고 겁먹었다는 사실을 깨달았다. 그의 벗은 가슴에 뺨을 기대고 얕은 숨을 꼴딱거리며 난 가만히 울렁거리던 마음을 진정시켰다.

그의 따스한 손이 내 머리로 올라왔다. 그가 이번엔 내 머리카락을 다정히 쓰다듬었다.

안정감이 느껴졌다.

"한국에 다녀올까 봐."

크게 들썩거리던 내 가슴이 진정되어 얕아지자 머리 위에서 그가 조용히 말했다.

"왜?"

그의 가슴에서 얼굴을 떼고 올려다보았다.

"겸사겸사."

대수롭지 않다는 듯 준수가 날 내려다보며 대답했다.

"······무슨?"

"일이 들어왔어. 한국 사진작가들과 일본 사진작가들 공동프로젝트인데, 2회 다큐멘터리. 나도 참여해 달라고."

준수가 차분히 설명했다.

"다큐멘터리? 그럼 방송되는 거 아니야?"

화들짝 놀라 묻는 나의 말에 준수는 고개만 끄덕였다.

"그럼⋯⋯."

내가 소심하게 웅얼거리자 준수가 진지한 표정으로 입을 열었다.

"아무래도 내가 노출이 돼야겠어."

"뭐?!"

그의 말에 소스라치게 놀라 저절로 목소리 톤이 올라갔다.

"그래야 너한테만 다 쏟아지지 않을 거 아니야."

"⋯⋯싫어. 하지 마."

그에게서 떨어지며, 난 물러났다.

"널 화살받이 시킬 수 없어. 네가 몰라서 그래. 언론이라는 게⋯⋯ 사람들⋯⋯ 시선이라는 거⋯⋯."

난 더 이상 말을 잇지 못하고 그에게서 등을 돌렸다.

그런 나를 뒤에서 준수가 강하게 안았다.

"유지이."

그의 고개가 내 어깨 너머로 넘어왔다. 그의 따뜻한 입술이 내 턱에 짧게 입을 맞췄다.

"언제까지 숨어 지낼 순 없어."

그가 내 어깨를 잡더니 나를 돌려세웠다. 그의 그윽한 눈동자가 나를 지그시 들여다봤다.

"넌 오래도록 오픈되었던 사람이라 숨는다 해서 숨어지지 않아. 어차피 언젠가는 겪어야 될 일이야."

"……그래도 지금은 싫어. 무엇보다 네가 그렇게 되는 거 싫어."

난 거부하며 고개를 흔들었다. 두려움과 불안함으로 가슴속이 심하게 일렁거렸다.

난 그의 시선을 피해 턱을 내렸다. 그러자 그가 손을 들어 내 턱을 들어 올렸다. 그의 강렬한 눈동자와 마주쳤다.

"난 당당한 네 남자야."

다정하지만 단호하게 준수가 말했다.

"움츠러들지 마."

그의 손바닥이 내 뺨을 감쌌다.

"내가 널 지켜줄 거야."

그의 강한 눈빛에 난 얕은 숨만 고르며 눈을 떼지 못했다. 그도 그런 나를 뚫어지게 봤다.

"내가 항상 곁에 있을 거야."

다시 한 번 그가 강조했다.

그의 강렬한 눈동자를 보며 나의 입술이 파르르 떨렸다.

그 순간, 내 뺨을 감싸고 있던 그의 손이 내 목덜미 뒤로 넘어가면서 그가 나의 얼굴을 끌어당겼다. 그와 동시에 그의 고개가 숙여졌다. 그의 뜨거운 입술이 강렬하게 내 입술에 포개어졌다. 그의 뜨거운 혀가 내 입술을 거침없이 벌렸다. 그리고 내 입안으로 들어왔다. 그의 다른 손이 내 허리를 끌어당겨 나를 강하게 안았다. 그의 몸과 내 몸이 틈 없이 밀착되었다.

그의 뜨거운 키스를 받으며, 난 뜨거운 숨만 내뱉었다.

내 뒷덜미와 허리를 잡았던 그의 손이 떨어져 나갔다. 그가 나의 몸을 안아 올렸다. 그의 목을 팔로 감싸 안았다. 그의 입술이 내 입술을 머금었다. 그가 내게 부드럽게 키스를 하며 몸을 이동했다. 그가 거침없이 불이 꺼져 있는 침실로 이동해 날 침대에 조심스럽게 내려놓았다. 그의 몸이 그대로 내게 밀착되며, 동시에 불덩이 같은 뜨거운 숨을 품은 그의 입술과 혀가 내 입안을 훑었다. 미치도록 달콤한 열기로 온몸의 신경세포가 곤두설 정도로 전율했다. 그의 열렬한 키스를 받으며, 난 그의 벗은 어깨를 강하게 끌어안았다. 화염 같은 키스를 하던 그의 입술이 떨어져, 내 턱 선을 지나 목덜미로 이동했다. 목덜미를 타고내리는 그의 촉촉한 입술의 감촉에 그의 어깨를 강하게 끌어안으며 그의 귓가에 난 입술을 대었다.

"준수야……."

그를 애타게 불렀다. 그가 동작을 멈추고 고개를 들어 나를 내려다보았다.

그를 뜨겁게 올려다보았다.

"사랑해."

나의 애절한 속삭이는 고백을 듣는 그의 눈동자가 한없이 그윽하고 뜨거워졌다.

"사랑해."

그도 속삭이듯 말했다.

잠시 떨어졌던 그의 입술이 다시 격렬하게 포개졌다. 그를 받아들이며 그의 벗은 어깨를 강하게 끌어안았다. 그도 나의 몸을 강하게 끌어안았다. 절대 놓지 않겠다는 듯, 놓치지 않겠다는 듯 깊고 뜨겁게 서로를 안았다.

번외 3 · 또 다른 시간

"앗, 뜨거."

휘휘 프라이팬 속을 실리콘 주걱으로 열심히 휘젓다가 프라이팬 가장자리에 새끼손가락이 닿았다. 순간, 움찔거리는 뜨거움으로 주걱을 놓치며 화들짝 소리쳤다.

서재로 만들어놓은 작은 방에서 노트북으로 작업 중이던 준수가 나의 외침에 밖으로 나왔다.

"괜찮아?"

그가 가까이 다가와 싱크대 수돗물에 손가락을 식히고 있는 내 손을 잡았다.

"하지 말라니까."

물집이 금세 부풀어 오른 벌게진 새끼손가락을 살펴보면서 준수가 말했다.

"뭐, 할 수 있어."

볼멘 표정으로 난 입술을 쭉 내밀었다. 준수가 팔을 길게 빼서 아직도 지지직거리는 감자, 양파, 브로콜리와 고기가 담긴 프라이팬이 올려져 있는 가스레인지를 껐다. 그가 양손으로 내 허리를 잡고서는 끌어당겨 자신 곁에 세웠다.

"치우는 게 더 힘들어."

그의 엄한 눈길이 나를 마주 보았다. 나는 힐끔 싱크대를 곁눈질했다. 펼쳐 놓은 요리책 주변으로 감자도 깎고, 양파도 까고, 브로콜리도 썰고 한 흔적들이 가득한 싱크대는 엉망진창이었다. 민망함이 올라왔다. 난 왜 이런 재주도 없는 거야, 대체!

며칠 전부터 나도 도전해 보겠다는 일념 아래 요리를 한 것이 오늘로 두 번째였다.

그동안 촬영 일정으로 바쁜 준수 때문에 평일은 대부분 외식을 했다. 주말엔 가나가와로 가서 미세스 김과 지내는 경우도 많았고, 오는 길엔 언제나 미세스 김의 배려 가득한 음식들을 한가득 가져왔다. 그렇기에 난 요리를 할 필요도, 기회도 없었다.

그래도 난 이제 혼인신고도 한 정식 와이프인데 직접 요리를 해줘야 하지 않겠냐 싶어 도전했지만, 영 재주가 없다는 것을 첫 번째 도전에서 실감했었다. 그래도 처음부터 잘하는 사람은 없으므로 오늘 다시 두 번째 도전에 나섰다. 아주 어려운 카레라이스.

아, 어려워, 어려워.

"나름 치우면서 한 거야."

"애쓰는 건 아는데 나가서 먹자."

내가 입술을 삐죽거리자 그가 픽 웃으면서 날 더 끌어당겼다.

"왜? 맛이 없어?"

난 눈을 게슴츠레 뜨며 그를 빤히 올려다봤다.

"사랑해."

준수는 대답하지 않고, 나를 끌어안더니 귓불에 입을 맞췄다.
움찔, 소름이 돋아 진저리를 쳤다.

"이씨."

숨겨진 그의 대답을 알아듣고 난 가슴팍을 탁 밀치며 떨어졌다.

"그냥 있어. 아무것도 하지 말고 내 옆에만 꼭 붙어 있으랬잖아."

"됐어. 내가 야마다 쥰스이 액세서리야? 아무것도 안 하고 붙어
만 있게."

내가 투덜거리며 휙 등을 돌리고 어지럽혀진 싱크대를 치우기
시작하자, 준수가 뒤에서 나의 허리를 끌어안고선 내 목덜미에 입
을 맞췄다.

"한국 갈래."

"왜?"

"엄마한테 요리 배우러."

나의 퉁퉁거리는 말에 준수가 목덜미에 입술을 댄 채 쿡쿡거렸다.

"참, 엄마가 우리 결혼식 안 하냐고 묻네. 시선 무서우면 비밀리에라도 일본에서 간단히 했으면 좋겠다고. 아무래도 엄마는 아쉬운가 봐. 난 상관없는데."

"해, 그럼."

"해?"

몸을 돌려서 나도 준수의 허리를 팔로 안았다.

"응. 하지, 뭐. 넌 웨딩드레스 입으면 정말 예쁠 거야."

"나 웨딩드레스 입고 찍은 화보 많아. 안 봤어? 보여줄까?"

"아니."

준수가 고개를 숙여 내 입술에 살짝 입맞춤을 했다.

"내 거인 것만 볼래."

그의 말에 난 빙그레 웃었다.

그때, 식탁 위에 놓인 내 휴대폰이 징 하고 울렸다.

준수가 긴 팔을 뻗어 휴대폰을 집어 넘겨줬다. 정현으로부터 톡이 왔다.

"어?"

내가 화들짝 놀라며 환하게 웃자, 준수가 의아한 시선으로 봤다. 그의 눈을 향해 휴대폰 액정을 돌렸다.

"안정현 베이비!"

액정 화면에 가득한, 막 태어나 눈도 못 뜬 빨갛고 자그마한 신생아 사진을 준수가 신기하다는 표정으로 뚫어지게 주시했다.

난 휴대폰을 돌려 정현이를 닮은 건지, 태주를 닮은 건지 아직
은 분간이 안 되는 아기를 세심하게 쳐다봤다.

내 심장이 설렘으로 두근두근 거렸다. 그리고 통화버튼을 눌렀
다.

"정현아! 완전 축하해. 너무너무 예뻐."

그녀가 전화를 받자마자, 난 호들갑을 떨며 크게 말했다.

〈야!〉

순간, 정현이 내게 화난 듯 버럭 소리쳤다.

"어?"

놀라 멈칫했다.

〈죽다 살아났어! 아파 죽는 줄 알았어! 이태주 이 새끼, 죽여 버
리려다 말았어!〉

정현의 울분이 가득한 소리침이 하도 커서, 준수에게까지 다 들
렸다. 준수가 황당하다는 듯이 웃음을 터뜨렸다. 나도 어이없어서
웃음이 났다.

"그래도 예쁘잖아. 빨리 보러 가야겠다."

〈아, 몰라! 진짜 죽을 뻔했다니까!〉

멀리, 바다 건너 정현은 씩씩거리면서 연달아 태주 욕을 해댔
다.

그런 그녀의 욕을 들으며, 마주 보고 우린 같이 웃었다.

＊　＊　＊

"여긴 어디야? 경복궁 같은 덴가 봐?"

높다란 일본식 기와지붕이 시야에 잡혔다. 높은 담벼락을 양옆에 끼고 있는 궐 같은 느낌의 높은 기와지붕을 얹고 있는 넓은 문양옆에는 유카타를 입은 남자 둘이 마치 문지기처럼 서 있었다.

"경복궁? 아, 시청에 있는 거?"

"아니. 그건 덕수궁이지. 그것도 몰라? 너무한 거 아냐?"

"내가 어떻게 그걸 다 알아?"

"아…… 맞다. 하긴 나도 일본의 궁궐 같은 건 모르니까. 다른 것도 대부분 모르고."

내가 킥 웃자 준수가 따라 웃었다. 널따란 문을 들어서기 전에 준수가 입구에 차를 멈췄다. 유카타를 입은 남자가 다가와 운전자를 확인했다. 그가 가볍게 인사를 하더니 물러났다. 준수가 여유롭게 문을 통과했다.

입구를 통과해 넓은 도로를 지나는데, 가을의 단풍이 든 전경 속에 자리 잡은 조경이 멋스럽고 깔끔했다. 도로를 좀 지나 주차장으로 보이는 곳에 준수가 차를 주차시켰다. 그를 따라 밖으로 나와 고색창연한 궐 같은 풍광을 둘러봤다. 준수가 내 곁으로 다가와 손을 잡았다. 그와 자연스럽게 깍지를 끼고, 그를 따라 걸음을 옮겼다.

"와, 여기 좋다."

주차장으로 나오니 널따란 풍경 사이사이로 궐 같은 모양새의 건물들이 띄엄띄엄 있고, 정중앙에는 커다란 건물이 자리 잡고 있었다. 주차장 앞쪽으론 유선형의 커다란 연못이 있었다. 연못은 짙은 초록의 연꽃잎이 띄워져 있고, 사이사이 분홍의 연꽃이 탐스러운 자태를 뽐내고 있었다. 연못의 붉은 다리에 서서 연못을 내려다봤다. 헤엄치는 붉고 노랑의 비단얼룩이 진 잉어들이 간간이 물 밖으로 입을 뻐끔거렸다. 다리 건너편에는 기모노를 입은 여성들이 지나다니고, 유카타를 입은 남자들도 많았다.

일본은 평상복으로도 많이 입나 보네. 유카타를 입은 남자가 우리 곁으로 다가왔다. 그가 준수에게 꾸벅 인사를 했다. 준수가 빠르게 그에게 일본어로 뭐라 했다. 둘은 일본어로 대화를 잠시 했다. 아직은 빠른 그들의 일본어 대화를 난 알아듣지 못하고, 궁금증에 연신 주변만 둘러봤다. 그러다 문득 이 남자가 왜 준수에게 인사했지? 라는 생각이 들었다.

"가자."

준수가 빙그레 웃으며 발걸음을 옮겼다. 나도 따라 웃으며 걸음을 옮겼다. 우리는 보폭을 맞추며 나란히 걸었다. 준수가 정중앙에 있는 커다란 궐 같은 건물로 향했다.

그리고 잠시 후, 난 준수가 중년이 넘어서고 나이를 먹으면 딱 저렇게 생겼을 것 같은 준수의 아버지와 어머니 앞에 앉았다.

예고 없는 그의 부모님과의 대면과 지금 있는 곳이 그의 부모님이 운영하신다던 그 요정이라는 말에 난 반쯤 넋이 나간 채 있었다. 예사롭지 않다고 생각했는데 이 정도일 것이라곤 상상도 못했다. 역시 준수는 나보다도 더 평범하지 않았던 것이 맞았다.

그런데 그의 부모님은 그저 가만히 나를 보시기만 하셨지, 별다른 질문도 특별히 점수를 매기듯 살피지도 않았다.

처음에 내게 일본어로 인사하려는 아버지에게 어머니가 낮은 어조로 '당신' 하고 부르고, 아버지가 '아' 하시더니, 한국어로 '반가워요' 라고 하셨다.

그러자 어머니가 나를 보면서 덧붙이기를 '우린 준수 앞에선 한국말만 해요. 그게 우리와 준수가 유일하게 나눌 수 있는 한국어니까' 라고 설명해 주셨다. 그의 어머니는 그와 같은 머리색을 가지고 있으셨고, 조신한 느낌의 미인이셨다. 내가 좋아하는 준수의 잘 그려진 입술이 어머니를 똑 닮았다.

그리고 '반가워요' 를 끝으로 아버지는 입을 열지 않으셨고, 어머니도 한국말에 대한 설명만 하시고 입을 열지 않으셨다. 무거운 분위기도 아니었고, 어렵지도 않고, 그저 서로를 바라보는 느낌이었다. 나만 혼자 어려워하고 있었다.

그러다 침묵을 깨고 아버지가 입을 여신 것은,

"집은?"

하고 준수에게 담담히 물었다.

"도쿄에 얻었어요."

준수도 간단히 대답했다.

"그래. 결혼식 올린다고?"

"다음 달에 지이 어머니 오시면요."

"그래, 알았다."

그리고 다시 잔잔한 침묵이 이어졌다.

"그럼 저흰 갈게요."

준수가 인사하더니 일어나려고 했다. 어? 난 당황해서 그를 올려다보았다. 준수는 왜? 하는 시선으로 나를 내려다보았다. 이게 끝이야? 부모님과 첫 대면인데? 라고 묻고 싶었지만 그의 부모님 앞이라 묻지도 못하고, 난 쭈뼛거리며 일어났다.

"유지이 양."

일어난 내게 아버지가 편안한 표정으로 불렀다.

"네?"

"이제 지이라고 불러도 되나?"

"아, 네."

"그래, 고마워."

아버지가 웃음기 없는 진지한 표정이었다가 일순간 환하게 미소 지었다. 그 모습이 영락없이 내가 좋아하는 준수의 웃는 모습과 닮았다. 그의 어머니도 옆에서 잔잔한 미소를 보냈다.

"그럼 갈게요."

인사를 끝낸 준수가 내 손을 잡아끌었다. 얼떨떨한 심정으로 그의 부모님에게 꾸벅 인사하고 밖으로 나왔다.

밖에는 또 유카타를 입거나 기모노를 입은 사람들이 지나다녔다.

뭐지, 정말 이 현실감 없는 곳은…….

정말 준수는 현실감이 없다, 나보다 더.

"가게라며?"

오래전 준수가 내게 이곳을 '가게'라고 표현했던 것이 떠올라 투덜거렸다.

"응. 가게. 엄마, 아버지 가게잖아."

대수롭지 않다는 듯 준수가 어깨를 으쓱했다.

"이게 어떻게 가게야?"

내가 어이없어했지만 준수는 이해하지 못했다. 역시 평범치 않아. 어려서부터 이곳을 보면서 큰 탓일까? 그에겐 이 공간이 별것도 아닌 모양이었다.

"근데 나 오늘 인사드린 거야?"

주차장으로 들어서면서 그제야 문득 떠오른 질문을 했다.

"응."

"근데…… 이게 끝이야?"

"뭐, 더 해야 돼?"

되레 준수가 의아해했다.

"원래 이렇게 대화가 간단해?"

"아, 그런다 했잖아."

피식 준수가 웃었다.

"우린 용건만 말해. 아버지랑 엄마는 항상 같이 계시니까 두 분끼리는 안 그러는데, 나하곤 원래 그래. 거의 같이 보낸 시간이 없어서. 따로 살았거든."

"그랬어?"

"응. 어머니는 이바라키현보다 도쿄 학교가 낫다고 생각하셔서, 난 중학교 때부터 도쿄에서 학교를 다녔어. 그래서 미세스 김과 둘이 도쿄에서 살았거든. 부모님은 여기 계시고, 난 도쿄에 있으니까 아무래도 부모님과 대면할 일은 거의 없었지. 그런데 어려서 같이 살 때도 마찬가지긴 했어. 원래 대화가 별로 없었어. 아버지랑 제일 길게 말한 게 한국에서 돌아와서, 조건 제시하실 때가 처음이었어."

쿡 웃으며 준수는 평온하게 말했다.

대학생이 되었을 때, 미세스 김은 가나가와로 가고, 그는 혼자 도쿄에서 지냈다고 했다. 유모가 되기 전 미세스 김은 가나가와에서 살았었다고 했다. 가나가와에는 그녀의 남편과 아이 무덤이 있었다. 그녀는 남편과 아이 곁에서 나머지 생을 살고 싶다고 했다.

어린 시절부터의 그의 삶이 세세하게 뇌리에 그려졌다. 애틋한 시선으로 사뭇 무덤덤한 준수의 옆얼굴을 응시했다.

"……외로웠겠다, 진짜."

"괜찮아. 미세스 김이 있었는걸."

"나중에 난 아이랑 대화 많이 하는 엄마가 돼야지."

그의 자동차로 걸어가면서 허공을 응시하며 혼잣말로 중얼거렸다.

"아이?"

준수가 보조석 문을 열다 말고 나를 넌지시 내려다보았다.

"응? 왜?"

"지금 만들러 갈까?"

그가 능청스럽게 씩 웃었다. 난 눈을 가늘게 뜨고 흘겼다.

"됐거든."

그리고 쿡 웃으며 그가 열어준 보조석에 올라탔다. 준수가 산뜻이 웃으며 운전석에 올라탔다. 안전벨트를 매고 운전을 시작하며 준수가 손을 내밀었다. 그의 손을 잡으며 우린 여느 때와 마찬가지로 깍지를 꼈다.

차가 신호대기에 걸렸다. 난 차창 밖 이바라키현의 평온한 거리를 응시했다.

"지이야."

준수가 조용히 날 불렀다.

"응?"

"저기."

준수가 앞의 횡단보도를 턱짓했다. 그의 턱짓을 따라 나도 횡단보도로 시선을 돌렸다.

서너 살 정도로 보이는 남자아이를 목마 태운 아빠와 나란히 곁에 서서 다정히 웃으며 걷는 엄마의 모습이 시야에 들어왔다.

"우리, 정말 아기 만들까?"

준수가 그들을 보며 부드럽게 웃었다. 나도 멀거니 길을 거의 다 건너는 그들을 보며 웃었다.

그가 깍지 낀 손을 잡아끌어 내 손등에 입을 맞췄다. 우린 동시에 서로를 보면서 빙그레 웃었다.

이렇게 우린 이제 또 다른 시간을 꿈꾼다.

네가 꾸는 미래가, 내가 꾸는 미래가 이렇게 늘어난다.

우리가 함께할 시간이 늘어나고, 우리가 꿈꾸는 미래가 늘어난다.

너와 내가 같이할 시간.

너와 내가 공유할 미래.

함께할 미래.

❋　❋　❋

전면의 창밖 너머 뽀얀 구름이 유유히 흐르는 말간 하늘 아래 너울지는 청명한 바다가 보인다. 마치 신이 축복을 내리듯 맑은 날이다. 푸름을 가득 담은 동공에 화사한 미소가 머문다.

똑똑. 노크 소리와 함께 문이 열렸다.

"정현이."

안으로 들어온 이모가 휴대폰을 건넸다.

〈날씨 좋아?〉

"응. 아주 화창해."

〈정말 내가 못 가서 어쩌면 좋니? 내가 꼭 가야 되는데.〉

바다 건너 정현이는 못내 아쉽고 서운한지 어제와 같은 말을 쏟아냈다.

"나도 조카 보러 가야 하는데."

〈기분은 어때?〉

"아주 좋아."

〈좋겠지, 이년.〉

킬킬거리는 정현의 웃음소리를 따라 내 입안에서도 웃음이 흘러나왔다.

〈축하해, 지아야. 정말 축하해. 어차피 무진장 행복하겠지만, 정말 행복해야 돼. 알았지?〉

"응. 고마워."

여릿한 미소를 머금고 전화를 끊어, 휴대폰을 곁에 서 있는 이모에게 넘겼다. 이모가 시간 됐다며 가까이 와서 바닥에 흐르듯 놓인 면사포 자락을 만졌다. 이모의 도움을 받으며 신부대기실에서 나왔다.

유리의 성처럼 언덕 위에 세워진 전면유리창으로 된 아담한 채플이 시야에 들어왔다. 입구 앞에는 새하얀 턱시도를 입은 남자가 기다리고 있었다. 바다를 타고 날아온 바람으로 그의 노란색 머리카락이 부드럽게 나부꼈다.

그의 시선이 돌려졌다.

하늘을 품은 그의 입술이 길게 늘어났다. 머릿결을 따라 부드럽게 덮은 면사포 자락이 바닷바람을 타고 넘실거렸다.

그가 내게 다가와 손을 내밀었다. 그의 손을 맞잡았다.

이모는 채플 안으로 먼저 들어가 자리에 앉았다. 채플 안의 의자에 단란히 앉아 있던 단출한 가족들의 고개가 뒤로 돌려졌다.

"갈까?"

준수가 물었다. 내 손을 살포시 잡은 그의 손에 힘이 들어갔다. 난 빙긋 웃으며 고개를 끄덕였다. 두 사람의 발이 동시에 떨어졌다.

피아노의 잔잔한 선율이 울리는 길을 따라 한 발, 한 발 뗴었다. 뗄 때마다 다리를 감싼 새하얀 웨딩드레스가 부드럽게 물결쳤다. 시야 앞에는 다이아몬드 형식의 전면유리창 너머 하늘과 바다가 펼쳐져 있었다.

하늘과 바다를 고스란히 품은 공간의 길을 걸어 나갔다. 그와 함께.

준수의 배려로 제단에는 한국인 신부님이 기다리고 있었다. 우리는 천천히 제단 앞에 섰다. 하늘과 바다가 온전히 보이는 이곳에서 우리는 이제 영원을 함께한다고 서약한다.

"……이로써 두 사람이 부부가 되었음을 선포합니다."

신부님의 성혼 선포가 끝났다. 마주 보고 선 준수의 고개가 숙여졌다. 그의 따스한 입술이 내 입술을 살포시 덮었다. 하객들의 잔잔한 박수 소리가 들려왔다.

조심스레 입술을 뗀 준수의 지긋한 눈빛이 내게 머물렀다. 슬며시 감았던 눈꺼풀을 들었다. 그와 마주봤다. 동시에 그와 내 입술이 길게 늘어났다.

전면유리창을 통해 눈부신 햇빛이 스며들었다.

"우리 엄마 완전히 신나셨네?"

결혼식이 끝나고 리조트 연회장에 마련된 축하 파티에서 엄마는 평소와 다르게 한껏 취하셨다. 준수의 아버지가 노래 제안을 하자, 서슴없이 단상 위에 올라가 마이크까지 잡은 엄마의 모습에 혀를 내둘렀다. 반주가 시작되자, 엄마가 여느 가수 못지않게 우아하게 자세를 잡았다.

"네가 몰라서 그렇지 네 엄마 노래 엄청 잘해. 노래방을 얼마나 좋아하는데."

와인을 기울이며 이모가 부연했다.

"정말? 그런데 난 왜 음치야? 아빠가 음치였나?"

내 질문에 이모는 대꾸 없이 어깨만 으쓱했다.

"음치였어?"

"뭐…… 음치 정도는 아니지만……."

곁의 준수가 쿡 웃으며 물었다. 멋쩍어져서 난 와인만 홀짝거리며 엄마의 노래에 호응하며 박수를 쳤다.

"둘이 노래 안 불러봤어? 그럼 지금 나가서 불러봐야겠네."

별안간 이모가 짓궂은 미소를 지으며 눈을 번뜩였다.

준수가 내 손을 잡더니 쓱 끌어당겼다. 그의 턱이 여릿하게 흔들렸다. 밖으로 도망가자는 뜻이었다. 난 킥 웃으며 의자에서 일어났다.

"둘이 어디 가? 노래 부르라니까."

이모의 성화를 뒤로하고 우린 후다닥 뛰듯이 연회장을 빠져나왔다. 계단을 내려와 리조트를 빙 둘러 바닷가로 나갔다.

"그래도 나한테 바치는 노래 한 곡 정도는 해줘야 하는 거 아니야?"

"나중에 해줄게. 둘만 있을 때."

슬며시 눈을 찡그리며 준수가 애정 담은 눈짓을 보냈다. 그가 맞잡은 손에 깍지를 꼈다. 부드러운 모래알이 가득한 모래사장을 둘이 느른히 걸었다. 11월의 밤바다가 찬 공기를 뿜어내며 여울진 하얀 거품을 만들어 굵게 파도쳤다.

"지이야."

"응?"

앞을 보며 걷던 준수가 잔잔히 불렀다.

"한국 가자."

그의 말에 깜짝 놀라 걸음을 멈췄다. 그가 몸을 틀어 나를 마주 봤다.

"다큐멘터리 승낙한 거야?"

"아니. 네가 원치 않으니까 그건 고사했어."

"그럼 왜?"

"정현이도 보고 싶고 아기도 보고 싶다며. 어머님한테는 말씀 드렸어. 사실 돌아가는 비행기로 같이 가려고 준비해 놨어. 가자, 한국."

사뭇 강경한 어조였다. 망설이는 내게 자신감을 북돋아주려는 어투임을 알고 있었다. 그래도 선뜻 결정을 내릴 수가 없어 주저했다.

그의 긴 팔이 내 등을 감싸 안았다. 그의 너른 품에 가득 안겼다.

"설사 좋지 않은 시선만 오더라도 괜찮아. 우린 함께니까."

준수의 손길이 내 머리카락을 다정히 쓰다듬었다. 괜찮다, 괜찮다, 하듯이. 그의 가슴팍에 뺨을 대며 난 눈을 감았다. 그래, 준수가 곁에 있으니까. 우린 함께니까, 괜찮을 거다.

자그마한 네 개의 손가락이 내 새끼손가락을 꽉 움켜쥐었다. 자그마하지만 쥐는 손아귀 힘은 예사롭지 않았다. 쪼그마한 입술이 공기를 빨 듯 오물거리며 움직였다.

"너무 예뻐, 정말정말 너무 예쁘다."

"힘들게 뭐 하러 와. 봄 되면 내가 간다니까."

정현이 걱정스런 눈빛을 보냈다. 인터넷상으로 뜬 기사를 걱정하는 것이었다.

"괜찮아."

안심시키듯 난 환히 웃어줬다.

오키나와에서의 결혼식을 겸한 가족여행이 끝나고, 준수가 준비한 대로 엄마, 이모와 함께 한국으로 귀국했다. 귀국하는 길은 그리 어렵지 않았다. 예정되었던 귀국이 아니라서 언론에 바로 노출되진 않았다.

하지만 공항에 상주하고 있던 기자들에게 여지없이 포착은 되었다. 귀국 다음날인 오늘 오전에 [유지이 극비 귀국]이라는 기사와 함께 선글라스를 낀 나와 준수의 모습이 포착된 사진과 함께 기사가 게재되었다.

기사는 좋지도 나쁘지도 않은 딱 적당선의 소식이었다. 사진 밑으로는 수많은 악성댓글들이 달렸다. 하지만 예상했던 것보단 반응이 신랄하진 않았다. 그것만으로도 안도했다.

"언제 갈 거야?"

"어차피 한국 있으면 특별히 어디 갈 수도 없을 것 같아서 내일 갈 거야."

"나 보러 온 거야? 영광이네?"

"안정현 베이비 보러."

싱긋 웃으며 조심스레 품에 안은 아기를 내려다봤다.

"둘은? 진행 잘하고 있어?"

돌연 정현이 음흉한 미소를 흘렸다.

"그럼. 나도 빨리 아기 갖고 싶다."

"아니야. 가급적이면 신혼 생활을 오래오래 즐겨. 아기 키우는 게 만만하지 않아."

히죽 웃는 내 대답에 정현이 고개를 설레설레 흔들었다. 아래 눈꺼풀이 쾡한 것이 육아가 힘겹긴 한 듯했다.

베란다에 나가 밖을 내다보며 대화하던 태주와 준수가 거실로 들어왔다. 둘이서 얌전히 우리 곁에 앉았다. 준수도 아기가 신기한지 눈을 떼지 못했다.

아기의 오물거리는 입술이 웃듯이 벌려졌다. 눈동자가 나를 곧게 올려다봤다.

"내가 좋은가 봐."

"자식이, 예쁜 건 알아가지고."

곁에 앉은 정현이 흐뭇한 미소를 지었다. 손을 들어 가만가만 아기의 머리카락을 매만졌다. 가늘고 보드라운 머릿결이 흐르듯 손가락에 닿았다.

"나 안아봐도 돼?"

준수가 넌지시 물었다. 당연하다는 듯 정현이 끄덕거려, 난 조심히 준수에게 아기를 넘겼다. 준수가 주춤하며 조심조심 기다란 팔로 아기를 안았다. 아기가 그의 품 안에 포근히 안겼다.

"아기 안는 폼이 제법인데?"

정현이 만족해하며 고개를 끄덕거렸다. 태주가 준수의 곁에 바짝 붙어 앉아, 자신의 아들을 뿌듯하게 내려다봤다. 준수가 한 손을 가만가만 올려 아이의 뺨을 매만졌다. 그 순간, 아기가 준수의 손가락을 바짝 힘줘서 잡았다. 그의 입술이 길게 늘어나며 기분 좋게 벌려졌다.

환히 웃는 준수의 눈과 내 눈이 마주쳤다. 그의 동공에 담긴 화사함에 내 입술도 절로 크게 벌어졌다.

"우리 잘 어울린대."

정현의 집에서 나와 이동하는 차 안에서 인터넷 기사를 훑어봤다. 그러다 댓글 하나를 손가락을 찍어 준수에게 내밀었다. 운전하며 준수가 곁눈질로 힐끔 일별했다.

"보지 말라니까."

"아니야. 의외로 악성댓글만 있지는 않아."

"그래?"

"그런데 대단한 사람도 있어. 이래서 네티즌이 무섭다고 하나
봐."

나의 중얼거림에 준수가 의아하다는 듯 넘겨봤다.

"네가 오래전 나랑 스캔들 터진 남자랑 닮았다고, 그 사람 아니
냐는 글도 올라왔어. 대단하지? 11년 전 일인데 그걸 기억해서."

"정말? 진짜 대단하다."

감탄하는 준수의 말에 끄덕이며 그 사람의 글을 찬찬히 읽었다.

'10여 년 전 그들의 사랑이 드디어 이뤄진 거 아닐까?' 라는 부
제로 시작된 글은 독설이 아니었다. 오래전 우리의 사랑이 안타까
웠다고 말하며, 야마다 쥰스이가 그 사람과 닮았다면서 되레 오
래전 그 사람이 맞았으면 좋겠다고 말하고 있었다. 우리의 사랑이
10여 년이라는 세월을 훌쩍 넘어 이어진 것이라면 그 누구보다도
축복해 줄 수 있다면서.

"이런 사람도 있구나."

여린 미소가 머금어졌다. 가슴속 깊은 곳에서 감격이 몰려와 따
스한 전율이 흘렀다.

"오길 잘한 것 같아."

준수를 보며 난 다정히 말했다. 준수의 입가에도 온화한 미소가

떠올랐다. 그의 차가 낮은 보도블록 턱을 넘어가 교문 앞에서 멈췄다. 그제야 그가 도착한 목적지를 보고 깜짝 놀랐다.

학교.

"여긴……?"

"토요일이라 학생들은 없겠지?"

시동을 끄며 준수가 나를 보며 웃었다. 그가 턱짓으로 가자고 했다. 난 끄덕이며 그와 함께 차에서 나왔다. 둘이 손을 잡고 슬며시 열린 작은 쪽문을 넘어갔다.

수위실을 지키고 있던 아저씨는 다행히도 작년 가을에 들렀을 때 친절히 옥상 문을 열어주셨던 분이었다. 그분은 선뜻 옥상 문이 열렸다면서 우리를 환영했다.

그와 처음으로 손을 잡고 학교 교정을 거닐었다. 느긋하게 운동장을 가로질러 3학년 교사 건물로 들어갔다. 단 한 번도 손을 놓지 않고 계단을 올라 옥상에 다다랐다.

12월 겨울의 햇살은 포근했다. 한기가 서린 공기가 흘렀지만 겨울의 햇살이 유난스레 따스한 날이었다. 눈부시도록 새하얀 구름이 흐르는 말간 하늘 아래, 학교 교정이 바로 내다보이는 옥상에 그와 나란히 섰다.

둘의 시선이 동시에 산책로에 머물렀다.

겨울을 맞이한 나무의 대부분은 앙상한 가지를 드러내고 있었고, 간간히 바싹 마른 갈색의 잎사귀를 매달고 있었다. 인적 없는 산책로에 융단처럼 깔린 퇴색된 나뭇잎들이 간헐적으로 부는 바람결에 따라 나비처럼 유연하게 나부꼈다.

나란히 이곳에 섰다, 우리가 다시.

오래전 그 나날들처럼 같은 곳을 보며, 같은 마음으로.

준수의 손가락이 움직여 내 손에 깍지를 끼웠다. 서로의 손바닥 온기가 완연히 전해졌다. 눈동자를 올려 준수를 올려다봤다. 그의 눈동자도 내게로 이동했다. 깍지를 낀 서로의 손에 힘이 들어갔다.

서늘하지만 포근함을 실은 겨울바람이 불어와 그와 나의 머리카락을 스치듯 잔잔히 건드렸다. 나의 긴 머리카락이 흐르듯 너울지고, 그의 노란빛 머리카락이 부드럽게 넘실거렸다.

서서히 그의 입술이 길어졌다. 서서히 나의 눈가가 길어졌다.

서로의 눈을 들여다보며 길게 웃었다.

The End

작가의 말

안녕하세요. 박지영입니다.

화사한 벚꽃이 피는 계절에 〈너를 만나다〉로 세 번째 인사를 하게 되었습니다.

봄처럼 온화하고 설레는 계절에 뵙게 되어 더욱 감사하고 행복합니다. 이렇듯 인사드릴 수 있어서 더더욱.

책장을 펼치는 순간처럼, 마지막 장을 덮는 순간까지 저의 마음처럼 설레는 시간이었기를 바랍니다. 이들처럼.

〈너를 만나다〉는 화자는 '나'인 '지이'지만, 실제 11년 동안 한 여자만을 사랑하는 남자, '준수'의 이야기라고 할 수 있습니다. 〈너를 만나다〉라는 제목의 의미도, 지이가 준수를 만난 것보다 준수가 지이를 만난 것에 대한 의미가 더 큽니다. 준수가 지이를 만나기 전부터 만나고, 헤어지고, 다시 만나는 과정을 화자인 지이를 통해 보여주는 것이지요.

너를 만나다는 정말 많은 이야기가 담겨 있습니다. 그것이 너무 과욕이지 않나, 라는 생각을 한 적도 있으나, 우리 준수를 통해서 보여준다면 가능할지도 모른다 생각하여 시작한 글입니다.

1부(1~8화),

10대 시절 준수는 우리 아이들이 쉽게 행할 수 있는, 상대방에 대한 배려 없고 책임 없는 가혹한 행위로 무참히 짓밟힌 아이지요. 그런 준수는 죽을 것 같은 고통 속에서 지내다 유일한 빛인 지이를 쫓아 세상 밖으로 나옵니다. 지이 또한 화려해 보이는 오픈된 아이지만, 실제론 많은 시선에 힘겨워하던 외로운 아이였습니다. 그런 모자란 두 아이가 만나게 됩니다. 그렇게 〈너를 만나다〉는 시작합니다.

지이는 한껏 비뚤어진 행동으로 포장된 준수를 만나 처음엔 오해했지만, 진실을 알게 되며 유일한 빛으로 서로에게 의지합니다. 너무 의지하고, 너무 사랑하게 되어 사랑하는 것만으로도 전부라 생각하여, 그 전부를 표현함으로써 두려움 없이 사랑합니다. 하지만 그 당연하다 생각했던 선택은 우리 아이들에게 너무 이른 선택이었지요.

지이는 '스타'였습니다. 흔히 말하는 '공인'이었지요. 그렇기에 공인인 10대 지이와 준수의 이런 선택은 언론에 노출되며, 무시무시한 질타를 받게 됩니다. 그리고 이 질타 속에서 준수와 지이는 본인들의 선택으로 인해 사랑의 안타까운 기억만 가진 채, 사랑의 행복한 기억만 가진 채 어쩔 수 없이 헤어집니다. 그리고 그들의 사랑은 서로에 대한 책임감과 죄책감과 애달픔만 가진 채 묻힙니다.

　지이가 스타인 이유는 뚜렷하게 선택의 어긋남을 통감하기 위함이 컸습니다. 그래서 우리 아이들이 쉽게 보고 행할 수 있는 선택이, 얼마나 인생에 있어서 큰 영향을 끼칠 수 있는지를 보여주기 위함이었습니다. 쉽게 다른 아이를 해하는 행동도, 쉽게 이성과의 맺음도 얼마나 큰 책임을 따르게 하고, 얼마나 아프게 될 수 있는지를 보여주고 싶었지요. 그것이 인생을, 미래를 살아가는 데 있어서 얼마나 크게 작용하는지…… 이들을 통해 보여주고 싶었습니다.

　그것이 1부의 주제였습니다.

　그리고 그렇게 그들은 그 책임으로 서로를 잃고, 10년이 흘렀습니다. 그렇게 2부(9화)가 시작됩니다.

　당당하고 솔직하던 지이는, 눈에 보이는 모습은 화려한 스타로 살고 있지만, 실제론 '9화'에서 나왔듯 술집조차도 선뜻 가지 못하는 웅크린 아이로 컸습니다. 열여섯 살의 준수가 이지메로 세상과 단절하고 살았던 것처럼, 스물아홉의 지이는 10년 전 받았던 언론의 무차별적인 질타와 시선으로 세상과 단절하고 있었습니다. 반대로 준수의 시선에서 보셨기에 아시겠지만, 준수는 지이 덕분에 세상 밖으로 나왔는데 말이죠.

　우리 지이가 답답하게 보이는 이유는, 자신의 곁에서 5년간 지켜줬던 우빈과 10년 만에 나타나 자신을 모른 척 외면하는 준수 사이에 있었기 때문이었습니다. 두 사람과의 감정으로 인해서가 아니라, 그런 상황에 빠져 있었기 때문이지요. 또한 10년 전의 상처로 자신감을 잃고 웅크린 아이로 커버린 지이이기 때문에, '13화'에서 나왔듯 자신은 그런 선택의 권한조차 없는 아이라고 위축이 되었기 때문입니다.

준수는 열일곱부터 사랑해 온 그녀를 나약하고 어려 잃고, 그녀를 책임 지기 위해 노력했으나, 알고 있는 이는 '본인' 빼고 없었습니다. 화자가 아닌 탓이지요. 준수의 사랑의 노력을 지이는 몰랐습니다. '너'이기 때문 이지요. 나는 너의 마음은 모릅니다. 너가 말해주지 않는 한, 종훈이처럼 짧게라도 전달해 주는 사람이 없는 한. 준수는 10년이라는 기간 동안 지이 를 찾기 위해, 연결하기 위해 노력합니다. 그러나 연결되지 않습니다. 세 상에 오픈된 것처럼 보이던 지이가 실제론 세상과 단절하고 있었기 때문 입니다. 이런 단절 탓에 준수와의 연결이 쉽지 않았습니다. 또한 상상할 수조차 없었던 재웅과 우빈의 방해 장치가 존재했지요. 재웅과 우빈의 방 해 장치는 '9화'부터 서서히 드러나지만, 지이는 역시 '너'인 이들의 속내 를 알지 못했죠. 그래서 지이와 준수는 연결되기 어려웠습니다.

실제로 현실에서 우리의 인연은 한 번 끊어지면 다시 연결되기 쉽지 않습니다. 무엇보다도 상대와의 단절로 인해서 쉽지 않고, 또한 서로가 다시 연결될 만한 도구가 없는 것이지요. 그리고 너의 현실이 이미 나와 는 무관하게 바뀌었을 거란 두려움도 큽니다. 그래서 내가 누군가를 그 리워하든, 너가 나를 그리워하든 다시 연결되지 못함은 '알 수 없음'이 크기 때문이지요.

〈너를 만나다〉에서 이들의 사랑이 애달픈 이유는 상처뿐인 두 아이가 만나 서로에게 유일한 빛이었고 전부였던 그 사랑을 잊지 못해, 연결하고 싶음에도 연결되지 않는 현실 앞에서 헤매기 때문입니다.

또한 〈너를 만나다〉에서의 이들의 사랑이 답답하고 암울한 이유는 사랑하지만 한 번 끊긴, 그것도 10년이라는 긴 세월 동안 끊긴 인연은 그 인연이 다시 닿는 것이 쉽지 않음을. 그리고 너를 모르고, 너를 오해하기 때문에 더더욱 힘듦을. 너를 알려고 애쓰지만 내가 아니기에 쉽지 않음을. 너와 나의 소통의 어려움을 그리기 때문입니다.

그럼에도 결국은 사랑하는 서로가 연결되어, 소통이 되는 희망이 있음을 그리고 싶었습니다.

〈너를 만나다〉는 철저하게 1인칭 시점을 지킨 소설입니다. 내가 보는 세상밖에 없는 현실의 나처럼. 남의 세상은 절대 그들과 소통하지 않는 한 모르는 나로만 그려가는 완전한 '나'만의 이야기입니다.

실제로 현실의 나는 너의 삶은 모릅니다. 나의 삶만 알지요. 나는 너의 마음은 모르기 때문입니다. 말해주지 않는다면, 전달받지 못한다면 나는 너의 마음 같은 건 추호도 알 수 없습니다. 내가 당신의 속을 모르듯, 당신도 내 속을 모르듯……

그래서 지금 이 글을 읽고 있는 당신, 너에게 나는 이야기하고 싶었습니다.

2부의 주제 '소통' 처럼,

내가 말해야 됨을. 우리가 소통해야 됨을.

그렇지 않다면 너는 내 마음 같은 건 추호도 모름을. 나도 너의 마음은 추호도 모름을. 그래서 내가 누군가를 사랑한다면, 혹은 그리워한다면 내가 너에게 먼저 소통해야 함을. 혹시 네가 나에 대해 오해한다면, 내가 너에 대해 오해한다면 그것을 이해시켜야 됨을. 먼저 손을 내밀어야 됨을. 설사 그것이 더한 후회가 되더라도, 너를 잡고 싶다면 용기를 내야 함을.

그래서,
이 글을 읽으신 모든 분들이, 너를 만나, 나도 행복하기를 바랍니다.
사랑하세요. 사랑합니다.

Young_박지영.